Das Buch
»Sie waren die Procuratores, die Brüder des Sandes – Männer, die einander gut kannten, die durch ihre gemeinsame Vergangenheit verbunden waren, durch die Erinnerung an den Angstschweiß in den unterirdischen Gewölben schäbiger Amphitheater und an irgendwelche heiligen Wüstenorte, wo sie am Lagerfeuer gesessen und eine Ziege gebraten hatten. Männer, die Rücken an Rücken und Seite an Seite gekämpft hatten, über und über besprizt vom Blut der Toten. Sie hatten es mit Feiglingen und niederträchtigen Bastarden zu tun bekommen. Sie hatten miterlebt, wie Menschen, die sie kannten, einen wenig glorreichen Tod starben, Menschen, die in ihren letzten Worten nicht ihren Kaiser oder ihr Vaterland würdigten, sondern einfach nur ›Scheiße‹ hervorstießen. Manchmal hatten sie Leute getötet, die vor ihnen auf dem Boden knieten und unter dem Johlen der Menge auf den Todesstoß warteten.«

Wo andere sich nicht die Hände schmutzig machen wollen, werden Drust, Kag und ihre ehemaligen Kampfgenossen hingeschickt. Doch diese Mission, die sie an die nördlichen Grenzen des Römischen Imperiums führt, stellt alles in den Schatten, was sie bisher erlebt haben …

Der Autor
Robert Low, Journalist und Autor, war mit 19 Jahren als Kriegsberichterstatter in Vietnam. Seitdem führte ihn sein Beruf in zahlreiche Krisengebiete der Welt. Um seine Abenteuerlust zu befriedigen, nahm er regelmäßig an Nachstellungen von Wikingerschlachten teil. Robert Low lebte in Largs, Schottland – dem Ort, wo die Wikinger schließlich besiegt wurden. 2021 ist der Autor verstorben.

Lieferbare Titel
978-3-453-53409-4 – Runenschwert
978-3-453-41000-8 – Drachenboot
978-3-453-43714-2 – Rache
978-3-453-41074-9 – Blutaxt
978-3-453-41168-5 – Der Löwe erwacht
978-3-453-41181-4 – Krone und Blut
978-3-453-41244-6 – Die letzte Schlacht

ROBERT LOW

JENSEITS DES WALLS

DIE TOD GEWEIHTEN

Aus dem Englischen
von Norbert Jakober

WILHELM HEYNE VERLAG
MÜNCHEN

Die Originalausgabe *Beasts beyond the Wall (Brothers of the Sand 1)*
erschien erstmals 2019 bei Canelo, London.

Sollte diese Publikation Links auf Webseiten Dritter enthalten,
so übernehmen wir für deren Inhalte keine Haftung,
da wir uns diese nicht zu eigen machen, sondern lediglich
auf deren Stand zum Zeitpunkt der Erstveröffentlichung verweisen.

Penguin Random House Verlagsgruppe FSC® N001967

Deutsche Erstausgabe 06/2022
Copyright © 2019 by Robert Low
Copyright © 2022 der deutschsprachigen Ausgabe
by Wilhelm Heyne Verlag, München,
in der Penguin Random House Verlagsgruppe GmbH,
Neumarkter Str. 28, 81673 München
Redaktion: Barbara Häusler
Printed in Germany
Umschlaggestaltung: Nele Schütz Design, unter Verwendung von
Motiven von © Canelo Digital Publishing Limited
Satz: Satzwerk Huber, Germering
Druck und Bindung: GGP Media GmbH, Pößneck
ISBN: 978-3-453-44096-8

www.heyne.de

ROM

Im 10. Jahr der Herrschaft von Kaiser Lucius Septimius Severus Augustus, Pater patriae, Eroberer des Partherreichs, Pontifex Maximus

Der Mann stürmte brüllend auf Drust zu, den dicken Knüppel drohend erhoben; hinter ihm rückten unter lautem Geheul andere nach. Nur einer lachte, wie Drust mit einem kurzen Seitenblick registrierte.

Er senkte die Schulter, machte einen Schritt zur Seite und rammte dem Angreifer die Faust in die Magengrube. Der Getroffene taumelte ein paar Schritte und prallte gegen den hünenhaften Pacuvius. Der blickte mit einer Mischung aus Staunen und Verachtung auf den Mann hinunter und schickte ihn mit einem mächtigen Faustschlag zu Boden.

»Auf sie. Schnappt euch den Dicken.«

Drust sah, dass die Aufforderung von dem Kerl kam, der gelacht hatte. Er trug eine komische Bucco-Maske, doch das Gesicht der dümmlichen, pausbäckigen Theaterfigur strahlte im flackernden Lichtschein der abgelegten Fackeln etwas Gespenstisches aus. Riesige Schatten huschten über die Wände.

Pacuvius versetzte dem Mann, den er niedergeschlagen hatte, noch einen Tritt, worauf dieser seine Maske verlor – sie stellte Pappus, den lüsternen Alten, dar, wie Drust nun sah. Die Angreifer verkörperten beliebte Figuren der derben römischen Komödie.

»Achtung – rechts!«

Kag blockte den Angriff eines weiteren Maskierten ab – ohne große Mühe, da die Hiebe nicht sehr gezielt waren. Etwas weiter entfernt war Tarquinus von den Angreifern überrascht worden und lag mit einer blutenden Kopfwunde am Boden, während zwei Maskierte ihn mit ihren Knüppeln bearbeiteten. Die Fackelträger waren geflohen, die Sänftenträger taumelten, das vordere Ende der Sänfte neigte sich bedrohlich nach unten.

Drust wandte sich dem nächsten Angreifer zu, blockte dessen Hieb ab, ließ sein Bein vorschnellen und brachte den Mann zu Fall. Die Maske des buckligen Dossenus flog zur Seite – darunter kam das Gesicht eines Jungen mit aufgerissenen Augen zum Vorschein, der aufschrie, als Drust den Knüppel hob.

Ein junger Bursche, vielleicht fünfzehn Jahre alt. Drust zögerte mit dem Knüppel in der Luft. Es waren junge, wohlbehütete Nichtsnutze aus gutem Hause, die aus purem Zeitvertreib durch die nächtlichen Straßen zogen und über Unschuldige herfielen. Wahrscheinlich war der Kerl nicht zum ersten Mal mit seiner Bande unterwegs.

Viele flohen, wenn sie die grotesken Masken sahen und das schaurige Geheul hörten – aber wer nicht schnell genug war, den schlugen sie gnadenlos nieder.

»Mach ihn fertig«, grollte Kag und fegte heran wie ein kalter Wind. Sein junger Gegner wand sich unter Schmerzen am Boden und drückte eine Hand zwischen die Beine.

»Er ist noch ein Kind«, erwiderte Drust.

»Trotzdem – er hat's nicht anders verdient«, rief Kag über die Schulter zurück und knöpfte sich den Bucco vor. Der Junge auf dem Boden kroch zu seinem Knüppel, packte ihn und rappelte sich hoch. Drust stieß einen Fluch aus, schüttelte den Kopf und versetzte ihm zwei kräftige Schläge in die Nieren. Mit einem spitzen Schrei sank der Junge zu Boden und fing an zu schluchzen.

Der wird drei Wochen Blut pinkeln, dachte Drust. Im Augenwinkel bemerkte er eine Bewegung, fuhr herum und sah zwei Angreifer zur Sänfte rennen. Bucco lieferte sich ein Gefecht mit Kag, während Pacuvius versuchte, Tarquinus zu helfen; der Lanista war verletzt – vor allem sein Stolz. Quintus und Ugo waren nirgends zu sehen; die Sänfte war auf der Straße abgestellt – immerhin war sie nicht umgekippt, doch die Träger hatten das Weite gesucht. Die beiden Angreifer schickten sich an, die Vorhänge zurückzuziehen.

Drust war der Einzige, der eingreifen konnte. »He!«, rief er.

Einer der beiden drehte sich um. Er trug die Maske von Manducus, dem Vielfraß, und war eindeutig kein junger Bursche. Ein gefährlicher Gegner, wie Drust sofort erkannte. Als der andere sich umdrehte, knurrend unter seiner Clownsmaske, wusste Drust, dass er es mit zwei Kämpfern aus der Gladiatorenschule zu tun hatte. Sie trugen schwere Übungsschwerter aus massivem Holz, mit denen man problemlos jemandem den Schädel einschlagen konnte.

Drust wehrte vier Hiebe ab, doch dann traf ihn ein Holzschwert in die Rippen und ließ ihn nach Luft ringend zurücktaumeln. Der andere hob seine Waffe und setzte zu einem vernichtenden Schlag auf Drusts Schädel an. Drust war nicht der beste Kämpfer, das wusste er selbst, aber er war kein Stümper. Er wich geschickt aus, sodass ihn das schwere Holzschwert nur an der Schulter traf.

Dennoch war sein Arm einen Moment lang taub, der Knüppel glitt ihm aus der Hand. Er taumelte nach hinten und versuchte auszuweichen, als die beiden aufs Neue angriffen.

Ein fröhlich klingendes Brüllen ließ die Angreifer innehalten. Maccus, der Narr, fuhr herum und sah Quintus aus einer Seitengasse stürmen, mit einem Grinsen so breit wie der Circus Maximus. Maccus sah gerade noch die strahlend weißen Zähne auf sich zukommen, dann rempelte Quintus ihn mit der Schulter um. Der Mann stürzte rücklings zu Boden, und Quintus hämmerte ihm das stumpfe Ende seines Knüppels in den offenen Mund der Maske. Zähne gingen zu Bruch, und mit den Schreien des Getroffenen spritzten Holzsplitter und Blut aus dem Mund.

»Schnappt euch den Anführer«, rief eine Stimme aus der Sänfte. »Diesen Bucco.«

Drust blickte sich um. Quintus und Manducus, der

Vielfraß, kämpften verbissen, die anderen Angreifer lagen entweder reglos auf dem Boden oder suchten kriechend das Weite.

»Schnappt euch den Bucco«, rief die Stimme erneut, dann erschien Servilius Structus' zorniges Gesicht zwischen den zerrissenen Vorhängen. »Lasst den kleinen Scheißkerl nicht entwischen …«

Kag war auf ein Knie niedergegangen und parierte einen Schlaghagel des Bucco. Drust eilte zu ihm, versuchte angesichts des Schmerzes in den Rippen nicht zusammenzuzucken und hoffte, dass er mit der linken Hand kämpfen konnte. Bucco wich einen Schritt zurück, deutete mit seinem Knüppel auf Kag und Drust und lachte.

»Mein Knöchel«, stieß Kag zähneknirschend hervor. Drust nickte, holte Atem, um festzustellen, ob der Schmerz erträglich war, und beugte die Finger seiner Kampfhand; das Kribbeln sagte ihm, dass das Gefühl zurückkehrte.

»Schnappt ihn euch«, drängte die wütende Stimme. Drust verfluchte den Mann in der Sänfte, doch dann folgte er dem fliehenden Bucco in eine Seitengasse.

Sie hetzten durch die stinkende, mit Gerümpel verstopfte Gasse, sprangen über schemenhafte Gegenstände und ernteten zornige Rufe aus den Fenstern. Schließlich landete Bucco in einer Sackgasse, sprang an einer Mauer hoch, rutschte ab und glitt zu Boden. Drust blieb keuchend stehen. Bucco lachte kurz auf, wenn auch etwas angespannt. Dennoch schien er sich im Vorteil zu wähnen und ging zum Angriff über. *Er ist nicht älter als der andere, den ich niedergeschlagen habe*, dachte Drust, *aber ein Knüppel ist ein Knüppel.*

Er blockte den Hieb ab und spürte augenblicklich, dass es kein Knüppel war. Mit einem scharfen Knacken wurde die Spitze seines Holzprügels gekappt. Bucco knurrte unter seiner Maske, der blanke Stahl seiner Waffe schimmerte im schwachen Licht.

»Na, ist dir die Lust am Kämpfen vergangen, *Damnatus*?«

Der Kerl weiß ein paar Dinge über mich, dachte Drust. *Zum Beispiel, dass ich dazu verdammt bin, in der Arena zu kämpfen. Und dass ich verdammt wenig Lust habe, mit dem Knüppel gegen ein scharfes Schwert zu kämpfen.* Er schaute sich nach einem Ausweg aus der bedrohlichen Situation um. Auf einer Seite sah er eine Tür mit einem Vorhang aus Perlenschnüren. Kurz entschlossen sprang er durch den Eingang und hörte im nächsten Augenblick Buccos polternde Schritte hinter sich.

Drust befand sich mitten in einem kleinen, schmuddeligen Schankraum. Ein Mann mit einer Lederschürze schwenkte eine dampfende Pfanne über dem Ofen und blickte erstaunt auf, als Drust hereingestürmt kam. Hinter ihm und dem Tresen mit den Amphoren standen ein paar grob gezimmerte Tische, an denen mehrere Gäste saßen und von ihrem Spiel aufblickten. Stinkender Rauch und schwere Fleischgerüche hingen in der Luft.

»Wer zum Hades bist du?«, fragte der Koch.

»Ein toter Mann – das ist er.«

Der Koch stieß einen empörten Schrei aus, als er das Schwert in Buccos Hand sah. Drust schwang sich über den Tresen, und die Gäste sprangen von ihren Plätzen auf; es waren Vigiles, die für die Aufrechterhaltung der Ordnung in den Straßen sorgten. Seine Rettung ...

Bucco eilte zum Tresen, um Drust nicht entkommen zu lassen – der machte noch zwei Schritte, als würde er fliehen, dann wirbelte er herum, schnappte sich einen Topf und hämmerte ihn gegen das maskierte Gesicht. Mit einem erstickten Schrei sackte der Bursche zu Boden. Der Koch schrie auf und brachte sich in Sicherheit.

Drust schwang sich über den Tresen, keuchend, unter Schmerzen und wütend auf diesen missratenen Bengel, der ihnen allen so viel Ärger machte. Er hob das Schwert auf und riss dem Jungen die Maske vom Gesicht. Zu seiner Überraschung grinste der Kerl ihn an. Ein junges, schweißglänzendes Gesicht unter einem Haarschopf aus ungebändigten Locken, die Augen glasig vom Schmerz, das Kinn von kümmerlichem Bartflaum umrahmt. Er war gerade alt genug, um eine Toga zu tragen, doch sein Blick war boshaft und verschlagen.

»*Missio*«, sagte er und hob grinsend einen Finger.

»*Recipere ferrum*«, knurrte Drust unbeirrt.

Der Junge sah, dass er es ernst meinte, und sein Lächeln erlosch.

»He«, erwiderte er. »Das war doch nur Spaß ...«

»Lass deinen Kaiser in Ruhe.«

Das Gesicht des Ordnungshüters wirkte so hart und grimmig wie eine Felswand, er hielt seinen eisenbewehrten Knüppel wie einen Wurfspieß in der Hand. Drust sah ihn einen Moment lang verwirrt an, ehe ihm die Wahrheit dämmerte. Der Junge verfolgte die Szene mit einem spöttischen Grinsen.

Caracalla. Der kleine Mistkerl war Marcus Aurelius Severus Antoninus, Sohn des Kaisers und seit einigen Jahren sogar Mitherrscher. Drust erinnerte sich noch gut an den Tag seiner Erhebung zum Augustus, als der Junge mit ausgebreiteten Armen dagestanden und einen der Ihren zum Tod in der Arena verurteilt hatte. Plötzlich kam ihm ein Gedanke, während die anderen Vigiles näher traten, um den Jungen abzuschirmen.

»Gut, nun weiß ich, wer du bist«, erklärte Drust. »Weißt du auch, wer ich bin?«

Der Junge musterte ihn verwirrt. Die Vigiles runzelten die Stirn.

»Nein«, sagte der junge Kaiser.

»Gut.« Drust schnappte sich den Griff der heißen Pfanne. Wie von einem Katapult abgeschossen, flog die Pfanne durch die Luft und ergoss heißes Öl und schlechtes Essen über die schreienden Vigiles.

Drust versetzte dem römischen Kaiser einen kräftigen Tritt zwischen die Beine und machte sich aus dem Staub.

TRIPOLITANIEN

Fünf Jahre später

»Wer hätte gedacht«, sagte Kag, als würde er damit ein großes Geheimnis enthüllen, »dass Wasser die Leute so verrückt machen kann.«

Nach Drusts Einschätzung waren die meisten schon verrückt gewesen, lange bevor sie sich wegen des Wassers die Köpfe einschlugen. Sie gerieten sich darüber in die Haare, wer den besseren Draht zu den Göttern habe. Sie kämpften um Land, um Gold. Die Griechen hatten einst einen erbitterten Krieg um eine Frau geführt. Manchmal kämpften Männer um all das zugleich, und manchmal kämpften sie bloß zur Belustigung der Massen.

Sie saßen vor dem *Goldenen Schweiß*, was für Drust etwas verrucht klang, in Wahrheit aber nur eine Schenke war – oder was man in dieser Gegend unter einer Schenke verstand. Das Wort »Schweiß« stand für ein hierzulande aus Datteln gewonnenes berauschendes Getränk.

Kag hatte sich auf Säcken niedergelassen, die kurz zuvor von einem Wagen abgeladen worden waren. Drust saß neben ihm; beide beobachteten die belebte Straße im rötlichen Licht der Abenddämmerung.

»Verrückt«, fuhr Kag nachdenklich fort. »Schau sie dir an.«

Sie waren ein kunterbunter Haufen, wie Drust zugeben musste. Leute in weiten, weiß und braun gefärbten Gewändern, mit Turbanen, Schleiern, Strohhüten, manche in Sandalen, andere barfuß – jeder mit seinen Hoffnungen und Erwartungen. Sie kamen mit Ziegen, Datteln oder Stoffen und mit einer gehörigen Portion Gier, um sich eine goldene Nase zu verdienen, indem sie ihre Waren den wirklich Verzweifelten anboten – denen, die sich mit Spaten und Hacke auf den Weg machten, um irgendwo in der Wüste nach Wasser zu graben, bis sie irgendwann tot umfielen, auf der Suche nach dem klaren, flüssigen Gold.

»Verrückt«, wiederholte Kag. Er war ohnehin der Ansicht, dass sie beide nach Hause zurückkehren sollten. Eigentlich seien sie eindeutig noch verrückter als die anderen, denn sie hockten hier in der Wüste und taten nichts anderes, als auf irgendeinen hohen Herrn zu warten, der ihnen angeblich etwas Wichtiges zu sagen hatte.

Er hat nicht ganz unrecht, dachte Drust bei sich. Nur wäre es noch verrückter, nach Hause zurückzukehren. Vor allem jetzt, da der junge Mitkaiser ihnen bestimmt nicht wohlgesinnt war, seit Drust ihm in die Kronjuwelen getreten hatte. Er hoffte, dass Caracalla und sein Bruder sich mitsamt ihrem widerlichen Gefolge bei ihrem Vater aufhielten, Kaiser Lucius Septimius Severus. Dann wären sie weit weg im Norden, in einer Stadt namens Eboracum, wo der alte Severus seinen Söhnen zeigen konnte, wie man ein Weltreich schuf und zusammenhielt.

Vielleicht war in Rom für den Augenblick die Luft rein, da das Imperium zurzeit von irgendeinem Dreckloch in Britannien aus regiert wurde, dachte Drust. Dennoch war er nicht so verrückt, sich auch nur in der Nähe des Palatins blicken zu lassen.

Der Tag ging bereits zur Neige, und eine schattenhafte Gestalt huschte barfuß mit tappenden Schritten umher, um Lampen anzuzünden. Sie hatten sich an einen Tisch in einem schwach beleuchteten Raum gesetzt. Die Gestalt war nun als ein alter Mann zu erkennen, der ihnen Oliven brachte und sich gleich wieder aus dem Staub machte, während die Hitze des Tages ein wenig nachließ.

Wenig später erschien der Alte erneut. »Er kommt«, meldete er. Mehrere Schatten tauchten auf, kaum zu erkennen in dem düsteren Raum. Der Alte brachte eine breite Schüssel mit einer kleinen Flasche und mehreren Bechern. Kag und Drust wechselten erstaunte Blicke. Von der Schüssel ging Kälte aus und sie war außen feucht von Kondenswasser; sie war mit zerstoßenem Eis gefüllt.

Der Alte schenkte ein, während eine dunkle Gestalt sich ihnen gegenüber niederließ. Drust wandte sich an Kag, doch dessen obere Hälfte war in der Dunkelheit kaum zu erkennen – ebenso wenig die Gestalt, die ihnen gegenübersaß. Drust hörte nur, dass Kag ein leises Grunzen ausstieß, als der Alte ihnen einschenkte. Sie kosteten von dem Getränk und gaben sich unbeeindruckt, auch wenn es ihnen schwerfiel. Was man ihnen hier kredenzte, war reinster Nektar.

Der Alte verschwand in einem dunklen Winkel, und die schattenhafte Gestalt beugte sich ins Licht vor. Zu Drusts Enttäuschung war es ein Mann; insgeheim hatte er irgendein geheimnisvolles Wesen mit exotischen Reizen erwartet, mit Glutaugen oder den wilden Locken einer Medusa. Stattdessen blickte ihm ein ledriges, wettergegerbtes Gesicht entgegen. Es war schwer, die Größe des Mannes einzuschätzen, der hier vor ihnen saß, doch er war trotz seines fortgeschrittenen Alters noch recht muskulös. Sein Gesicht war eher unauffällig, zeigte keine Merkmale, die auf irgendwelche herausragenden Eigenschaften schließen ließen – bis auf die Augen, aus denen eine gebändigte Wildheit sprach.

Servilius Structus hatte ihnen einiges über Julius Yahya erzählt, hatte ihn als einen Mann mit Löwenzähnen und Tigerkrallen beschrieben, als würde er über die Kräfte einer Heldengestalt verfügen. Ein Wesen, das von den Göttern abstammte. Ein Mann, der prächtige Häuser besaß, der reichen Männern Befehle erteilte, obwohl er selbst ein Sklave war. Kein *ehemaliger* Sklave, sondern immer noch ein Sklave der kaiserlichen Familie hier in Leptis Magna, ihrer Heimatstadt. Der Geburtsstadt des Kaisers.

Servilius Structus war ein gewiefter Mann – ein korpulenter, durchtriebener Kerl, der sich in Rom ein eigenes kleines Reich im Elendsviertel der Subura aufgebaut hatte. Er handelte mit Getreide, Sand für die Zirkusarena, Sklaven, exotischen Tieren, fremdländischen Genüssen und gelegentlich auch mit roher Gewalt. Zu diesem Zweck hatte er Drust, Kag und die anderen – seine *Procuratores* – wie Werkzeuge benutzt, deshalb wussten sie um seine Macht.

Und dennoch hatte Servilius Structus mit einer erstaunlichen Ehrfurcht von Julius Yahya gesprochen. *Herrscher und Generäle hören auf sein Wort*, hatte er gemeint. *Er hält die Welt in seinen Händen*. Umso seltsamer erschien es Drust, dass ein solcher Herkules hier vor ihnen saß und einen Schatten warf wie ein gewöhnlicher Sterblicher. Dass er seine mit Altersflecken bedeckten Hände zeigte und einen leichten Geruch von salzigem Schweiß, teurem Duftöl und noch etwas anderem ausströmte – etwas, das der Geruch von Erfolg, von Stärke oder auch nur von Angst sein mochte. Oder von allem zusammen.

Drust vermied es, Kag anzusehen, doch er wusste, dass sein Freund wahrscheinlich ähnliche Gedanken hatte. Servilius Structus hatte sie vorgeblich hierher gesandt, weil sie nicht in Rom bleiben konnten, doch da war etwas zutiefst Beunruhigendes in seiner Stimme und seinen Augen gewesen, als rechne er damit, sie nicht wiederzusehen.

Und nun fragte sich Drust, wieso der reiche, mächtige Julius Yahya sich die Mühe gemacht hatte, von so weit her zu kommen, um sich mit ihnen zu treffen, die ihrerseits von Servilius entsandt worden waren. Und was dieser Mann mit Servilius Structus zu tun haben mochte, der offensichtlich Angst vor ihm hatte.

Für Drust war das alles ein einziges Rätsel, und er sah nur eine Möglichkeit, es zu lösen: *Ich kann ihn fragen.*

»Was willst du von uns?«

»Danke, dass ihr gekommen seid«, begann Julius Yahya zu ihrer beider Verblüffung. Dann wandte er sich dem Schatten des alten Mannes zu und lächelte. »Abu – Scharbat für mich.«

Der Alte musste es vorhergesehen haben, denn der eisgekühlte Becher kam augenblicklich. Der feine Duft machte Drust den Mund wässrig. Es erschien ihm so unwirklich, hier im sanft flackernden Licht zu sitzen und sich von einer Schüssel voller Eis kühlen zu lassen – ein unvorstellbarer Luxus inmitten himmelschreiender Armut, als hätte jemand eine Handvoll Gold auf einen Misthaufen geworfen.

»Ich danke dir, Abu. Drusus, Kagiza – danke noch einmal, dass ihr gekommen seid.«

Das ist seine Art, erkannte Drust. *Er nimmt dir den Wind aus den Segeln mit seiner Höflichkeit, windet sich hin und her wie eine Schlange, die den richtigen Moment abwartet, um zuzuschlagen.* Julius Yahya drehte sich zu dem Schatten hinter ihm um.

»Möchtest du Wein?«

Der Mann hinter ihm hob seine dunkle Hand mit einer sparsamen, eleganten Geste, wie um seine innere Anspannung aufrechtzuerhalten. Julius Yahya registrierte die wortlose Verneinung, als hätte er nichts anderes erwartet, wandte sich wieder Drust und Kag zu und hob seinen mit Mänaden und Weintrauben verzierten Becher.

»Vor dreißig Jahren benötigte man über hundertdreißig Kannen Wasser, um eine dicke Amphore hiervon zu bekommen«, erklärte er. »Heute genügt dafür die Hälfte. Für den

Wein, den ihr trinkt, wurden ungefähr zwanzig Kannen Wasser benötigt – fast ausschließlich für die Bewässerung. In Ländern wie diesem braucht es immer noch täglich fünftausend Kannen Wasser, um den täglichen Nahrungsbedarf einer vierköpfigen Familie wachsen zu lassen. Das spärliche Wasser wird nach und nach vom Sand verschluckt, mit jedem Tag ein bisschen mehr. Da kann man Aquädukte und Leitungen bauen, so viel man will.«

Drust schwieg, doch Kag richtete sich auf seinem Stuhl auf und hob seinen Becher.

»Danke für den Wein«, sagte er. »Das hier erinnert mich ein bisschen an die Lebensmittelverteilung in der Subura. Auch dort nimmt man das Geschwätz in Kauf, um zu Brot zu kommen.«

Julius Yahya zeigte keine Spur von Verärgerung – im Gegenteil, er nickte zustimmend. »Du denkst, ich halte euch hier einen Vortrag über den Wert des Wassers. Du glaubst, alles über diese Dinge zu wissen, weil ihr beide, du und Drust, mit den harten Seiten des Geschäfts zu tun habt und den Blutzoll kennt, der jeden Tag für einen erfolgreichen Handel entrichtet werden muss.«

Er hielt inne und nahm einen Schluck.

»Du irrst dich. Du hast keine Ahnung, was die Dinge wirklich kosten. Das wissen nur wenige; die meisten machen sich darüber gar keine Gedanken – und wenn, dann nur, um sich über den Preis zu beklagen. Natürlich ist das Imperium auf den Handel angewiesen, auf die Erträge, die damit verbunden sind.«

Einige Augenblicke sprach keiner ein Wort, doch die Stille hielt nicht lange an.

»Das kostbarste Gut ist nicht Getreide, auch nicht Gold«, fuhr er fort. »Nicht einmal Wasser, obwohl es hier so knapp ist. Das wertvollste Gut ist Vertrauen. Der Glaube daran, dass die Leute eine Vereinbarung einhalten. Das befördert den Handel, das bringt letztlich die Erträge.«

»Bis jetzt erzählst du uns nichts Neues«, erwiderte Drust. »Jeder kleine Straßenhändler in irgendeiner Stadt des Reichs weiß das. Es verrät uns nicht, was du von uns willst.«

»Geduld, Geduld«, meinte Julius Yahya lächelnd.

Drust begann allmählich, eine Abneigung gegen diesen Mann zu entwickeln.

»Ich erzähle euch das alles, weil ihr aus eurer begrenzten Sicht vielleicht zu der Auffassung gelangt seid, dass der Handel sich durch nichts und niemanden aufhalten lässt, dass die Leute immer kaufen und verkaufen werden.«

Wieder nahm er einen Schluck, dann schob er den Becher zur Seite.

»Aber so ist es nicht. Wenn jemand ›Nein‹ sagt, einfach nur ›Nein‹, dann kommt der ganze Mechanismus zum Stillstand, als würde jemand Knüppel in ein Schöpfrad werfen. So ist es auch im Handel – wenn irgendwo ein Rad blockiert wird, kommt alles zum Erliegen, mit furchtbaren Folgen für alle.«

Er breitete die Hände aus. »Das ist der Kampf, den ich jahrein, jahraus führen muss. Dafür zu sorgen, dass das Vertrauen überall gewahrt bleibt – das ist die Aufgabe, die ich zu erfüllen habe, im Namen meines ... Patrons. Vertrauen lässt sich auf verschiedene Weise herstellen und sichern, unter anderem durch Einschüchterung – und deshalb seid ihr hier.«

»Genau das frage ich mich schon die ganze Zeit«, erwiderte Kag. »Weshalb wir hier sind.«

Er hatte seinen Becher geleert und saß ganz ruhig da, ein angedeutetes Lächeln auf den Lippen, das Drust gut kannte; es bedeutete Gefahr.

»Meinem Patron ist etwas Wertvolles abhandengekommen«, fuhr Julius Yahya fort. »Etwas, von dem das Vertrauen eines ganzen Volkes abhängt. Deshalb muss es gefunden und zurückgeholt werden.«

Drust vermied es, Kag anzusehen, und hoffte, sein Freund würde schweigen. Kag tat ihm den Gefallen nicht.

»Dein *Patron*«, sagte er und ließ das Wort auf seiner Zunge zergehen wie zuvor das zerstoßene Eis. »Du meinst, dein *Herr*.«

Seine Worte klatschten auf den Tisch wie ein Kothaufen. Drust spürte, dass der Schatten hinter Julius Yahya sich bewegte, und spannte sich innerlich an. Kag lehnte sich lächelnd zurück. Julius Yahya, ein Sklave mit mehr Pfeilen im Köcher als das Heer eines mittelgroßen Reichs, sah Kag unverwandt an, den freigelassenen Sklaven mit einem Tonbecher in der Hand und einem Lächeln auf den Lippen. Ihre Blicke verkeilten sich ineinander wie Hirschgeweihe.

»Patron oder Herr«, sagte Julius Yahya langsam, »du magst es nennen, wie du willst. Es spielt keine Rolle, wer er ist. Es genügt, dass er euren Patron in der Hand hat, so wie euer Patron euch in der Hand hat. Das ist der Lauf der Welt.«

Drust spürte, wie es ihn eiskalt überlief. Er bemühte sich, Kag nicht anzusehen, doch es ließ sich nicht verhindern. Kag spürte seinen Blick, wandte sich ihm zu und zuckte mit den Schultern.

Wenn es stimmte, was Julius Yahya sagte, musste der Mann, dem dieser einflussreiche Sklave gehorchte, über eine enorme Macht verfügen. Wenn ein so mächtiger Mann wie Servilius Structus vor diesem Sklaven auf die Knie ging, dann konnte man erahnen, welche Macht hinter Julius Yahya stehen musste.

Diese Stadt, Leptis Magna, war der Geburtsort des Kaisers, rief sich Drust in Erinnerung. Erneut lief ihm ein eisiger Schauer über den Rücken, und er warf Kag einen kurzen Blick zu, um ihm seinen Gedanken wortlos zu übermitteln. Kag nickte kaum merklich.

Julius Yahya war zufrieden mit dem Eindruck, den seine Erklärung auf die beiden Männer gemacht hatte, und streckte eine Hand aus. Dies war das Zeichen für den Mann hinter ihm, aus dem Schatten hervorzutreten. Er trug eine schlichte Tunika mit einem Gürtel um die Taille. Sein Kopf war lang und schmal, er hatte auffällig geformte Ohrläppchen und eine Haut so weiß wie Kreide. Er trug ein Amulett, was Drust überraschte; er hatte eher den Eindruck gehabt, dass diese Schattengestalt keine Furcht kannte und nicht darauf angewiesen war, die Götter mit solchen Mitteln gnädig zu stimmen. Im Licht der Lampe schimmerten seine Handrücken wie glatt poliertes Elfenbein, als er seinem Herrn mehrere Wachstafeln reichte; seine Handflächen waren jedoch dunkler und kein bisschen glatt, wie Drust nun erkannte.

Dieser Mann vertrug keine Sonne, nicht einmal für fünf Minuten, dachte Drust. Seine Haut würde sich nicht bräunen, sondern regelrecht verbrennen. Er musste sich fühlen wie eine Schildkröte in der Wüste, die in der ständigen Bedrohung lebte, von irgendwelchen grausamen Spaßvögeln auf den Rücken gedreht und liegen gelassen zu werden – nur dass er gegen solche Späße sicherlich gewappnet war. Und in der Dunkelheit schlug er wahrscheinlich so lautlos und tödlich zu wie eine Schlange.

»Danke, Verus.« Julius Yahya klappte die erste Wachstafel auf.

»Die Brüder des Sandes«, las er und krümmte die Lippen zu einem spöttischen Lächeln. »Das klingt schrecklich pathetisch. Seid ihr wirklich wie Brüder? Ich dachte immer, Gladiatoren dürfen keine Freunde haben.«

»Das gilt nur für Sklaven«, widersprach Kag. »Sklaven haben keine Freunde.«

Julius Yahya zuckte mit keiner Wimper, sondern saß einfach ganz ruhig da, die Wachstafel in seinen breiten Fingern, und las.

»Ihr seid sechs, wenn ich mich nicht irre. Ehemalige Gladiatoren und Sklaven. Heute seid ihr auf verschiedene Weise für Servilius Structus tätig.«

Er blickte auf und musterte Kag. »Hast du keinen anderen Namen als Kagiza? Das ist ein Sklavenname – hier steht, du bist ein freier Mann.«

Er wartete nicht auf eine Antwort – allerdings hatte Kag auch nicht vor, sich dazu zu äußern; sein kalter Blick sagte genug. Sein vollständiger Name erinnerte Kag allzu sehr an seine Zeit als Sklave, deshalb behielt er ihn für sich.

Julius Yahya wandte sich wieder seiner Wachstafel zu. »Du stammst aus dem Süden von Thrakien. Dein Vater war römischer Bürger und Legionär in der Dreizehnten Legion, starb ebenso wie deine Mutter an einer Seuche – ein schlimmes Jahr für dich. Danach hast du dich mit Diebstählen über Wasser gehalten – verständlich, aber trotzdem ein Verbrechen. Du wurdest verurteilt – Galeere oder Arena. Die Mittagsvorstellung.«

Als Julius Yahya angefangen hatte vorzulesen, hatte Drust zunächst angenommen, dass es sich um die üblichen Fakten handeln würde, die die römischen Behörden immer vermerkten, sobald man mit ihnen in Konflikt geriet – doch die Informationen, die Yahya zusammengetragen hatte, gingen deutlich weiter. Solche Dinge wusste normalerweise nur jemand wie Servilius Structus – und der würde sie nur unter Zwang oder für viel Geld herausgeben. Oder aufgrund einer Verpflichtung, der er sich nicht entziehen konnte. Drust spürte, wie ihm der kalte Schweiß ausbrach.

»Die Strafe wurde umgewandelt.« Julius Yahya musterte Kag nachdenklich. »Servilius Structus muss irgendetwas an dir gefunden haben, sonst hätte er dir nicht seine Zuchtpferde anvertraut, um mit ihnen zu arbeiten. Womit hast du ihn beeindruckt?«

Kag schwieg, weil Julius Yahya allem Anschein nach bereits alle Antworten kannte, und er nicht die Absicht hatte, sich auf die Spielchen des mächtigen Sklaven einzulassen. Dieser zeigte sich kein bisschen enttäuscht – im Gegenteil, wie sein Lächeln erkennen ließ.

»Du hast bewiesen, dass du mit Pferden umgehen kannst und mit Waffen ebenso. Du hast die Gladiatorenschule besucht, hast fünfzehn Kämpfe bestritten, davon ein Dutzend gewonnen. Zweimal unentschieden – *stans missus*. Du hast lesen gelernt und Philosophie studiert, wahrscheinlich nur, weil dein Herr dich für eine plebejische Familie, die *Gens Acilia*, arbeiten ließ, wo du dem jungen Marcus Acilius Glabrio als Leibwächter gedient hast.

Du hattest dafür zu sorgen, dass der Bengel seinen Unterricht besucht und sich nicht aus dem Staub macht«, fuhr Julius Yahya fort. »Wie es scheint, hast du mehr gelernt als er.«

Er blickte von seiner Tafel auf und lächelte erneut. »Du musstest nichts weiter tun als zuzusehen, wie der Junge seine Möglichkeiten ungenutzt ließ, und dabei selbst lernen. Die Erziehung der Jugend ist das Fundament eines Staates.«

Drust vermutete, dass der Ausspruch von irgendeinem berühmten Mann stammte. Kag kannte ihn, wie Julius Yahya vorhergesehen hatte.

Kag wartete einen Moment, ehe er seinerseits mit einem Ausspruch konterte. »Hunde und Philosophen sind überaus nützlich – doch es wird ihnen nicht gelohnt.«

»Ich bin ein Hund, weil ich die, die mir etwas geben, anwedle, die, die mir nichts geben, anbelle, und die, die mir lästig fallen, beiße«, gab Yahya zurück.

»Im Haus eines reichen Mannes«, erwiderte Kag leise, »gibt es keine schmutzige Stelle, wo man hinspucken kann – außer ins Gesicht des Hausherrn.«

Julius Yahya lachte vergnügt und zeigte seine weiß schimmernden Zähne. »Diogenes von Sinope«, erklärte er, an Drust gewandt, als wäre dieser ein Kind, das noch viel zu lernen hätte.

»Du irrst dich, wenn du glaubst, dass mich das auch nur einen Furz interessiert«, schoss Drust zurück.

Zum ersten Mal verdüsterte sich Julius Yahyas Miene.

»Drusus Servilius, besser bekannt als Drust. Aus dem Volk der Kaledonier, vor dreißig Jahren als kleines Kind bei einem Angriff verschleppt. Sehr ungewöhnlich, dass du lange genug überlebt hast, dass Servilius Structus dich kaufen konnte – als hätten die Götter noch etwas mit dir vor. Die Mutter gestorben, als du neun warst. Hast für Servilius Structus gearbeitet, hauptsächlich Getreidetransporte, und später die Gladiatorenschule besucht. Acht Kämpfe – sechs verloren, zwei gewonnen.«

Er hielt für einen Moment inne. »Nicht gerade erstklassig. Du bist in der einen oder anderen Arena in der Provinz aufgetreten, hast in kleinen Städten ohne Amphitheater auf dem Forum gekämpft. Trotzdem müsstest du eigentlich tot sein, wenn man deine kümmerliche Bilanz betrachtet. Angeblich wurdest du jedes Mal verschont, weil du dich tapfer geschlagen hast.«

Drust war sich bewusst, dass die Leute oft eine falsche Vorstellung von der Tätigkeit eines Gladiators hatten. Die meisten dachten, der Verlierer eines Kampfes müsse unweigerlich sterben. Da die Ausbildung der Gladiatoren jedoch viel Geld kostete und sie nur etwa drei- oder viermal im Jahr kämpften, wurden sie normalerweise verschont. Sie starben lediglich durch einen Unfall, wenn der

Spielgeber für ihren Tod aufkam oder wenn sie den Kampf verloren und dabei keine gute Figur machten.

Drust hatte sich stets wacker geschlagen, er hatte tatsächlich in Provinzarenen gekämpft, sogar auf staubigen Marktplätzen. In solchen kleinen Städten saßen die Veranstalter der Spiele immer im Stadtrat und mussten mit ihrem Geld sparsam umgehen; tote Gladiatoren konnten sie sich nicht leisten. Drust hatte in sorgfältig einstudierten Schaukämpfen heroische Rollen gespielt und war damit vier Jahre lang gut gefahren.

Er behielt seine Gedanken jedoch für sich und zuckte nur mit den Schultern. »Nicht jeder kann ein Spartacus sein.«

Julius Yahya musterte ihn einen Moment lang. »Du hast deinem Lanista einmal das Leben gerettet, als du ihn auf den Straßen der Stadt begleitet hast. Hast ein Dutzend junge Rüpel abgewehrt. Einen hast du mit einem Holzknüppel getötet.«

»Wenn man die richtige Stelle erwischt«, erwiderte Drust ungerührt, »kann sogar ein Löffel zur tödlichen Waffe werden. Trotzdem stimmt einiges nicht von dem, was du da von deinem Täfelchen abliest. Nicht ich habe den Kerl getötet, und er war auch kein ›Rüpel‹, sondern ein Kämpfer aus einer anderen Gladiatorenschule, der für den Überfall angeheuert wurde. Außerdem waren es nicht ein Dutzend Angreifer, sondern höchstens eine Handvoll. Und gerettet wurde nicht der Lanista, sondern Servilius Structus. Der Lanista ist der Gladiatorenmeister – unserer war ein Scheißkerl namens Sophon. Hätte ihn jemand angezündet, hätte ich ihn nicht mal angepisst, um ihn zu retten.«

Er erinnerte sich an das grinsende Gesicht des jungen Kaisersohns, seinen dreisten »Missio«-Ruf, um verschont zu werden, nachdem er versucht hatte, Drust mit seinem Schwert niederzumachen. Caracalla hatte Servilius Structus mit voller Absicht angegriffen und deshalb ein paar richtige Kämpfer aufgeboten, um ihm eine Lektion zu erteilen oder ihn zu töten. Warum – das war Drust immer noch ein Rätsel, aber wahrscheinlich steckte nichts anderes dahinter, als dass ein verwöhnter Bengel Lust hatte, seine grausamen Neigungen auszuleben.

Servilius Structus hatte nur mit den Schultern gezuckt, als Drust ihn danach gefragt hatte, doch er war leichenblass geworden. Es habe sich um eine alte Geschichte gehandelt, hatte er erklärt, und Drust solle sich deswegen keine Gedanken machen. Am besten wäre es, Drust würde für eine Weile aus Rom verschwinden.

Drust war im ersten Moment geschockt gewesen, fast so wie an dem Tag, als der fette Alte ihn aus seinem Dienst entlassen und ihm die Freiheit geschenkt hatte. Es war, als hätte Servilius ihn ins eiskalte Meer geworfen.

Die Freiheit hatte sich als eine bittere Frucht herausgestellt. Ein Sklave, der in der Arena kämpfte, bekam täglich seine vier Mahlzeiten, freies Quartier, beste medizinische Betreuung, dazu als Gladiator auch noch die Möglichkeit, sich jederzeit mit den Huren zu vergnügen, die Servilius Structus für seine Kunden aus gutem Hause bereitstellte, die es eigentlich besser wissen sollten.

Der frischgebackene Freigelassene Drusus Servilius musste nun selbst für seinen Lebensunterhalt sorgen – und das Einzige, was ihm einfiel, war, weiter für Servilius

Structus zu arbeiten, für den gleichen Lohn, den er zuvor als Sklave erhalten hatte. Der einzige Unterschied bestand darin, dass er nicht mehr in die Arena musste und stattdessen die Aufgabe übernahm, den Transport wertvoller Güter in entlegene Teile des Reichs zu eskortieren und somit der Aufmerksamkeit des angesäuerten Kaisersöhnchens zu entgehen.

Streitwagen, Pferde und Kämpfer in die Provinzen, Zuchtpferde nach Afrika, Getreide und weißer Spezialsand nach Rom – die Geschäfte führten Drust und die anderen oft für längere Zeit weit weg von Rom. Wenn sie zurückkehrten, wurden sie für andere Aufgaben eingesetzt, die für das jeweilige Opfer unweigerlich tödlich endeten.

Als freier Mann musste er erkennen, dass ehemalige Sklaven überall als Abschaum galten. Somit änderte sich für ihn nicht viel, denn schon als Gladiator hatte er im allgemeinen Ansehen noch eine Stufe unter den Huren gestanden. Drust fand das in gewisser Weise sogar recht passend. In beiden Tätigkeiten trug man seinen Körper zu Markte und versuchte irgendwie zu überleben. Zwei Seiten derselben Medaille. Er hatte gedacht, als freier Mann endlich ein anderes, besseres Leben führen zu können. Ein Irrtum. Die Leute wussten, woher er kam, und wenn er das Sklavenzeichen an seinen Händen selbst an den heißesten Tagen unter der Tunika verbarg, wussten sie erst recht Bescheid.

»Nun bist du der Anführer dieser sogenannten Brüder des Sandes«, fuhr Julius Yahya fort, »zu denen auch unser philosophisch geschulter Stallbursche hier gehört. Wie sagte schon Heraklit: Dadurch, was du Tag für Tag wählst, was du denkst, was du tust, wirst du der, der du bist.«

»Zum Hades mit dir«, erwiderte Kag liebenswürdig. Drust beobachtete, dass der Mann hinter Julius Yahya ein wenig zurückzuweichen schien, als sammle er seine ganze Kraft. Drust wollte etwas sagen, seinem Freund die Hand auf den Arm legen, um ihn zu zügeln, doch er rührte sich nicht und sagte kein Wort.

»Wir sind Prokuratoren, nach den *Procuratores dromi*«, fügte Kag hinzu.

Einen Moment lang war Stille, dann lachte Yahya leise und nickte. Die Procuratores dromi hatten die Aufgabe, während der Wagenrennen auf die Bahn zu laufen und herumliegende Trümmer ebenso zu beseitigen wie Tote und Verletzte, aber auch gestürzte, schreiende Pferde. Danach streuten sie frischen Sand aus, um das Blut zu binden, und glätteten die Bahn, damit das Spektakel weitergehen konnte. Mit dieser gefährlichen, undankbaren und schlecht bezahlten Tätigkeit verglich Servilius Structus offenbar die Aufgaben, die er Drust und den anderen übertrug, da er sie im Scherz als Prokuratoren bezeichnete. Sie selbst nannten sich Brüder des Sandes.

»Sibanus Servilius«, fuhr Julius Yahya fort. »Seltsamer Name, aber er stammt aus dem Volk der Garamanten, ein *Mavro*. Euer ehemaliger Herr hat ihn als Wagenlenker angeheuert; wie ich sehe, hat er sechsunddreißig Rennen bestritten, davon neunzehn gewonnen, ist in zwölfen Zweiter geworden und die restlichen unplatziert geblieben. Anscheinend ist er so etwas wie ein Kundschafter in eurer kleinen Gruppe.«

Drust stierte ihn ausdruckslos an. *Mavro* – »Schwarzer« – so nannten die Römer spöttisch Menschen von dunkler Hautfarbe, wenngleich sich das inzwischen gelegt hatte, da der Kaiser selbst eher dunkel- als hellhäutig war, was – leicht abgeschwächt – auch für seine Söhne galt. Sib war geschmeidig und in der Nacht so gut wie unsichtbar, solange er nicht gerade lächelte. Doch das tat er nicht oft. In Wahrheit stammte er nicht aus dem Volk der Garamanten, sondern aus einem weiter südlich ansässigen Stamm in den Tiefen der Wüste.

»Er ist ein richtiger Wüstenkrieger«, bestätigte Julius Yahya und seufzte. »Wenn du von hier aus einen Stein wirfst, egal in welche Richtung, wirst du ein halbes Dutzend wie ihn treffen. Es war eine Gnade der Götter, dass er gefangen genommen wurde und Servilius Structus in die Hände fiel. Der Mann scheint ein Auge für fähige Leute zu haben. Andernfalls wäre er bloß ein junges Leben mehr gewesen, das sinnlos erlischt.«

»Aber jetzt«, warf Kag leise ein, »blutet er natürlich für das Imperium.«

»Das Imperium hat ihm immerhin das Leben gerettet«, erwiderte Yahya gelassen. »Sonst wäre er in der Garnison von Tingis ans Kreuz geschlagen worden. Die haben dort nämlich keine Spiele zur Unterhaltung – ihr Zeitvertreib ist daher von etwas grausamerer und tödlicherer Art.«

Das alles wussten sie nur zu gut. Ebenso wussten sie, wer noch auf Yahyas Liste stand. Manius Servilius, ein Mann, der nach außen so gutmütig wirkte wie ein Priester der Göttin Ceres, der die Gläubigen zum Erntedankfest empfing, mit seinen Lachfältchen und seinen ebenmäßigen Zähnen, die gelb verfärbt waren von irgendwelchen Kräutern aus den östlichen Provinzen, die er kaute, wenn er sie irgendwo bekam.

Es konnte vorkommen, dass er jemandem herzhaft die Hand schüttelte und mit der anderen Hand seinen krummen Dolch zog, eine tödliche Klinge aus Judäa, die an den Giftzahn einer Schlange erinnerte. Er bewegte sich völlig lautlos und tötete ohne Skrupel. Wenn er seinen Bogen zur Hand nahm und einen Pfeil in die Sehne legte, gab es für sein Opfer kein Entrinnen.

Auch er stammte aus irgendeiner Wüstengegend, doch Sib traute ihm nicht über den Weg; er sah in Manius etwas Dunkles, Dämonisches. Manius kümmerte sich nicht darum. Er war im Ludus Ferratus ausgebildet worden, der Eisernen Gladiatorenschule von Servilius Structus, hatte sechzehnmal gekämpft und ebenso oft gewonnen, doch seine Freiheit hatte er sich durch die mitunter etwas unappetitlichen Aufgaben erworben, die er an Drusts Seite für Servilius Structus ausführte.

Ugo war ein hünenhafter, strohblonder Spezialist im Umgang mit der Streitaxt, den Aufzeichnungen zufolge ein Germane, genau genommen aus dem Volksstamm der Friesen. Für ihn selbst war seine Herkunft längst nebensächlich, ebenso wie die Art der Waffe, mit der er in der Arena kämpfte. Früher hatte er oft die Rolle des Hoplomachus, eines schwer bewaffneten Gladiators, übernommen, doch die Streitaxt war sein bevorzugtes Werkzeug. Ugo behauptete, in seiner alten Heimat einst ein Stammesführer gewesen zu sein. Er hatte kein Problem damit,

Befehle auszuführen, verfügte aber gleichzeitig über die Fähigkeit, selbstständig zu denken, und hatte nie Geld in der Tasche.

Quintus Servilius war ein Kerl, der sich durch seine gerade, direkte Art auszeichnete. Er war schlank und drahtig gebaut und hatte das versonnene Lächeln eines Vagabunden. Quintus hatte die ganze bekannte Welt gesehen, alle möglichen Tätigkeiten ausgeübt und verfügte über einen ausgeprägten, bisweilen auch bissigen Humor, mit dem er jede Art von Verrücktheit aufs Korn nahm, dabei aber eine überraschende Nachsicht mit den Narren zeigte. In der Arena hatte er als Retiarius mit Wurfnetz und Dreizack gekämpft, eine Rolle, die Schnelligkeit, Schlauheit und Präzision verlangte. Er hatte etwa ein Dutzend Einsätze in den Provinzen absolviert, doch die Leute verabscheuten den Retiarius, weil er fast nackt kämpfte, was allgemein als zu griechisch empfunden wurde. Er selbst war besonders unbeliebt, weil er seine Kämpfe überlebt hatte. Der Retiarius trug einen offenen Helm – die Zuschauer liebten es, die erlöschenden Augen eines sterbenden Kämpfers zu sehen.

Drust erinnerte sich, wie Quintus bei dem Vorfall in den Straßen Roms aus der Gasse gestürmt war wie ein Wirbelwind. Er hatte gelacht, so wie früher, wenn er an der Seite von Supremus, dem Gallier, gekämpft hatte. Als Supremus eines Tages aus der Arena geschleift wurde und man ihm vorsichtshalber noch einen kräftigen Schlag auf den Kopf versetzte, um sicherzugehen, dass er tot war, hatte Quintus sich als Einziger um eine angemessene Bestattung des Toten gekümmert.

Das alles war nur ihnen selbst und Servilius Structus bekannt, und es gefiel Drust gar nicht, dass Julius Yahya, dieser leicht nach Zimt und Rosen duftende Sklave, es ebenfalls wusste. Es war, als würde man sie auf dem Sklavenmarkt nackt zum Verkauf feilbieten.

Sie waren die Procuratores, die Brüder des Sandes – Männer, die einander gut kannten, die durch ihre gemeinsame Vergangenheit verbunden waren, durch die Erinnerung an den Angstschweiß in den unterirdischen Gewölben schäbiger Amphitheater und an irgendwelche heiligen Wüstenorte, wo sie am Lagerfeuer gesessen und eine Ziege gebraten hatten. Männer, die Rücken an Rücken und Seite an Seite gekämpft hatten, über und über bespritzt vom Blut der Toten. Sie hatten es mit Feiglingen und niederträchtigen Bastarden aller Hautfarben und Völker zu tun bekommen. Gemeinsam hatten sie die letzten Worte der Sterbenden vernommen und manchmal ein Stöhnen der Lust, auch wenn es vielleicht nicht immer echt war.

Einmal hatte man sie ins römische Heer eingegliedert, wo sie sich in der Rolle der Befreier sonnen konnten, als sie zusammen mit den Soldaten der Dritten Augusteischen Legion in Dörfer und Städte einmarschierten und einen Aufstand irgendwelcher in Lumpen gehüllter Kerle niederschlugen. Der Aufstand selbst ging Servilius Structus im Grunde nichts an – sein einziges Interesse bestand darin, dass seine schwer beladenen Wagen sicher in Rom ankamen. Die Legion hatte angenommen, dass sich in den Wagen Getreide für die römische Bevölkerung befand, doch in Wahrheit handelte es sich um feinen weißen Sand für die Arena. Drust und die anderen hätten dafür beinahe ihr Leben geopfert.

Nachdem sie in die Stadt einmarschiert waren, hatten sie zunächst die Gefangenen befreit und dann alles an sich genommen, was nicht niet- und nagelfest war. Die Herrschaft hatten sie in die Hände der hiesigen Anführer gelegt, die daraufhin alle »Verräter« an den Balken ihrer eigenen Häuser aufhängten, sodass sie aussahen wie seltsam geformte Flaschenkürbisse.

Sie hatten miterlebt, wie Menschen, die sie kannten, einen wenig glorreichen Tod starben, Menschen, die in ihren letzten Worten nicht ihren Kaiser oder ihr Vaterland würdigten, sondern einfach nur »Scheiße« hervorstießen, oder »Sagt meiner Mutter nicht, dass ich mir in die Hose geschissen hab«. Manchmal hatten sie Leute getötet, die vor ihnen auf dem Boden knieten und unter dem Johlen der Menge auf den Todesstoß warteten.

Irgendwann, dachte Drust, fing man an, sich zurückzuziehen – das war das erste Zeichen. Man entfernte sich von den anderen, als würde es das beiden Seiten irgendwie leichter machen, wenn der Tag kam. Selbst als freigelassener Sklave. Man ging den leichteren Weg, übernahm die einfacheren Transporte, bei denen die einzige Gefahr darin bestand, einem gelegentlichen Dieb in den Arsch zu treten, der sich schleunigst aus dem Staub machte. Servilius Structus hatte es gewusst, so wie er alles über seine Männer wusste. Sie waren nicht mehr dieselben, verloren den Biss, die Schärfe, die Kampfkraft.

Drust wollte keine größeren Herausforderungen mehr annehmen, als Wagen und Fuhrwerke zu eskortieren – das erkannte auch Julius Yahya; er wusste genau, wann er ein bisschen an der Angel ziehen musste, um den Fisch dazu zu bringen, sich in den Köder zu verbeißen. Er hob wortlos die Hand, worauf ihm eine Schriftrolle gereicht wurde. Er entrollte sie und drehte sie so, dass Drust und Kag sie sehen konnten. Sie war weiß wie ein neugeborenes Lamm, das Siegel darauf wie ein frischer Blutstropfen.

»Dieser Brief enthält eine Vollmacht, die selbst einen Legaten vor Neid erblassen ließe«, erklärte er. »Damit kommt ihr durch jede Sperre, die irgendein noch so hoher Amtsträger im Imperium errichten kann.«

Drust sah ihn wortlos an. Julius Yahya neigte die Schriftrolle leicht, sodass sie sich aufzurollen begann, und lächelte.

»Ihr alle, die ganze seltsame Bruderschaft, werdet reicher sein als die Götter. Dies ist ein Vertrag. Jeder von euch wird ihn unterzeichnen. Von dem Lohn, den ihr erhaltet, könnt ihr fünf Jahre im Luxus leben. Nur wer allzu verschwenderisch damit umgeht, sitzt schon nach einem Jahr auf dem Trockenen.«

Sein Lächeln gefror. »Euer Geld wird euch natürlich nicht viel nützen, wenn ihr nichts habt, worauf ihr sitzen könnt.«

Drust hielt den Atem an. Freigelassene Sklaven verfügten zwar über gewisse Rechte, aber es gab mehr als das ...

»Bietest du uns etwa das Bürgerrecht an?«, fragte er, und Yahya nickte. Kag lachte laut auf, und Yahyas Kopf zuckte in seine Richtung; für einen kurzen Moment ließ er die Maske fallen, und etwas Wildes blitzte auf.

»Du verschmähst das Bürgerrecht?«

Kag zuckte die Schultern. »Was soll ich damit? Seit Kaiser Nero kann selbst ein Sklave vor Gericht gehen – aber Leute mit genug Geld können immer einen Richter bestechen, um sich das gewünschte Urteil zu erkaufen. Wenn du mich zum Bürger machst, habe ich das Stimmrecht; die Frage ist, ob ich mir die Reise in die Stadt leisten kann, denn man muss persönlich anwesend sein. Vor dem Gesetz spielt es keine Rolle mehr, ob ich den Honestiores oder den Humiliores angehöre – der Elite oder dem Abschaum. Wir sind alle gleich unwichtig, weil wir so oder so nichts zu sagen haben. Der Kaiser regiert, wie es ihm gefällt.«

Julius Yahya starrte ihn mit großen Augen an. Drust hätte jubeln können vor Genugtuung, dass Kag den Mann sprachlos gemacht hatte. Er schwieg jedoch und rutschte auf seinem Platz hin und her. Ein Bürger der Stadt Rom zu sein war für viele sicher erstrebenswert, allerdings nicht mehr das, was es einmal war.

»Besser ein römischer Bürger als ein bloßer Freigelassener«, brachte Yahya schließlich hervor – sichtlich bemüht, die Bitterkeit in seiner Stimme im Zaum zu halten. »Oder ein Sklave.«

»Du sitzt als Sklave hier«, erwiderte Drust, »darum mag es dir verlockend erscheinen. So wie es für uns verlockend war, in die Freiheit entlassen zu werden. Aber römische Bürger zu sein war nie ein Ziel für uns. Etwas anderes ist es mit dem Geld, das uns dieser Vertrag verspricht. Wenn es stimmt, was du sagst, und wir dadurch reicher als die Götter werden, dann wäre ich vielleicht auch als einfacher Freigelassener in der Lage, selbst dich zu kaufen.«

Einen langen Moment herrschte bleierne Stille; der Hass, den Julius Yahya ausstrahlte, war mit Händen zu greifen.

Drust beugte sich vor und hob beide Hände, die Handrücken Yahya zugewandt. »Ein Sklave gehört seinem Herrn voll und ganz. In jedem Augenblick, und selbst in seinen Träumen, wenn sein Herr es so will. Sein Besitzer kann über jede Stunde seines Tages verfügen, und das ist kein angenehmes Leben. Wenn dann im Alter die Kräfte schwinden, wird der Sklave nicht mehr gebraucht und durch einen jüngeren ersetzt. Was immer geschehen mag, dieses Zeichen bleibt uns erhalten, solange wir unsere Hände haben.«

Julius Yahya betrachtete Drusts Fingerknöchel mit den verhassten Buchstaben darauf: E.S.S.S. Drust sah Yahyas rechte Hand zur linken Schulter zucken, wo er sein Zeichen trug, diskret und verborgen, wie es bei besonders teuren Sklaven üblich war.

Drust lächelte. »*Ego sum servus Servilius*«, erklärte er. »Jeder Gladiator trägt dieses Stigma oder eines in dieser Art. In unserem Fall auf den Händen, wo es sich nicht verbergen lässt, denn wir sind Sklaven der Arena und doppelt verflucht in jeder Gesellschaft.«

Er legte seine Hände mit den Handflächen nach unten auf den Tisch und sah auf sie hinunter. »So wird man zum Sklaven gemacht – nicht durch Geburt oder Erziehung, nicht durch Klotho und die anderen Parzen, die den Lebensfaden spinnen und abschneiden. Alles, was es braucht, ist ein Pfund ägyptische Pinienrinde, zwei Unzen Bronze, zwei Unzen Galle, eine Unze Schwefelsäure. Dazu eine gehörige Portion Schmerz und Scham. Das alles wird gut vermischt, die Fingerknöchel werden mit Lauchsaft gewaschen, dann werden die Buchstaben mit spitzen Nadeln eingeritzt, bis das Blut fließt. Zuletzt wird die Tinte eingerieben.«

Drust blickte in Julius Yahyas funkelnde Augen. »Aber das weißt du ja alles selbst. Als Sklave kannst du noch so klug sein – wie du oder Kag –, du kannst trotzdem nie wirklich verbergen, was du bist – habe ich nicht recht? Du magst wertvoll sein, vielleicht gibt dein Herr mehr für dich aus als ein durchschnittlicher Händler für seine Kinder. Dennoch bist du nicht frei, auch wenn du mehr Freiheiten haben magst als ein Fischer, der jeden Morgen seine Netze auswirft, oder ein Sänftenträger, der Leute wie Servilius Structus durch die Stadt schleppen muss. Du magst mehr Freiheiten genießen als wir Freigelassenen, die wir immer noch die Zeichen unserer Unfreiheit tragen. Wir sitzen hier auf Geheiß von Servilius Structus, um zu tun, was dein Herr von uns will ... falls wir dieses Dokument unterschreiben.«

Drust lehnte sich zurück. »Ein Freigelassener kann seinen Weg machen, wenn er Gelegenheit bekommt, sich zu beweisen, egal ob Bürger oder nicht. Was nützt mir das Bürgerrecht, wenn ich trotzdem meine Hände unter der Tunika verstecken muss?«

»Soll jedem alles offenstehen, gibt es keine Grenzen mehr?«, knurrte Julius Yahya.

»Keiner ist als rundum fertiger Mensch aus Jupiters Haupt entsprungen«, schoss Kag zurück. »Jeder fängt klein an.«

»Und was kommt als Nächstes?«, erwiderte Yahya zornig. »Legionen, die von germanischen Generälen mit wilder Mähne angeführt werden?«

»Wie wär's damit, dass Rom von einem Mavro gelenkt wird, einem Afrikaner?«, warf Kag mit leiser Stimme ein.

Julius Yahya hob ruckartig den Kopf, dann lächelte er gequält und schob ihnen die Schriftrollen über den Tisch hinweg zu.

»So oder so, es wird euer Leben verändern.«

Drust sah ihn wortlos an, spürte Kags Blick auf sich ruhen, wagte aber nicht, ihn anzusehen. *Es wird unser Leben verändern ...*

»Ich darf hinzufügen, dass euer Patron, Servilius Structus, ebenfalls seinen Lohn für eure Mühe erhalten wird«, fuhr Yahya fort.

»Na, dann ist ja alles gut«, meinte Kag lakonisch.

Drust erinnerte sich an die Worte, die Servilius ihnen mit auf den Weg gegeben hatte: *Tut, was er euch sagt, ohne Wenn und Aber.* Es war seine Art, Lebewohl zu sagen. *Wir werden uns wahrscheinlich nicht wiedersehen.*

Er lässt uns für einen anderen arbeiten, war es Drust in jenem Moment durch den Kopf gegangen. *Wie Zuchtpferde, die ihre beste Zeit hinter sich haben und die man bereitwillig verleiht.* Aber es ist noch viel schlimmer, dachte er nun. *Er hat uns verschachert.*

Julius Yahya schien Drusts Gedanken zu erahnen und lächelte.

»Wir müssen uns also kümmern um das, was Glückseligkeit schafft. Wenn sie da ist, so besitzen wir alles, wenn sie aber nicht da ist, dann tun wir alles, um sie zu besitzen.«

Kag zuckte mit den Schultern. »Wenn du dieses wesenhaft Schöne erblicken solltest, dann wird es dir nicht mit der Schönheit des Goldes und der Kleidung und mit schönen Knaben und Jünglingen vergleichbar erscheinen.«

»*Applaudo*«, meinte Julius Yahya bewundernd und sichtlich erfreut.

Drust hingegen hatte langsam genug von diesem Austausch kluger Sprüche irgendwelcher bärtigen Philosophen; bei solchen Gefechten kamen meistens unbeteiligte Zuschauer zu Schaden, dachte er. Außerdem ging es ihm gegen den Strich, dass sie ihn zunehmend ignorierten. Er fühlte sich so fehl am Platz wie in der Gesellschaft eines Liebespaars. Es war Zeit, daran zu erinnern, weswegen sie eigentlich hier waren und wie viel dabei auf dem Spiel stand.

»Gut, wir werden alle zu reichen römischen Bürgern«, warf er in rauem Ton ein. »Mir soll's recht sein. Es macht mich richtig glücklich. Und genau das macht mir Angst. Denn immer, wenn ich glücklich bin, passiert irgendwas Schlimmes. Das habe ich einmal auf einer Mauer am Forum gelesen.«

Das Geräusch kam so überraschend, dass sie kurz erschraken, sogar Julius Yahya. Alle drehten sich zu Verus, dem stillen Mann im Schatten, um, der laut aufgelacht hatte.

»Was müssen wir für so viel Glück tun?«, fragte Drust in die darauffolgende Stille.

KAPITEL 1

Britannia inferior, sechs Monate später

Es war ganz einfach. Sie mussten nur eine Frau und ihr Kind zurückholen, die von Banditen verschleppt worden waren. »Die Epidier«, hatte Julius Yahya hinzugefügt und das Wort einen Moment lang auf sich wirken lassen, als wäre es ein exquisiter Wein. »Die sind alle Banditen. Eine bestimmte Frau muss zurückgebracht werden; sie hat ein Kind – und ihr könnt euch vorstellen, dass sie alles tun würde, falls es bedroht wird, deshalb müsst ihr den Jungen ebenfalls zurückbringen. Beide sind Sklaven – ihr dürft der Mutter kein Wort glauben, falls sie etwas anderes behauptet. Ihr bringt die beiden zu einem gewissen Kalutis in Eboracum, einer Stadt in Britannia inferior – oder was man dort unter einer Stadt versteht. Von dort wird das Imperium zurzeit regiert, bis der Kaiser mit den Fellträgern fertig ist. Verus wird auch dort sein; er wird sich um die Frau und das Kind kümmern und euch bezahlen. Wenn alles vorbei ist, wärt ihr gut beraten, die Sehenswürdigkeiten des Reichs zu genießen, überall – nur nicht in Rom.«

Banditen. Ein hübsches Wort, dachte Drust. Es hatte so einen romantischen Klang nach Draufgängertum und Abenteuer. Die Epidier hatten allerdings nichts Romantisches an sich. Sie existierten eigentlich nur als Name, unter dem die Römer verschiedene Stämme zusammenfassten – den Stamm vom Blauen Fluss, den Stein-Clan, den Schwarzbärstamm und einige mehr, die das Gebiet bis hinauf zu den Wäldern im Norden bewohnten. Sie waren einmal Drusts Volk gewesen, wenngleich sie heute für ihn nur noch Fremde waren – schließlich war er schon als kleines Kind verschleppt worden. Er glaubte aber nicht, dass man ihn deswegen für diese Aufgabe ausgewählt hatte.

Die Armee war bereits dort und quälte sich durch das sumpfige Land, durch dunkle Wälder, und ließ eine Spur von Blut und Leichen zurück. Doch sie waren viele, und einige tapfere, fähige Kämpfer hätten sich sicher für eine solche Unternehmung finden lassen. Wie es schien, sollten jedoch möglichst wenige von der Sache erfahren.

»Dann zahlt ihnen doch einfach ein Lösegeld«, hatte Kag gemeint. »Gut möglich, dass die Banditen Wort halten und die Frau lebend freilassen. Sie ist die Tochter irgendeines hohen Tiers, oder? Vielleicht eines Stammeshäuptlings? Bestimmt haben die es auf das Geld der Familie abgesehen.«

»Der Mann, der sie entführt hat, will kein Lösegeld, das hat er klar gesagt«, hatte Julius Yahya erwidert. Kag und Drust hatten einander verwundert angesehen.

Liebe oder Politik, dachte Drust. Vielleicht auch beides – und irgendwie mussten die Mächtigen auf dem Palatin damit zu tun haben. Ihm gefiel die Sache jedenfalls gar nicht, sie machte ihm regelrecht Angst. Es war, als würden dunkle Schatten aus der Unterwelt nach ihm greifen, um ihn an den Ort zurückzubringen, an dem er am allerwenigsten sein wollte. Er hatte Rom verlassen, um sich vor den Rachegelüsten des Kaisersohns in Sicherheit zu bringen, dem er eine schmerzhafte Lektion verpasst hatte – und jetzt bot man ihm viel Geld dafür, dass er dorthin zurückkehrte. Es war eine Falle, doch er würde ihnen nicht den Gefallen tun und hineintappen ...

Julius Yahya hatte ihn angesehen wie ein Fischer, der sich völlig sicher war, dass ihm die Forelle nicht mehr entwischen konnte.

»Der Mann, der diese Frau und ihr Kind entführt hat, heißt Colm. Ich glaube, du kennst ihn.«

Und ob Drust ihn kannte. Für die Brüder des Sandes war Colm immer nur »der Hund« gewesen. Wenn Drust an ihn dachte, sah er ein verzerrtes Gesicht vor sich und Hände, die sich vergeblich gegen die Ketten wehrten. Er hatte Drust verflucht für das, was er seiner Frau antat.

Drust kannte seine Frau gar nicht, doch der Hund hatte immer irgendwo eine, also war das keine Überraschung. Überraschend war nur, was er für diese Frau getan hatte – er hatte sich Bulla, dem Anführer einer Bande von Räubern und Aufständischen, angeschlossen. Sechshundert Mann zogen plündernd über die italische Halbinsel. Während der Kaiser neue Territorien eroberte, vernachlässigte sein Sohn Antoninus seine Aufgaben als

Mitkaiser. Lieber zog er selbst mit seiner Bande durch die Straßen von Rom und fiel über unschuldige Bürger her. Zwei Jahre hatte es gedauert, bis er Bulla gefasst hatte; für viel Gold hatte jemand den Anführer verraten, worauf seine Bande sich auflöste. Der Hund hatte wie immer Pech gehabt, hatte zu spät die Seite gewechselt, um am Geldsegen teilzuhaben, und war nur um Haaresbreite entwischt.

War das Kind dieser Frau von ihm?, fragte sich Drust. Wäre Colm lange genug geblieben, hätte Servilius Structus ihn ebenfalls in die Freiheit entlassen. Als er dann hörte, dass Colm mit Banditen losgezogen war, schickte er seine Prokuratoren aus.

»Ich will ihn nicht tot«, hatte er gemeint. »Er soll sich bloß wünschen, er wäre es.«

Sie hatten ihn lange gejagt, nachdem Bullas Bande sich aufgelöst hatte. Am Ende waren sie frustriert und mit leeren Händen in die Stadt zurückgekehrt. Doch der Hund hatte sich nicht lange von Rom fernhalten können. Er war noch nicht lange in der Stadt, als sie ihn fanden – zum Glück ohne Frau und Kind, denn Ugo verprügelte ihn, bis er Blut pisste, dann ließen sie ihn in Ketten in einem Keller des Armenviertels liegen, in dem sie ihn aufgestöbert hatten.

Colm hatte sie angefleht, ihn freizulassen, schließlich habe er seine Strafe bekommen. Später hörte Drust, dass er sich mit der Frau hätte treffen sollen und dass sie von ihm abhängig war, doch auch ohne Ketten hätte er nicht zu ihr gehen können, weil sie ihm das Bein gebrochen hatten.

Drust dachte lange darüber nach, dann kritzelte er seinen Namen auf den Vertrag und sah Kag an; der blies die Backen auf und machte es ebenso.

Sie hätten nicht erklären können, warum sie es taten, aber die anderen setzten ebenfalls ihr Zeichen unter das Schriftstück, als sie erfuhren, dass Colm, der Hund, in die Sache verwickelt war, auch wenn keiner zugeben wollte, dass er es seinetwegen tat; sie behaupteten, es ginge ihnen nur ums Geld und das römische Bürgerrecht.

Drust drängte den Gedanken beiseite, zusammen mit allem anderen, mit dem er sich nicht mehr beschäftigen wollte. Stattdessen konzentrierte er sich auf die Frage, wie sie möglichst unbemerkt nach Norden gelangen konnten.

Der Junge sah sie schon von Weitem, als sie auf der Südseite der Mauer aus Richtung Westen auftauchten. Sie hatten kurze Haare, rochen aber irgendwie nach langen Haaren und sahen auch ein wenig abgerissen aus, abgesehen von ihren Waffen. Der Junge hatte ein Ende seines aus rauem Stoff gewobenen Umhangs über den Kopf gezogen, um sich selbst und die Stöcke, die er gesammelt hatte, vor dem Regen zu schützen. Es waren gute Stöcke, gerade und ohne Knoten – daraus ließen sich gute Hackenstiele machen, dachte er.

Langsam, aber entschlossen marschierte er los, um zu seinem Vater zurückzukehren. Wenn Fremde auftauchten, war es nie verkehrt, ihn zu warnen, auch wenn sich in letzter Zeit viel mehr von ihnen hier herumtrieben als je zuvor.

Sein Vater hörte zuerst gar nicht zu, er war zu beschäftigt damit, einen Hackenkopf am Stiel zu befestigen – vom unteren Ende her. Das war zwar schwieriger, als den Kopf von oben aufzusetzen, lieferte dafür aber ein dauerhafteres Werkzeug. Da die Hälfte seiner Kunden von der Armee war, konnte er ihnen unmöglich Hacken verkaufen, deren Stiel sich schon nach kurzem Gebrauch löste.

Es verlangte einige Erfahrung und viel Geschick, um einen Stock in genau der richtigen Länge und Stärke auszusuchen und daraus einen passenden Hackenstiel zu machen.

»Da kommen Fremde, Vater. Diesmal sind es andere – die habe ich hier noch nie gesehen.«

»Natürlich nicht – sonst wären es ja keine Fremden.«

Trotzdem hatte der Junge recht. Es waren tatsächlich neue Fremde. In letzter Zeit waren einige gesichtet worden, seit die Armee wieder zurück war – und dazu gleich drei Kaiser, wenn es denn stimmte, was man sich erzählte. Der Norden war wieder einmal in Aufruhr, und die drei Kaiser – der Vater und seine beiden Söhne – waren angeblich über den Hadrianswall hinaus zum Antoninuswall im Norden gezogen. Diese Anlage aus Holz und Erde war schon vor vielen Jahren errichtet worden, danach längere Zeit unbemannt gewesen, während der Hadrianswall ausgebessert wurde. Daran erinnerte sich der Vater des Jungen noch gut; er hatte damals als junger Mann für seinen eigenen Vater gearbeitet. Die Soldaten hatten eine Menge Hacken und Äxte benötigt, um die Befestigungsanlage wiederherzustellen, hatten die zuvor entfernten Tore auf der Nordseite wieder eingesetzt und entlang der Mauer frische Gräben ausgehoben.

Nun, mit dem Kaiser und seinen Söhnen, wurde wieder einmal alles anders. Der Hadrianswall schien an Bedeutung zu verlieren, auch wenn der Hauptmann der achtköpfigen Turmwache seine Männer weitermachen ließ wie immer, um den Anschein zu erwecken, dass sein Mauerabschnitt jederzeit verteidigt werden konnte. Dies änderte nichts daran, dass sich das Imperium jetzt anscheinend auf jenseits der Mauer ausgedehnt und sich die Grenze nach Norden verschoben hatte. Ein verwirrender Zustand für den Hauptmann, der sich fragte, ob sein Turm überhaupt noch gebraucht wurde und wofür er selbst noch da war.

Hinzu kam, dass sich merkwürdige Dinge zutrugen. Immer wieder wurden Männer in Fellen auf kleinen Pferden gesichtet, mit Wurfspeeren bewaffnet. Sie hatten Frisuren, die verfilzten Vogelnestern glichen und in denen Knochen und Silberschmuck hingen, am seltsamsten war jedoch, dass ihre Haut schwarz wie Kohle war. Sie kamen von Westen her an der Mauer entlanggeritten und unterhielten sich in einer Sprache, die nur sie selbst verstanden – und dennoch gehörten sie der Armee an. Sie hatten nur gelacht, als er ihre Pferde gesehen und ihnen angeboten hatte, die Tiere zu einem angemessenen Preis zu beschlagen, und ihm erklärt, dass ihre Pferde noch nie Hufeisen getragen hätten und das auch nie tun würden. Sie ließen den Jungen ihre Haut berühren, um zu sehen, ob sich seine Finger davon schwarz verfärbten. Nachdem sie ihre Pferde getränkt hatten, die kaum größer als Hunde waren, hatten sie ihren Weg fortgesetzt.

Einer der Fremden, die gerade anrückten, war ebenfalls schwarz, was den Mann an jene Reiter erinnert hatte. Diese Fremden erschienen ihm zwar nicht ganz so seltsam, dafür aber umso bedrohlicher. Allein schon die Art, wie sie einen ansahen. Ihre Haare und Bärte trugen sie im römischen Stil kurz geschnitten, ließen sie jedoch wachsen, nun, da sie fern der Hauptstadt waren. Mit ihrem harten, durchdringenden Blick erinnerten sie ihn jedoch an die Bestien jenseits der Mauer ...

Drust führte die Gruppe an, als sie sich dem Mann und dem Jungen näherten. Sie wussten, dass diese Leute sich im Schatten des Hadrianswalls mühsam ihren Lebensunterhalt verdienten. Die Römer nannten sie Votadini oder Briganten; in Rom gab man allem einen Namen, auch wenn man oft nicht wusste, womit man es genau zu tun hatte.

Dieser Mann und sein Junge nannten sich selbst bestimmt anders. Der Mann betrieb eine Schmiede, stellte Nägel und Werkzeug her; der Junge würde eines Tages in seine Fußstapfen treten und in derselben runden, strohgedeckten Lehmhütte leben, bis er auf demselben Fußboden aus festgestampfter Erde starb.

Der Mann hieß Ander, sein Sohn war der junge Ander. Kag warf Drust einen vielsagenden Blick zu und schüttelte lächelnd den Kopf. Diese Leute waren zu arm für einen eigenen Namen, dachte er, ohne es auszusprechen. *Du hast es nötig*, dachte Drust. *Nennst dich selbst bloß Kag – so sparsam wie möglich.*

»Wir haben ein Maultier, das frisch beschlagen werden muss«, sagte Drust nach einer kurzen Begrüßung. »Kannst du das übernehmen?«

Er sprach die hierzulande übliche Mischung aus schlechtem Latein, noch schlechterem Keltisch und was immer die hiesigen Stämme noch sprachen. Anders Augen weiteten sich ein wenig. Der Schmied wischte sich die Hände mit ein paar feuchten Blättern ab und nickte. Er warf seinem Sohn einen kurzen Blick zu, der die Fremden anstarrte, und wandte sich wieder den Männern zu, ein entschuldigendes Lächeln auf den Lippen.

»Er würde gerne den dunkelhäutigen Mann berühren«, sagte er in derselben Sprache. »Hör auf zu glotzen, Junge«, fügte er, zu seinem Sohn gewandt, hinzu.

Sib trat hervor, sein regenfeuchtes Gesicht schimmernd, seine Zähne strahlend weiß. Er streckte eine Hand aus, die Finger ausgebreitet, als wolle er die dunkle Farbe an dem Burschen abwischen – der wich zurück und betrachtete fasziniert die schwieligen braunen Hände. Sib lachte.

»Seid ihr aus der Gegend hier?«, fragte Ander, während er sein Werkzeug holte. Er bedeutete dem Jungen, den Blasebalg zu betätigen.

»Ich habe einmal nördlich von hier gelebt«, erwiderte Drust. Quintus führte sein Maultier zu ihnen, ein breites Grinsen im Gesicht. Ander musterte einen nach dem anderen. *Er sieht selbst, dass wir nicht alle aus der Gegend sind*, dachte Drust.

»Seid ihr bei der Armee?«

Drust schüttelte den Kopf. Der Schmied machte sich an die Arbeit; er sah ein, dass es besser war, nicht weiter nachzufragen. Drust war erleichtert, denn es bedeutete, dass der Mann nicht gierig war. Wissen war ein wertvolles Gut in dieser Gegend, und Ander würde zweifellos weitergeben, was er wusste, wahrscheinlich im Tausch gegen den einen oder anderen Gefallen.

»Man fragt sich schon ...«, brummte Ugo und stocherte mit dem Finger im Mund herum, in dem vergeblichen Versuch, einen Überrest der letzten Mahlzeit aus seinen Zähnen zu entfernen. Er sprach Latein, doch Drust wusste, dass Ander die Sprache der Römer gut genug verstand, und warf Ugo einen warnenden Blick zu.

»Was meinst du?«

»Dieses Land. Was gibt es hier, das den ganzen Aufwand lohnt?«

Sib lachte. »Ein Kaiser will nun einmal alles beherrschen.«

»Wir sind alle Sklaven«, sagte Ander plötzlich – auf Latein –, während er das Feuer schürte, bis die Flammen gelb und blau leuchteten. Als er die überraschten Blicke der anderen bemerkte, zuckte er trotzig mit den Schultern.

»Was ist? Stimmt's etwa nicht? Selbst Kaiser sind Sklaven ihrer Wünsche – sie wollen alles haben, was ihnen noch nicht gehört.«

»Du hast etwas von einem Griechen an dir«, meinte Manius, der soeben zu ihnen getreten war. Er war groß und schlank und auf eine habichthafte Art gut aussehend, vergleichbar einem präzise gefertigten Messer. Es war ratsam, genauso vorsichtig mit ihm umzugehen.

»Was ist ein Grieche, Vater?«, fragte der Junge, der den Kopf des Maultiers hielt, während sein Vater das Hufeisen anpasste.

»Leute in einem Land weit weg von hier«, erklärte Drust. »Die sich über viel zu viele Sachen Gedanken machen. Wer hat das Kommando im Turm?«

Ander beugte sich hinunter und hielt das heiße Eisen an den Huf, während sein Sohn die Schnauze des Maultiers festhielt, um es zu beruhigen. Der Gestank von verbrannten Haaren stieg ihnen in die Nase.

»Tullius.«

»Wie ist er so? Kann man mit ihm reden?«

Ander hielt das Hufeisen mit der Zange ins Feuer und brachte mit dem Blasebalg die Kohle zur Weißglut. »Er ist neu hier«, sagte er schließlich, nachdem er den Wert der Information einen Moment lang abgewogen hatte und zum Schluss gekommen war, dass es bei diesen Männern besser war, sie preiszugeben, ohne etwas dafür zu verlangen. »Aulius ist mit der Armee nach Norden gezogen.«

Drust ließ ihn arbeiten, blickte zu der vom Regen verdunkelten Mauer und den fernen Umrissen des Turms. Hinter ihm befand sich ein sogenanntes Meilenkastell mit Unterkünften und Wachturm. In der anderen Richtung stand, genau eine Meile entfernt, das nächste Kastell. Dahinter spannte sich eine Dreibogenbrücke ans andere Ufer des Flusses, wo sich die Mauer fortsetzte.

Ander hatte Drusts Vermutung bestätigt. Der Kaiser hatte die ursprüngliche Garnison nach Norden gesandt; Severus wollte auf seine alten Tage noch einmal einen spektakulären Erfolg erzielen, obwohl es ihm, Gerüchten zufolge, vor allem darum ging, die in seinen Augen verweichlichte Armee und seine verwöhnten Söhne auf Vordermann zu bringen, indem er sie den Strapazen eines

Feldzugs aussetzte. Alle anderen in seinem Gefolge, die gezwungen waren, sich in dieser feuchtkalten Gegend aufzuhalten, fanden, dass es längst Zeit war, nach Rom zurückzukehren.

Die Garnison am Hadrianswall war also von neuen Leuten bemannt. Für Drust machte das jedoch keinen großen Unterschied – er würde auch unbequeme Fragen zufriedenstellend beantworten können.

Mit einem Zischen wurde das Hufeisen an den Huf gedrückt, und einen Moment lang erfüllte stinkender Rauch die Luft. Manius beobachtete die Arbeit des Schmieds, die anderen standen da und warteten. Kag folgte Drusts nachdenklichem Blick zur Mauer.

»Ganz schön viel Aufwand für eine solche Gegend«, meinte er. »Was wollen diese Leute bloß hier? Ich sehe nichts als Regen und einen viel zu weiten Himmel. Wer will schon dafür sterben?«

Drust warf ihm einen Blick zu und lächelte. Ander war mit seiner Arbeit fertig, das Maultier stampfte mit den Hufen auf, allem Anschein nach zufrieden mit dem neuen Eisen.

»Wer hätte das gedacht«, sagte Drust mit einem vielsagenden Blick. »Dass Wasser die Leute so verrückt machen kann.«

Kag erinnerte sich an die Bemerkung, die er selbst vor einigen Monaten in einer heißen Wüstengegend gemacht hatte. »Bezahle den Mann«, sagte er lachend und deutete mit einem Kopfnicken auf den Schmied.

KAPITEL 2

Zwischen den Mauern

Tullius war groß und dünn, mit einem ausgeprägten Unterbiss, der die unteren Zähne über die Oberlippe hinausragen ließ. Kag vermutete, dass der Mann an Zahn- oder Kieferschmerzen litt, die ihn so mürrisch und griesgrämig machten.

»Wäre er ein Pferd«, flüsterte er Drust zu, »würde ich ihn von seinen Leiden erlösen.«

Drust hielt es für durchaus möglich, dass die Zähne eine gewisse Rolle spielten, doch er war sich sicher, dass Tullius vor allem darunter litt, von all den schweigsamen, missmutigen Leuten umgeben zu sein, die sich um seinen kleinen Turm angesiedelt hatten und in dem regenfeuchten Gelände hausten. Es waren die Familien der Legionäre, die man mit der Armee nach Norden geschickt hatte, und der Männer, die sie ersetzten. Bestimmt war auch Tullius' eigene Familie darunter.

Tullius wollte nicht noch mehr Probleme und setzte vorsorglich ein besonders finsteres Gesicht auf. Sicherlich ein probates Mittel, um junge Rekruten einzuschüchtern, aber an Drust und den anderen biss er sich die Zähne aus. Tullius sah es schnell ein, doch sein Misstrauen gegenüber den Neuankömmlingen wurde nur noch größer.

»Felix Tullius«, stellte er sich schließlich vor. »Decanus, Fünfte Gallische.«

Ein Decanus leitete eine Gruppe von zehn Soldaten. Die Fünfte Gallische war eine Hilfskohorte, die schon seit Jahren im Norden im Einsatz war. Ihr gehörten auch einige Soldaten an, die ursprünglich aus dieser Gegend stammten, jedoch längst den Bezug zu Land und Leuten verloren hatten.

»Ich habe oben im Norden etwas Dringendes zu erledigen«, erklärte Drust.

Tullius schnaubte verächtlich. »Das hat dieser Tage die halbe Welt«, erwiderte er. Wenigstens trugen die Fremden ordentlich getrimmte Bärte, dachte er sich. Er hatte sich ebenfalls einen Bart stehen lassen, in dem kläglichen Versuch, seinen Überbiss zu kaschieren. Genauso gut könnte man versuchen, einen Elefanten hinter einer kleinen Hecke zu verstecken, merkte Sib in der Sprache seiner afrikanischen Heimat an.

Das darauffolgende Gelächter, die ihm unverständliche Sprache und das gänzlich unbeeindruckte Auftreten dieser Leute waren Tullius nicht geheuer. Er reagierte mit trotziger Halsstarrigkeit.

»Niemand kommt hier ohne Genehmigung durch«, knurrte er. Drust blickte zu der Karawane hinüber, die im

Regen in Richtung Norden zog – hauptsächlich Frauen, die zu ihren Männern wollten. Er wusste, dass höchstens die Hälfte von ihnen über eine entsprechende Erlaubnis verfügte. Die anderen bezahlten mit Vieh und Silbermünzen oder boten ihren Körper feil, damit Tullius sie passieren ließ. Die verzweifelten Frauen hofften, bei ihren Männern Unterkunft und Verpflegung zu finden.

»Der Kaiser hätte uns nicht heiraten lassen sollen«, grummelte Tullius. Drust verstand sehr gut, was er meinte. Seit Severus eine entsprechende Anordnung unterzeichnet hatte, waren viele Legionäre mit ihren Liebschaften die Ehe eingegangen. Was zur Folge hatte, dass die Armee nun auch Frauen und Kinder verpflegen musste und die Lager der Legionen von zusätzlichen Hütten überquollen. Und wenn die Männer versetzt wurden, mussten die Frauen und Kinder mit.

»Ich habe eine Vollmacht.« Drust fasste Tullius am Arm und führte ihn in einen Winkel, wo sie vor dem Regen geschützt waren. Dies war eine so schockierende, respektlose Geste, dass Tullius einen Moment lang zu verblüfft war, um zu reagieren – und als er sich gefangen hatte, ließ Drust ihn schon wieder los und hielt ihm eine Schriftrolle vor die Nase. Tullius tat das einzig Mögliche – er las ... und wurde kreidebleich, als er das Siegel sah. Drust konnte sich vorstellen, wie dem Mann zumute sein musste – er erinnerte sich noch gut an den Moment, als er selbst dieses Siegel zum ersten Mal erblickt hatte.

»Nach Norden?«, brachte Tullius hervor. »Zum Antoninuswall? Und noch weiter?«

»So steht es hier.«

Tullius gab die Schriftrolle hastig zurück, als würde er sich die Finger daran verbrennen. Zu gerne hätte er gefragt, was sie dort oben wollten und wer sie waren, doch das verkniff er sich nun lieber. Das Siegel und der Inhalt der Schriftrolle ließen ihn verstummen. Er spürte, wie eine ihm unbekannte Angst in ihm hochkroch – er wusste nicht, warum, und das ängstigte ihn zusätzlich.

»Da oben, jenseits der Mauer, treiben sich Bestien herum«, brachte er hervor.

»Schon klar, dass man dort keine Freunde findet«, rief Ugo herüber, während er die Maultiere zum Tor unter dem Turm führte.

»Nein, im Ernst, das sind Wilde. Unheimliche Gestalten, Bestien. Da oben sterben Männer ... die Armee ...«

Tullius verstummte und kniff die Lippen so fest zusammen, dass die unteren Zähne beinahe die Nase berührten. Wahrscheinlich fürchtete er, schon zu viel gesagt zu haben, gegenüber Leuten, die das Vertrauen der Mächtigen genossen – denn hinter diesem Siegel stand eine beträchtliche Macht.

Seit sie aufgebrochen waren, hatten sie immer wieder von den zahlreichen Opfern gehört. Die Kunde davon hatte sich bis Eboracum und sogar noch weiter südlich verbreitet. Hunderte, ja Tausende waren gefallen, seit der Kaiser ausgezogen war, um die Kaledonier zu unterwerfen. Gerüchten zufolge waren schon über dreißigtausend Mann umgekommen. Die Armee blutete regelrecht aus.

Im Moment herrschte jedoch Frieden, und die Soldaten waren froh, ihre Winterquartiere beziehen zu können. Die Bestien jenseits der Mauer hielten finster Winterschlaf.

Drust musterte Tullius und versuchte einzuschätzen, wie viel der Mann wusste. Sie hatten Gallien und den Süden Britanniens durchquert, ehe sie mit Kalutis zusammengetroffen waren, ihrem Kontaktmann in Eboracum. Er war ein Ptolemäer, und Drust hatte ihn gefragt, wie er mit der Kälte und der ständigen Feuchtigkeit zurechtkam. Der Ägypter hatte nur mit den Schultern gezuckt.

Er hatte ihnen mitgeteilt, dass er die Nachricht von ihrer Ankunft überall verbreitet habe, was Drust für einen Moment erstarren ließ.

»Eine bewährte Strategie – keine Heimlichtuerei, so wird niemand misstrauisch«, hatte Kalutis gemeint. »Sechs Gladiatoren, die aus Rom entsandt wurden, um eine kleine Demonstration ihrer Kampfkunst zu geben. Alle wissen Bescheid, und keiner fragt, warum ihr euch hier oben herumtreibt.«

»Gibt es überhaupt ein gottverdammtes Amphitheater in diesem verseuchten Land?«, wollte Sib wissen.

»Isca Augusta«, erklärte Kalutis bereitwillig. »Calleva, Moridunum, Deva Victrix und auch hier in Eboracum, um nur einige zu nennen. Aber ihr wart ja mehr auf Schaukämpfe auf dem Forum von Provinzstädten spezialisiert, habe ich gehört.«

Quintus lachte über die Bemerkung des Ägypters, aber Sib war weniger amüsiert. »Zum Hades mit dir«, grummelte er.

Kalutis ging nicht darauf ein, wies nur darauf hin, dass sie ihm die Frau und das Kind bringen sollten. Drust sah ihm an, dass der Ägypter ihnen nichts vorenthielt; er hatte selbst keine Ahnung, an wen er die beiden anschließend zu übergeben hatte, und stellte klar, dass Drust und die anderen nichts mehr mit der Sache zu tun haben würden, sobald sie Frau und Kind abgeliefert hatten.

Es lief tatsächlich so, wie Kalutis es geplant hatte. Sie zogen von Ort zu Ort, und niemand stellte ihnen unbequeme Fragen. Hier oben im Norden wurde ihre Erklärung jedoch unglaubwürdig, hier würde ihnen niemand mehr abkaufen, dass sie gekommen waren, um Legionäre mit Schaukämpfen zu unterhalten. Drust musterte Tullius eindringlich, doch dessen Miene verriet ihm nicht, was er dachte. Allem Anschein nach hatte es sich nicht bis hierher herumgesprochen, dass Gladiatoren aus Rom durchs Land zogen.

Tullius drehte sich um und befahl seinen Männern, den Platz vor dem Tor zu räumen. Die hierher Versetzten standen vor den kümmerlichen Überresten ihres Lebens und verfolgten mit leerem Blick, wie sechs Männer und acht Maultiere an ihnen vorbeistapften und das Tor auf der Nordseite passierten.

Eine halbe Stunde später war der Turm bereits hinter einem Hügel verschwunden, und bald hatten sie auch die Karawane der Verzweifelten hinter sich gelassen, die in Regen und Nebel auf der Straße in Richtung Osten marschierten, zu den Marschlagern und Garnisonen, die am Weg lagen. Als Drust das Signal zum Aufschlagen des Nachtlagers gab, machten sie Feuer und aßen ihre Rationen. Sib und Ugo übernahmen die erste Wache, während die anderen sich um das knisternde Feuer drängten, die Köpfe in Tücher gehüllt.

»Der Mann spricht ziemlich gewählt«, sagte Kag.

Manius bot Drust von seinen Kräutern an, obwohl er genau wusste, dass der nichts nehmen würde; er kaute bereits drauflos, und seine Zähne waren entweder davon oder vom Lichtschein des Feuers verfärbt. Man konnte Manius leicht finden, wenn man der Spur des blutroten Safts folgte, den er beim Kauen ausspuckte; die rote Farbe kam von irgendwelchen harmlosen Beeren, die in der Mischung enthalten waren.

»Wer spricht gewählt?«, wollte Drust wissen.

»Julius Yahya«, erklärte Quintus lächelnd. »Das kommt angeblich daher, dass er diese Philosophen kennt.«

»Er mag ja ein Mann des Wortes sein«, warf Drust ein, »aber seine Waffen sind mit Sicherheit messerscharf und tödlich.«

»Seine gefährlichste Waffe ist Verus«, stimmte Kag zu. »Aber du hast recht – eine ruhige Stimme vermag Zorn zu besänftigen, sagt man.«

»Sobald der Zorn dir den Rücken zukehrt«, warf Quintus ein, »stößt du ihm am besten das Messer in den Hals.«

Sie nahmen diese Weisheit schweigend zur Kenntnis. Drust wandte sich Kag zu und ahnte, dass dieser mit seinen Gedanken bei ihrer Mission war. Colm, der Hund. Eine Frau und ihr Kind.

»Was glaubst du – ist es sein Kind?«, fragte Kag nicht zum ersten Mal, doch sie hatten die Frage bereits ausführlich erörtert, ohne auf einen grünen Zweig zu kommen.

»Dieser mysteriöse Patron muss die Frau wirklich lieben«, meinte Sib. Sein Gesicht, dunkel wie Ebenholz, schimmerte im Feuerschein. Er legte noch etwas halb trockenes Brennholz in die Flammen und hob den Kopf. Seine Nasenlöcher blähten sich leicht, als er den Geruch des Qualms einatmete.

»Schon seltsam«, meinte Quintus mit seinem breiten, vom Feuer rot erleuchteten Grinsen, »was ein Mann alles für eine Frau tut.«

»In deinem Fall wäre es nicht unbedingt, was ein Mann *für* eine Frau tut, sondern was er *mit* ihr anstellt«, warf Ugo ein, dann runzelte er nachdenklich die Stirn. »Aber merkwürdig ist es wirklich. Wer ist diese Frau? Vielleicht die Gemahlin eines Senators? Oder eines kaledonischen Königs? Und der Junge – ist er Colms Sohn oder einfach nur ein Balg, den er in Kauf genommen hat, um an die Frau ranzukommen?«

»Geld«, meinte Quintus lakonisch. »Bestimmt geht es um viel Geld.«

Manius schnaubte verächtlich und blickte von seinen Waffen auf, die er mit gleichmäßigen, sanften Bewegungen schärfte. Eisen schärft Eisen, bei einem Mann genauso wie bei einem Schwert, sagte er jedem, der es hören wollte. Es gab nicht viele, die es hören wollten – die meisten hielten ein wenig Abstand – von seinen geschärften Waffen und von ihm selbst.

»Ich glaube nicht, dass es ihm um Geld geht. Er hat kein Lösegeld verlangt und ist in seine Heimat geflohen.«

Manius schwieg kurz und warf Drust einen Blick zu. »Es ist ja auch deine Heimat. Ich frage mich, ob dieser Julius Yahya dich deshalb dafür angeheuert hat.«

»Dann war es keine kluge Entscheidung von ihm. Ich war ein kleines Kind, als sie mich von hier verschleppten.

Colm stammt zwar auch aus dem dunklen Norden, hat aber nichts mit mir zu tun. Der Kerl, der diese Mission geplant hat, hätte jemand anderen dafür aussuchen sollen.«

»Wer immer es ist, der Julius Yahya befohlen hat, uns anzuheuern«, warf Sib ein. Manius schnaubte vielsagend und begann wieder, seine Dolche zu schärfen.

»Ich glaube, es gibt eine einfache Erklärung dafür«, meinte Quintus. Die anderen schwiegen, niemand wollte aussprechen, was alle dachten. Niemand wollte an den Kaiserpalast mit seinen Intrigen denken.

»Ich weiß nicht«, brummte Ugo. »Vielleicht sind auch diese Epidier in die Sache verwickelt. Das heißt, der Kaiser muss etwas unternehmen, und er verfolgt seine Interessen am Ende auch nicht anders als Servilius Structus.«

»Was immer diese Leute wollen oder was diese Frau und ihr Junge damit zu tun haben – das Problem ist recht einfach und kein bisschen anders als andere Dinge, um die wir uns gekümmert haben«, stellte Quintus klar. »Wir haben es mit entflohenen Sklaven zu tun, die zurückgebracht werden müssen. Also gehen wir hin, treten die Tür ein und machen alles nieder, was nicht die Frau oder ihr Junge ist. Dann bringen wir sie zurück, kassieren unseren Lohn und verbringen die nächsten Jahre damit, das Geld zu verprassen.«

Keiner lachte. Wie immer ging es um die richtige Strategie, damit hatten sie ihr Ziel bisher stets erreicht.

Die bange Frage, die keiner offen aussprechen wollte, war, ob nicht vielleicht ein Plan von allerhöchster Stelle dahintersteckte, um sie in eine Falle zu locken. Vor allem

Drust dachte mit Unbehagen an jene Nacht in Rom zurück, als er Marcus Aurelius Antoninus in die kaiserlichen Kronjuwelen getreten hatte. *So hart, dass ihm fast die Augen rausgesprungen sind*, hatte er Kag hinterher erzählt, als sie allein waren.

Sie hatten über den Vorfall gelacht, trunken vom Wein und der Freude darüber, ein dreistes Kaisersöhnchen verprügelt zu haben und heil davongekommen zu sein. Aber jetzt fand Drust es gar nicht mehr so lustig. *Hat er mich vielleicht gefunden – uns? Ist das seine Rache?* Andererseits konnte Caracalla ganze Legionen für seine Zwecke einsetzen, dachte Drust. Er hätte es nicht so kompliziert einfädeln müssen.

»Entführung«, sagte er, als er später mit Kag beisammensaß. Der warf ihm einen flüchtigen Blick zu, zuckte mit den Achseln und blickte zur Seite.

»Das sieht dem Hund gar nicht ähnlich«, beharrte Drust. »Er raubt eine Frau, die möglicherweise einem Mann aus der kaiserlichen Familie gehört. Er flüchtet mit ihr und dem Jungen, vermutlich ihrem Sohn, in die entlegene Gegend, aus der er stammt, obwohl er seine Heimat ewig nicht mehr gesehen hat ...«

Drust stockte. *Der Kerl war fast so lange nicht mehr hier wie ich*, wurde ihm plötzlich bewusst. *Kaum jemand hier wird Colm noch kennen, genauso wenig wie mich. Oder wie ich noch jemanden kenne.* Eine flüchtige Erinnerung blitzte in ihm auf – an Wärme, ein Lächeln, die Berührung einer Hand auf seinem Gesicht, an den Klang ihrer Stimme: »Pass gut auf dich auf.« Seine Mutter.

Er senkte den Blick zu Boden und sah nichts mehr. *Pass gut auf dich auf.* Sie hatte sterben müssen, als er noch viel zu jung war, um zu verstehen, was passierte. Servilius Structus hatte mehr darüber gewusst, ihm aber nichts gesagt, und Drust hatte nicht gewagt, danach zu fragen, obwohl die Frage in ihm brannte. Irgendwann war der Drang, es zu wissen, in ihm verblasst, wie das Zeichen auf seiner Hand, das ihn als Sklave brandmarkte. Er betrachtete seine Handrücken, als enthielten sie die Antworten auf seine Fragen.

»Du hättest Colm die Kehle durchschneiden sollen, als du die Gelegenheit dazu hattest«, meinte Manius. Drust zuckte nur mit den Schultern, und Sib lachte bitter. Sie waren alle dabei gewesen und wussten genau, warum er es nicht getan hatte. Drust sah immer noch Colms kleine grausame Augen vor sich, zornfunkelnd und ... verzweifelt, seine von Schweiß und seinem eigenen Blut verklebten, in alle Richtungen abstehenden Haare.

»Wir sollten noch ein bisschen schlafen«, meinte Kag. »Es wird bald hell, dann müssen wir weiter.«

Ugo nickte und hüllte sich in seinen weiten Umhang. Er schlief den unschuldigen Schlaf eines Kindes, wie sie alle – nicht, weil sie moralisch blitzsauber waren, sondern weil das nun einmal die Art war, wie sie ihr Leben führten. Ein Leben als Gladiator. Für Leute wie sie wäre es unsinnig, in heuchlerischer Selbsttäuschung die eigenen Fähigkeiten gegen die eines anderen abzuwägen – für sie hieß es immer nur: überleben oder sterben.

Deshalb hatte keiner von ihnen Colm, den Hund, leiden können. Er hatte sich immer schon für etwas Besseres gehalten, hatte die Nase gerümpft über jene, die nicht über die Provinzarena hinauskamen, während er und Calvinus, der Gallier, zur großen Attraktion wurden. So war er irgendwann nach Rom gelangt. Welch hoher Preis mit diesem Ruhm verbunden war, hatte Drust vor allem an dem Tag erlebt, als die Erhebung des jungen Kaisersohns Antoninus zum Mitkaiser gefeiert wurde. Damals hatten sie *sine missione* kämpfen müssen – nur der Sieger eines Kampfes überlebte, für den Verlierer gab es keine Gnade.

So war es zum blutigen Kampf zwischen Colm und Calvinus gekommen. Die Menge liebte beide, jubelte ihnen begeistert zu. Doch Antoninus zeigte mit seinen zehn Jahren schon die Grausamkeit, die er später mit seiner Bande in den dunklen Straßen Roms auslebte. Er ließ die beiden Helden gegeneinander antreten, obwohl die Zuschauer mit Buhrufen reagierten. Damals hatte man schon ahnen können, wie dieser junge Kaisersohn sich entwickeln würde.

Colm hatte Calvinus getötet und die Arena verlassen, sein Gesicht so starr wie weinender Granit, während seine Hand das Amulett, das er immer trug – Sol Invictus –, so fest umklammerte, dass sich die bronzenen Nadeln der Sonnenstrahlen in seine Finger bohrten.

Servilius Structus hatte erkannt, dass etwas in dem Mann zerbrochen war. Er hatte mit Drust darüber gesprochen, Colm aus seinen Diensten zu entlassen und ihm die Ausbildung der Gladiatoren zu übertragen, doch aus irgendeinem Grund kam es nicht dazu, obwohl Colm angeblich in Erwartung seiner Freilassung einen römischen Namen angenommen hatte.

Servilius Structus hatte ihn in den Kreis seiner Procuratores aufgenommen, doch der Hund war zu eigensinnig und unberechenbar dafür gewesen, außerdem war er immer noch ein Sklave; es machte ihn zornig, dass alle anderen in die Freiheit entlassen worden waren. Er hatte nie wirklich zu den Brüdern des Sandes gehört, sodass Drust letztlich nicht überrascht war, als er sich Bullas Räuberbande anschloss. Was ihn überraschte, war der Grund, warum er es angeblich getan hatte. Eine Frau? Ein Kind?

Vielleicht war es sogar die Frau, die sie suchten. Wer immer sie war, sie gehörte jedenfalls einem anderen, vielleicht keinem Mann aus dem Umfeld des Kaisers, aber doch einem mit genügend Einfluss und Gold, um seine Sklavin zurückzuholen.

Möglicherweise hatte Colm geplant, die Frau und den Jungen gegen ein hohes Lösegeld freizulassen, bis ihm dämmerte, was er getan hatte, und er bis an die Grenzen des Imperiums und darüber hinaus floh, um sich in Sicherheit zu bringen. Wenn Colm sich zu einem so drastischen Schritt gezwungen sah, dachte Drust mit einem eiskalten Schauer, dann musste der unbekannte Patron über einen sehr langen Arm verfügen.

Das alles ließ Drust vermuten, dass die Frau und der Junge längst tot waren und diese Mission völlig umsonst sein könnte, auch wenn der Lohn natürlich fürstlich war. Dennoch schien ihm die ganze Sache keinen rechten Sinn zu ergeben, was ihn wiederum zu der Möglichkeit brachte, dass es sich doch um einen Racheakt des jungen Kaisers handeln konnte. Aber warum dann diese Heimlichtuerei?

Der junge Mann hatte einen gefährlichen Hang zur Gewalt und machte sich normalerweise nicht die Mühe, es zu verbergen. Und er hatte eine ganze Armee unter seinem Kommando, jetzt, da sein Vater sich in Eboracum aufhielt. Caracalla machte kein Hehl aus seinem Hass auf seinen Bruder Geta. Er hatte hinter dem Rücken seines Vaters während der Friedensverhandlungen mit dem piktischen Stammesbund der Maeatae sein Schwert gezogen. Warum sollte er plötzlich so diskret vorgehen, wenn er sich an Leuten wie den Brüdern des Sandes rächen wollte, einer Gruppe von Gladiatoren, die selbst zu ihren besten Zeiten nicht zur allerersten Garde gehört hatten?

Was immer dahintersteckte, für Drust stand fest, dass ihre Zeit als Procuratores vorbei war – das hatte ihm bereits gedämmert, als Servilius Structus ihnen Lebewohl gesagt hatte. Wahrscheinlich hatten auch die anderen es als Abschied für immer empfunden.

Drust legte sich hin, hörte sie atmen und sich hin und her drehen. Sie waren alle gleich und doch auch wieder nicht. Als Gladiatoren hatten sie sich unterschiedliche Kampfstile angeeignet, dabei aber darauf geachtet, dass sie mit ihren Waffengattungen nicht gegeneinander antreten mussten. Deshalb war es ihnen auch möglich gewesen, Freundschaft zu schließen. Es war nicht ratsam, sich mit jemandem anzufreunden, den man vielleicht eines Tages töten musste.

Und doch hatten sie die ständige Angst geteilt und sich im Scherz »Brüder des Sandes« genannt – mit dem Galgenhumor, den man entwickelte, wenn der Tod ein ständiger Begleiter war. Doch ihr »Bund« hatte gehalten und sich zu etwas Dauerhaftem entwickelt, das ihnen auch jetzt noch so etwas wie Zugehörigkeit gab, allen Widrigkeiten zum Trotz.

Sie hatten in ihrer schwersten Zeit zueinander gefunden und eine Entscheidung getroffen. Mehr konnte man nicht tun.

Drust hatte seinen eigenen Geruch in der Nase, der an nasses Hundefell erinnerte, hörte die Maultiere schnauben. Er fragte sich, was er tun würde, wenn ihre Wege sich irgendwann trennten. Wenig später glitt er in den kleinen Tod des Schlafs hinüber.

Am Morgen sprach Drust mit Kag über Colm, den Hund, und die Frau mit dem Kind – ein Thema, an dem er kaute, als wäre es ein Frühstück –, während er das Gepäck auf die Maultiere lud und Kag es mit raffinierten Knoten befestigte, als wäre es ein Kinderspiel.

»Den hat Euklid von Alexandria erfunden«, erklärte Kag, als er Drusts ungläubiges Stirnrunzeln bemerkte. »Schau, der Knoten sieht aus wie ein Diamant – wichtig ist, dass die Winkel stimmen ...«

Zufrieden mit seiner Arbeit, tätschelte Kag das Maultier. »Was ist bloß mit Colm passiert, nachdem wir ihn uns vorgeknöpft haben? Ich hätte gedacht, Servilius Structus würde ihn entweder töten oder ihm die Freiheit schenken. Beides ist nicht geschehen.«

»Ich glaube, Servilius hätte Letzteres bevorzugt«, meinte Drust. »Aber da war der Kerl schon verrückt geworden.«

»Jetzt, wo du es erwähnst – er hatte tatsächlich diesen leicht irren Blick«, stimmte Kag zu, und sie lachten.

»Einen leicht irren Blick, das ist ja wohl stark untertrieben«, warf Sib ein, der ihren Wortwechsel aufgeschnappt hatte. »Es war nicht nur sein Blick. Der Hund war so verrückt wie ein Korb voll brennender Frösche. Man hätte ihn schon längst kaltmachen sollen. So wie sie es mit Felix Spurius gemacht haben – und der hat weniger angestellt.«

Kag prüfte Sibs Arbeit und lehnte sich zurück, um ein Seil festzuzurren. »Du musst aber zugeben, dass Spurius diese Frau wirklich umgebracht hat.«

»Das war ein Unfall.« Sib neigte den Kopf zur Seite. »Habe ich jedenfalls gehört.«

»Das mit dem Jungen war ein Unfall«, erwiderte Kag. »Die Frau – das weiß keiner so genau. Aber da es nur zwei Tage später passierte, konnte selbst Servilius Structus es nicht ignorieren.«

Drust dachte an den Vorfall zurück, während sie im Licht der Morgenröte losmarschierten, noch völlig allein in der bewaldeten, sanfthügeligen Landschaft. Jenseits der Mauer ...

Felix Spurius war der uneheliche Spross eines Gerbers, den Servilius Structus aus für Drust unerfindlichen Gründen aufgenommen hatte. Andererseits hatten auch seine anderen Schützlinge über keine sichtbaren Fähigkeiten verfügt. Erst mit der Zeit war zu erkennen, ob jemand etwas taugte. Servilius Structus hatte eine Schwäche; er bildete sich einiges darauf ein, begabte Leute zu entdecken, die ihre Fähigkeiten in seinen Diensten entwickeln konnten. Felix Spurius hatte sich jedoch als *lusus naturae* erwiesen, eine Laune der Natur.

Er war für die Bewachung der Wagen zuständig gewesen, die von Ostia nach Rom fuhren und ägyptisches Getreide zum Ceres-Tempel brachten, wo es an die Bedürftigen verteilt wurde. Durch Bestechung war es Servilius gelungen, seine Wagen zusammen mit jenen der offiziellen Lieferung befördern zu lassen, ein alter Trick, der immer wieder angewendet wurde. Es war bereits dunkel, da in Rom Fahrzeuge nur nach Sonnenuntergang verkehren durften und die Schatten rund um den Tempel nur unzureichend von Fackeln erhellt waren.

Der Junge sei plötzlich aus dem Dunkeln aufgetaucht, erklärte Felix Spurius später. Es habe so ausgesehen, als wolle er sich mit einem Messer auf Spurius stürzen, doch es hatte sich nur um einen Topf gehandelt, das Einzige, was der Junge besessen hatte. Er war acht oder neun Jahre alt – schwer zu sagen, so abgemagert, wie er war – und war so früh unterwegs, um bei der Getreideausgabe unter den Ersten zu sein. Das hatte ihn das Leben gekostet. Er hatte das Pech gehabt, jemandem wie Spurius über den Weg zu laufen.

Die Vigiles hatten die Erklärung akzeptiert, Servilius Structus ebenfalls, aber sonst wollte niemand Felix Spurius glauben. Der Junge war an sechzehn Stichwunden gestorben – ein bisschen viel für reine Notwehr. Zwei Tage später passierte das Gleiche einer Frau, die ebenfalls nichts anderes wollte, als ihre bettelarme Familie zu ernähren. Ihr wurde die Nase abgeschnitten, langsam und offenbar genüsslich.

Die Vigiles wurden gerufen und nahmen Felix Spurius fest, der noch während der Mittagsvorstellung im

Colosseum lautstark seine Unschuld beteuerte, wovon sich die Raubtiere, denen er gegenüberstand, nicht beeindrucken ließen – zumal auch sie am Verhungern waren und nicht bereit, sich den fetten Happen entgehen zu lassen.

»Man kann nicht behaupten, Rom hätte keinen Sinn für Gerechtigkeit und Humor«, hatte Colm gemeint, obwohl ihm selbst das Lachen vergangen war. Es war noch nicht lange her, dass er hatte mit ansehen müssen, wie sein toter Kamerad hinausgetragen wurde, während der Zehnjährige, der den Befehl dazu gegeben hatte, nickte und lächelte. Eine Woche später verschwand der Hund, um sich Bulla anzuschließen, und einen Monat danach wurden Drust und die anderen losgeschickt, um ihn zu finden und zu zeigen, wie lange Servilius Structus' Arm reichte.

Nun hatte Servilius selbst einen Arm zu spüren bekommen, der länger und stärker als sein eigener war. *Und da stehen wir nun*, dachte Drust bitter. *Abserviert und unbedankt ...*

Im Morgengrauen marschierten sie mit ihren Maultieren los. Irgendwann am Vormittag machten sie ein, zwei Stunden Rast, dann zogen sie weiter. Kag saß als Einziger im Sattel, die anderen fühlten sich zu Fuß wohler.

»An den Füßen kriege ich keine Blasen«, meinte Quintus breit grinsend, »aber am Arsch würde ich mir sicher welche holen.«

Sie lachten über den mittelmäßigen Witz und marschierten langsam und gleichmäßig weiter, eine Karawane von Männern und Maultieren, die sich durch das monotone, trübe Grün schlängelte, während der Wind Blätter aufwirbelte und die Kälte ihnen in die Knochen kroch.

Sie waren alle gleich angezogen – unscheinbare Hose, Tunika, Umhang und dazu die Kapuze, wie die Einheimischen sie gegen die Kälte trugen. Sie ließen ihre Haare wachsen und ertrugen das Kratzen ihrer ungepflegten Bärte. Drust wusste, dass niemand sich davon täuschen lassen und sie für Einheimische halten würde, aber das war auch gar nicht seine Absicht. Immerhin trugen sie keine sichtbaren Waffen, und mit den schwer bepackten Maultieren konnte man sie für irgendeine weitere abgerissene Horde halten, versprengte Lastenträger der Armee oder abenteuerlustige Händler.

Sie kamen an verlassenen Dörfern mit abgebrannten Feldern vorbei. Die runden Häuser waren aufgebrochen wie Eier, die Strohdächer verbrannt, die Dachbalken teilweise eingestürzt und verkohlt, die Steine geschwärzt. Sie waren schon so lange unbewohnt, dass die Dachsparren von Unkraut bewachsen waren. Es mochte das Werk von Räubern oder der Armee gewesen sein. Für die Bewohner machte es keinen großen Unterschied.

Die Wintersonne war schon wieder am Untergehen, und sie quartierten sich in den Überresten einer Hütte ein, deren Wände das Lagerfeuer verbargen. Sie gönnten sich wieder einmal eine warme Mahlzeit, Getreidebrei mit Pökelfleisch. Anschließend vergruben sie die Überreste, nachdem sie noch ihre Notdurft darauf verrichtet hatten; es sollte niemand mitbekommen, dass sie hier waren. Der Menschengeruch, den sie mit ihren Exkrementen hinterließen, würde Füchse davon abhalten, die Überreste ihres Lagers auszugraben.

Drust ging seine Notizen auf einer Wachstafel durch, die Augen im schwachen Feuerschein zusammengekniffen, und versuchte die Strecke abzuschätzen, die sie noch vor sich hatten, und wie viel Nahrung und Wasser sie dafür benötigen würden. Den Großteil ihres Proviants trugen die Maultiere; was sie zusätzlich brauchten, konnten sie in der Gegend beschaffen, doch dafür mussten sie wertvolle Tageslichtstunden vergeuden, während sie die Tiere weiden ließen. Irgendwann würde das Futter für die Mulis knapp werden, und nicht alle würden überleben. Kag hatte das einkalkuliert, sodass sie auf dem Rückweg leichter unterwegs sein würden. Mindestens ein Maultier mussten sie für die Frau und den Jungen bereithalten. Der Junge war angeblich sechs, höchstens acht. Jedenfalls alt genug, um zu reiten – und das würde er tun müssen, denn auf dem Rückweg würde größte Eile geboten sein. Sie würden buchstäblich um ihr Leben rennen müssen.

Die anderen hörten aufmerksam zu; jeder von ihnen musste Bescheid wissen, für den Fall, dass sie getrennt wurden oder nur einer durchkam. Sie hatten genügend Missionen bewältigt, um zu wissen, was sie zu tun hatten.

»Was hat Julius Yahya über diesen Kontaktmann gesagt?«, wollte Sib wissen. Er hatte schon einmal danach gefragt, doch die Antwort hatte nur noch mehr Fragen aufgeworfen, an denen er zu kauen hatte. Er war wie ein ruheloser Hund. Drust hatte ihm erzählt, was er über den Mann wusste: Er war ein Einheimischer, der auf römischem Territorium unter dem Namen Flaccus bekannt war, obwohl sein richtiger Name Brigus war. Er war es, der Julius Yahyas Patron über das Geschehen im Land der Dunkelheit auf dem Laufenden hielt. Er wusste auch, wo diese Frau und das Kind zu finden waren. Und vor allem, wie sie hieß und wie sie aussah.

Sib nahm es wortlos zur Kenntnis und nickte nur. Es war Quintus, der aussprach, was alle dachten.

»Das gefällt mir trotzdem nicht. Gibt es sonst niemanden, der weiß, wie die Frau aussieht und wie sie heißt? Ich hoffe, wir können dem Kerl trauen, sonst sind wir am Arsch.«

»Ich mag keine Informanten«, warf Manius in seiner leisen Art ein. »Schon gar nicht einheimische. Besser, wir erkunden die Lage selbst.«

»Ich glaube, er ist so eine Art *Frumentarius*«, mutmaßte Quintus. Einen Moment lang herrschte Schweigen, während die anderen diese Möglichkeit ins Auge fassten. Es war durchaus denkbar, dachte Drust; die *Frumentarii* arbeiteten für die Armee, ohne wirklich dazuzugehören. Ihre eigentliche Aufgabe war es, im jeweiligen Einsatzgebiet Getreidevorräte zu beschaffen. Mit der Zeit hatten sie auch andere Aufgaben übernommen und waren heute nicht zuletzt als Spitzel für die Armee tätig.

»Zweihundert bewaffnete Männer«, erklärte Drust. »So viele werden sich uns entgegenstellen, hat man Julius Yahya gesagt. Wir müssen mehr über sie herausfinden, bevor wir die zwei befreien – denn eines ist klar: Wir haben nur einen Versuch. Alles hängt davon ab, möglichst viel zu wissen. Deshalb sind wir auf das angewiesen, was dieser Brigus uns sagen kann. Bestimmt wissen auch andere, wie die Frau heißt und wie sie aussieht, aber die wollen nicht, dass wir Bescheid wissen, bevor wir dort sind. Denn dann ist es zu spät für uns, unbequeme Fragen zu stellen.«

»Fragen, die uns dazu bringen könnten, die Finger von der Sache zu lassen und umzukehren«, setzte Manius mürrisch hinzu.

»Niemand rennt weg, wenn es um so viel Geld geht«, entgegnete Quintus grinsend.

»Wenn wir scheitern, stehen wir auf der Abschussliste«, erklärte Kag. »Also sehen wir zu, dass wir die Sache auf die Reihe kriegen, bevor wir wieder in der Arena landen.«

Niemand konnte ihm widersprechen – seine Einschätzung der Situation hatte eine Logik, die kälter war als die Nachtluft, und so hüllten sie sich in ihre Umhänge und drängten sich um das Lagerfeuer, um sich, so gut es ging, zu wärmen, während sie von einem größeren Feuer träumten. Zwei Wühlmäuse kamen aus ihren Löchern hervor, von der plötzlichen Wärme angelockt. Manius fütterte sie mit kleinen Käsehäppchen. Diese kühnen kleinen Freibeuter hatten sich längst an Feuerstellen und Menschen gewöhnt – schließlich war dieser Ort einmal voller Leben gewesen.

Kag beugte sich zu Drust – der spürte Kags Körperwärme und seinen Atem am Ohr.

»Wer ist diese Frau?«, fragte Kag. Auch diese Frage hatte Drust schon oft gehört, seit sie aufgebrochen waren. Eine geraubte Königin. Eine Prinzessin. Die beste Hure, die die Welt je gesehen hatte. Die Geliebte des Kaisers ...

es gab viele Vermutungen, doch der Haken daran war die Frage, was Colm, der Hund, damit zu tun hatte.

Warum hatte er die Frau geraubt und war mit ihr in das Gebiet jenseits der Mauer geflohen, als wäre er hier in Sicherheit? Was hatte er mit ihr vor? Oder mit dem Jungen?

Die Gedanken gingen hin und her, in flüchtig hingeworfenen Worten, die in Drusts Ohren wie das ferne Rauschen des Windes klangen: »Für mich ist eine gerade Klinge immer noch das Beste ...« – »Ich habe drei erwischt ...« – »Wer war diese Frau ...?« – »Erinnert ihr euch an diesen Paegniarius?«

Der letzte Einwurf kam von Quintus, der sich mit Manius über einen Schwarzen unterhielt, den sie in den Wüstengebieten als Informanten angeheuert hatten. Er wollte damit vor allem Manius' Bedenken wegen dieses Brigus zerstreuen, doch er wusste, dass auch die anderen die alten Geschichten immer wieder gerne hörten.

»Erinnerst du dich an ihn, Sib? Der beste Übersetzer, den wir je hatten«, fügte Quintus hinzu. »Hat immer Klartext gesprochen, nie gelogen ...«

»Nicht so wie die anderen«, stimmte Sib zu. »Zum Beispiel dieser Juba.«

Alle hatten irgendwann einmal mit Juba zu tun gehabt, dem mondgesichtigen Übersetzer, der eine römische Tunika und Militärstiefel getragen hatte. Er hatte sich sehr auch die typische Rüstung gewünscht, die einen als Armeeangehörigen auswies, und obendrein ein Langschwert, wie es die berittenen Soldaten benutzten – die volle Montur. Doch die gaben sie ihm nicht, weil er ein lumpiger *Mavro* war, der nicht das Geringste mit der Armee zu tun hatte und nicht einmal zu den Procuratores gehörte.

Juba wollte all die Ausrüstung, weil er fürchtete, seine eigenen Leute könnten ihm etwas antun, obwohl sie eigentlich keine Feinde Roms waren, sondern lediglich die Wege der Römer kreuzten. Manche zogen jedoch plündernd durchs Land und suchten in den Wüstengebieten nach Wasser. Immer ging es dort um Wasser.

Die Wüstenstämme kauften und verkauften alles, vor allem Informationen, deshalb waren Drust und die anderen hin und wieder mit ihnen ins Geschäft gekommen, wenn sie diesen Leuten begegneten, die mit ihren Maultieren, Kamelen, Frauen und Kindern unterwegs waren. Sie hatten Adlernasen und ausdruckslose Gesichter, aber ihrem Blick entging nichts, erinnerte sich Drust. *Sie beobachten dich, auch wenn du sie gar nicht sehen kannst.* Selbst andere *Mavro* hatten Angst vor diesen Stämmen aus den Tiefen der Wüste.

Juba fürchtete sie am allermeisten. »Ziegenficker« nannte er sie in seinem gebrochenen Latein, einer Mischung aus vielen Dialekten, die er von den Leuten aufgeschnappt hatte, mit denen er Geschäfte machte. Das Ganze würzte er mit ein paar Brocken aus der Umgangssprache der Armee, um den Anschein zu erwecken, dass er dazugehörte. Nicht einmal sein Name war echt – er hatte einmal irgendeinem numidischen König gehört.

Malik, der Kameltreiber, hatte Drust die Augen über Juba geöffnet, als er um Erlaubnis gebeten hatte, seine Waren zusammen mit ihrer Fracht zu befördern. Es war ein legitimes Anliegen, zumal fast jeder nebenbei auch kleine persönliche Geschäfte tätigte. Es sprach für ihn, dass er die Erlaubnis einholte, statt zu versuchen, seine Güter zu schmuggeln. Er war ein höflicher, zurückhaltender Bursche und hörte jedes Mal mit missbilligendem Stirnrunzeln zu, wenn Juba wieder einmal schroff über die Wüstenbewohner herzog.

»Das ist ein Lumpenarsch von einem Spitzel«, schimpfte Juba oft, wenn Drust ihn aufforderte, einen Stammesangehörigen zu fragen, ob mit Raubzügen zu rechnen sei. Eines Tages wandte Drust sich an Malik, um seine Meinung einzuholen.

»Du hast Juba gehört. Was hat er gesagt?«

Malik wiegte den Kopf, in einer Geste, die entschuldigend und ablehnend zugleich war. »Ich glaube, es steht mir nicht zu, das zu sagen.«

»Stimmt alles, was er übersetzt? Ist es die Wahrheit?«, hakte Drust nach und hielt eine Kupfermünze hoch, die ihm ein bestimmtes Gewicht an Handelsgütern zusichern würde. Malik streckte die Hand aus und nahm die Münze entgegen – nicht in der hastigen Art, wie andere es taten, sondern langsam und bedächtig, zwischen Zeigefinger und Daumen, wie um zu zeigen, dass er keine Angst hatte und es nicht als Bestechungsgeld ansah.

»Er hat mehr oder weniger richtig übersetzt, allerdings ein paar Drohungen eingefügt, die du nicht gemacht hast. Das tut er immer, um zu zeigen, dass er auf der Seite der Römer und ihrer Armee steht. Er hat den Stammesleuten gesagt, du hättest ihn angewiesen, diesem nutzlosen Hund mitzuteilen, dass er selbst in euer Pantheon aufgenommen werden würde und sich künftig als von den Göttern gesegneter Ungläubiger bezeichnen könne.«

Noch am selben Tag gab Drust Juba zu verstehen, dass er sich zum Teufel scheren solle. Von da an arbeitete Malik für sie. Die anderen nannten ihn »Paegniarius« – die Bezeichnung für jene Männer, die in der Arena zwischen den Kämpfen die Zuschauer mit lustigen Einlagen unterhielten. Das war zwar eine Beleidigung, aber nicht böse gemeint, denn sie spotteten über alles und jeden, auch über sich selbst. Und schließlich war Malik nur ein Lumpenträger mit ausgetretenen Sandalen.

Doch Malik war es, der ihnen schließlich die Augen öffnete, wie Colm, der Hund, wirklich war.

KAPITEL 3

Ins Land der Dunkelheit

»Die sind ganz schön unvorsichtig«, meinte Sib, während er den Ring aus geschwärzten Steinen begutachtete. »Ich kenne dieses Land nicht gut, darum weiß ich nicht, wer diese Leute sind. Vier, höchstens fünf, mit einem Pony oder Maultier. Der Anführer trägt Militärstiefel. Das Lager ist ungefähr eine Woche alt.«

Er hockte sich auf die Fersen, wischte sich die rußigen Hände an seiner Tunika ab und blickte zum fernen Horizont. Drust wusste, dass Sib das aus reiner Gewohnheit tat, und nicht etwa, weil er eine Bedrohung erspäht hatte. Drust hatte diesen Blick schon öfter bei Sib bemerkt und ihn einmal danach gefragt; ein wenig verlegen hatte Sib gemeint, es habe nichts zu bedeuten, er habe einfach nur in den Himmel geblickt.

Quintus hatte nachsichtig gelacht, doch Drust glaubte zu wissen, was Sib meinte: Es war dieser unermesslich weite Himmel über ihnen, mit seinen kleinen dunklen Wolken, grau und schwer. Der Wind ließ das Gras erzittern und die Wälder knurrende Geräusche von sich geben wie wilde Tiere.

Die Bestien jenseits der Mauer ...

Der Kommandeur im westlichen Kastell hatte die Worte gemurmelt, als sie ihm die Schriftrolle mit dem Siegel gezeigt hatten. Zuvor hatte er Drust von oben bis unten gemustert und den anderen einen argwöhnischen Blick zugeworfen. Er wusste nicht, was er von diesen Männern halten sollte, die sich als Händler ausgaben, aber ihre Waffen mit einer Selbstverständlichkeit trugen, als wäre der Umgang damit etwas Alltägliches. Doch er hatte andere Probleme, um die er sich kümmern musste, und er war lediglich ein Optio.

Das westliche Kastell war das letzte an diesem Ende des Antoninuswalls. Einst hatte eine gute Straße am Fluss hingeführt, doch die Armee hatte eine Marschroute weiter östlich gewählt, die anfangs der reinste Alptraum gewesen war, teilweise überwuchert und schwer begehbar. Aber auch die alten Kastelle entlang der Strecke hatte man soweit instandgesetzt, dass sie als Marschlager dienen konnten.

Auf dieser Seite war die Straße noch stärker überwuchert, und die Kastelle waren nach jahrelanger Verwahrlosung und wiederholten Plünderungen völlig heruntergekommen.

Das westliche Kastell war von der Petriana bemannt, einer gemischten Hilfseinheit aus Fußsoldaten und Berittenen. Den Sommer über hatten die Männer eine harte

Zeit durchgemacht, sodass sie froh waren, ihr Winterquartier bezogen zu haben. Der Optio, ein kleiner, stämmiger Illyrer, wartete auf dringend benötigten Nachschub, klagte über hohe Verluste und war beunruhigt angesichts der Gerüchte, wonach die Kaledonier im Norden trotz des unwirtlichen Winterwetters aus ihren Löchern hervorgekommen seien und sich auf einen Angriff vorbereiteten. Nicht weniger Sorgen bereitete ihm die Möglichkeit, dass die Maeatae weiter südlich das Gleiche vorhaben könnten, sodass er hier oben völlig abgeschnitten wäre. Er war mit seinen Männern durch das nebelverhangene »Land der Dunkelheit« gezogen und heilfroh, es hinter sich gelassen zu haben, auch wenn dieser Ort nicht viel weniger trostlos war.

»Verdammte Bestien«, murmelte er immer wieder. Es war ihm unverständlich, warum Drust und die anderen das Kastell verließen und in den Winter und das Land der Dunkelheit hinauszogen. Oder was sie als ehemalige Gladiatoren überhaupt hier verloren hatten. All das sagte er mit der ganzen Verachtung, die er für die Kämpfer der Arena hegte. Dass sie freigelassene Sklaven waren, verstärkte seine Abneigung nur noch mehr.

Drust hatte längst begriffen, dass sich die Haltung der anderen ihnen gegenüber niemals ändern würde. *Wir sind Gladiatoren – immer gewesen und werden es immer sein. Wir gehören in die Arena. Nicht hierher.*

Manius brachte einen ähnlichen Gedanken zum Ausdruck, als er verwirrt und trotzig in die Ferne blickte. »Dieses Land hat viel zu viel Horizont – der reicht ja bis ans Ende der Welt. Du kannst marschieren, bis das Licht der Welt erlischt, so wie mein Leben. Irgendwie kommst du nie ans Ziel – wie im Leben. Einmal habe ich versucht, mein altes Leben hinter mir zu lassen und ein anderes zu finden. Aber ihr wisst ja ...«

Drust wusste es. Sie alle wussten, was er meinte. Wenn sie in irgendeiner Taverne saßen und das ganz normale Alltagsleben beobachteten, dann vermittelte ihnen das einen Eindruck davon, wie die Leute ihr Leben führten. Sie liebten ihre Familie, behandelten ihre Hunde gut, auch ihre Sklaven, und verehrten ihre Hausgötter. Und wenn sie das Amphitheater oder den Circus besuchten, jubelten sie und forderten das Blut von Leuten wie Drust.

Manche von uns haben sie zu Göttern gemacht, dachte Drust. Wie zum Beispiel Pacuvius, ein hässlicher, krummnasiger Thraker, dessen Name an den Wänden prangte – *suspirium puellarum, Pacuvius Thraex.*

Doch die Väter der Mädchen, die für Gladiatoren schwärmten, hielten Abstand zu ihnen, als wollten sie nicht die gleiche Luft atmen. *Die Einzigen, die noch tiefer stehen als wir, sind die weiblichen Kämpfer*, dachte Drust. Frauen wie Achillia und Amazona, die gegen Kleinwüchsige oder verurteilte Verbrecher gekämpft hatten, bis der alte Severus sie aus der Arena verbannte.

Heute traf die Verachtung jene jungen, freien Männer, die in der Arena kämpften, um anzugeben, oder die sich freiwillig einer Gladiatorenschule anschlossen, weil sie Geld brauchten. Selbst der Sohn eines Senators wurde mit Geringschätzung bedacht, wenn er sich freiwillig zum Sklaven machte. Früher waren junge Adelige für ihren Mut bewundert worden, wenn sie in der Arena kämpften, doch irgendwann war der Andrang so groß geworden, dass Kaiser Claudius sich gezwungen gesehen hatte, den jungen Nobiles den Zugang zur Arena zu versperren.

Dennoch gab es sogar Kaiser, die sich in der Arena versuchten – so war etwa Commodus mit einem Löwenfell aufgetreten, weil er glaubte, er sehe damit wie Herkules aus. Die Meinungen waren geteilt – so mancher fand, er erinnere in seiner Aufmachung mehr an einen Sklaven oder eine Hure, vielleicht auch beides. Die richtigen Kämpfer schwiegen dazu, doch jeder wusste, dass der Kaiser nie einen Kampf gewonnen hatte, dessen Ausgang nicht von vorneherein feststand.

Die Bewunderung der weiblichen Zuschauer für Pacuvius war keine Ausnahme; es war schon vorgekommen, dass die Gemahlin eines Senators mit irgendeinem hakennasigen Finsterling durchbrannte. Während die Procuratores nun am Lagerfeuer saßen, brachten sie sich gegenseitig mit den alten Geschichten zum Lachen, doch sie wunderten sich längst nicht mehr darüber, wozu die Leute fähig waren.

All die Bäcker und Schuster, Metzger und Wagner, aber auch jene, die nur von Getreidespenden lebten – sie alle diskutierten beim Wein eifrig über die Fähigkeiten der einzelnen Kämpfer, kritisierten die verschiedenen Kampftechniken und schätzten die Chancen für bevorstehende Gefechte ein. Sie kannten den Wert eines jeden Gladiators, hatten aber keine Ahnung, wie es sich anfühlte, selbst einer zu sein. Früher hatte Drust gedacht, es sei möglich, einer wie sie zu werden, die Welt zu vergessen, in der er sich so lange bewegt hatte, und ein ganz normales

Leben zu führen. Bis er feststellen musste, dass er nichts mit diesen Leuten gemeinsam hatte. Die Arena, in der er gekämpft hatte, war wie eine Barriere, die ihn für immer von den anderen trennte.

Obwohl er nicht zur ersten Riege gehört hatte, war Drust für manche Frauen so etwas wie eine exotische Perversion. Regelmäßig saßen vollbusige Senatorentöchter in der ersten Reihe, jubelten, schrien, machten sich gelegentlich sogar nass und stiegen hinterher in die stinkende, dunkle Unterwelt hinab.

Mehr als einmal hatte ihn eine dieser Frauen aufgesucht und hinterher etwas von ihm mitgenommen: ein wenig Schweiß von seinen Hoden oder ihre vermischten Körpersäfte für einen Trank, der die Manneskraft ihres Gemahls steigern und sie selbst fruchtbar machen sollte. Ein-, zweimal hatte Drust einer Frau einen alten rostigen Dolch geschenkt – sie hatten ein Dutzend davon für solche Fälle parat –, wenn die Betreffende besonders leidenschaftlich war oder mit klingender Münze dafür bezahlte.

Ein rostiger Dolch, mit dem Blut eines gefallenen Gladiators befleckt, wurde benutzt, um das Haar einer reichen Braut an ihrem Hochzeitstag zu scheiteln – eine alte Tradition, die der Hochzeit eine besondere Note verlieh. Drust fragte sich, ob der stolze Gemahl sich jemals Gedanken darüber machte, wie die Braut zu dem Dolch gekommen war.

Das Blut stammte natürlich nur von wilden Tieren oder verurteilten Verbrechern, die bei der Mittagsvorstellung desselben Tages getötet worden waren; der Ludus

Ferratus von Servilius Structus verlor nur selten einen Mann – und wenn, würde man seinen Leichnam sicher nicht schänden, indem man auch nur sein Blut an irgendeine hochwohlgeborene Hure verschacherte.

In den ersten Tagen nach seiner Freilassung hatte Drust sich zwischen unbewaffneten Leuten bewegt, die sämtliche Freiheiten genossen, die essen konnten, wo und was sie wollten, die nie ein hölzernes Übungsschwert oder -schild zu sehen bekamen. Leute, die keine Ahnung hatten, wie es war, in einem Verschlag aufzuwachen, darauf zu warten, dass jemand die Tür aufschloss, sich zu fragen, ob dies der schicksalhafte Tag war, an dem irgendein kleiner Fehler oder die Laune eines Bengels mit mehr Geld und Macht als Verstand dafür sorgte, dass man die Arena nicht mehr lebend verließ.

Nach einer Woche in Freiheit ging Drust zu Servilius Structus zurück – der sah ihn mit einem wissenden Lächeln aus seinem feisten Gesicht an, band ihn mit einem Vertrag und Geld an sich und machte ihn zum Anführer der Procuratores.

»Kaledonier«, meinte Quintus und holte Drust in die Gegenwart zurück, mit ihren nebelverhangenen, feuchten Hügeln und dem kleinen Ring aus geschwärzten Steinen in der flachen Senke, die den roten Lichtschein des Feuers vor Beobachtern verborgen hatte. Die Torfwände der halb verfallenen Hütte waren vom Rauch geschwärzt. »Dieser Optio hat gemeint, die Kaledonier hätten etwas vor. Die Bestien jenseits der Mauer.«

»Ein Pony«, warf Manius ein, nachdem er die Spuren begutachtet hatte. »Oder ein Esel. Aber nur ein Tier. Das sind höchstens ein paar Plünderer, die es auf verfallene Häuser wie dieses abgesehen haben. Oder auf die Toten, die beide Seiten zurücklassen. Sie waren wohl unterwegs nach Süden, haben uns irgendwann bemerkt und sind dann nach Osten ausgewichen, um uns aus dem Weg zu gehen.«

Kag warf einen Blick auf die Hufabdrücke. »Kein Esel, auch kein Maultier. Das muss ein unbeschlagenes Pony sein – wie diese Stämme sie verwenden. Die können eine Woche von dem leben, was hier wächst, und auch Wasser finden sie genug.«

Er schwieg kurz, ehe er hinzufügte: »Ich würde sagen, das sind kaledonische Kundschafter.«

Sib brummte skeptisch. »Dann hätte jeder von ihnen ein Pony. Oder sie hätten gar keins. Kundschafter müssen schnell unterwegs sein, nicht mit einem schwer bepackten Tragtier. Das war überall so, wo ich war. Drust, du kennst das Land doch, oder? Wie gehen die Leute hier vor?«

Drust hatte ihnen bestimmt schon tausendmal erklärt, dass er als Kleinkind nach Rom verschleppt worden war. Trotzdem wusste er ein paar Dinge über Land und Leute – zum Beispiel, dass die Kaledonier nicht *ein* Volk waren, sondern aus vielen kleinen Stämmen bestanden, unter anderem dem Stamm am Steinfluss, dem Clan der Füchse, dem Wolfsstamm, den Gezeichneten. Auch an die Sprache konnte er sich bruchstückhaft erinnern, obwohl er nicht wusste, wie viel er von dem, was seine Mutter ihm beigebracht hatte, heute noch verstehen würde.

»Plünderer«, meinte Sib und spuckte auf den Boden – eine ausdrucksstarke Geste von einem Mann der Wüste, der es gewohnt war, keinen Tropfen Flüssigkeit zu vergeuden.

Sie sahen einander vielsagend an – jeder wusste, was die anderen dachten. Colm, der Hund, war ein Plünderer gewesen, einer der Schlimmsten dieser Sorte. Konnte es sein, dass er hier irgendwo lauerte, mit der Frau und dem Kind und zweihundert Mann auf seiner Seite?

Drust spähte zum unerreichbar fernen Horizont. Irgendwo da draußen streifte eine Gruppe von Männern durchs Land, um entweder für einen der Clans die Lage zu erkunden oder um zu plündern, was sie in die Finger bekamen. Er sprach seine Vermutung laut aus, um Colm aus seinen Gedanken zu verbannen.

»Ob so oder so, für uns macht es keinen großen Unterschied«, stellte Manius klar. »Die haben auf jeden Fall sechs Männer und acht Mulis gesehen, die nicht dem Volk der Kaledonier angehören. Falls das Colms Kundschafter waren, sind sie bereits zu ihm unterwegs, um es ihm zu melden. Waren es Plünderer, werden sie kommen und nachsehen, was es bei uns zu holen gibt.«

Plünderer. Draußen in den sonnenverbrannten Hügeln nördlich der Stadt waren Drust und die anderen auf Plünderer gestoßen. Sie verfluchten Colm, den Hund, weil sie seinetwegen hier waren.

Sie hatten die Straßen eines ausgebrannten Dorfes verlassen und von Feigenbäumen bestandene Wiesen erreicht, niedergetrampelt von Armeestiefeln. Die eisengepanzerten Legionen waren vor nicht allzu langer Zeit hier durchgekommen und hatten die Gegend mit Feuer und Schwert niedergemacht, als wären es die Hütten irgendwelcher Barbaren im Norden, keine zivilisierten römischen Gehöfte und Dörfer.

Doch wenn der Krieg sich einmal in den Köpfen und Herzen festsetzte, war nichts und niemand mehr sicher, wie Ugo grimmig festgestellt hatte. Drust war froh, dass die Armee in der Nähe war, in Gestalt eines Sesquiplicarius, des zweiten oder dritten Stellvertreters eines Decurios, und einer Schwadron Batavier, die ihre Pferde nervös durch die Gegend lenkten, in der die Männer von Bulla Felix ihr Unwesen trieben.

Man wusste nicht viel über Bulla Felix. Der Name bedeutete so viel wie »Talisman« oder »Glücksbringer« – das Amulett, das man Neugeborenen in Rom schenkte. Es gab Leute, die beschworen, dass Bulla ein aufrechter, ehrlicher Mann sei, und schlau genug, um sich nicht erwischen zu lassen. Dass er nur über sechshundert Mann verfügte – nicht mehr, als der Senat Mitglieder hatte. Dass er niemanden tötete, wenn es sich irgendwie vermeiden ließ. Er sei ein neuer Spartacus, hieß es. Und überhaupt sei er bereits tot.

»Hoffen wir, dass es stimmt«, meinte Quintus mit Nachdruck, die anderen hielten das jedoch für wenig wahrscheinlich.

Der Sesquiplicarius, ein gewisser Pacula, führte die Überreste seiner Schwadron seit Wochen durch die italienischen Hügel. Er hatte nur noch die Hälfte der zwanzig bis dreißig Mann, mit denen er aufgebrochen war, zur Verfügung; die anderen hatte er zurückgeschickt, weil ihre Pferde gestrauchelt waren, weil die Soldaten erkrankt waren oder einfach nur simulierten. Sie waren eine Miliaria, eine große Einheit von Bataviern, die sich aber längst an die römischen Sitten angepasst und viel von ihrer Wildheit verloren hatten. Der Decurio hatte sich den Fuß verstaucht, der Duplicarius war im Nachtlager von seinem eigenen Pferd niedergetrampelt worden, und so hatte Pacula das Kommando übernommen. Man sah ihm an, dass er der Verantwortung nicht ganz gewachsen war und darunter litt.

Mit trüben Augen kam er zu Drust und den anderen herüber und setzte sich an einen knorrigen Feigenbaum, auf gleiche Weise, wie die anderen es mit einem Kameraden machten, Rücken an Rücken, einen Moment lang schwankend, bis das Gewicht ihrer Körper die Balance fand. Sie waren in voller Rüstung – man saß nicht allzu bequem in dem steifen Leder –, doch sie mussten jederzeit bereit sein, aufzuspringen und zu kämpfen. Das paarweise Sitzen verminderte das Gewicht wenigstens ein bisschen. Drust hatte irgendwie Mitleid mit Pacula, dem jungen, frühzeitig gealterten Mann, der niemanden hatte, an den er sich anlehnen konnte. Seine Männer sprachen ihn nicht einmal mit seinem militärischen Rang an, sondern nur mit seinem Namen – eine Respektlosigkeit, die ihm zusätzlich zu schaffen machte.

An diesem Tag wirkte er besonders bedrückt, stieß einen kurzen Seufzer aus und kratzte sich im Gesicht, wo sich ein knallroter Ausschlag vom Mund über die Wange ausbreitete.

Er war schon von seinem Wesen her ein Einzelgänger, suchte keinen Kontakt, schon gar nicht mit den ehemaligen Gladiatoren, die es auf einen Mann aus Bullas Bande abgesehen hatten, einen Kerl, den sie »Hund« nannten. Es lag nicht daran, dass Pacula elitär oder eingebildet gewesen wäre – er schien nur irgendwie nicht ganz da zu sein, wie eine vorbeiziehende Wolke, deren Anwesenheit Drust nur spürte, weil es plötzlich kühler zu werden schien.

Auch jetzt ging eine gewisse Kälte von ihm aus, als er Drust anwies, das Gelände zwischen den dicht stehenden Feigenbäumen zu erkunden, wo sich jede Menge verzweifelte Banditen versteckt halten konnten. Bulla Felix war angeblich gefasst worden. Oder tot. Oder geflohen. Wie auch immer, seine Bande war zerschlagen und auf der Flucht, aber immer noch gefährlich, besonders in dicht bewachsenem Gelände, wo sie Reitern auflauern konnten. Der Sesquiplicarius blickte zum Rauch hinüber, der von den brennenden Häusern aufstieg. Aus der Ferne waren Schreie zu hören, schrill wie Vogelrufe.

»Wie lange geht das schon so?«, fragte er.

»Vielleicht zwei Stunden«, meinte Kag. Pacula nickte beunruhigt und fuhr sich mit der Hand übers Gesicht, wie um Spinnweben wegzuwischen.

»Das gefällt mir gar nicht«, murmelte er. »Das sind keine Räuber. Das wird Ärger geben.«

Er stockte, sah Drust an und blinzelte verwirrt. »Wo war ich?«

Dann senkte er den Kopf und schüttelte ihn müde. »Verdammt.« Er stand auf und trottete zu seinen Männern, die geduldig darauf warteten, dass die verachteten Gladiatoren die Arbeit für sie erledigten.

Die Rauchsäulen stiegen von vielen Stellen auf und färbten den Himmel schwarz. Sie packten ihre Sachen und machten sich fertig zum Aufbrechen, als der Paegniarius zu ihnen trat.

Er hätte nicht mitkommen müssen; er hatte sie auf einem der Getreideschiffe begleitet, weil sie ihn nicht zurücklassen wollten – es gab in der Wüstenregion allzu viele, die ihn hassten und nur auf eine Gelegenheit warteten, sich ihn vorzuknöpfen. Außerdem konnten die Procuratores ihn gut leiden. Er hätte es sich leicht machen und bei Servilius Structus in Rom bleiben können, doch er wollte sie auf ihrer Jagd nach dem Hund begleiten. Als er sich nun an sie wandte, war sein Gesicht schweißglänzend und die Stirn in tiefe Furchen gelegt.

»*Sagt mir, wer diese Leute sind*«, *bat er, und sie eilten hinter ihm her, argwöhnisch und vorsichtig wie Katzen. Vierhundert Meter weiter sahen sie auf einem Dorfplatz mehrere Tote liegen. Es waren insgesamt sechs; aus der Ferne sahen sie irgendwie unheimlich aus, bis Drust bemerkte, dass die Köpfe fehlten. Er wandte sich an Kag – der schickte ein paar Männer aus, um die Umgebung zu erkunden.*

»*Sind das Männer aus dieser Bande?*«, *fragte der Paegniarius.* »*Ich weiß, dass wir flüchtige Räuber jagen, aber diese Leute wurden enthauptet. Mag sein, dass die Armee im eigenen Land so vorgeht, aber in meinem Land macht man das nur mit besonders verhassten Leuten, wenn man sie gefangen genommen hat. Wenn das hier keine Räuber sind, sondern Dorfbewohner, ist es mir jedenfalls ein Rätsel. Nach allem, was ich gehört habe, tut der Anführer der Räuberbande so etwas Abscheuliches nicht.*«

»*Plünderer*«, *erklärte Kag grimmig.* »*Der verantwortliche Tribun bezahlt für Köpfe von Banditen, als Beweis, dass sie tot sind.*«

»*Das hier ist eine Frau*«, *stellte Manius fest.*

Quintus verzog das Gesicht zu einem gequälten Grinsen und zuckte die Schultern. »*Das da ist ein Kind.*« *Er stieß den leblosen kleinen Körper sanft mit dem Fuß an.*

»Es könnten genauso gut auch Banditen sein«, meinte Sib und spuckte zur Seite aus. »Jedenfalls für einen Tribun, dem es egal ist.«

Pacula seufzte, als sie es ihm berichteten, dann tat er, was er tun musste, und schickte ein paar Männer los, um die Umgebung abzusuchen. Schließlich fanden sie die Köpfe – sie lagen bei einem Brunnen zu einer ordentlichen Pyramide gestapelt. Über den toten, leeren Augen waren Buchstaben in die Stirn geritzt, die sich in der Hitze schwarz verfärbten – ein klares Bekenntnis des Täters.

Cns.

Hund.

In der rußgeschwärzten Hütte ließ Drust ein Lager aufschlagen. Es war kein guter Platz, ohne jede Verteidigungsmöglichkeit. Er schickte Kag auf einem Maultier voraus – er war der beste Reiter, verfügte aber nicht über Sibs Fähigkeit, sich lautlos wie eine Schlange zu bewegen. Seine Aufgabe war denkbar einfach: Er sollte sich eben nicht lautlos wie eine Schlange bewegen, sondern plump und auffällig wie ein *Tiro*, ein Anfänger. Er sollte die Gruppe aufspüren, entdeckt werden und dann wie in Panik die Flucht ergreifen.

»Falls es Plünderer sind und keine Kundschafter, dann führst du sie am besten zu uns«, wies Drust ihn an. »Sonst sitzen sie uns den ganzen Weg über diese Hügel immer im Nacken.«

Sie trafen rasche, aber präzise Vorkehrungen in der Lehmziegelruine, deren Dach eingestürzt war und deren Nebengebäude in sich zusammengesunken waren. Es war auch in intaktem Zustand ein kümmerliches, abgelegenes Heim gewesen, als hätten die Bewohner es vorgezogen, von niemandem gestört zu werden. Der Preis dafür war, dass niemand in der Nähe war, mit dem man sich zusammentun konnte, wenn Leute mit Schwertern aufkreuzten.

Sie hockten sich hinter die Mauerreste und warteten. Gegen den feinen Regen gab es keinen Schutz in dem verfallenen Gemäuer.

»Der Hund und du – ihr kommt aus der gleichen Gegend?«, fragte Ugo, gegen Drusts Rücken gelehnt, jener bequemen Position, die es ihnen sogar ermöglichte zu sitzen, ohne den feuchten Boden zu berühren.

»Aus dem Land der Dunkelheit«, erklärte Drust über die Schulter und machte eine weit ausholende Geste mit dem Arm. »Meine Mutter hat mir erzählt, dass ich aus dem Clan der Rotfalken stamme, am Fuß des Teufelsbergs.«

Ugo grunzte missbilligend. »Das klingt ja nicht sehr einladend. Was ist mit Colm?«

»Der stammt von den Roten Bergen, hoch oben im Norden.« Colm hatte es ihm irgendwann erzählt, nicht ohne Bitterkeit in der Stimme.

»Sein Stamm waren die Blaugesichter«, fügte Drust hinzu.

»Sein Gesicht hat die gleiche Farbe wie unsere«, erwiderte Ugo, und Drust spürte sein Schulterzucken im Rücken. »Außer wenn er wütend wird. Dann ist es so rot wie ein versohlter Kinderarsch.«

Die Krieger der Blaugesichter wurden mit Gesichtszeichnungen für ihre Taten belohnt, vor allem, wenn sie Feinde getötet hatten. Colms Verbitterung rührte zum

Teil daher, dass er keine solchen Beweise seiner Tapferkeit besaß – er war als kleiner Junge von einem verfeindeten Stamm verschleppt worden, dem Clan der schwarzen Wölfe. Danach hatte man ihn zusammen mit seiner Mutter in den Süden verkauft, nach Britannia inferior und superior, später nach Gallien und irgendwann nach Rom. Das hatte er mit Drust gemeinsam.

»Das hat ihn so bösartig gemacht«, meinte Manius, der rechtzeitig hinzugekommen war, um ihr Gespräch mitzuhören. »Und es hat ihn zu dem Kämpfer gemacht, der er einmal war. Ein wirklich ordentlicher Crupellarius, der es weit hätte bringen können, wenn ...«

Er stockte. Sie erinnerten sich noch gut an dieses »Wenn« – es war Colms Kamerad, der eines Tages tot aus der Arena geschleift worden war, während der junge Kaiser Antoninus den Beifall der Menge genoss. Zehn Jahre alt und schon im selben hohen Rang wie sein Vater, noch nicht einmal alt genug, um eine Toga zu tragen. Heute war er älter ...

»Niemand will einen Crupellarius sehen«, brummte Ugo. »Trägt viel zu viel Eisen. Am beliebtesten war Calvinus.«

Aufgrund seiner Rüstung hatte Colm den Spitznamen »der Ofenträger« erhalten. Man musste schon sehr kräftig sein, um mit dem vielen Eisen wieder aufstehen zu können, wenn man einmal im Sand lag. Außerdem trug er einen riesigen Schild und einen kleinen Dolch, eine lächerlich wirkende Waffe für einen Mann in so schwerer Rüstung, aber genau das war der Witz an der Sache: großer, furchterregender Mann mit kleiner Waffe. Die

Zuschauer brüllten ihm entsprechende Beleidigungen zu.

Calvinus hingegen war ein Dimachaerus, der nicht mehr als einen gepolsterten Leibschutz trug, dafür aber mit zwei Schwertern bewaffnet war. Es gab nur wenige Kämpfer dieser Art – nur die besten und flinksten kamen dafür infrage. Calvinus und Colm ergänzten einander wunderbar und boten ein fulminantes Spektakel in einer präzise einstudierten Choreografie.

In einem echten Kampf zwischen den beiden war klar, dass Calvinus verlieren würde. Er hatte gewusst, was ihm bevorstand, als ein boshafter Bengel im kaiserlichen Purpur sein Schicksal besiegelte. Er hatte sein Bestes gegeben, und als der Moment kam, durch die Klinge des Kameraden zu sterben, hatte er auf den Knien zu Colm aufgeblickt, etwas gesagt und dann den Kopf gebeugt. Niemand wusste, was seine letzten Worte waren, und Colm behielt es für sich.

»Es ist so weit«, meinte Sib. Drust blickte auf und sah Kag mit raumgreifenden Schritten herankommen. Er fühlte sich, als wäre er aus einem langen Schlaf erwacht, benommen und ohne Erinnerung an die letzten Minuten. Die Welt hatte sich weitergedreht, während er sie kurzzeitig verlassen hatte.

Wie im Tod. Die Welt würde weiterbestehen – mit dem einzigen Unterschied, dass er nicht mehr da sein würde. Wenn einen solche Gedanken beschlichen, fing man unweigerlich an, sich zurückzuziehen – von den anderen, von der Welt. Das war ihm schon früh klar geworden. Man erklärte es sich selbst damit, dass man nicht wollte, dass andere trauern mussten, wenn einen irgendwann unweigerlich das Glück verließ und man bei einem Kampf den Tod fand. Manchmal gestand man sich ein, dass man auch selbst nicht um jemanden trauern wollte. Gladiatoren hatten keine wirklichen Freunde in der Arena, sie besaßen nichts, was nicht zurückgelassen werden konnte, indem man einfach eine Tür hinter sich schloss. Colm hatte diese Lektion gelernt.

Letztlich versuchte das eigene Bewusstsein mit allen Mitteln, damit klarzukommen. Drust hatte geglaubt, das alles hinter sich gelassen zu haben. Hatte geglaubt, mit dem unvermeidlichen Abschied umgehen zu können – zumal ihnen eine Belohnung winkte, die ihnen allen ein neues Leben ermöglichte. Jetzt war er sich nicht mehr so sicher.

Manius hatte eine kleine Schlange gefunden, auf die ihn die Maultiere mit ihrem wütenden Schnauben hingewiesen hatten. Mit einem blitzschnellen Schnitt seines langen Messers hatte er sie in der Mitte zerteilt.

»Ist die giftig?«, fragte Sib und sah sich beunruhigt um. Manius erwiderte, alle Schlangen seien giftig, eine durchaus vernünftige Annahme. In seinem Volk hielt man es für ratsam, eine Schlange durchzuschneiden und die zwei Hälften in verschiedene Richtungen zu werfen, damit sie nicht zurückkriechen und wieder zu einer ganzen, lebendigen Schlange zusammenwachsen konnten.

Ugo und Quintus hatten sich oben in den Felsen postiert und warteten, während die anderen sich bemühten, einen möglichst unschuldigen, unbewaffneten und sorglosen Eindruck zu machen.

»Eine Stunde«, meldete Kag in seiner lakonischen Art, wischte sich den Schweiß vom Gesicht und hockte sich zu den anderen hinter die Mauer.

Sib hielt eine Muschel hoch und betrachtete sie fasziniert. Er hatte sie beim Errichten der Feuerstelle ausgegraben und fragte sich, wie sie hierhergekommen sein mochte.

»Seht nur«, sagte er und hielt sie hoch. »Früher einmal war das alles hier ein Meer. Oder ein See. Jedenfalls Wasser überall. Und genauso wird die Welt einmal enden.«

»Vielleicht ist die Muschel bloß in einem Eintopf gelandet«, meinte Manius lachend. Er spuckte seine durchgekaute, blutrote Kräutermischung auf die Feuerstelle. »Die Muschel haben sie aus dem Meer, du Esel.«

Sib machte ein finsteres Gesicht; obwohl Manius' Erklärung einleuchtend klang, war er nicht bereit, seinen faszinierenden Gedanken zu verwerfen. Schließlich behauptete er, die Muschel sei aus einem Stein hervorgekommen, der durch die Hitze eines Feuers aufgebrochen sei. Vulcanus, der Gott des Feuers, habe sie hineingelegt, oder Jupiter, der Größte und Herrlichste.

Sie diskutierten noch eine Weile, ihre Stimmen so leise wie der Regen, und Drust beobachtete diese Männer, die er immerhin gut genug kannte, um ihnen zu vertrauen. Für einen Moment erschien ihm das Lager wie ein Theater – mit Schauspielern, so harmlos wie Jungfrauen, mit ihren durchnässten Umhängen und Kapuzen und keinen sichtbaren Waffen. Sie wirkten wie Leute aus dem Süden, die sich in diese Gegend gewagt hatten, um mit ein bisschen Glück zu Reichtum zu gelangen. Arrogante, von sich selbst überzeugte Kerle, die sich allen anderen überlegen glaubten, selbst den Göttern. Die die Kaledonier für besiegt hielten und davon zu profitieren hofften.

»Wie viele?«, fragte Drust, zu Kag gewandt.

»Fünf. Mit einem Esel.« Kag blickte zu Manius, der leise lachte und triumphierend die Hände ausbreitete, weil seine Einschätzung sich als richtig erwiesen hatte.

»Einer trägt Militärstiefel«, fuhr Kag fort. »Er ist kein Soldat, nie gewesen. Alle haben kurze Wurfspeere – die werden sie wahrscheinlich verbergen und so tun, als würden sie in freundlicher Absicht kommen.«

»Kämpfer?«, fragte Ugo.

»Nach dem, was ich gesehen habe, macht mir der Esel mehr Angst als die Männer«, meinte Kag. »Den Speer werfen sie nicht besser als griechische Mädchen.«

Drust sah ihn missbilligend an; er hatte nicht gewollt, dass Kag so nahe heranging, dass Speere nach ihm geworfen wurden. Kag sah seinen Blick und zuckte mit den Schultern.

»Ich habe sie ein bisschen provoziert, und sie haben mich verfolgt. Es sind jedenfalls keine Kundschafter vom Hund.«

Er richtete sich auf, wischte sich die Hände an seiner Tunika ab und lächelte. »Immer das Gleiche.«

So war es. Drust sah es innerlich bereits vor sich ablaufen wie eine Provinzposse; diese Männer würden mit ihrem Esel ankommen, in der Gewissheit, es mit sorglosen Wanderern aus dem Süden zu tun zu haben, die nicht wussten, dass sich Ärger nur vermeiden ließ, wenn man unentdeckt blieb.

Sie würden drei Männer und mehrere schwer bepackte Maultiere vor sich sehen. Den Kerl, den sie verfolgt hatten, würden sie nicht vorfinden, aber falls der eine oder andere misstrauisch wurde, würde die Gier die Oberhand behalten. Die drei Männer würden überrascht und etwas erschrocken aufspringen, mit leeren Händen und einem unsicheren Lächeln im Gesicht.

Der mit den Militärstiefeln war wahrscheinlich schlau genug, um den Arm zum Gruß zu heben, während die anderen ihre ramponierten Waffen griffbereit, aber verborgen halten würden. Falls sie das waren, was sie zu sein vorgaben, würden sie in einer Reihe anmarschieren, der Mann mit dem Esel als Letzter. Falls sie in räuberischer, mörderischer Absicht kamen, würden sie sich nebeneinander postieren, sodass sie ihre Waffen alle zugleich einsetzen konnten.

Der mit den Stiefeln würde als Anführer der Gruppe unaufhörlich reden, würde sie begrüßen und fragen, wohin sie wollten, ob sie Plünderer seien und schon Beute gemacht hatten ... bis er den anderen das vereinbarte Zeichen gab.

Vielleicht würde er eine Hand sinken lassen, als wäre er müde. Oder sich mit der Hand ganz beiläufig über die regennasse Stirn fahren. Eine unscheinbare und doch folgenschwere Geste.

Die Männer rückten mit ihrem Esel an – Drust und die anderen taten überrascht. Einer der Fremden hob die Hand und rief ihnen einen Gruß zu. Er hatte eine überraschend hohe Stimme, trällernd wie ein Vogel.

Sie kamen näher und verteilten sich zu beiden Seiten.

Drust spürte ein vertrautes Kribbeln im Rücken, ein flaues Gefühl in der Magengrube, als sie in einer V-Formation anrückten, der Anführer an der Spitze. Seine Marschstiefel aus abgewetztem Leder bewiesen, dass er einen höheren Status innehatte als die anderen, die barfuß oder mit notdürftigem Schuhwerk unterwegs waren. Die Stiefel hatte er wahrscheinlich einem Legionär abgenommen, der irgendwo im Gestrüpp verweste. Er trug keine sichtbare Waffe, nur die typische schlammfarbene Tunika, dazu eine weite, an den Knöcheln zusammengebundene Hose und einen kurzen Umhang mit Kapuze, der einen Arm bedeckte – nicht sein Waffenarm. Er trug keine Kopfbedeckung, hatte zottelige Haare und einen zerzausten Bart.

Die anderen sahen genauso aus, wie Drust nun erkannte, als sie sich langsam näher schoben. Ihre Gesichter waren wettergegerbt und gerötet, und sie hatten alle den gleichen Blick, ob sie nun feist waren oder hager. Selbst der Bursche, der den Esel führte und der höchstens fünfzehn war, hatte dieses gierige, grausame Funkeln in seinen schwarzen, mädchenhaft bewimperten Augen.

Der Anführer wandte sich mit einem süßlichen Lächeln an Drust – der stellte sich vor, welches Bild sich dem Kerl bot. Er sah einen Mann vor sich, der weder größer noch muskulöser war als er selbst, der keine besseren Kleider trug, aber immerhin anständige Sandalen, dazu durchnässte Socken ohne Spitze. Ein breites Gesicht mit einer mehrfach gebrochenen Nase, vollen Lippen und einem dunklen Bart, der längst nicht mehr so gepflegt war wie sonst. Ebenso die Haare, die sich unter dem breitkrempigen Hut kräuselten. Was ihn verraten konnte, waren seine

Augen; die Anspannung, die sich darin spiegelte, würde einem aufmerksamen Betrachter nicht entgehen.

Der Mann war jedoch nicht aufmerksam. Seine trällernde Stimme drückte geheuchelte Sorge aus, in der hierzulande gebräuchlichen Handelssprache.

»Freunde – ich begrüße euch im Namen von Ogma und Scathach und allen Göttern. Wir heißen euch willkommen. Aber ihr müsst wissen, dies ist eine gefährliche Gegend.«

»Auch wir begrüßen euch im Namen der Götter«, gab Drust in derselben Sprache zurück, was für leichte Unruhe unter den Fremden sorgte. Sie mochten es gar nicht, wenn jemand so gewandt auftrat, weil es die Frage aufwarf, welche Fähigkeiten diese Fremden sonst noch besaßen. Doch sie sahen keine Waffen, nur bepackte Maultiere und überall verstreute Ausrüstung. Das Gepäck verhieß Reichtümer.

»Warum ist es hier so gefährlich?«, fragte Drust.

Der Anführer lächelte. »Hier treiben sich oft Räuber herum. Allein eure feinen Mulis – das große hier, dieser prächtige Falbe! Mit dem könnte man riesige Tiere züchten. Und das ganze Gepäck – was führt ihr denn mit euch, Freunde? Gold oder Silber vielleicht?«

»Nur Futter für die Mulis«, erwiderte Drust leichthin. »Aber für durstige Wanderer, die nichts Böses im Schilde führen, findet sich sicher auch ein guter Schluck, der an einem kühlen Tag Wärme spendet.«

»Ein paar Tropfen von euren Schätzen«, erwiderte der Anführer, und seine Augen nahmen einen harten Ausdruck an. »Das wird eure Taschen nicht leeren. Wenn ihr aber den falschen Leuten über den Weg lauft, werden die euch alles nehmen.« Er erhob seine Stimme und neigte den Kopf zur Seite, ohne den Blick von Drust zu wenden. »Das können wir doch nicht zulassen, Brüder – was meint ihr?«

Seine Gefährten stimmten zu, und der junge Bursche kicherte.

»Das ist sehr freundlich von euch«, sagte Drust, und der Anführer lächelte und griff mit der Hand hinter sich, wie um seinen steifen Rücken zu entspannen.

»Waffe!«

Es war Quintus, der die Warnung ausrief – im nächsten Moment sprang er hinter einem Felsen hervor, riss seinen Bogen hoch und schoss einen Pfeil ab. Ugo, der die ganze Zeit nur dagestanden hatte wie ein Ochse, der darauf wartete, dass man ihm das Geschirr anlegte, reagierte ebenfalls, hob blitzschnell den Fuß – und wie durch Zauberhand schnellte eine langstielige Axt aus dem Gestrüpp hoch, in dem sie versteckt gewesen war. Wassertropfen spritzten in alle Richtungen, als Ugos große Hände sich um die Waffe schlossen und er sich auf einen der verblüfften Männer stürzte.

Der Anführer war einen Moment lang wie gelähmt – im nächsten Augenblick bohrte sich ein Pfeil in seine Brust und riss ihn nach hinten. Sib kam schreiend über die Felsen und die eingestürzten Hausmauern gesprungen, hob sein krummes Messer und rammte es einem rothaarigen Kerl in den Bauch, der nur noch hilflos mit den Händen wedeln konnte.

Ugo ließ die Axt zischend durch die Luft kreisen, stieß seinem Gegner den Stiel ins Gesicht und streckte ihn mit einem Tritt zwischen die Beine nieder. Er wandte sich an Drust und lächelte aus seinem bärtigen Gesicht.

»Pugnare ad dignitum«, erklärte er, als wäre Drust der Munerarius, ein Veranstalter von Gladiatorenkämpfen, der über Tod oder Leben eines Mannes entscheiden konnte. Drust fand es höchst unpassend, dass Ugo das Ganze als ein Spektakel betrachtete, und machte eine schneidende Geste. Ugo trat einen Schritt von dem Mann weg, der sich auf dem Boden krümmte.

»Recipere ferrum«, verkündete er – *bereite dich darauf vor, den Todesstoß zu empfangen.* Drust wartete nicht ab, ob der stöhnende Mann tatsächlich auf die Knie gehen und seinen Nacken entblößen würde; er machte einen raschen Schritt nach vorne, zog seinen Dolch und stieß ihn dem Mann in den Hals.

»Lass den Unsinn«, knurrte er Ugo zu. »Wir sind hier nicht in einer Provinzarena.«

Ugo machte ein Gesicht wie ein sechsjähriger Junge, dem man eine Ohrfeige verpasst hatte, dann drehte er sich um und suchte sich ein neues Opfer. Der Kampf war jedoch bereits vorbei. Nur die Maultiere schrien und tobten, von der blutigen Auseinandersetzung in Aufruhr versetzt. Der Esel stürmte los und schleifte den Burschen mit sich, bis die Zügel sich von seinem Handgelenk lösten.

Der Regen wusch den Gestank nach Blut weg. Die anderen kamen herunter, und Manius richtete sich auf, stieß den Atem durch die Nase aus und trat zu den niedergemetzelten Angreifern. Sicherheitshalber schnitt er jedem Einzelnen die Kehle durch, und Drust sah zu, wie die Militärstiefel des Anführers zuckten und ihren Träger mit einem letzten Tritt aus dieser Welt beförderten. An beiden Stiefeln fehlten die meisten Nieten, und in der linken Sohle klaffte ein Loch. Es konnte nicht angenehm gewesen sein, damit auf dem steinigen Boden zu marschieren, doch der Mann hätte sich niemals von seinem Statussymbol getrennt, genauso wenig wie von dem Dolch, den er in einer Scheide am Rücken getragen hatte.

Kag fing den Esel ein und beruhigte ihn mit leisen Worten und einem Hut voll Getreide. Ugo wollte sein lächerliches Verhalten irgendwie gutmachen und zerschnitt das Gesicht des Jungen zu einer blutigen Maske, obwohl er längst tot war.

In dem Gepäck, das der Esel auf dem Rücken trug, befanden sich Tuniken, Speerspitzen, Gürtel und allerlei aussortierte Militärausrüstung, rostig und mit alten Blutflecken überzogen. Drust erinnerte sich an die Schauergeschichten, die er von Vorfällen in den Kastellen gehört hatte. Demnach waren angeblich Zehntausende den Bestien zum Opfer gefallen, die jenseits der Mauer hausten. Irgendwo unter dem weiten Himmel verwesten tote Männer, vergessen und ihrer Kleidung und Ausrüstung entledigt. Männer, die in Briefen um ein paar Socken und etwas Geld gebeten oder berichtet hatten, dass sie endlich vom Arbeitsdienst befreit worden waren. Die Briefe wurden zu Hause von Müttern gelesen, die keine Ahnung hatten, dass der Schreiber bereits tot war.

Manius tötete den Esel, weil Kag es nicht fertigbrachte; er konnte keinem Pferd, keinem Maultier und auch keinem Esel wehtun. Mit zwei Schaufeln hoben sie Gruben aus, um die Männer und das tote Tier zu begraben, wenn auch mehr aus Notwendigkeit denn aus Pietät. Auch die Ausrüstung der Angreifer vergruben sie und schichteten Steine darüber, um es eventuellen Plünderern zu erschweren, die toten Plünderer auszuplündern.

Irgendwann würden Wölfe und Füchse kommen und sie ausgraben, und die Aasvögel würden ans Licht bringen, was hier vorgefallen war, doch bis dahin waren sie hoffentlich längst fort und unterwegs zu ihrem Treffen mit diesem Brigus.

Sie zogen weiter, die Steinhaufen verloren sich vor dem Hintergrund der Felsen, und niemand verschwendete auch nur einen Gedanken daran, ein Gebet an Ogma, Scathach und die anderen Götter zu richten.

KAPITEL 4

Für Kag gab es Dinge, auf die er schwor – und die er manchmal verfluchte. Wenn ihn jemand darauf aufmerksam machte, dass er sich selbst nicht immer an seine Grundsätze hielt, flüchtete er sich für gewöhnlich in Hohn und Spott.

Unter den philosophischen Erkenntnissen, die er gelegentlich von sich gab, waren Sätze wie: »Wenn du das Weiße in ihren Augen siehst, ist meistens etwas faul«, oder »Wenn der Schaden, den du angerichtet hast, sich reparieren lässt, hast du nicht genug Schaden angerichtet«. Eine Weisheit, die ihm ganz besonders am Herzen lag, gab er nun zum Besten: »Wenn du Spuren zurücklässt, wirst du verfolgt.«

Kag suchte den Himmel und die umliegenden Hügel ab. Es war spürbar kälter geworden, der Regen ging in Schneeregen über. Der Winter breitete sich über dem Land der Dunkelheit aus wie eine Henne über ihren Eiern.

Seit ihrer Begegnung mit den Plünderern waren sie bereits achtzehn Stunden unbehelligt geblieben – länger, als Drust erwartet hatte, was er den anderen auch kundtat. Mit einer gesunden Portion Spott und Ironie träumten sie sich ein imaginäres Lagerfeuer herbei, plauderten und taten so, als würden die Flammen ihnen Wärme spenden. Sie unterhielten sich über die gleichen Themen wie immer – die Kämpfe ihres Lebens und Frauengeschichten. Spott und Ironie waren darin feste Bestandteile. Sie ließen sich aus den Gesprächen von Männern, angetrieben und befeuert von ungewässertem Wein und Angst, einfach nicht heraushalten – das war jedenfalls Kags feste Überzeugung.

Die Zeit hatte eine mäßigende Wirkung. Was man mit zwanzig an Wein vertrug und an Schlägen einstecken konnte, hatte zehn Jahre später gravierende Folgen. Die Muskeln wurden drahtiger oder verwandelten sich in Fett, wenn man sich zu viel in der Welt bewegte.

Sie unterhielten sich über Frauen und Kämpfen – die Dinge, von denen sie etwas verstanden. Kag wurde den Verdacht nicht los, dass ihnen der Feind auf den Fersen war – das spüre er, behauptete er. Sib, der aufgrund seiner Vergangenheit in der Wüste wahrscheinlich wirklich über die Gabe verfügte, eine Gefahr zu wittern, wirkte dagegen überhaupt nicht beunruhigt. Er fragte sich vielmehr, ob diese Frau, die sie zurückbringen sollten, womöglich eine Kämpferin war, die Colm im Ludus kennengelernt hatte – auch wenn es ihm selbst ein Rätsel war, was Frauen dazu bringen mochte, vor Publikum in der Arena zu kämpfen.

Quintus ging bereitwillig auf seine Frage ein, sein überwuchertes Gesicht von einem wissenden Lächeln erhellt. »Mir sind schon viele solche Frauen begegnet. Einmal habe ich mit einer Dame gearbeitet, die mit ihrer Hündin in der Arena auftrat. Patrocla hieß sie – die Dame, nicht die Hündin. Die hatte auch einen Namen, den habe ich aber vergessen. War ziemlich knurrig – der Hund, nicht die Dame.«

»Wo war das?«, wollte Sib wissen.

Quintus zog die Stirn in Falten, dachte angestrengt nach und zuckte schließlich die Schultern. »Dyrrachium, glaube ich. Oder Flavia Solva, ich weiß es nicht mehr genau. Zusammen mit zwanzig anderen hat sie im Ludus von Tacfarinas mit Hunden gearbeitet – erinnert ihr euch an ihn? Ein Ptolemäer aus der Gegend dieser Pyramiden, der sich den Übungsplatz mit uns geteilt hat. Das mit den Hunden war eine knifflige Sache. Gegen sie zu kämpfen, war so, als würde man Suppe mit dem Messer essen. Irgendwie nicht greifbar. Die Mädchen ließen die verdammten Hunde von der Leine, dann brach das Chaos aus. Sie selbst waren mit Messern bewaffnet und rannten fast nackt mit ihren Hunden los. Die Zuschauer waren begeistert.«

Er schüttelte den Kopf. »In einer Welt wie unserer haben Frauen nichts verloren. Kein Wunder, dass sie es *Infamia* nennen. Ist ja wirklich eine Schande.«

»Für dich vielleicht, weil sie dich übel zugerichtet haben, stimmt's?«, meinte Sib. »Dann hat dir der alte Severus einen Gefallen damit getan, dass er sie aus der Arena verbannt hat.«

»Da irrst du dich«, erwiderte Quintus, nun nicht mehr lächelnd. »In der Arena hatte ich es nie mit einer Frau zu tun. Die haben höchstens gegen irgendwelche armen Schweine gekämpft, gegen Verurteilte, die bloß mit einem Knüppel bewaffnet waren, oder gegen Kleinwüchsige. Ich habe auch nie eine von ihnen gevögelt. Das schafft nur Probleme, versteht ihr? Eine Frau in einem Ludus. Irgendwann versucht jeder sein Glück bei ihr – im Namen der Götter, ihr wisst ja, wie wir waren, oder? Durchtrainierte Kampfmaschinen und voller Angst – und eine Frau ist da am Ende auch nicht anders. Du versuchst, bei ihr zu landen, und hast entweder Glück oder holst dir eine Abfuhr. Wenn du Glück hast, wollen die anderen auch ran – dann hast du keine Kämpferin mehr, sondern eine Hure. Sagt sie Nein, und der Kerl akzeptiert es, ohne dass man ihn niederstechen muss, dann hast du böses Blut, und sie steht ganz allein da. Wenn sie aber nur einen ranlässt, haben alle anderen einen Hass auf die beiden, und der Kerl muss ständig auf der Hut sein. Für den wird jedes Lächeln zur Bedrohung.«

»Bei allen Göttern«, staunte Ugo, »du hast dir echt Gedanken darüber gemacht, stimmt's?«

Quintus nickte und grinste nun wieder so breit wie eh und je. »Für unsereins ist kein Platz für eine Frau, nicht einmal als Ehefrau.«

»Heißt das, es gab mal eine?«, fragte Kag leise.

Quintus zuckte mit den Schultern und schwieg einige Augenblicke. »Na ja, die Dame mit dem Hund. Als das Tier getötet wurde, war sie nicht mehr dieselbe. Dann hat Severus die Frauen aus der Arena verbannt, und sie wurde verkauft. Sie verschwand ohne ein Wort. War vielleicht besser so.«

Drust erinnerte sich an eine Kämpferin in Scythopolis, einem staubigen Dreckloch, in dem es eine Gruppe von Kämpferinnen gegeben hatte, die als die berühmten Amazonen auftraten, um dem Spektakel eine besondere Würze zu geben. Sie war eine gute Kämpferin, und eines Tages brachte sie in einem dunklen, stinkenden Winkel ein totes Kind zur Welt. Eine Frühgeburt, meinte der Medicus, verursacht durch die ständige Angst und die Anstrengung, vielleicht auch durch einen Trank, mit dem sie genau das hatte viel zu spät verhindern wollen, oder durch irgendetwas, was manche Kämpfer nahmen, um schneller, stärker oder angeblich unverwundbar zu werden.

Es sei ein Wunder, dass sie überhaupt ein stilles Plätzchen dafür gefunden hätte, ganz zu schweigen von dem Mann, mit dem sie es getan hätte, meinte der Medicus, die Unterarme noch voll von ihrem Blut. Wie sie das so lange hatte verborgen halten können, sei ein noch größeres Mysterium als der Gott Mithras. Jemand müsse in einem schwachen Moment an sie rangekommen sein, erwiderte Drust.

Selbst wenn, beharrte der Medicus, dass daraus Leben würde, könne nicht einmal ein Pantheon voller Götter bewerkstelligen – und wenn es doch geschehe und das Kind wider Erwarten überlebe …

Es überlebte nicht, auch wenn sie sich noch so sehr darum bemühten. Es starb in einer Blutlache im unterirdischen Gewölbe einer Provinzarena, wo der Staub die Flüssigkeiten aufsaugte. Für den Medicus war es kein Trost, dass er die Frau retten konnte.

»Sie ist Mutter geworden«, stellte er voller Bitterkeit fest. »Mutter eines Kindes, das sie nie gesehen hat und nie sehen wird. Auch mit ihrer Laufbahn ist es vorbei, weil sie Sklavin ist und ihr Herr nicht erfreut sein wird. Er wird sie weiterverkaufen ... wenn sie Glück hat.«

So verlief auch das im Sand ...

Drust blinzelte und kehrte aus seinen Gedanken in die Gegenwart zurück, mit dem gleichen kalten Schweiß auf der Stirn wie damals. Ugo erzählte gerade allen, die es hören wollten, von der idealen Länge einer Streitaxt. Manius schärfte Ugos Axt; er hatte gesehen, wie der germanische Riese den Burschen mit dem Esel niedergemacht hatte, und gemeint, es habe mehr nach dem Werk eines mit Nägeln gespickten Knüppels ausgesehen als nach einer scharfen Schneide.

»Wie kommen wir voran?«, fragte Kag, nachdem er lange Zeit geschwiegen hatte.

Drust warf einen Blick auf die Notizen auf seiner Wachstafel und kniff die Augen zusammen – er war im Lesen nicht so geübt wie Kag.

»Wir sind auf Kurs«, sagte er schließlich.

Wer wusste schon, was noch alles vor ihnen lag – oder hinter ihnen, falls Kags Befürchtungen berechtigt waren. Überall Feinde, wie Hunderudel. Es war, wie Suppe mit dem Messer zu essen.

Drust fragte sich, was passieren würde, wenn sechs Männer im Land der Dunkelheit verschwanden, mitten in dieser tristen Einöde. Würde Julius Yahya nach ihnen suchen? Vielleicht sein mysteriöser Patron – oder gar Servilius Structus?

»Es wird Zeit«, meinte Kag, als hätte er Drusts Gedanken gelesen.

Sie legten über achtzehn Meilen zurück und hätten sogar noch mehr geschafft, wäre nicht ein Maultier ausgerutscht und gestürzt. Das Tier brach sich den Huf und musste getötet werden; Manius erledigte die Aufgabe mit erstaunlichem Einfühlungsvermögen. Ein blitzschneller, präziser Stich ins Ohr, der irgendetwas Lebenswichtiges durchbohrte – das große Tier stieß nicht einmal mehr einen Laut aus und war sofort tot.

Sie verteilten das Gepäck auf die anderen Tiere und gelangten an einen Waldrand. »Einer dieser dunklen nordischen Wälder, die dir kalte Schauer über den Rücken jagen, selbst wenn du nur am Rand stehst«, meinte Sib. Ugo lachte; in solchen Gegenden fühlte er sich zu Hause. Zwei Stunden vor Einbruch der Dunkelheit stiegen sie in ein Tal hinab, bis zu einer Stelle mit einer riesigen Felsskulptur, die aussah, als würde ein Schwarm Delfine ihren Weg kreuzen; die von Wind und Wetter geformten Rückenflossen wirkten – obwohl aus Granit – fein geschnitten und elegant. Der Wind pfiff ihnen um die Ohren, kalt und schneidend. »Der bringt den Winter«, meinte Ugo – und keiner machte eine spöttische Bemerkung.

Sib suchte einen geeigneten Platz für das Nachtlager und fand eine Senke, die einmal ein Flussbett gewesen war. Auf einer Seite hatten sich Bäume im Boden festgekrallt, zwischen denen sie, so gut es ging, ihr Lager aufschlugen.

»Ich glaube, da ist ein Unwetter im Anmarsch«, meinte Ugo und hob sein bärtiges Gesicht schnuppernd in den

Wind. Um das zu wissen, musste man kein Gelehrter sein, dachte Drust, nicht einmal ein Riese aus Germanien. Ugo wollte losziehen und die Gegend erkunden, doch Drust hielt ihn zurück. Er vermutete, dass Ugo nur in den Wald wollte, um einem seiner vielen Götter ein Opfer darzubringen. Drust hätte im Grunde nichts dagegen gehabt, wenn es nicht so gefährlich gewesen wäre. Ugo war kein Kundschafter – sich lautlos zu bewegen, gehörte nicht zu seinen Stärken.

»Wir kämpfen gemeinsam, nicht anders.«

Ugo nickte einsichtig. Die Gruppe war das Einzige, das ihnen Schutz bot, das wusste auch er. Er drehte ein, zwei Runden um das Gelände, dann ließ er sich an einem Ende nieder und rollte sich zusammen. Drust erinnerte sich noch gut an den Tag, als er Ugo zum ersten Mal begegnet war, und an dessen Ende sie sich nähergestanden hatten als ein Liebespaar.

Es war das erste Mal, dass Drust außerhalb der Arena jemanden für Servilius Structus getötet hatte, an einem Abend, an dem die Stadt knurrte und schnaubte wie ein wildes Tier. Abends strömten die Händler mit ihren Wagen und Fuhrwerken in die Stadt, weil es tagsüber verboten war, und verstopften die stinkenden Straßen und Gassen. Die Gasthäuser öffneten ihre Türen, die Vigiles stolzierten umher, um sich den Anschein zu geben, für Ordnung zu sorgen, und die reichen Togaträger ließen sich in ihren Sänften hin und her tragen, um sicherzustellen, dass ihre Fracht wohlbehalten ankam.

»Drusus Servilius«, hatte Kag grinsend gemeint. »Bist du bereit dafür?«

Kag schubste ihn voran, und Drust setzte einen Fuß vor den anderen wie ein Blinder. Die Welt erschien ihm als ein Gewirr aus Geräuschen und Menschen, deren Gesichter nur dunkle Hohlräume statt Mund und Augen hatten. Jemand stieß einen Schrei aus.

Clodius Flaminius war ein stattlicher Mann mit dichtem weißem Haar, aber immer noch mit den Muskeln, die er als junger Mann mit dem Ziehen schwer beladener Wagen gestählt hatte. Er sprang vom Kutschbock, und seine Söhne schirrten die Pferde ab.

Er blickte zu einem seiner Männer, der die Zügel aufnahm und sie seinen Söhnen zuwarf. Er sah Drust nicht kommen. Auch nicht das Messer.

Drust hatte es wieder und wieder geübt, hatte gelernt, an welchem Punkt man das Messer in den Hals stoßen musste, um den Herzschlag zu treffen, blitzschnell wie eine Schlangenzunge. Das Messer hatte sich tief in Clodius' Hals gebohrt, doch die Klinge war sehr kurz – um sie besser verbergen zu können –, und Drust hatte im letzten Moment gezittert, wie es ihm unter der Aufsicht des nörgelnden Griechen so oft passiert war. Er hatte die Stelle verfehlt, wo das Herz im Hals schlug, die Ader, aus der das Blut hervorgeschossen wäre wie Wasser aus einem geborstenen Rohr, woraufhin der Fuhrmann umgekippt wäre wie eine Marionette mit durchtrennten Fäden.

Stattdessen war Clodius zurückgewichen, hatte die Hand an den Hals gedrückt und sein heißes Blut gespürt, das zwischen seinen Fingern hervorquoll, während seine Augen sich ungläubig weiteten.

»Das ist von Servilius Structus«, hatte Drust gesagt, wie man es ihm aufgetragen hatte. »Für alles, was du heimlich abgezweigt hast.«

Clodius war zur Seite getaumelt. Der Mann auf dem Kutschbock stieß einen Schrei aus, und die Söhne riefen einander etwas zu. Clodius hätte umfallen und sterben sollen, doch das tat er nicht. Seine Beine gaben zwar nach, doch er kämpfte mit seiner ganzen Kraft gegen die drohende Bewusstlosigkeit an, packte Drust an der Tunika und riss ihn mit sich zu Boden.

Sie stürzten beide, während die Zugtiere vom Lärm und dem Blut in Aufruhr versetzt wurden. Die Söhne versuchten verzweifelt, die Pferde im Zaum zu halten, doch die Zügel blieben am Zuggeschirr hängen und rissen es nach unten.

Drust und Clodius wurden von dem schweren Geschirr getroffen – und für einen langen Moment war die Welt nur noch Schmerz und grelles Licht. Plötzlich machte der Wagen einen Ruck, und die eisenbereiften Räder setzten sich in Bewegung.

Mit Schaudern erinnerte sich Drust an den Moment, als das riesige Fuhrwerk auf ihn zugerollt kam wie eine Lawine. Clodius lag keuchend auf dem Boden und stierte in den Nachthimmel.

Jemand sprang aus der Dunkelheit hervor, und Drust spürte, wie er mit eisernem Griff gepackt wurde, während der Wagen von ihm wegrollte – bis ihm bewusst wurde, dass es umgekehrt war: Der Wagen rollte weiter, ein Rad zermalmte Clodius' Schädel, und seine Söhne schrien auf. Ein Mann wandte sich ab und übergab sich.

In einer dunklen Gasse wurde Drust auf den feuchten Boden gesetzt. Als er blinzelnd zu sich kam, den Schmerz spürte und erste Umrisse erkennen konnte, sah Kag ihn grinsend an.

»Ein bisschen dramatisch, aber es erfüllt den Zweck«, hatte Kag gemeint und dem dunklen Schatten neben ihm auf die Schulter geklopft.

»Du kannst dich bei diesem Mann bedanken«, fügte er hinzu. »Ohne ihn wäre dein Schädel jetzt in der Mitte gespalten wie der von Clodius.«

Benommen hatte Drust den hünenhaften Kerl angestarrt, der ins schwache Licht vortrat. Er sah ein breites Gesicht, eine Nase wie ein dicker Beutel, einen schlecht getrimmten Bart und wirres Haar. Eine mächtige Pranke kam auf ihn zu, die Fingerknöchel mit den gleichen Zeichen versehen wie seine eigenen. Der Mann packte Drusts schlaffen Arm, zog ihn zu sich und sah ihn mit strahlenden Augen und Zähnen an.

»Ugo«, sagte die unwirkliche Gestalt.

Wie oft haben Ugo und ich seit jenem Tag Seite an Seite gekämpft, dachte Drust. Servilius Structus hatte sie mit seinen Zuchtpferden in alle Winkel des Imperiums geschickt, um ihre Kampfkünste zu zeigen, nach Kreta und Kyrene, Ägypten und Numidien. Manius hatte ihm erzählt, dass Servilius so raffiniert war, die Kapitäne der Getreideschiffe zu bestechen, damit sie seine Pferde und Kämpfer in ihren großen leeren Schiffen in die Provinzen beförderten und ihm auf der Rückfahrt etwas Frachtraum für sein eigenes Getreide freihielten. Oder für Sand fürs Colosseum, der noch wichtiger und teurer war als Getreide.

Natürlich gab es auch Leute wie Clodius Flaminius, die den Fehler machten, in Servilius Structus nur einen ehemaligen Sklaven zu sehen, der zu fett war, um die Subura zu verlassen, es sei denn, er ließ sich in der Sänfte zum Ludus tragen, um sich einen Eindruck zu verschaffen, wie die Ausbildung voranging. *Wir haben fast unser ganzes Leben für ihn gearbeitet*, ging es Drust plötzlich durch den Kopf. So viele Jahre, jedes ein kleiner Schritt weg von den Sklavenunterkünften des Ludus.

Lange genug, dachte Drust, um diesen Männern so zu vertrauen, wie sie ihm vertrauten. Seite an Seite rollten sie sich zusammen wie die Hunde und stöhnten in unruhigem Schlaf.

Als der Morgen dämmerte, erwachten sie steif und durchfroren. Sie fütterten und tränkten die Maultiere und nahmen selbst ein paar Bissen zu sich, ehe sie weiterzogen, über die farnbewachsenen Hügel, wobei sie die dichten Wälder mieden. Die einzigen Geräusche waren ihre eigenen gedämpften Stimmen und die Rufe der Krähen.

Am Ende eines anstrengenden Tages unter einem bleigrauen Himmel erreichten sie die windgeschützte Seite eines kargen Hügels. So als würden die Knochen der Erde aus dem Boden ragen, türmten sich düstere Felsen auf, nur durchbrochen von einer langen Spalte, die wie von einer riesigen Axt in den Stein gehauen schien.

»Das muss einer von deinen Göttern gewesen sein«, grummelte Sib, zu Ugo gewandt. »Wahrscheinlich mit deiner Axt.«

»Seit wann benutzt du eigentlich dieses Werkzeug?«, fragte Manius. »In einem Munus habe ich dich nie damit kämpfen sehen. Du warst ja ein Hoplomachus.«

»Du kannst einen germanischen Krieger aus seinem Wald holen«, warf Quintus ein, »aber den Wald kriegst du aus dem Germanen niemals raus.« Alle lachten leise – Ugo nahm es mit einer wegwerfenden Geste hin.

Trotz des Gelächters herrschte eine bange Unruhe. Drust war sich bewusst, dass sie nicht so gut vorangekommen waren, wie sie sollten. Die Zeit rieselte ihnen durch die Finger wie der Sand der Arena. Immer wieder blickte Kag sich um und runzelte nachdenklich die Stirn. Das Rätsel um Colm, die Frau und das Kind beschäftigte sie alle.

Sib sah zum Himmel hoch, der sich in verschiedenen Grautönen zeigte. Keiner wusste, was das zu bedeuten hatte – außer, dass es nichts Gutes sein konnte. Also wies Drust sie an, ihr Gepäck bei den Felsen zu einem halbkreisförmigen Wall aufzuschichten. Währenddessen wurde das Pfeifen des Windes immer stärker, bis es sich wie das Heulen verirrter Kinderseelen anhörte. In ihre Umhänge gehüllt, kauerten sie in der kleinen Festung und versuchten die Maultiere zu beruhigen. Sie waren bis zu den Augen vermummt und zitterten dennoch vor Kälte.

»Wie lange wird das dauern?«, fragte Quintus, an Ugo gewandt.

Der Germane zuckte mit den Schultern, und seine Worte wurden vom Wind verweht, kaum dass er sie ausgesprochen hatte. »Wer weiß? Drei Stunden, drei Tage …«

Noch mehr verlorene Zeit. Drust behielt den Gedanken für sich, sparte sich den Atem, den er als eisige Luft durch den Stoff hindurch einsog. Der Wind dröhnte wie ein verstimmtes Horn und peitschte ihnen eisigen Schneeregen ins Gesicht. Das schrille Pfeifen schien nicht mehr aufhören zu wollen, doch nach einer Stunde verpuffte es zu einem leisen Stöhnen, und sie stiegen durch eine dünne Schneedecke ins Freie. Ein Maultier hatte sich losgerissen und aus dem Staub gemacht.

»Lass es«, meinte Manius, doch Quintus wollte es nicht einfach so hinnehmen.

»Das ist Tauratus«, entgegnete er vielsagend. Das Tier war nach dem hässlichsten, dreistesten und blutrünstigsten Kämpfer benannt, der sich je in einer Arena herumgetrieben hatte. Es war das größte und stärkste Maultier und trug einige der Gefäße mit dem unheimlichen Gebräu, das Quintus mit sich führte. Das Tier würde sich von einem kurzen Wintersturm nicht unterkriegen lassen, deshalb schickte Drust Sib los, um es zurückzubringen oder zu töten und zu vergraben, damit es nicht von Einheimischen gefunden wurde, die dann vielleicht ahnten, was es damit auf sich hatte.

Sie vergruben alles, was sie nicht mehr mitnehmen konnten, ließen sogar Futter für die Maultiere und Proviant zurück, um Platz für Quintus' Sachen zu schaffen. Keiner beklagte sich.

Quintus blickte zu Drust, dann zu der Spalte im Fels. »Falls wir auf dem Rückweg wieder hier vorbeikommen und verfolgt werden ...«

Drust nickte. Quintus öffnete eine Kiste, in der sich kleine Tontiegel befanden, in Stroh gebettet wie rohe Eier. Die anderen warfen einen kurzen Blick darauf und wichen unwillkürlich zurück. Mit seinem breiten Grinsen wiegte Quintus einen Tiegel in der Hand.

»Was ist?« Er breitete die Hände aus, dann jonglierte er das kleine Tongefäß von einer Hand in die andere. Drust hielt den Atem an, Kag stieß einen kehligen Laut aus.

Vorsichtig stellte Quintus das Gefäß in die Kiste zurück, hievte sie hoch und stapfte damit zur Felsspalte. Er grinste verschmitzt und hatte nicht den kleinsten Schweißtropfen auf der Stirn.

Im Gegensatz zu den anderen.

Als er zurückkam, war auch Sib wieder da. Er hatte sich so lautlos genähert, dass sie ihn erst bemerkten, als er vor ihnen stand. Er bewegte sich, als wollte er keinerlei Spuren in dem unwirtlichen Gelände hinterlassen und könnte mit jedem unbedachten Fußabdruck den Zorn der Götter auf sich ziehen.

Quintus trat zu ihnen und stellte die Kiste vorsichtig auf den Boden. Dann erklärte er ihnen, was er getan hatte, damit sie wussten, was sie zu tun und zu vermeiden hatten, falls nur einer oder zwei von ihnen überlebten. Als er fertig war, holte sich Sib etwas Wasser, nahm einen Schluck und verzog das Gesicht, weil seine Zähne empfindlich auf das kalte Nass reagierten. Er weichte ein Stück Brot ein und kaute es bedächtig.

»Tot?«, fragte Kag.

Sib nickte. »Es muss gestürzt sein, hat sich das Bein gebrochen. Ich habe ihm die Kehle durchgeschnitten und möglichst viele Steine darüber geschichtet.«

»Hast du meine Kiste mitgebracht?«, fragte Quintus. Sib funkelte ihn wütend an, doch Quintus lachte nur.

Sib wollte nicht darüber sprechen, hatte jedoch eine Riesenangst vor der Kiste und ihrem Inhalt. Er hatte sie mitnehmen wollen, doch seine Angst war so groß gewesen, dass er es nicht einmal gewagt hatte, das Maultier richtig zu begraben. Er ärgerte sich über sich selbst und machte seinem Zorn auf andere Weise Luft.

»Dieses Muli wird nicht das letzte Opfer dieser verrückten Mission sein. Und wofür? Für eine Frau, die wir nicht kennen, und ein Kind, dessen Vater vielleicht der Hund ist.«

»Dafür, dass wir auch mal an Fortunas Titten saugen können«, entgegnete Quintus mit seinem unerschütterlichen Grinsen. Sib runzelte mürrisch die Stirn.

Ugo und Quintus kümmerten sich zusammen mit Kag um die Maultiere, Sib ging weit voraus und erkundete das Gelände, während Manius nach hinten absicherte. Ugo und Drust führten den kleinen Trupp aus der Felsspalte in eine von Geröll bedeckte Ebene, die sich bis zur nächsten bewaldeten Hügelkette erstreckte.

In dieser Nacht teilten sie ihr Lager mit den Maultieren; da sie auch diesmal auf ein Feuer verzichteten, war jedes bisschen Wärme willkommen. Sie wussten, dass sie nicht mehr lange so weitermachen konnten, auch wenn es keiner aussprechen wollte. Das würde erst geschehen, wenn es sich nicht mehr vermeiden ließ, kurz bevor es zu Ende ging.

Als sie im Morgengrauen erwachten, war Manius nicht da, und Drust hatte einen Anflug von Panik, bis ihm bewusst wurde, dass sie hier einigermaßen sicher verschanzt waren. Sib sah ihn vielsagend an, und Drust wollte ihn schon losschicken, um nach Manius zu sehen, als dieser plötzlich auftauchte.

Er atmete schwer und schwitzte aus allen Poren, nahm mit einem dankbaren Nicken einen Becher kostbaren Wein entgegen, trank einen Schluck und erzählte ihnen dann, was er entdeckt hatte.

»Ich bin auf eine Spur gestoßen. Acht Mann in glatt besohlten Stiefeln, keine Absätze. Keine Maultiere, nur ein unbeschlagenes Pony. Ein Mann hat den Abdrücken nach etwas Schweres zu tragen. Einmal hat er es abgestellt – der Abdruck sieht mir nach einem römischen Scutum aus. Sie kommen dadurch langsamer voran, aber er will ihn nicht zurücklassen – wahrscheinlich ist er der Anführer der Gruppe.«

Drust setzte sich hin und überlegte einen Moment lang. Ein Legionärsschild. Wahrscheinlich gestohlen – oder waren es Deserteure? Beides war denkbar, ebenso wie der Gedanke, den Kag äußerte.

»Was meint ihr – ob der Hund schon weiß, dass wir kommen?«

Sie waren noch etwa zwei Tagesmärsche von Brigus, ihrem Informanten, entfernt. Falls Colm bereits wusste, dass ein Trupp unterwegs war, um ihn zu finden, würde er abwarten, um zu sehen, wohin sie gingen, und den Mann zu finden, der ihn verriet. Diese Gruppe hatte bestimmt nichts anderes im Sinn, als die Lage zu beobachten.

»Falls diese Männer überhaupt von ihm kommen«, warf Quintus ein. »Es könnte genauso gut ein Trupp von irgendeinem Stamm sein, wie die Kerle, die wir getötet haben. Diesmal trägt der Anführer einen schweren Schild, keine schweren Stiefel, wie der andere.«

Drust zwang sich zu einem aufmunternden Lächeln, verfügte jedoch weder über Quintus' strahlende Zähne noch über dessen Zuversicht. In Wahrheit konnten sie einfach nicht wissen, womit sie es zu tun hatten. Falls Colm Bescheid wusste, waren die Frau und der Junge vielleicht schon tot, wie auch Julius Yahya gemeint hatte. Der einzige Weg, es herauszufinden, war, dieser Gruppe aufzulauern – ein Gedanke, den schließlich Kag aussprach.

Drust erklärte ihm, warum das im Moment keine gute Idee war – es gab hier keine Felsen, hinter denen sie ihnen auflauern konnten, nur kahle Hügel, niedriges Gestrüpp und Steine.

»Es gibt da einen Wald«, meinte Ugo. *Ein paar Stunden entfernt, wenn wir uns beeilen*, dachte Drust und unterdrückte ein Schaudern. Die dunklen Wälder in dieser Gegend waren ihm unheimlich – allein dadurch, dass sie jedes Geräusch schluckten.

»Da bin ich zu Hause«, erklärte Ugo grinsend. »Meine Götter werden uns beschützen.«

»Beschützen werden uns nur unsere Waffen«, stellte Manius klar und blickte mit einem leisen Lächeln zu Drust. Der ging zu seinem Gepäck, mit dem gleichen flauen Gefühl im Magen wie an dem Tag, als sie sich zum ersten Mal begegnet waren.

Er schritt einher, als gehörte ihm die Welt. Kam direkt auf Drust zu und nickte.

»Manius«, sagte er. »Kag schickt mich zu dir.«

Es gefiel Drust gar nicht, dass dieser Manius völlig unbemerkt an den beiden Wachen vorbeigekommen war, so als wären sie gar nicht da. Vielleicht waren sie eingeschlafen, dachte er, aber einer der beiden war Sib – und der war absolut zuverlässig. Als Drust es später erwähnte, schwor Sib, nicht das Geringste gesehen oder gehört zu haben.

»Kag schickt dich?«

»Ja. Ich bin ein Kämpfer, wie du.«

Dass er die Wahrheit sagte, zeigte das Sklavenzeichen auf den Fingerknöcheln. Er war erst vor Kurzem aus der Provinz nach Rom verkauft worden und besuchte noch nicht einmal den Ludus Ferratus.

Vielleicht wird er die Gladiatorenschule nie von innen sehen, wenn die Wüstenhunde, die uns belagern, den Mumm aufbringen, die mickrige Festung zu stürmen, in der wir hier an diesem beschissenen Außenposten namens Mascula festsitzen, dachte Drust. Genau das trat dann ein paar Tage später ein. Der Garnisonskommandant verlor die Nerven, begann zu toben und musste festgebunden werden. Sie lagen im Staub, hörten das blutrünstige Geheul der Angreifer und das Krachen der Steine, die gegen die Lehmmauer prasselten. Irgendwann beschlossen die Ziegenficker, dass sie lange genug gewartet hatten; sie kamen mit ihren grob gezimmerten Leitern und einem Rammbock und stürmten die Festung.

Drust hackte und hieb wild um sich, bis er irgendwann keuchend innehielt und einen Bogen vor sich auf dem Boden liegen sah, daneben dessen Besitzer, den er soeben getötet hatte.

»*Was dagegen, wenn ich mir den nehme?*«, *fragte eine Stimme, und Manius hob den Bogen auf. Tief geduckt eilte er los, ohne sich um das Chaos und das Feuer zu kümmern. Er schien so wenig in diese Umgebung zu passen wie ein achtbeiniges Pferd. Im nächsten Augenblick war er verschwunden.*

In dieser Nacht kehrte er nicht wieder zurück. Die Angreifer hatten sich zurückgezogen, und die Nacht verlief ruhig, als wären beide Seiten noch geschockt von dem erbitterten Kampf und als wüsste keiner so recht, wer denn nun gewonnen hatte. Drust vermutete, dass Manius umgekommen war. Er selbst war hundemüde, die anderen ebenso, nachdem sie die Toten auf die Mauer gehievt und hinausgeworfen hatten, bevor die Leichen in der Hitze des folgenden Tages zu stinken begannen. Drust schlief ein wenig und wurde kurz vor dem Morgengrauen von Kag geweckt.

Selbst im Dunkeln konnte er erkennen, dass Kags Augen vom Schlafmangel rot gerändert und geschwollen waren. »Du bist dran«, sagte er und schnarchte, noch bevor sein Kopf den Boden berührte.

Drust übernahm die Wache in der unheimlichen morgendlichen Stille; es war, als hätten die Belagerer die Lust an ihrem schaurigen Geheul verloren. Trotz größtmöglicher Wachsamkeit bemerkte er Manius erst, als der schon fast über ihm war. Auf einer einfachen Holzleiter sprang er die Mauer hoch und trat sie weg, als er oben war. In einer Hand hielt er den Bogen; Pfeile hatte er keine mehr.

»Wo warst du?«, fragte Drust gereizt und ausgelaugt. Er versuchte, sich nicht anmerken zu lassen, welchen Schreck ihm der Kerl eingejagt hatte.

Manius lachte leise. »Ich war in der Unterwelt.« Er huschte wie ein Geist vorbei. »Dämonen töten.«

Manius besaß den »Dämonentöter« immer noch, einen elegant geschwungenen Bogen von makelloser Schönheit und Präzision. Manchmal sah man ihn, wie er mit prüfendem Blick die tödlichen, mit Widerhaken versehenen Pfeile begutachtete, still und wortlos.

Dieser Bogen erinnerte die anderen an jene letzte Nacht in Mascula, als die Belagerer sich in ihren Unterschlupfen verkrochen und erkennen mussten, dass sie nicht mehr die Herren der Dunkelheit waren. Dass es nicht die Römer waren, die in der Falle saßen, sondern sie selbst.

Und Manius hatte nicht vor, sie entkommen zu lassen.

KAPITEL 5

Sib saß zusammengekauert auf seinem Platz. Er mochte Manius nicht. Er hatte Respekt vor ihm, aber auch Angst. »Ihr solltet ihm nie den Rücken zukehren«, warnte er die anderen, wenn Manius nicht in Hörweite war. Kag hatte nur gelacht, als er es zum ersten Mal gehört hatte.

Quintus hingegen hatte zustimmend genickt. »Er hat wirklich etwas Finsteres an sich«, meinte er, als Sib seine Bedenken äußerte, bevor sie Mascula verließen. »Wir dürfen nicht zulassen, dass er in die Welt hinausgeht.«

»Er ist von einem Dschinn besessen, einem Dämon«, hatte Sib mit einer Stimme hinzugefügt, in der die alten Mysterien und Ängste seines Volkes mitschwangen. Er hockte am Feuer und starrte in die Glut, als läge darin eine geheime Botschaft verborgen.

»Warum hast du solche Angst vor ihm?«, hatte Drust ihn gefragt.

Sib schürte das Feuer mit einem Stock. »Du kannst es nicht sehen, aber ich komme aus der Wüste und weiß, was in ihm vorgeht. Ich habe meinen Vater oft auf lange Streifzüge begleitet, bis er starb. Als ich meine erste Wache hielt, sagte er zu mir, wenn eines Tages ein Mann aus der Wüste kommt wie aus dem Nichts, wenn er behauptet, einer von uns zu sein und sich zu uns ans Feuer setzen will, dann soll ich ihn abweisen und weglaufen. So weit wie möglich.«

Er hielt inne und warf den Stock ins Feuer. »An dem Tag, als mein Vater starb, nahmen wir uns eine Karawane vor. Wir hatten sie verfolgt, wollten uns nur ein wenig Honig aus dem Topf nehmen und sie dann weiterziehen lassen. Als wir die Karawane erreichten, war da kein Honig mehr, nur noch Blut. Sie waren alle tot.«

Er stockte und sah Drust mit seinen großen weißen Augen an. »Ich meine, wirklich alle. Auch die Frauen und Kinder, sogar Hunde und Kamele. Einfach alles.«

Er blickte wieder ins Feuer. »Das war ein Dämon«, betonte er. »So einen hat Manius in sich.«

Drust hatte es für ein Schauermärchen gehalten, zumal sie als Kämpfer besonders anfällig für solchen Aberglauben waren und sich mit Amuletten und strengen Ritualen vor den Mächten des Bösen zu schützen versuchten. Später hatte es jedoch Momente gegeben, in denen er die Finsternis in Manius' Augen gesehen hatte.

Drust ließ sie ein Feuer entzünden, dann entfernte sich Kag nach einer Seite und Manius nach der anderen, während die anderen sich um die Flammen drängten und nach langer Zeit wieder einmal Wärme genossen. Der Rauch waberte um sie herum, stieg in die samtschwarze Nacht empor und erreichte vielleicht eine Gruppe von Männern, die, in dicke Kleidung gehüllt, mit guten Stiefeln und einem römischen Schild bewehrt, schnuppernd die Nase hoben und sich fragten, woher der Rauch kam.

Von ganz nahe, dachte Drust, obwohl er sich nicht sicher sein konnte und darum lieber schwieg. Keiner sprach ein Wort; falls die Beobachter das Feuer sahen, würden sie kommen.

Ein Feuer in der Nacht hatte auf alle Lebewesen die gleiche Wirkung – es lockte sie an. Füchse und Eulen umkreisten es, blieben aber in sicherem Abstand, während Insekten, trunken vom Licht, mitten ins glühende Herz der Flammen taumelten. Die Männer würden in einiger Entfernung in Position gehen und die gebückten Gestalten beobachten, die sich am Feuer wärmten.

In Wahrheit war Drust der Einzige, der noch am Feuer saß – umgeben von Bündeln, die in Umhänge mit Kapuzen gehüllt waren; er wusste, dass die Beobachter nicht schießen würden, solange sie nicht genau wussten, wo die anderen waren. Falls es sich um Plünderer handelte, würden sie sich die Beute unversehrt und ohne Löcher holen wollen – ob Maultiere, Weinschläuche oder sonst etwas. Sie würden sich langsam heranpirschen und – so hoffte Drust – sterben, bevor sie sich auf ihn stürzen konnten.

Die anderen kauerten in der Dunkelheit, wie in einem Loch verschanzt, während Drust wie ein nichtsahnender Tölpel am Feuer hockte, als wäre er eingenickt, sich zwischendurch aber immer wieder bewegte, um die Aufmerksamkeit der Beobachter auf sich zu ziehen und sie glauben zu lassen, dass auch die in Umhänge gehüllten Säcke Männer waren, die von den Strapazen der Reise ausruhten. Trotz allem sog Drust die wohltuende Wärme in sich auf und schwitzte, während seine Gedanken zwischen Colm, der Frau und dem Kind hin und her sprangen. Wie konnte der Kerl hier überleben, mitten unter Feinden? Wo hielt er sich verborgen? War er zum Stamm seiner Herkunft zurückgekehrt und hatte vielleicht sogar das Kommando übernommen?

Bei dem Kerl konnte man nichts von vornherein ausschließen.

Es war wie ein Peitschenknall in der nächtlichen Stille – Drust war augenblicklich hellwach. Das Klacken eines Hufs auf einem Stein, ein messerscharfes Geräusch, kurz und doch unüberhörbar in der feuchten Luft der sternlosen Nacht, die dennoch so manchen Schatten preisgab.

Perfekt. Drust hob den Kopf und spähte in die Dunkelheit, versuchte gleichermaßen misstrauisch wie ahnungslos dreinzublicken, während ihm das Blut in den Ohren rauschte.

»Wer ist da, im Namen der Götter?«, brachte er heiser hervor – es kostete ihn keine große Mühe, seine Stimme verängstigt klingen zu lassen. »Wer schleicht da im Dunkeln umher?«

Drust benutzte die in der Region gebräuchliche Handelssprache. Die Antwort kam im kehligen Dialekt eines einheimischen Stammes, mit dem selbstgewissen, spöttischen Unterton eines Mannes, der ebenso bewaffnet war wie seine Kameraden.

»Ich. Wer bist du, im Namen aller Götter dieses Landes?«

»Drust. Hat euch Morcant nicht gesagt, dass wir kommen?«

»Welcher Morcant?«

»Mehr weiß ich auch nicht. Er hat uns die Anweisung gegeben hierherzukommen – und da sind wir.«

»Woher kommt ihr?«

»Aus dem Süden. Wir sind ihnen gefolgt, wie man uns gesagt hat.«

»Im Namen aller Götter – wem seid ihr gefolgt?«

»Das wirst du doch wohl wissen, oder? Den sechs Männern, die nach Norden unterwegs sind. Wir haben sie erwischt, als sie bei den Felsen Halt machten. Dort haben wir sie getötet, ihnen die Ausrüstung abgenommen und sind dann hierhergekommen, wie Morcant gesagt hat. Ihr kennt doch die Felsen?«

»Wie soll ich jeden Felsen in diesem Land kennen?«

»Ich versuche es dir ja gerade zu erklären, Herr«, erwiderte Drust, wohl wissend, dass die anderen im Dunkeln lauerten und festzustellen versuchten, mit wie vielen Gegnern sie es zu tun hatten.

Drust bemühte sich um einen angemessenen, respektvollen Tonfall und schwitzte dabei wie ein Stück Fett in der Sonne. Es fiel ihm ganz und gar nicht leicht, sich in der hiesigen Sprache auszudrücken. Noch schlimmer wäre es, wenn er gezwungen wäre, die Sprache seiner Vorfahren zu benutzen, die seine Mutter ihm beigebracht hatte. Sie war meistens nachts zu ihm gekommen, hatte sich aber auch tagsüber zu ihm geschlichen, wann immer es ihr möglich war. Es schmerzte ihn heute noch, wenn er daran dachte, wie er sie verloren hatte, als ihm gerade erst bewusst geworden war, dass sie beide Sklaven von Servilius Structus waren.

»Wir haben sie bei den Felsen mit der breiten Spalte eingeholt und alle getötet«, erklärte er. »Ihre Maultiere haben wir mitgenommen, auch die guten Sachen, die sie bei sich hatten. Morcant hat gesagt, ich soll alles zu dir bringen. Er hat gemeint, du würdest uns schon finden.«

Der Fremde war sichtlich überrascht und wusste nicht recht, wie er reagieren sollte.

»Das mag schon sein«, sagte die Stimme aus dem Dunkeln – im nächsten Moment sah Drust, mit wem er es zu tun hatte. Der Mann klang nun nicht mehr misstrauisch, sondern selbstgewiss, und Drust ließ einen Hauch Argwohn in seiner Stimme mitschwingen.

»Ist Morcant wirklich nicht hier? Er hat gesagt, wir sollen die Beute zu dir bringen.«

»Nein, er ist nicht hier. Womit waren ihre Maultiere bepackt?«

Aus seinen Worten sprach nun blanke Gier, auch wenn er versuchte, es sich nicht anmerken zu lassen.

»Lebensmittel und Wasser. Auch Waffen und Silber. Und Wein – viel Wein. Diese Römer wollten es sich wohl gut gehen lassen. Ich nehme an, das kommt jetzt alles ins Lager.«

»Welches Lager?«

Drust ließ seine Stimme ein wenig gereizt klingen. »Wo wir die Mulis hinbringen sollen, was sonst? Uns hat man gesagt, du würdest uns hinführen.«

Einen Moment lang herrschte Schweigen. Jemand murmelte etwas Unzusammenhängendes, der Mann antwortete mit zwei, drei scharfen Worten und wandte sich wieder Drust zu.

»Weck deine Freunde. Dann entscheide ich, was mit diesen Maultieren passiert. Du bleibst hier und rührst dich nicht.«

Es war so weit. »Wir mussten diese Mulis behandeln, als wären es unsere Kinder«, grummelte Drust. »Das war gar nicht so leicht in diesem Sturm, den wir nur durch die Gnade von Scathach überstanden haben ...«

Nun sah Drust mehrere Gestalten vor dem Sternenhimmel, eine direkt vor sich, eine andere dahinter, mit einem kurzen Speer auf der Schulter. *Sprich weiter*, sagte er sich, obwohl sich seine Kehle staubtrocken anfühlte und sein Herz so laut pochte, dass er kaum noch denken konnte. Gleich würden sie sich fragen, warum diese Gestalten am Feuer sich nicht rührten, trotz des Lärms um sie herum. Bald würde ihm selbst ein fataler Fehler in dieser für ihn so schwierigen Sprache unterlaufen, in der sich die verschiedenen Stämme in der Region verständigten. Bald würde ihm ein lateinisches Wort entschlüpfen ...

Der Mann, der Drust am nächsten war, baute sich vor ihm auf, und er hielt den Atem an. Wie nahe mussten sie herankommen, um trotz des Drecks zu erkennen, dass er selbst ein Römer war?

»Wo habt ihr den Wein?«

Zwei Männer lachten in der Dunkelheit. Drust sah den weiter entfernten Mann mit dem Speer zusammenzucken – der dumpfe Laut war so leise, dass er vom Gelächter übertönt wurde.

»Das große Muli hier hat ihn getragen«, brachte Drust mit Mühe heraus, Er hoffte, der Mann würde seine brüchige Stimme und sein Zittern der Kälte zuschreiben. »Ich glaube, das Biest hat unterwegs davon gekostet – ich habe noch nie ein so faules Maultier gesehen.«

Wieder Gelächter. Der Anführer murmelte etwas Abfälliges über »Maultierführer« und ging zu den Gepäckstapeln. Plötzlich blieb er stehen und warf einen Blick auf die vermeintlich Schlafenden. Er versetzte der ihm am nächsten kauernden Gestalt einen Tritt, worauf diese umfiel wie ein Sack – als der sie sich nun entpuppte. Drust hörte neuerlich Gelächter, dann zwei kurze dumpfe Geräusche. Dem Anführer war nun klar, dass er auf eine List hereingefallen war. Er konnte zwar niemanden sehen außer Drust, doch er wusste, dass es höchste Zeit war zu handeln. Der Mann befeuchtete seine trockenen Lippen, hob sein Schwert und stieß einen Ruf aus.

Im nächsten Augenblick ertönte ein Surren, dann ein dumpfer Laut, und etwas wuchs aus dem Mann hervor wie ein junges Bäumchen. Der Einschlag des Pfeils ließ ihn nach hinten taumeln, und er starrte das Geschoss ungläubig an, das in ihm steckte. Blitzschnell zog Drust seinen Dolch und rammte ihn dem Mann in die Seite, spürte seine Hitze, roch seinen strengen Hundeschweiß.

Der Mann stöhnte auf, zuckte zurück, um dem Angriff auszuweichen, doch Drust hielt ihn fest wie einen Bruder und roch etwas Markantes, das ihm seltsam vertraut war und das er doch nicht ganz zuordnen konnte. Im nächsten Moment fiel es ihm ein: Lavendel-Haaröl, wie es die Legionäre so gerne benutzten ...

Der letzte Atemzug des Mannes war ein entsetztes Stöhnen; sein Bart zitterte, der Schmuck klimperte. Er war schon tot, obwohl er noch taumelte und mit den Armen ruderte, deshalb hielt Drust ihn weiter fest und murmelte ihm beruhigende Worte zu wie einem hysterischen Kind.

Eine schwarze Gestalt erschien wie ein Todesengel. Dann ein Husten, ein ersticktes Röcheln, und im nächsten Augenblick sah Drust nur noch Manius vor sich, einen blutigen Pfeil in der Hand, ein irres Grinsen im Gesicht.

»Wir haben keine Zeit, um mit ihnen zu tanzen«, murmelte er grimmig.

Drust wusste nichts zu erwidern, sank gegen das aufgestapelte Gepäck und blickte auf die Gestalt hinunter, die in einer sich ausbreitenden dunklen Pfütze lag. Ein Pony trottete herbei und schnaubte angewidert ob des Blutgeruchs; auf dem Rücken des Tiers hing ein zerbeulter Legionärsschild, wie ein gebrochener Flügel.

Manius klopfte auf den Schild, und das Pony scheute. »Das hat ihm auch nicht geholfen, deinem Tanzpartner.« Er hockte sich zu dem Toten und glich einen Moment lang einem wahnsinnigen Dämon, als er den Pfeil aus der Wunde schnitt.

Sie waren alle gefallen, niedergemäht wie Getreide. Manius hatte die Angreifer lautlos umkreist und vier Männer mit vier Pfeilen niedergestreckt, in der gleichen Zeit, die Quintus benötigt hatte, um einem Mann im Hintergrund die Kehle durchzuschneiden. Sib, Ugo und Kag gingen zwischen den Toten hin und her, ein wenig frustriert, weil sie keinen Beitrag geleistet hatten und noch dazu eine Menge Beschwerlichkeiten auf sie warteten.

Fünf tote Männer in ebenso vielen Minuten, und das geräuschloser als der kalte Wind – *das ist gut,* dachte Drust, *selbst für Leute wie uns.* Einen Moment lang waren sie alle still, ehe sie zu der Stelle gingen, an der die Toten ihr Gepäck zurückgelassen hatten.

»Jupiter auf einem Esel«, stieß Kag hervor – mehr musste er nicht sagen, es war auch so klar, was er meinte: Diese Männer waren keine Plünderer. Sie hatten gute Schwerter, Bogen und Pfeile besessen. Hätten sie davon Gebrauch gemacht, wäre es ein harter Kampf geworden.

Drust schwieg, und die anderen sammelten ein, was ihnen nützlich erschien – hauptsächlich Lebensmittel, Ponys, um die verlorenen Maultiere zu ersetzen, und Schläuche mit kräftigem, herbem Bier. Die Waffen waren nicht besser als ihre eigenen, also verzichteten sie darauf.

Als sie weiterzogen, trat Kag so nahe zu Drust, dass nur er ihn hören konnte.

»Die waren auf der Jagd«, meinte er, sein Atem säuerlich vom Bier, seine Augen hell im Licht der Morgenröte. Drust nickte. *Falls diese Männer hinter uns her waren,* dachte er, *gehören sie zu einem der Stämme, die nach Ansicht der Römer etwas im Schilde führen. Oder es sind Männer, die der Hund ausgesandt hat.*

Es war immerhin möglich, dass Colm Kundschafter hatte. Drust vermutete, dass er ein paar Männer in der Nähe des Walles postieren würde, die nur darauf warteten, dass irgendwo Fremde auftauchten. Der Gedanke jagte ihm einen kalten Schauer über den Rücken – es bedeutete, dass Colm Angst hatte und sehr wohl wusste, dass früher oder später jemand kommen würde, der es auf ihn abgesehen hatte. In diesem Fall war die Frau wahrscheinlich schon tot – und sie konnten die Nächsten sein. Außerdem war zu befürchten, dass Colm zu seinen alten Stammesgenossen zurückgekehrt war und sie irgendwie dazu gebracht hatte, für ihn zu kämpfen.

Mit einem flauen Gefühl in der Magengrube beobachtete Drust, wie entschlossen die anderen sich in diesem fremden Gelände bewegten, wie erfahrene Jagdhunde, die schon viele dunkle Wälder durchquert hatten.

Die Bestien jenseits der Mauer waren auf der Jagd. Von nun an würde es blutiger zugehen in Thule.

KAPITEL 6

Wieder mussten sie flache Gräber ausheben, doch Kag und Drust nahmen die Toten immer mit sich, wie tief sie sie auch begruben. Wie schwarze Wölfe blieben sie ihnen auf den Fersen und suchten sie den ganzen Tag über mit ihren quälenden Fragen heim.

Wo war Colm, der Hund? Wie viele Männer hatte er auf seiner Seite – und wie sollten sie an ihn herankommen und ihm die Frau und das Kind abnehmen? Immer wieder stellten sie sich diese Fragen, sich selbst und auch gegenseitig, wenn sie kurz Halt machten, um einen Bissen von der Kälte durchweichtes Brot zu essen. Keiner hatte eine Antwort. Immer wieder sahen sie Rat suchend zu Drust – vergeblich. Ihre Blicke lasteten ebenso schwer auf ihm wie die niederschmetternde Tatsache, dass er ihnen nicht weiterhelfen konnte.

Sie hielten sich an den Rändern weitläufiger, dunkler Wälder, schlängelten sich, so schnell sie konnten, zwischen Gestrüpp und Felsen hindurch, einen steinigen Hügel hinunter und den nächsten hinauf. Als sie erneut zu einem Wald gelangten, durchquerten sie ihn tief geduckt und so respektvoll, als bewegten sie sich in einem dunklen Tempel. Die ganze Zeit gaben sie keinen Laut von sich, als befänden sie sich in der Gegenwart von Göttern. Die Bäume waren dicht mit Nadeln besetzt, der Waldboden knisterte vom ersten Frost.

Dahinter erstreckte sich ein Gebiet, das einem Drachenrücken glich, mit verstreuten Felsen, die an ein aufgegebenes Würfelknochenspiel erinnerten. Die beißende Kälte wurde nur dann und wann für Augenblicke von einer auf wundersame Weise durchbrechenden Sonne gemildert. Die Landschaft verlief wie Meereswellen, durchzogen von jähen Rinnsalen, die kurz davor waren zuzufrieren. Das Gras war verdorrt, und wenn sie Halt machten, scharrten die Mulis trübsinnig darin herum. Die zähen Ponys der Einheimischen zeigten ihnen, wie es ging: Sie rupften die Halme mit ihren großen gelben Zähnen aus und kauten genüsslich, wie mit einem spöttischen Grinsen.

»Das müssen Vettern von dir sein«, meinte Ugo zu Quintus gewandt und lachte trotz der finsteren Blicke, die dieser ihm zuwarf. Niemand lachte mit, und auch sonst wurde wenig gesprochen – bis auf die immer gleiche Frage: Wie sollen wir es anstellen?

Einmal stießen sie auf die Überreste eines Kampfes oder einer überstürzten Flucht, vielleicht auch von beidem: ein verlorener Stiefel, eine zerrissene Schwertscheide, Teile der Rüstung, die den Legionären den spöttischen Namen »Graurücken« seitens der Einheimischen eingetragen hatte – es war außerdem ihre Bezeichnung für Läuse.

Wenn sie Halt machten, fühlten sie sich steif wie Vogelscheuchen, die gelernt hatten zu gehen. Einmal machten sie

Feuer, weil sie die Kälte nicht mehr ertragen konnten – doch bevor sie sich daran aufwärmten, gingen sie mit eisernem Willen zu den Maultieren zurück und luden das Gepäck ab. Die Tiere seufzten erleichtert, da man sie von der Last befreite. Quintus gab ihnen etwas Getreide und hob den immer schlaffer werdenden Sack hoch, um seiner Sorge über die schwindenden Vorräte Ausdruck zu verleihen.

Manius und Sib nahmen sich etwas Brot, kratzten den schlimmsten Schimmel ab und tranken einen kräftigen Schluck Wasser, ehe sie in entgegengesetzte Richtungen gingen, um erhöhte Beobachtungsposten einzunehmen. Ugo hockte sich mit eingezogenem Kopf auf den Boden und blickte auf. »Ich habe diesen Himmel so satt.«

»Geht doch eigentlich«, entgegnete Quintus mit seinem unerschütterlichen Lächeln. »Du hast wohl den über der Wüste vergessen. Der war genauso endlos.«

»Erinnere mich bloß nicht«, murmelte Ugo. »Wenigstens war er dort blau und wolkenlos, und Apollo ist darübergaloppiert.«

»Dort hast du dich ständig über die Hitze beklagt«, fügte Quintus hinzu. »Und dir immer gewünscht, in einem dunklen Wald zu sein.«

Vorsichtig zog er zwei seiner kleinen Tontiegel hervor. Ugo und Drust beobachteten ihn schweigend. Quintus zog die Stirn in Falten und zuckte dann mit den Schultern.

»Sieht so weit ganz gut aus. Bis jetzt sehe ich keine Probleme.«

»Was für Probleme?«, fragte Drust argwöhnisch und alarmiert. Quintus bettete die Gefäße vorsichtig wieder in ihr Strohnest.

»Na ja, die Kälte lässt das Wasser darin gefrieren. Wenn du das Ding wirfst und es zerbricht, wird zwar der Ätzkalk freigesetzt, aber ohne Wasser funktioniert es nicht richtig. Das Naphtha und der Schwefel wären möglicherweise ebenfalls beeinträchtigt.«

Niemand wollte an die Waffe und ihre verheerende Wirkung erinnert werden – und sie wollten ganz bestimmt nicht wissen, wie Quintus an diese explosive Mischung gekommen war. Auf dem Markt bekam man derlei jedenfalls nicht.

Sie konzentrierten sich darauf, sich aufzuwärmen und eine Mahlzeit aus schimmligem Fladenbrot und getrockneten Fleischstreifen zuzubereiten, die sie in Wasser einweichten, um sie kauen zu können. Kag hatte seine eigene Methode – er legte das Fleisch einem Maultier unter den Sattel, sodass es im Schweiß des Tieres mariniert wurde. Ein Grund, warum er den Tod des großen Mulis so beklagte, war, dass dessen üble Laune in Kags Augen dem Fleisch eine besondere Würze verliehen hatte.

Nach dem Essen saßen sie schweigend am Feuer. Sie hatten in den vergangenen acht Tagen einen weiten Weg zurückgelegt – das hatte bei ihnen allen Spuren hinterlassen. Quintus hatte eine hässliche Blase am rechten großen Zeh, die Sib fachmännisch aufstach. Ugo wirkte fast schon sehnig von dem tagelangen Nahrungsmangel, und als Manius sich zum Essen zu ihnen ans Feuer setzte, sah Drust, dass die Anstrengung und Müdigkeit tiefe Furchen in sein Gesicht gegraben hatten. Der Anblick gab ihm ebenso zu denken wie die Tatsache, dass er bei seinem letzten Barbierbesuch eine kahle Stelle auf seinem Kopf entdeckt hatte.

Die Zeit lässt keinen ungeschoren, dachte er, *aber wir sind immerhin so weit gekommen.* Kag lachte bitter, als Drust den Gedanken aussprach, in der Hoffnung, die Stimmung ein bisschen aufzulockern.

»Das sagt der Anfänger in der Arena auch«, knurrte er. »Schau, sagt er, sie haben den Opferaltar wieder rausgetragen, wir haben die Pompa hinter uns, die Parade mit ihren schmetternden Trompeten und den schimmernden Streitwagen. Es ist so gut wie vorbei.« Er hielt einen Moment inne, ehe er hinzufügte: »Dabei fängt das Spektakel jetzt erst so richtig an – mit der Tierhetze. Was glaubt ihr, wer in diesem Fall die Tiere sind, denen es an den Kragen geht?«

»Alles klar«, meinte Quintus und klopfte Kag auf die Schulter, der angesichts der freundschaftlichen Geste überrascht die Stirn runzelte. »Du bist wie ein Priester, den ich mal gekannt habe – erinnert ihr euch an ihn, Jungs? Er kam vorbei, um unsere Waffen im Namen von Mars Ultor zu segnen. Der hat immer so ein langes Gesicht gezogen und deprimierendes Zeug geredet.«

»Ich weiß noch, dass Spiculus und Posta ihn einmal in die Arena gezerrt haben. Hat der vielleicht geschrien und an die Tür geklopft«, sagte Kag sichtlich erheitert.

»Durch das Tor des Lebens gibt es keinen Weg zurück, haben sie zu ihm gesagt«, fuhr Quintus lächelnd fort. »Aber dir passiert schon nichts – frag Dis Pater, ob du auf der anderen Seite durchschlüpfen kannst. Und pass auf den Elefanten auf...«

Sie lachten. Der Priester war von diesem hochgehoben und fast aus der Arena geworfen worden, bevor es den Venatoren gelungen war, das große Tier zu töten. Spiculus und Posta hatten es ebenfalls unbeschadet überstanden – wurden allerdings bestraft –, somit blieb es allen als lustige Geschichte in Erinnerung.

»Sind wir bald da?«, quengelte Ugo wie ein Kind auf einer langen Reise.

»Falls wir uns nicht verlaufen haben, kann dieser Brigus nicht mehr weit sein«, meinte Drust. »Und irgendwo in der Nähe muss auch Colm mit der Frau und dem Kind stecken.«

Keiner wollte mehr über die Frau und das Kind sprechen oder an die Möglichkeit denken, dass sie nicht mehr am Leben waren. Manius verzichtete auf seinen Schluck von dem ungewässerten Wein, der noch übrig war. Als der Mond aufging, erhob er sich mit seinem Bogen und nickte, als wolle er nur die nächste Taverne aufsuchen. Sie sahen ihm nach, als er in die Nacht entschwand.

Kag kratzte sich den Bart. Er hätte die Sache lieber mit vollem Magen in Angriff genommen, vom Wein gewärmt und glatt rasiert. Aber vielleicht war es besser, sich weiterhin im Dickicht eines Bartes zu verstecken. Es ärgerte ihn, dass sie diesen Kampf nicht nach den Spielregeln der Gladiatoren ausfechten konnten.

Drust beobachtete, wie Kag seine Waffen überprüfte und Quintus mit seinen tödlichen Substanzen hantierte. Er dachte an Manius, der wahrscheinlich irgendwo lauerte wie eine Eule auf der Jagd und die Nacht mit seinen magischen Augen absuchte. Er dachte an jeden

Einzelnen und an die Momente, in denen sie so wie jetzt mit der Angst im Nacken im Dunkeln gewartet hatten. Einen Moment lang glaubte er das ferne Schmettern von Trompeten zu hören ...

Schemenhafte Gestalten huschten durch die finsteren Katakomben, es stank nach Blut und Eingeweiden, irgendwo schrie jemand, und ein Wundarzt eilte entschlossenen Schrittes durch die Menge, seine Helfer stießen die Umstehenden beiseite. Zwischen den totenstillen Kämpfern drängten sich Waffenschmiede, Wasserträger und Tierbändiger.

Den Schrei hatte ein beim Publikum sehr beliebter Venator ausgestoßen, den ein Elefant aufgespießt hatte.

»Vierundfünfzig Jagden«, meinte sein Sklave ungläubig. »Vierundfünfzig – und nicht der kleinste Kratzer.«

»Der Krug geht so lange zum Brunnen, bis er bricht ...«, brummte Baccibus.

Sie sahen ihn überrascht an. Baccibus war ein ergrauender, von Narben übersäter Kerl, der Kag an einen alten Rattenhund auf einem Bauernhof erinnerte. Zwanzig Jahre war er schon hier und kämpfte immer noch in der Arena; heute hatte er verkündet, gegen Laticulus anzutreten, der ein bisschen beunruhigt war, da er eigentlich einen Auftritt mit Quintus einstudiert hatte.

»Ist Quintus krank?«, hatte er gefragt. Tarquinus, ihr Lanista, der zusammen mit Baccibus eingetroffen war, warf ihm einen angewiderten Blick zu.

»Der ist aus seinem Dienst entlassen worden«, brummte er und sah die erstaunten Blicke ringsum. Er schüttelte den

Kopf, wollte Servilius Structus nicht kritisieren. Aber dieser Tage bekämen viel zu viele das hölzerne Schwert als Zeichen der Freiheit – und keiner davon habe es verdient, wie Tarquinus oft betonte. Wenn es einer verdient habe, dann Baccibus, aber es sei leider nichts mehr so, wie es einmal war.

Es lief an diesem Tag wie so oft – Drust kam mit einer Missio davon, Kag gewann seinen Kampf, und sie stapften aus der Arena. Im gedämpften Licht der Katakomben wurden sie mit Wasser übergossen, Waffensklaven trugen ihre Ausrüstung hinaus, und sie lagen eine ganze Weile keuchend da, bis sie wieder zu Atem kamen.

Von draußen drangen Buhrufe herein, und sie sahen sich an. Das Geschrei dauerte noch eine Weile an, dann tauchte eine Gestalt bei ihnen auf. Als sie genauer hinsahen, grinste ihnen Quintus entgegen, doch seine Augen wirkten gar nicht amüsiert.

»Baccibus hat kein gutes Spektakel geliefert. Er muss ausgerutscht sein – jedenfalls hätte Laticulus völlig unfähig sein müssen, um sich die Gelegenheit entgehen zu lassen, ihn zu töten. Die Leute erkannten natürlich, was gespielt wurde – es war die reinste Schmierenkomödie. Sie verlangten den Tod des alten Knaben, aber dafür war natürlich nicht gezahlt worden. Er bekam seine Missio.«

Quintus hatte ein schlechtes Gewissen, dass er selbst das hölzerne Schwert zum Zeichen der Freilassung erhalten hatte, während Baccibus diese Schmach über sich ergehen lassen musste. Der alte Gladiator versicherte ihm jedoch, dass Quintus sich deswegen keine Vorwürfe machen müsse. Mit seinen narbigen Händen saß er auf den vom Sand aufgescheuerten Knien da und wusste, dass er seinen Auftritt verpatzt hatte und sich Fortuna wohl nicht noch einmal gnädig ihm gegenüber erweisen würde.

»Ist ja nicht deine Schuld, dass du das Rudis bekommen hast«, meinte er. »Du brauchst dich nicht dafür zu entschuldigen, dass du es angenommen hast. Es gibt nur zwei Möglichkeiten, hier rauszukommen – das ist die bessere.«

Drust erhob sich mit den anderen, und sie zogen langsam, aber entschlossen weiter. Kag spürte, dass ihn etwas beschäftigte – und Drust erzählte ihm schließlich, was ihm den Schlaf geraubt hatte.

Kag nickte und schwieg eine Weile, ehe er sagte: »Am Ende hat er seinen Ausweg gefunden.«

Das hatte er in der Tat – auf dem Wagen, der sie alle zurück zur Gladiatorenschule gebracht hatte. Auf dem sanft schaukelnden, von langsamen Ochsen gezogenen Wagen war der alte Baccibus kurz eingenickt, wie die anderen auch. Vor sich hin dämmernd, blickten sie aus halb geschlossenen Augen auf das hypnotische Kreisen der Speichen, lauschten dem rhythmischen Knarren der schlecht geschmierten Räder. Man sprach von einem Unfall, doch Drust wusste es besser. Baccibus mit seinen ruinierten Knien und seinen schwindenden Kräften hatte gewusst, welches Schicksal ihm bevorstand. Sein letzter Kampf war eine Farce gewesen, der nächste würde kaum besser verlaufen – also ließ er sich aus dem Wagen fallen, mit dem Kopf voran zwischen die Speichen, und bevor irgendjemand reagieren konnte, brach ihm das Wagenrad das Genick wie einen dürren Zweig.

Frei. Der zweite Weg ...

Sie entkleideten sich, wuschen sich und zogen saubere Tuniken an. Wenigstens würden sie heute nicht schmutzig sterben. Ihre inzwischen ziemlich langen Haare banden sie zusammen, und Ugo tat das Gleiche mit seinem Bart, der schneller wuchs als bei den anderen.

Sie alle sehnten sich danach, sich die Haare und Bärte abschneiden und auch ihre Körper enthaaren und einölen zu lassen, damit sie glatt und schwer zu greifen waren. Im zunehmenden Licht des Tages schimmerten ihre Körper blass wie Würmer, bis auf die Stellen, die der Sonne ausgesetzt waren. Außer Sib natürlich, auf dessen schwarzer Haut die zahlreichen Narben das einzig Blasse waren.

Kag hatte eine lange Narbe auf der Seite, die im Licht des Wintermorgens auffällig hervortrat – die Hinterlassenschaft eines Messers, wenngleich Drust sich nicht mehr erinnern konnte, bei welchem Kampf es passiert war. Ugo hatte eine runzlige Narbe auf der linken Schulter sowie einen Höcker, wo ein gebrochener Knochen schlecht verheilt war. Quintus wies mehrere lange Schnittwunden auf, die genäht worden waren, und Drust verfügte selbst über so manche Narbe, die er sich zugezogen hatte, als er sich im falschen Moment an irgendeinem gefährlichen Ort befand.

Sie wuschen sich zitternd, wie immer vor einem Kampf, dann saßen sie in der übernatürlichen Stille, die Drust immer wieder auffiel, auch wenn er sie schon so oft erlebt hatte.

Manius trat zu ihnen, trank einen Schluck gewässerten Wein und zuckte zusammen, als die kalte Flüssigkeit auf seine Zähne traf. Er hockte sich auf den Boden, zog eines seiner Messer hervor, um etwas in den mit Eis überzogenen Fels zu ritzen wie in eine Schiefertafel.

»Ein Gehöft«, berichtete er knapp, als müsse er für jedes gesprochene Wort bezahlen. »Niedrige Bruchsteinmauer, halb verfallen. Sechs heruntergekommene Gebäude, aus einem steigt Rauch auf. Bewohner habe ich keine gesehen. Auch keine Ziegen.«

»Ist das hier so üblich? Leben hier alle so?«, fragte Kag.

Quintus zog die Stirn in Falten. »Ich habe mal was von hohen Türmen gehört.«

Die gebe es weiter oben im Norden, erwiderte Drust, obwohl er sich selbst nicht ganz sicher war. Die Gegend im Norden, Thule genannt, oder auch das Land der Dunkelheit, wurde von Stämmen bewohnt, die ihre Gesichter mit blauer Farbe bemalten. Drust erzählte es ihnen und entsann sich der sanften Stimme seiner Mutter, mit der sie ihm ihre Erinnerungen zugeflüstert hatte, als wolle sie sie umarmen und an sich drücken, so wie sie ihn umarmte. Ihr Gesicht konnte er sich hingegen nicht mehr ins Gedächtnis rufen ...

Ugo erklärte ihnen, womit sie es zu tun hatten, als sie auf eine Anhöhe stiegen und auf das Gehöft blickten. Sie lagen flach auf dem Boden und spürten die kalte Feuchtigkeit des schmelzenden Eises auf dem Granit.

»Ein kleiner Bauernhof«, meinte er. »Normalerweise wohnen auf so etwas ein Dutzend Leute. Und natürlich Tiere. Aber dieser Rauch ...«

Er stockte einen Moment lang und blinzelte nachdenklich. »Ich habe selbst auf einem solchen Hof gelebt, glaube ich jedenfalls. Auf einem kleinen Hügel, wo man vor Überschwemmungen sicher war ...«

»Mich interessiert mehr, wie viele da unten sind«, erwiderte Drust schroff.

Ugo runzelte die Stirn. »Ich sehe niemanden. Hat es nicht geheißen, dass der Mann Ziegen hält? Wahrscheinlich sind sie über Nacht im Stall und tagsüber draußen im Pferch.«

»Bei Jupiters Eiern«, fluchte Kag. »Da unten können leicht zwanzig Leute lauern, mit Speer und Schild bewaffnet.«

»Ich denke nicht ...«, begann Ugo, doch Kag fiel ihm gereizt ins Wort.

»Du *denkst* nicht, ich weiß. Dann überlass es doch bitte denen, die es können.«

Ugo machte ein finsteres Gesicht, schwieg jedoch. Eine Weile kauerten sie in der feuchten Kälte und beobachteten die Lage. Dann rieb sich Drust über sein bärtiges Gesicht und erhob sich stöhnend.

»Also, wenn dieser Brigus da drin ist, müssen wir zu ihm. Ich gehe runter. Wenn ich nicht zurückkomme ...«

»Wir gehen beide runter«, widersprach Kag und wandte sich an die anderen. »Wenn wir in einer Stunde nicht wieder da sind oder euch ein Zeichen schicken, beratet ihr euch und seid euch hoffentlich schnell einig, dass ihr runterkommen müsst. Dann stürmt ihr das Haus, dass die Wände wackeln. Die sollen glauben, ihr wärt eine ganze Legion.«

Drust forderte Kag auf, seine Waffen abzulegen. »Die würden uns nicht viel nützen. Wenn da unten Bewaffnete sind, werden sie uns die Schwerter ohnehin abnehmen.

Und falls wir heil rauskommen, wären sie nur unnötiger Ballast.«

»*Falls* wir rauskommen?«

Drust zuckte die Schultern, um sorgloser zu erscheinen, als er sich fühlte, doch sein Herz pochte so laut, dass es ihn wahrscheinlich verriet.

»*Malum est consilium quod mutari non potest*«, meinte Quintus aufgeräumt, doch keiner lächelte über die alte Kämpferweisheit. Nach Drusts Erfahrung ließ sich ein schlechter Plan meist nie mehr ändern, wenn er von einem falschen Ansatz ausging; in der Arena hatte man jedenfalls keine Zeit, um sich eine neue Strategie zurechtzulegen.

Drust legte Gürtel und Tunika an und holte tief Luft. Kag sah ihn an, und sie nickten sich zu.

»Rührt sich was?«, fragte Drust zu Ugo gewandt, um die Lage noch einmal zu überprüfen, bevor sie hinuntergingen. Der germanische Riese schüttelte den Kopf und rieb sich das Knie, das ihm immer wieder Ärger bereitete, vor allem bei feuchtkaltem Wetter. »Wenn ihr drin seid, können wir nicht einfach alles niederreißen«, gab er hilfreicherweise zu bedenken.

»Wer sind diese Leute?«, wollte Quintus wissen und meinte damit den Stamm, der hier heimisch war. Seinen erwartungsvollen Blick beantwortete Drust mit einem verbitterten Seufzer, der seine ganze Anspannung ausdrückte.

»Wie oft muss ich es noch sagen? Ich bin selbst ein Fremder hier. Sie sind von irgendeinem Stamm und tragen Speere – mehr weiß ich auch nicht.«

Er stockte und schämte sich ein wenig seiner Gereiztheit, doch Quintus grinste unverdrossen.

»Einer von ihnen ist jedenfalls der Bursche, den wir suchen«, meinte er und klopfte Drust auf die feuchte Schulter. »Kämpft nicht bis zum Tod«, fügte er hinzu.

Drust erhob sich, die anderen bildeten einen Halbkreis, streckten die Rechte aus, mit der Handfläche nach unten, berührten einander an den Fingern und zeigten ihre markierten Knöchel. Dann ging Drust voran, den mit Gestrüpp und Geröll bedeckten Hügel hinunter, bis sie den Hof beim Näherkommen etwas besser sahen. Auf der höchsten Außenmauer verrottete ein Fuchsskelett, das wie eine Falle anmutete, und an einer Hausmauer waren alte, vertrocknete Krähen mit ausgebreiteten Flügeln befestigt.

Der Wind pfiff durch die Fuchsknochen. Die Gebäude wirkten in sich zusammengesunken wie halb leere Getreidesäcke, die Strohdächer zerzaust.

Drust fragte sich, wie alt das Gehöft sein mochte, wie lange schon Menschen hier lebten – oder gelebt hatten. Bestimmt hatte es immer wieder Kämpfe in der Gegend gegeben, sodass die Bewohner vielleicht die Konsequenzen gezogen hatten und weggezogen waren. Doch aus einem Haus stieg Rauch auf – es war ein einigermaßen solides Gebäude mit Bruchsteinmauern, dicken Holzbalken und Torfdach.

»Was für ein Dreckslochlo«, zischte Kag, dann deutete er mit einem Kopfnicken auf die toten Krähen, die wie Kreuze aussahen. »Sind die eine Art Abwehrfluch, was meinst du?«

»Nur, wenn man eine Krähe ist.« Drust hoffte, dass hier wirklich nur Krähen Gefahr drohte. Das Haus wirkte so leer wie eine umgedrehte Schüssel; das lauteste Geräusch war das Meckern von Ziegen aus einem Stall.

»Wenn er allein hier lebt ...« Drust ließ den Rest unausgesprochen. Kag wusste auch so, was er meinte. Wenn Brigus allein und unbehelligt hier lebte, dann wohl deshalb, weil er gefürchtet war und von den Einheimischen gemieden wurde.

»Ein Zauberer«, flüsterte Kag. Ein Druide, dachte Drust, schämte sich jedoch sofort für seinen abergläubischen Gedanken. Druiden gab es schon seit Generationen keine mehr. Mit einer fast zärtlichen Geste strich er über die massive Holztür, bis an den Rand, wo sich ein verschlossenes Gitter befand. Drust holte tief Atem und drückte dagegen.

Das Gitter flog auf – Drust erschrak, stolperte und fing sich gerade noch, verärgert über seine Tollpatschigkeit. Leises Lachen drang auf einem warmen Luftschwall zu ihm heraus, eine sanfte, weibliche Stimme, die in seinen Ohren wie vergifteter Honig klang. So ähnlich hatte die Stimme seiner Mutter geklungen, wenn sie sich zu ihm geschlichen hatte, auf die Gefahr hin, von einem Aufseher zurechtgewiesen zu werden oder Schlimmeres. Sie hatte nur in ihrer eigenen Sprache mit ihm gesprochen. Auch die letzten Worte, die er von ihr gehört hatte ...

»Wir suchen Brigus«, brachte Drust etwas mühsam heraus, in der Sprache, die seine Mutter ihm beizubringen versucht hatte. Schweißperlen traten ihm auf die Stirn. Einen Moment lang war Stille, dann wurde das Gitter geschlossen. Der Wind heulte und zerrte daran, fuhr den beiden Männern, die draußen warteten, mit seiner beißenden Kälte in die Knochen.

»Kommt herein«, sagte die Stimme in gutem Latein. Drust blinzelte verblüfft, schüttelte sich wie eine nasse Katze und sah Kag an, der amüsiert zurückgrinste.

»Eine Hexe, kein Zauberer«, meinte er achselzuckend. »Ich würde sagen, wir stürmen die Hütte.«

Von drinnen waren dumpfe Geräusche zu hören, dann schwang die Tür mit einem lauten Ächzen auf. Ein köstlicher Duft schlug ihnen entgegen, zusammen mit einer so einladenden Wärme, dass Drust fast aufstöhnte vor Wohlbehagen. Sie traten ein, konnten in dem düsteren Raum jedoch nicht viel erkennen.

Drust unterdrückte den Impuls, das Messer zu ziehen, um Jupiter, Mars Ultor und allen anderen Göttern, die ihm einfielen, ein Opfer darzubringen, damit diese Sache hier friedlich über die Bühne ging. Er bereute seine Entscheidung, keine ordentlichen Waffen mitzunehmen.

Ein grelles Licht trieb ihm Tränen in die Augen. Ein dunkler Schatten in einem Winkel des Raumes entpuppte sich als ein Mann, der ihn misstrauisch beäugte; ein alter Mann mit wirrem grauem Haar und Bart und zerknittertem Gesicht. Hinter ihm rührte eine Frau in einem Topf auf dem Feuer und blickte auf. Sie war weder eindeutig jung noch alt, und ihre offenen Haare waren von einer Farbe, die im Zwielicht der Morgendämmerung wahrscheinlich schimmerte wie Silber oder Gold.

Sie wartete schweigend, dass die Besucher hereinkamen. Die Nerven zum Zerreißen gespannt, stiegen Drust und Kag die drei, vier grob gehauenen Stufen hinab, eine Hand am Griff ihrer Essmesser. Der Raum war grau vom Rauch und wurde von den Flammen eines offenen Feuers erhellt; bizarre Schatten zuckten über die Wände.

»Kommt«, sagte sie. »Setzt euch ans Feuer.«

Sie trug ein dunkelgrünes Kleid und schien einen dunklen Bart oder einen dünnen Schleier zu tragen – bis ihnen klar wurde, dass es eine Gesichtsbemalung aus Punkten und Schnörkeln war, die ihr ganzes Kinn bedeckten.

»*Salve*«, sagte sie zu ihrer beider Überraschung.

»Wir grüßen dich im Namen aller Götter. Wir wollen nichts Böses, Mutter«, gab Drust in ihrer Sprache zurück. Sie blickte zu ihm auf, hielt einen winzigen Moment inne und nickte dann.

»Gut gesprochen«, erwiderte sie in derselben Sprache. »Kannst du noch mehr oder ist das alles?«

»Ein bisschen mehr.« Drust spürte, wie ihm der Schweiß aus allen Poren trat, während er versuchte, sich noch mehr von der Sprache seiner Vorfahren in Erinnerung zu rufen. »Mein Freund aber nicht.«

Die Frau nickte. »Dann sprechen wir Latein. Ich verstehe mich ganz gut darauf.«

Drust blickte zu dem älteren Mann, der sich gerade anzog, um hinauszugehen. »Ist das Brigus?«

»Nein. Er heißt Necthan – er geht hinaus und kümmert sich um unsere Schafe. Er kann auch gleich eure Schäfchen hereinholen, bevor sie erfrieren.«

Kag stieß einen grunzenden Laut aus. »Ich gehe mit ihm.«

Seine Stimme klang so entschieden, dass die Frau zustimmend nickte. An der Tür drehte sich Kag noch einmal um.

»Ich dachte, ihr hättet Ziegen.«

Die Frau lachte leise und kalt. »Es sind kleine Schafe mit braunem Fell und Hörnern. Ich weiß, die Römer denken, alle Schafe seien weiß und fett.«

Sie rührte weiter in dem Topf, dessen würziger Duft Drust den Mund wässrig machte. Er wusste, dass es Kag nicht anders ging.

»Wir haben nur noch wenige«, fügte die Frau in bitterem Ton hinzu. »Ihr könnt dankbar sein für das Tier, das wir für diese Mahlzeit geschlachtet haben.«

»Wer bist du?«, fragte Drust, als sie allein waren.

»Verrecunda. Ich war einmal geachtet in einem mächtigen Stamm hier in der Gegend. Das ist lange her.«

Sie füllte eine Schüssel und reichte sie ihm zusammen mit einem Holzlöffel. »Iss erst einmal. Wir können reden, wenn du fertig bist.«

Kurz bevor er fertig war, platzten die anderen herein, stöhnten vor Wohlbehagen angesichts der Wärme, die sie empfing, und machten sich über die heißen Schüsseln her wie Schweine am Trog. Als Letzter kam Kag herein, der sich um die Mulis gekümmert hatte; der Alte kam mit ihm, und Kag klopfte ihm auf die von nasser Wolle bedeckte Schulter.

»Das ist Necthan.« Einen Moment lang runzelte er die Stirn. »Wenn ich mich nicht irre, spricht er keine mir bekannte Sprache, aber mit Maultieren kennt er sich aus.«

»Er kennt sich mit allen Tieren aus.« Verrecunda reichte den beiden ihre Schüsseln. »Hol das römische Getränk«, forderte sie Necthan auf, und Drust erkannte, dass nur er sie verstanden hatte. Necthan kramte kurz in einem dunklen Winkel herum und kam mit einer Amphore zurück, die den anderen überraschte Laute entlockte.

»Bei Jupiters behaartem Arsch«, rief Ugo aus, als der Alte ihnen von dem bernsteinfarbenen Getränk einschenkte. »So was kriegst du in keiner Schenke in der Subura – das sieht aus wie meine Pisse nach einer durchzechten Nacht.«

»Dann mach Platz in deiner Blase und trink«, meinte Kag. »Das ist ein Falerner, ein Weißwein, der jahrelang reifen muss, bis er diese Goldfarbe bekommt. Der stammt aus einem privaten Weinkeller. Ist der wirklich echt?«

Er war echt. Dass sie von einem Wein trinken durften, wie man ihn in Rom fast nur im Kaiserpalast bekam, aber niemals in der Subura, war schon erstaunlich genug; dass sie ihn in einer armseligen Hütte im Land der Dunkelheit bekamen, grenzte an ein Wunder.

Quintus setzte den Becher ab und strahlte übers ganze Gesicht. »Nach dem hier würde es mich auch nicht wundern, wenn wir Männern mit Hundeköpfen oder einem Einhorn begegnen.«

»Werden wir es mit solchen Dingen zu tun bekommen?«, fragte Drust, zu Verrecunda gewandt. »Macht sich Brigus genauso rar wie Einhörner oder Männer mit Hundeköpfen?«

Die Frau sammelte die leeren Schüsseln ein und strahlte wie eine Mutter, als Ugo den letzten Bissen verschlang.

Dann hockte sie sich hin, zog die Knie ans Kinn, das Kleid sittsam über ihre Beine gebreitet. In diesem Moment wirkte sie auf Drust deutlich jünger, als sie wahrscheinlich war.

»Brigus war ein Händler«, erzählte Verrecunda. »Er kam drei-, viermal im Jahr, so regelmäßig wie der neue Morgen. Er brachte uns gute Nadeln, Wollgarn und diese Schüsseln, aus denen ihr gegessen habt. Dafür nahm er von uns Wolle, Felle, Häute, Horn und solche Sachen.«

Sie stockte einen Moment. »Er brachte sogar Eisen und Zinn, aber hauptsächlich hat er mit Getreide gehandelt.«

Drust nickte. Der Handel mit Metallen war nur selten ein privates Geschäft. »Mit Getreide handeln« war eine Umschreibung für etwas ganz Bestimmtes – und der Blick, den sie wechselten, bestätigte seine Vermutung. Gewiss hatten die Frumentarii mit Getreide zu tun, doch es konnten auch Spione sein, die in römischem Auftrag in alle Winkel des Reichs kamen, um die Lage zu erkunden. Brigus war demnach eindeutig in offiziellem Auftrag in dieses Land gekommen.

»Willst du ihnen nicht erzählen, was Brigus noch getan hat?«, warf der alte Mann in seiner Sprache ein. »Dass er wie eine Krähe war, die den Wölfen den Weg zur Beute weist?«

»Sei still, alter Mann«, erwiderte sie geduldig. »Immerhin wird die Beute auch von der Krähe gewarnt und kann rechtzeitig flüchten, vergiss das nicht.«

»Ha!«, brummte Necthan und wandte sich ab. »Du kommandierst mich herum wie einen Sklaven – aber diese Zeiten sind vorbei.«

»Trotzdem bist du immer noch hier.«

Sie wandte sich ihren Gästen zu, wohl wissend, dass Drust alles mitbekommen hatte. Die anderen blickten zwischen ihm und der Frau hin und her.

Drust zuckte mit den Schultern. »Ich glaube, der alte Mann kann die Römer nicht leiden«, stellte er fest.

Kag lachte amüsiert. »Der Mann gefällt mir – ich kann die Römer auch nicht leiden.«

»Dieser Römer«, warf Manius ein, »möchte wissen, warum wir von so weit her gekommen sind.«

»Brigus kommt hier vorbei, um seine Geschäfte zu machen ...«, erklärte die Frau ausweichend.

»Du kriegst jedenfalls den besten Wein von ihm«, warf Quintus ein. »Und Salz – dein Eintopf war gut gewürzt.«

»Für gute Ware bekommt man gute Ware«, erwiderte Verrecunda, und die anderen nickten.

»Brigus hat nach einer Frau und einem Kind gefragt, einem Jungen«, berichtete sie. »Ein Mann namens Colm soll mit den beiden ins Land gekommen sein. Ich hatte schon von ihm gehört, obwohl er damals noch nicht einmal laufen konnte – seine Mutter hat ihn noch in den Armen gehalten, als man sie den römischen Soldaten überließ.«

»Wer hat sie ihnen überlassen?«

Sie sah Drust einen Moment lang an, dann ließ sie ihren Blick in die Runde schweifen.

»Weißt du nicht, wie die Dinge hier laufen? Ist es in den Ländern, aus denen ihr kommt, nicht genauso?«

»Was meinst du damit – wie die Dinge laufen?«

Sie verlagerte ihr Gewicht, um ihre Gelenke zu entlasten. »Die Macht. Die Stämme werden von Häuptlingen angeführt, aber entscheidend ist die weibliche Linie. Ich war in einer solchen Position und habe Necthan auserwählt. Er war Kriegshäuptling in der Zeit, als die neue Mauer erbaut wurde.«

Alle sahen den alten Mann an, und Kag nickte lächelnd. »Ein Krieger«, sagte er anerkennend und strahlte in die Runde. »Seht ihr? Ihr hattet mal wieder keine Ahnung, aber ich habe es gleich gewusst.«

»Das Alter holt jeden ein«, meinte Verrecunda. »Ich stamme von den Roten Klauen, aber den Stamm gibt es nicht mehr. Dafür haben andere gesorgt, vor allem die Blaugesichter und der Stamm am Fluss.«

»Was ist mit dem Hund?«, wollte Sib ungeduldig wissen. »Colm.«

Sie musterte ihn von oben bis unten. »Du brennst innerlich, aber du denkst nicht«, erwiderte sie verächtlich. »Man sieht es an deiner Haut.«

Sib schwieg frustriert. Die Frau nahm einen Schluck von ihrem Becher und rieb sich das mit Symbolen verzierte Kinn.

»Colms Mutter war eine mächtige Frau, mit einem Kriegshäuptling, der ihre Befehle befolgte. Die Römer haben sie verschleppt. Sie haben viele mitgenommen – nicht alle nach Überfällen.«

Ihre Stimme nahm einen bitteren Ton an. »Es gab einige unter uns, die ihre Ehre verkauft haben, um Macht zu erlangen.«

»Sie haben eure Königinnen verkauft und sich auf deren Thron gesetzt«, präzisierte Quintus und grinste. »Ich muss sagen, bei euch geht es nicht anders zu als in Rom.«

»Du ahnst gar nicht, wie recht du damit hast«, bestätigte Verrecunda. »Colms Mutter wurde in die römische Garnison gebracht. Ihr kleines Kind hat sie mitgenommen – den Römern war es nur recht, weil sie die Mutter dadurch in der Hand hatten. Das haben sie oft so gemacht. Diejenigen, die die Frauen wie Sklavinnen verkauften, wollten es auch so. Es widerstrebte ihnen zwar, kleine Kinder zu töten, aber dass aus ihnen große Krieger werden, die ihnen gefährlich werden können, das wollten sie auch nicht.«

Drust spürte eine eisige Kälte in sich hochsteigen. Seiner Mutter war es genauso ergangen. Und ihm selbst ...

»Wie bist du diesem Schicksal entgangen?«, wollte Manius wissen.

Verrecunda sah ihn einen Moment lang an. »Die Roten Klauen mussten damals keinen Feind fürchten. Außerdem war Necthan loyal und nicht dumm. Diejenigen, die Colms Mutter und ihren Sohn verkauft hatten, konnten sich ihrer Macht nicht lange erfreuen. Der Mann, der dafür verantwortlich war, erwies sich als unfähiger Anführer, also wurde er abgesetzt, und seine Nachfolger mussten ebenfalls feststellen, dass niemand auf sie hörte. Es sind sehr alte Gesetze, nach denen unsere Stämme organisiert sind; niemand hat das Recht, den Stamm anzuführen, ohne von einer Frau dazu auserwählt zu werden. Seither gibt es nur noch Streit und Unfrieden.«

»Lass mich raten«, sagte Drust nachdenklich. »Die Blaugesichter waren dafür verantwortlich. Colms Mutter war die Königin des Stammes.«

Sie machte eine abwägende Geste. »Stimmt – obwohl es das Wort ›Königin‹ nicht ganz trifft. Aber du hast recht, sie stammte von den Blaugesichtern.«

»Und diese Frau, die du erwähnt hast, die mit dem Jungen, die ist nicht aus dem Stamm der Blaugesichter?«, fragte Kag.

Es war ein schlauer Schachzug, der Frau eine Falle zu stellen und zu sehen, wie sie reagierte. Drust beobachtete sie aufmerksam, um sie vielleicht bei einer Lüge zu ertappen. Einen Moment lang erschien es ihm so, obwohl er nicht hätte sagen können, inwiefern sie von der Wahrheit abwich.

»Wir sind alle Schwestern der Göttin«, erklärte sie. »Nicht durch Blutsverwandtschaft, sondern in einem tieferen Sinn.«

»Und diese Frau und ihr Kind?«, hakte Drust nach.

Verrecunda nickte. »Ein armes Geschöpf. Eine Römerin, die ihre eigenen Gründe hatte, dem goldenen Käfig zu entfliehen, in dem sie eingesperrt war.«

»Rührend«, knurrte Manius. »Hilft uns aber nicht weiter.«

»Du bist ein Rüpel«, versetzte Ugo so wütend, dass die anderen ihn überrascht ansahen. Er blickte ein wenig verlegen in die Runde. »Es erinnert mich an mich selbst und meine Mutter.«

Verrecunda musterte ihn mit zusammengekniffenen Augen. Draußen schwoll das Heulen des Windes an, zornig rüttelte er an den Hausmauern, als forderte er Einlass.

»Ja. Es geschieht überall, wohin das Imperium seine Finger ausstreckt. Woher bist du?«

»Germanien«, antwortete Kag für Ugo. »Ich will bloß vermeiden, dass er dir lang und breit erklärt, von wem er abstammt und wo sein armseliges Dorf liegt.«

Verrecunda nickte. »So ist es, und so war es immer.«

»Colms Mutter ist wenig später gestorben«, griff Sib den Faden auf. »Und aus Colm wurde ›der Hund‹, ein Sklave. Aber das erklärt noch gar nichts.«

»Er hat diese Frau und das Kind hierhergebracht«, sagte Drust langsam, dem allmählich einiges klarer wurde, als würde sich eine Gestalt aus dichtem Nebel schälen. »Ist zu seinem Volk zurückgekehrt.«

Die Frau machte eine kaum merkliche Kopfbewegung, ohne ihn anzusehen.

»Was ist?«, fragte Drust.

Sie zuckte mit den Schultern. »Er war lange weg – er ist nicht mehr einer von ihnen.«

»Dennoch ist er der Sohn einer Königin.«

Kag warf ungeduldig die Hände in die Höhe. »Scheiß auf Colm. Wer sind die beiden – die Frau und das Kind?«

»Ich weiß es nicht.«

»Man hat uns mit Gold hierhergelockt«, meinte Kag in bitterem Ton zu Drust. »Ich würde sagen, wir kehren um, bevor uns jemand so richtig in den Arsch tritt.«

Verrecunda erhob sich steif und machte sich mit Löffeln und Schüsseln zu schaffen.

Kag beugte sich näher zu Drust. »Brigus ist ein Informant Roms. Warum erkundigt er sich bei dieser Verrecunda nach einer Frau und einem Kind? So viel Aufwand für zwei entlaufene Sklaven?«

Ja, dachte Drust, wenn die Flüchtigen einen besonderen Wert besaßen. Worin dieser Wert jedoch bestehen sollte, war ihm genauso ein Rätsel – und der Aufwand, mit dem versucht wurde, sie zurückzuholen, war in der Tat verblüffend.

Da musste wesentlich mehr dahinterstecken, auch wenn ihm schleierhaft war, was das sein könnte. Klar war ihm nur, dass die Frau und der Junge keine Gefangenen waren; sie versteckten sich irgendwo. Sie sei eine Sklavin, hatte Julius Yahya gesagt. *Ihr dürft ihr nicht glauben, falls sie etwas anderes behauptet ...*

»Wir sind eigentlich als Retter gekommen«, sagte Kag stirnrunzelnd. »Jetzt komme ich mir auf einmal vor wie ein Räuber, ein Entführer.«

Verrecunda kam zurück und hockte sich zu ihnen, stierte schweigend in die Flammen.

»Es muss da etwas geben, das wir nicht wissen«, wandte sich Drust an sie.

Die Frau riss ihren Blick von den Flammen los, der Feuerschein spiegelte sich in ihren Augen. »Was soll ich sagen? Eine Frau ist mit ihrem Sohn in dieses Land gekommen – jetzt steht sie unter dem Schutz von Colm und den Kriegern der Blaugesichter. Sprecht mit Colm – nur er kann euch weiterhelfen.«

»Ist sie eine Sklavin?«, hakte Sib nach. »Oder vielleicht eine Königin?«

»Eine Sklavin in Rom – eine Königin hier.« Kag lachte leise. »Das ist ein echtes Dilemma. Der göttliche Caesar hat einmal gesagt, er wäre lieber der Erste in einem gallischen Dorf als der Zweite in Rom.«

»Der göttliche Caesar wurde in den göttlichen Status erhoben, als er auf dem Forum verblutete«, rief ihm Quintus in Erinnerung. »Dank des Verrats seiner Freunde. Also lag er wahrscheinlich richtig.«

»Wie auch immer.« Drust sah die Dinge nun deutlich klarer. »Colm will, dass sie hier ist, und hat sie gezielt zu seinem alten Stamm gebracht. Ist der Junge sein Sohn?«

Verrecunda zuckte nur mit den Schultern.

»Die Sache scheint dir keine großen Sorgen zu machen«, meinte Kag nachdenklich. »Was hätte der Hund ... Colm ... davon, wenn nicht eine Frau und einen Sohn? Oder ist der Junge irgendwas Besonderes? Hat er vielleicht zwei Köpfe?«

Verrecunda warf ihm einen scharfen Blick zu. »Der Junge ist perfekt. Colm wird genauso gejagt wie die zwei.«

»Dann hast du diese Frau also gesehen, wenn du weißt, dass ihr Sohn perfekt ist?«, warf Manius ein, so glatt wie eine Seidenschnur, mit der jemand erdrosselt werden soll. Die Frau erwiderte seinen Blick, konnte die Wahrheit in ihren Augen jedoch nicht verbergen.

Drust lachte leise. »Du hast sie also gesehen. Du selbst hast Brigus von ihr erzählt, nicht umgekehrt«, stellte er klar, und sie senkte den Blick zum Feuer. »Du hast sie gesehen und gewusst, dass sie nicht von hier ist. Dass sie aus Rom kommt. Warum sonst hättest du annehmen sollen, dass Brigus sich für sie interessieren könnte?«

»Siehst du nicht, wie es uns hier geht?«, erwiderte sie. »Wie viele Schafe wir noch haben? Die Blaugesichter kommen immer wieder und nehmen uns noch ein paar

Tiere weg – und das werden sie tun, bis wir irgendwann verhungern.«

Alle schwiegen, und die Frau blickte nachdenklich in die Flammen.

»Ich habe Brigus von der Frau erzählt, und er zog weiter wie immer, um seine Geschäfte zu machen. Als er zurückkam, war er ziemlich aufgekratzt – er hat uns mehr gegeben als je zuvor.«

Sie hielt einen Moment inne. »Seither ist Brigus nicht mehr gekommen. Vielleicht ist er nicht mehr am Leben, aber er muss immerhin bis zur Mauer gelangt sein und mit den Römern gesprochen haben, sonst wärt ihr nicht hier.«

Wieder schwieg sie einen Moment, dann blickte sie Drust direkt an.

»Colm Todgesicht weiß, dass jemand kommen wird.«

»*Todgesicht*?«

Sie nickte und deutete auf ihren alten Gefährten. »Necthan ist ein Meister, was die Zeichen der Macht betrifft«, stellte sie nicht ohne Stolz fest und strich sich übers Kinn. »Diese Zeichen bewirken, dass meine Worte stechen oder heilen können, wie ich es für richtig halte.«

»Das ist sein Werk?« Kag trat bewundernd zu dem alten Mann. »Hast du Colm auch so eins gemacht? Das hat sich der alte Bastard doch immer gewünscht – wisst ihr noch, Jungs? Er hat sich immer darüber beklagt, dass er keine Zeichen für seine Taten bekommen hat. Servilius Structus hätte so etwas bei seinen Sklaven niemals geduldet – wir sollten nur sein Zeichen tragen.«

»Ich weiß«, stimmte Drust zu. »Was hat Necthan gemacht?«

»Er hat ihm das Gesicht der Macht verliehen«, erklärte Verrecunda. »Das Gesicht des Todes. Vielleicht trefft ihr ihn bald, dann seht ihr es selbst.«

»Das glaube ich kaum«, erwiderte Sib kategorisch. »Die Sache stinkt zum Himmel. Wir sollten schleunigst verschwinden.«

»Ein guter Rat«, meinte Verrecunda.

»Du bist ein Esel«, wandte sich Kag verächtlich an Sib. »Hast du vielleicht gedacht, das Ganze wäre nur ein kleiner Spaziergang bei Regen und Kälte? Ein kurzer Wortwechsel und vielleicht ein Schaukampf, wie Drusts Auftritte in der Arena?«

»Wie bitte?«, ereiferte sich Drust.

Kag winkte beschwichtigend ab. »Du weißt schon, was ich meine.«

»Ich weiß, was ich gehört habe ...«

»Es reicht«, warf Manius ein. »Keine Frau – keine Belohnung. Wir wurden hierhergeschickt – jetzt will ich wissen, wer oder was dahintersteckt.«

Die Frau zuckte mit den Schultern. »Das müsst ihr selbst am besten wissen. Wer bezahlt euch, wenn ihr sie zurückbringt?«

Sie schwiegen, weil sie die Antwort selbst nicht kannten. Kalutis hatte sie im Auftrag von Servilius Structus an Verus verwiesen, der wiederum für Julius Yahya arbeitete, der ebenfalls im Auftrag eines anderen handelte ...

»Was ist mit diesem Brigus geschehen?«, hakte Sib nach und beugte sich drohend vor. Der alte Mann knurrte eine

Warnung, und Sib wich hastig zurück. Kag lächelte und klopfte dem Alten anerkennend auf die Schulter, ohne sich in irgendeiner Weise um die finsteren Blicke der anderen zu kümmern.

Verrecunda zögerte einen Moment, dann zuckte sie mit den Schultern. »Ich werde euch verraten, was ich Brigus erzählt habe. Und warum er daraufhin zu den Blaugesichtern gegangen ist.«

Sie hielt inne und blickte in die Runde. »Und was am Ende dazu geführt hat, dass er verschwunden ist.«

»Sprich weiter«, forderte Ugo sie mit finsterer Miene auf.

»Der Name Julia«, sagte sie und verstummte. Alle warteten darauf, dass sie fortfuhr, doch sie zuckte nur mit den Schultern. »Das ist alles.«

Ein römischer Name, dachte Drust. *Vielleicht die Herrin der Frau, die wir suchen.*

»Oder es ist der Name, den man ihr als Sklavin gegeben hat«, meinte Quintus, als Drust seinen Gedanken äußerte. Es war bloße Spekulation und warf mehr Fragen auf, als es beantwortete – doch alle dachten unwillkürlich an Julia Domna, die Kaiserin.

»Das ist ein häufiger Name«, brummte Kag, »auch auf dem Palatin.«

»Da sind mir zu viele Frauen im Spiel«, befand Quintus kopfschüttelnd.

Verrecunda kippte den Bodensatz ihres Weins ins Feuer und lachte. »Mehr als du ahnst. Seht euch euer Leben an. Ihr seid alle Sklaven oder wart es einmal. Ihr wurdet alle mit euren Müttern verschleppt, oder?«

Sie sahen einander schweigend an. Verrecunda spürte, dass eine Ahnung in ihnen aufstieg, und nickte bestätigend.

»So ist es. Eure Mütter waren irgendwann Vertreterinnen der Göttin in einem Stamm jenseits der Mauer, die die Römer in diesem Land errichteten.«

»Ha!«, rief Kag amüsiert, doch sein Spott verging ihm, als Erinnerungen in ihm hochstiegen. Sie alle hatten mit dem Bodensatz ihres Lebens zu kämpfen, wollten nichts damit zu tun haben, waren sich aber auch bewusst, dass ihre Vergangenheit untrennbar mit ihnen verbunden war.

Letztlich war es doch zu verlockend, mehr über ihre Herkunft zu erfahren, sich an so viel wie möglich zu erinnern, während draußen weiter der Wind toste. Genau genommen, hatten sie alle nur den Ludus von Servilius Structus gemeinsam – und die Tatsache, dass sie schon in jungen Jahren ihre Mütter verloren hatten.

Letztlich hätte sich jeder von ihnen nur zu gerne das Gesicht seiner Mutter in Erinnerung gerufen.

Der Morgenhimmel war ein seltsames Gemisch aus Bleigrau und Schwarz. Kag gefiel das gar nicht, als er hinausging, um nach den Maultieren zu sehen, doch Necthan lachte nur.

Sie aßen frisches Brot und steuerten etwas von ihrem gesalzenen Käse und den in Salzwasser eingelegten Oliven bei, die immer noch genießbar waren. Eine Weile herrschte unbehagliches Schweigen, bis Ugo sich räusperte, ins Feuer spuckte und sich an Drust wandte.

»Die Sache mit den Müttern ...«

Das Aufstöhnen der anderen ließ ihn verstummen.

Kag spuckte einen Olivenkern in die Flammen. »Bei den Göttern am Himmel und unter der Erde«, brummte er. »An diesem Knochen habe ich jetzt schon die ganze Nacht genagt. Es reicht.«

»Wenn es stimmt, was diese Frau sagt«, bemerkte Quintus mit einem breiten Lächeln, »dann sind wir alle Könige.«

»Nicht sehr wahrscheinlich«, widersprach Manius, der im Begriff war, seine Sachen zu packen. Er nickte Drust und der Frau zu und ging hinaus. Sie fragte ihn nicht, warum.

»Sind wir jetzt Könige oder nicht?«, wandte sich Sib an Verrecunda.

Sie blickte von ihrer Strickarbeit auf. »Ihr seid Brüder«, sagte sie lächelnd. »Auch du, schwarzer Mann. Dieser Servilius Structus ist euer Vater – der einzige, den ihr kennt.«

»Gott bewahre«, brummte Ugo. »Von dem stamme ich sicher nicht ab.«

Die Frau hat natürlich recht, dachte Drust. *Wir alle wurden unseren Müttern entrissen und sind bei ihm gelandet. Seltsam, dass wir diese naheliegende Tatsache immer ignoriert haben.*

»Mir fällt etwas anderes auf«, warf Ugo ein. »Servilius Structus und unser Kaiser kennen sich schon lange. Wer weiß, was das zu bedeuten hat.«

»Sie kommen beide aus Leptis Magna«, stimmte Sib zu.

»Vielleicht hat Servilius Structus ihn früher mit jungen Frauen versorgt. Der Palast kriegt die Frauen, er die Kinder. Scheißkerl.«

»Und doch nennt ihr ihn immer mit seinem vollen Namen«, erwiderte Verrecunda leise.

Darauf hatte keiner eine vernünftige Antwort, also schwiegen sie und spuckten Olivenkerne ins Feuer.

»Wie weit ist es von hier in die Gegend, in der diese Frau sich jetzt aufhält?«, fragte Drust, um das Thema zu wechseln. »Kannst du uns hinführen?«

Verrecunda schüttelte den Kopf. »Ein Tagesmarsch, wenn das Wetter so bleibt. Ich kann euch den Weg beschreiben, aber wir können euch nicht begleiten, weder Necthan noch ich.«

»Heißt das, ihr werdet überwacht?«, fragte Kag leise.

Die Frau zuckte die Schultern. »Ich weiß es nicht. Aber irgendwann auf dem Weg würden sie uns bestimmt entdecken – das hätte schlimme Folgen für uns. Unser Leben hier steht auch so schon auf der Kippe. Außerdem ist es eine unlösbare Aufgabe, die ihr übernommen habt. Das Einzige, was euch am Ende erwartet, ist der Tod. Diese Römer stehen unter dem Schutz von Colm Todgesicht, und die Frau hat einen Sohn und will bestimmt nicht dorthin zurück, wo sie herkommt. Ist das nicht Grund genug, die Sache auf sich beruhen zu lassen?«

»Weiß der Hund ... weiß Colm, dass wir zu ihm geschickt wurden?«

Wieder Achselzucken. »Er weiß, dass jemand hinter ihm her ist. Das ist ihm seit dem Tag klar, an dem er in dieses Land gekommen ist.«

»Und diese Römerin – weiß sie auch, dass jemand kommt, um sie zurückzuholen?«

Verrecunda zögerte kurz, nur einen Atemzug lang, doch Drust wusste, dass sie lügen würde.

»Nein.«

»Wird sie freiwillig mitkommen, wenn wir sie auffordern?«, wollte Ugo wissen. »Ich will es nicht mit einer widerspenstigen Frau zu tun kriegen.«

»Ich habe dich einmal gehört, als wir im Bordell waren«, wandte Quintus ein. »Es hat geklungen, als hättest du Erfahrung mit widerspenstigen Frauen.«

»Ha!«, machte Ugo.

»Kann es sein, dass Colm ein Kriegshäuptling ist?«, fragte Sib stirnrunzelnd. »Oder kann das nur der Gemahl einer Königin sein, wie du gesagt hast?«

»Nicht der Gemahl, nur ein Mann, den sie als Partner nimmt«, erwiderte sie mit einer gewissen Anspannung in der Stimme. *Aha,* dachte Drust, *es gibt anscheinend keine Königin bei den Blaugesichtern, und man muss der Bettgefährte der mächtigen Frau sein, um wirklich als Herrscher anerkannt zu sein. Wahrscheinlich gibt es längst irgendeinen muskelbepackten Anführer, dem diese Legitimation jedoch fehlt und der nicht auch noch den Sprössling einer alten Königin neben sich haben will.*

Er hätte dies vielleicht ausgesprochen, hätte nicht plötzlich jemand die Tür aufgerissen. Im nächsten Augenblick trug Manius einen kalten Windhauch von draußen herein – und Schlimmeres.

»Reiter.«

Es folgte ein Geräusch wie von einem aufgeschreckten Vogelschwarm, als alle zu den Waffen griffen.

»Wie viele?«, fragte Drust.

»Ein Dutzend, vielleicht auch mehr. Auf diesen kleinen Ponys, aber sie kämpfen nicht zu Pferd.«

Die Frau stieß einen verzweifelten Laut aus. »Die kommen wieder, um sich Schafe zu holen und uns Ärger zu machen.« Ihre Stimme zitterte vor Angst. Necthan griff nach einem Schwert, das ungefähr so alt war wie er selbst, und sein Bart sträubte sich wie der Rücken eines Ebers. Kag lächelte ihm aufmunternd zu.

»Wir könnten uns verstecken«, schlug Sib hoffnungsvoll vor. »In diesen Nebengebäuden.«

»Wenn sie Schafe holen, sehen sie auch die Mulis und unsere Ausrüstung«, erwiderte Drust. Sie sahen ein, dass er recht hatte und es keinen Ausweg gab. Manius ging zur Tür, doch Drust hielt ihn am Ärmel zurück.

»Niemand darf davonkommen«, betonte er. Manius nickte und eilte ins Freie. Die anderen folgten ihm und schwärmten nach links und rechts aus.

Drust wandte sich an Necthan und Verrecunda. »Empfangt sie wie immer. Lasst euch nicht anmerken, dass irgendetwas anders ist als sonst.«

Er sah den Alten an und zwang sich zu einem Lächeln. »Leg das Schwert weg«, fügte er in der Sprache der Einheimischen hinzu, »sonst schöpfen sie Verdacht.«

Necthan brummte etwas und spuckte aus. »Wenn ich tot bin, können sie es mir aus der Hand nehmen – wenn sie es schaffen.«

Drust blieb im Haus. Mit trockenem Mund wartete er in einem dunklen Winkel und hörte, wie die Reiter herangeritten kamen und absaßen. Die Stimmen waren gedämpft, einige lachten. Necthan knurrte drohend, die anderen mahnten ihn mit zischenden Lauten, still zu sein.

Dann wurde die Tür geöffnet, und eine Gestalt trat ein – ein hochgewachsener, in Felle gehüllter Mann, die Augen zusammengekniffen, um in dem düsteren Raum etwas zu erkennen. Er hielt keine Waffe in der Hand, rieb sich nur die Hände und blickte sich um.

Einen Moment lang überlegte Drust, sich auf ihn zu stürzen und ihn niederzustrecken, bevor er schreien konnte. Der Mann wandte sich zum Gehen. Drust spannte sich innerlich an – dann hielt der Mann inne, bückte sich und hob einen Becher auf. Er schnupperte daran, blickte sich erneut um und hob noch einen Becher auf.

Die Weinbecher, dachte Drust. Mehr, als eine Frau und ein alter Mann brauchten ...

Der Fremde drehte sich um und ging zur Tür, stieg die drei Stufen aus festgestampfter Erde hoch. Als er ins Freie treten und seinen Leuten etwas zurufen wollte, fiel er plötzlich nach hinten. Draußen lachte jemand in der Annahme, dass er auf der Treppe ausgerutscht und gestürzt war, doch Drust hatte das dumpfe Geräusch des Pfeils gehört, wie eine Faust, die an eine Tür pochte. Drust zog den Mann am Fußknöchel nach unten, wobei sein Schädel auf die Stufen prallte, bis er unten auf dem Boden lag. Dort ließ er ihn los.

Benommen drehte sich der Fremde auf den Rücken, die Stirn aufgeschürft und blutig, darunter eine tätowierte Axt sowie ein Pferd auf jeder Wange. Er versuchte sich aufzurappeln und griff hilflos nach dem Pfeil, der in seiner Brust steckte. Das Letzte, was er sah, war eine dunkle

Gestalt mit einem gleißenden Licht in der Hand, dann nahm Drusts Klinge ihm das Augenlicht. Ein zweiter Stoß – begleitet von Flüchen, weil der erste sein Ziel verfehlt hatte – ließ den Puls des Lebens aus seiner Kehle entweichen.

Blut breitete sich auf dem Fußboden aus. Drust eilte durch die Pfütze ins Freie, wo Männer kämpften, brüllten und starben. Das schneeweiße Licht blendete ihn einen Moment lang, dann sah er Ugo ruhig und entschlossen seine Axt schwingen, während Sib hinter dem friesischen Riesen hin und her huschte und ihm den Rücken freihielt. Necthan schwang seinerseits das Schwert und zeigte, was für ein Kämpfer er in jüngeren Jahren gewesen sein musste; ein toter Mann vor seinen Füßen war Beweis genug, dass er immer noch mit der Waffe umgehen konnte.

Kag und Quintus kämpften Seite an Seite in einem fließenden Rhythmus; jeder wusste genau, was der andere tat. Die Gefallenen lagen in roten Pfützen – sechs zählte Drust insgesamt, einer davon durch einen Pfeil niedergestreckt. *Sieben mit dem Mann, den ich getötet habe – nicht genug.*

Diese Leute waren keine erprobten Kämpfer und hatten sicher nicht mit einem solchen Empfang gerechnet. Zwei weitere gingen zu Boden. Der Anführer war leicht auszumachen – ein großer Kerl, den die Felle, in die er gehüllt war, noch massiger erscheinen ließen. Er trug einen langen Speer und einen kleinen rechteckigen Schild, doch das Zeichen seines Status war der Kriegshelm, ein ramponiertes Metallding, aus dem lächerlich verkupferte Stierhörner ragten.

Brüllend kam er auf Drust zugestürmt, der sich ein Schwert geschnappt hatte und es mit angstnassen Händen umfasste. Der Speer kam in weitem Bogen auf ihn zu, doch er durchschnitt nur die Luft. Drust wich mit einem schnellen Schritt aus, weg von der durch den Schild geschützten Seite des Angreifers.

Der stattliche Krieger bewegte sich flink, doch im nächsten Augenblick riss ihn etwas zur Seite, dann noch einmal. Drust sah zwei Pfeile in seinem Schild stecken. Der Krieger stieß einen gepressten Fluch aus und warf den zersplitterten Schild weg. Drust nahm sich vor, Manius dies zu vergelten, und nutzte die Gelegenheit zum Angriff, sprang vor und brachte einen wuchtigen Hieb an. Der Krieger heulte auf, sein Bein drohte unter ihm nachzugeben; Blut strömte aus der Wunde und tränkte seine Wollhosen.

Er fing sich jedoch schnell und wusste um seine prekäre Situation – ohne Schild und mit einem verletzten Bein. Den Kampf konnte er nur gewinnen, indem er ihn schnell entschied. Er holte weit aus und warf seinen Speer.

Drust stolperte, rollte sich ab, und der Speer surrte über ihn hinweg. Schnee spuckend rappelte er sich wieder auf. Im nächsten Augenblick war sein Gegner mit einem langen, glänzenden Schwert in der Hand über ihm.

Der Krieger holte aus und ließ die Klinge niedersausen. *Nicht abblocken*, schoss es Drust durch den Kopf; das hatte ihm einst vor Jahren Tarquinus zugerufen. *Der bärenstarke Kerl bricht dir sonst die Hand oder dein Schwert, selbst wenn du den Hieb rechtzeitig parierst. Weich aus, dreh dein Handgelenk – so ...*

Doch es war zu spät. Die Klinge ging wie eine Wand über ihm nieder, und er hörte Stahl klirren. Drust taumelte, sein Arm schien nicht mehr da zu sein, doch als er in seiner Verzweiflung aufblickte, sah er ihn noch, und auch das Schwert hielt er noch in der Hand – nur konnte er es nicht mehr einsetzen.

Der Krieger grunzte triumphierend und setzte zum tödlichen Hieb an. Drust duckte sich, wirbelte herum und streckte seine intakte Hand nach dem Helm des Gegners aus. Seine Faust schloss sich um das Stierhorn, riss es mit einem Ruck herum, dann ließ er los und rollte sich zur Seite ab.

Es gab ein Knacken und einen dumpfen Aufprall. Außer Atem und durchnässt lag Drust einen Moment lang da. Der Krieger lag ebenfalls am Boden und starrte mit leeren Augen über seine Schulter zurück. Es rächte sich, einen so lächerlichen Helm zu tragen. Und wenn man es schon tat, sollte man ihn wenigstens nicht festschnallen, damit einen der Gegner nicht wie eine Kuh zu Boden reißen und einem das verdammte Genick brechen konnte.

Einen langen Moment lag er da und spürte die Kälte in die Knochen kriechen, dann versetzte ihm Ugo einen Tritt in die Rippen, der ihn aus seiner Benommenheit riss. Drust blickte sich um, stützte sich auf Hände und Knie und rappelte sich auf.

Metall klirrte, Holz splitterte. Ugo schwang mit wehenden Haaren seine Axt, hatte jedoch nicht genügend Raum, um einen Hieb anzubringen, sodass der Schaft gegen den Unterarm eines Gegners prallte – der schrie auf und sank zu Boden.

Quintus stach und hieb brüllend und grinsend auf seine Gegner ein. Einer hielt sich für besonders schlau und wich geschickt aus, bis ihm der Griff von Quintus' zweitem Schwert seine verbliebenen Zähne einschlug. Blut spuckend landete er auf seinem Hinterteil und rollte sich von Quintus weg, der ihn mit blitzschnellen Schwerthieben verfolgte.

Drust hatte seine eigenen Probleme – er wich einem Speer aus, der ihn aufzuspießen drohte, nutzte seinen Schwung und prallte gegen seinen Gegner. In der Drehung schwang er sein Schwert, die Klinge traf auf Holz, und er stolperte auf die Knie. Er sah einen Fuß vor sich und stach zu; der Mann heulte auf und sprang zur Seite, worauf Ugo ihn mit einem Axthieb in die Rippen zur Strecke brachte.

Manius suchte sich eine Stelle, von der er seinen Bogen einsetzen konnte, doch er wurde von mehreren Männern umringt, und Kag war seinerseits beschäftigt. Einen Moment lang dachte Drust, es wäre um Manius geschehen, doch sein kurzes Krummschwert zischte unermüdlich durch die Luft. Quintus hielt mitten in seinen wütenden Hieben inne, blickte mit blutverschmiertem Gesicht auf und stürzte sich mit dem Grinsen einer Totenmaske auf Manius' Angreifer.

Drust wollte ihm beispringen, doch Manius' Gegner wichen bereits zurück. Einer hielt sein Schwert mit beiden Händen umklammert, Augen und Mund aufgerissen, die Haare ein einziges Gewirr aus feuchten Schlangen. Manius bewegte sich wie Seide im Wind, plötzlich hörte Drust einen kurzen, scharfen Laut, wie von Eis, das in der Hitze brach. Etwas spritzte ihm ins Gesicht wie Regen, dann ließ

Manius' Gegner das Schwert fallen und griff sich mit beiden Händen an den Hals, wo das Blut aus seiner durchtrennten Kehle schoss wie aus einem geborstenen Wasserrohr.

Jetzt versuchten die Angreifer nur noch, dem Gemetzel zu entfliehen. Ein Mann brach aus dem Getümmel aus und sprang auf ein Pony.

»Manius ...«, rief Drust ihm zu.

Der Mann mit der aufgeschlitzten Kehle lag röchelnd auf dem Boden und versuchte verzweifelt, das entweichende Leben festzuhalten. Ugo sprang herbei und wandte sich an Drust, der einen Moment lang dastand, von kaltem Schweiß und dem Blut des Gegners getränkt.

»*Missio*?«, fragte Ugo. Kag presste einen Fluch hervor und hieb auf einen der feindlichen Krieger ein, die nach und nach ihre Waffen fallen ließen und zu fliehen versuchten – manche auf allen vieren oder auf dem Bauch kriechend, aus zahlreichen Wunden blutend.

»Ich hab's dir doch gesagt«, keuchte Drust, zu Ugo gewandt. »Wir sind hier nicht in der Arena.«

»Hier gibt es keine Regeln und keinen, der darüber wacht«, setzte Kag atemlos hinzu. »Bring die Scheißkerle um.«

Ugo versetzte dem Mann mit der durchgeschnittenen Kehle den Gnadenstoß, indem er ihm mit einem fast beiläufigen Axthieb die Schädeldecke abtrennte. Dann nahm er sich einen Moment, um Blut und Gehirnmasse von seiner Axt zu wischen. »Du bist einfach ein grober Klotz«, klagte er. Drust machte sich vor allem Sorgen wegen des Reiters, der bereits aus seinem Sichtfeld entschwunden war – doch dann kam Manius angelaufen und nickte kurz. Erleichtert richtete Drust sich auf.

»Gut«, stöhnte Sib und blickte sich mit geweiteten Augen um. »Gut.«

Drust vergaß manchmal, dass der Numidier kein ausgebildeter Kämpfer war, sondern ein Wagenlenker. Er hatte sich jedoch wacker geschlagen.

»Guter Trick, das mit dem Helm«, meinte Kag zu Drust, mit einem Seitenblick auf den Krieger mit dem gebrochenen Genick. »Es hätte aber gar nicht so weit kommen müssen. Du wärst auch anders mit ihm fertiggeworden, wenn du dich ein bisschen angestrengt hättest.«

»Er konnte den Kampf nun mal nicht einstudieren, wie in der Arena«, spöttelte Quintus.

Seine Bemerkung versetzte Drust einen schmerzhaften Stich. »Ich habe auch richtige Kämpfe ausgefochten«, erwiderte er, doch es hörte sich selbst in seinen Ohren wie eine Lüge an. Sie alle nahmen sich eine geraume Weile Zeit, um wieder zu Atem zu kommen und die wilde Freude und Erleichterung auf sich wirken zu lassen, die einen stets überkam, wenn man die Gefahr überstanden und überlebt hatte. Doch dann setzte unweigerlich die Übelkeit ein, und Drust dachte mit Schaudern an das, was nun zu tun war.

»Sammelt sie ein und legt sie auf ihre Ponys. Wir nehmen sie mit, wenn wir aufbrechen, und begraben sie unterwegs mit ihrer Ausrüstung.«

Sie sahen ein, dass es sich nicht vermeiden ließ. Die Ponys schnaubten und stampften, als sie das Blut witterten, und der alte Mann und die Frau halfen ihnen, die Leichen auf die Pferderücken zu packen. Die Frau gab ihnen ein Päckchen mit getrocknetem Fleisch und füllte einen leeren Weinschlauch mit dem kostbaren Falerner.

Dann stand sie da und barg die schwere Amphore in ihren Armen wie ein Kind.

»Ein Tagesmarsch in Richtung Nordwesten«, sagte sie zu Drust und blickte zum Himmel. »Wenn das Wetter auf eurer Seite ist, solltet ihr vor Einbruch der Nacht da sein. Marschiert immer auf diese Hügelkette zu, bis ihr an einen Fluss kommt – sie nennen ihn den Geschliffenen Stein. Ihr könnt ihn gar nicht verfehlen. Dort fängt das Territorium der Blaugesichter an. Folgt immer dem Fluss; etwa auf halber Länge ist der Stamm zu Hause – dort solltet ihr auch die Frau und das Kind finden.«

Drust nickte. »Als Brigus gegangen war, hast du ihr gesagt, dass wir kommen würden.« Die Frau wiegte den Kopf hin und her, was Ja oder auch Nein bedeuten konnte, aber in jedem Fall eine Art Schuldeingeständnis war.

»Was hat sie gesagt?«

»Dass sie Angst hat, mehr um den Jungen als um sich selbst.«

»Wird sie mit uns kommen?«

»Möglicherweise. Aber vielleicht kann sie nicht.«

Diese Römerin wird nicht freiwillig mitkommen, nicht einmal, wenn Colm ihr in den Nächten Gewalt antut, dachte Drust. *Weil wir sie zu Leuten zurückbringen wollen, die ihr noch Schlimmeres antun würden.*

Verrecunda schien etwas zu ahnen, auch wenn Drust nicht hätte sagen können, was es war. Sie räusperte sich und holte Atem.

»Dem Jungen darf kein Haar gekrümmt werden«, sagte sie entschieden. »Wenn ihm etwas zustößt, würdet ihr es bereuen.«

Sie drehte sich um und ließ Drust verwirrt zurück. Als er sich umdrehte, sah er Manius' Augen auf sich gerichtet – sein Blick so finster wie der Eingang zur Hölle. Drust nickte; mehr war nicht nötig.

Sie zogen los, und als sie einige Minuten unterwegs waren, wendete Manius sein Maultier und ritt zurück.

»Wo will er hin?«, fragte Ugo.

»Er hat einen Pfeil vergessen«, erklärte Quintus, obwohl er die Wahrheit kannte. Sein aufgesetztes Grinsen wirkte wie ein Schutzschild gegen unliebsame Gedanken.

Als sie die Senke mit den dürren Bäumen erreichten und zu graben begannen, kam Manius auf seinem Maultier zurück.

»Der kommt gerade recht«, grummelte Sib und zog einen Toten vom Pony. Kags Miene verdüsterte sich, als er das Pony festhielt, damit Ugo es mit der Rückseite der Axt niederstrecken konnte. Ein Pony nach dem anderen wurde getötet und in die flache Grube geschleift.

Als sie fertig waren, säuberte Ugo seine Hände in dem makellos weißen Schnee und spähte in die Richtung, aus der sie gekommen waren. Er brauchte einen Moment, um zu begreifen, was geschehen war, dann starrte er Manius an und schüttelte den Kopf.

»Scheiße«, stieß er entsetzt hervor. Sibs Gesicht wurde härter und kälter als der schneebedeckte Boden, als ihm ebenfalls klar wurde, was Manius getan hatte.

Kag wandte sich angewidert ab. »Ich habe den alten Mann gemocht«, seufzte er.

Sie sammelten ihre Maultiere ein und stapften in den düsteren Tag hinein.

KAPITEL 7

Es war tiefste Nacht – *nox intempesta* –, die Zeit, in der niemand mehr wach sein sollte. In dieser Stunde war die Seele der Unterwelt am nächsten, und selbst die Wachposten auf der Mauer würden eher ihren Speer vergessen als ein schützendes Amulett.

Die Kälte hatte bestimmt Dis Pater, der Gott der Unterwelt, geschickt, dachte Drust. Wie sich paarende Schlangen kroch sie um seine Fußknöchel und wand sich an den Beinen hoch. Wenn er nicht sterben wollte, würde er sich bald bewegen müssen. Es fiel ihm jedoch immer schwerer, gegen diese Kälte anzukämpfen, die nicht nur seinen Körper, sondern auch seine Seele zu lähmen schien. Was ihn innerlich antrieb, waren die offenen Fragen, die ihn beschäftigten: Wer hatte die zwei hierhergeschickt? Brigus war ein Mann Roms – aber wer in Rom hatte die Frau und das Kind so weit wegbringen lassen, und wer wollte sie zurückholen? Was hatte Colm, der Hund, mit alldem zu tun?

Drust konnte einfach keinen Sinn darin erkennen. Die Welt, wie er sie kannte, schien sich zu verflüchtigen. Das einzig Reale war im Moment dieses Land der Dunkelheit mit seiner beißenden Kälte. Drust ließ den Kopf zurücksinken, schlief ein, erwachte aber gleich wieder und dachte an seine Mutter. Er konnte nicht vergessen, was Verrecunda gesagt hatte.

Er konnte sich an das Gesicht seiner Mutter erinnern und war froh darüber, zumal er wusste, dass die Erinnerung mit jedem Jahr ein bisschen blasser wurde. Einst hatte dieses Gesicht für ihn die ganze Schönheit der Welt enthalten, es hatte ihm Trost, Sicherheit und Liebe bedeutet.

Sooft sie gekonnt hatte, war sie in der Dunkelheit zu ihm gekommen. Mit ihrem Pfirsichduft hatte sie bei ihm gesessen und ihm ihre Sprache beigebracht. Hatte ihm erklärt, dass er ein Sklave war und was das bedeutete.

»Ist man immer ein Sklave?«, hatte er sie einmal gefragt. »Wie hört man auf, einer zu sein?«

Sie hatte ihn geküsst, ihr Gesicht so groß, die Augen so hell wie die Sterne. » Indem du dich erinnerst. Wenn du dich an die Sprache erinnerst, die ich dir beibringe. Und an mich. Daran, dass ich dir von der Freiheit erzählt habe. Das wirst du nie vergessen.«

Drust spürte, dass sich in der Dunkelheit jemand neben ihm niederließ, und hoffte, dass der Betreffende ihn nicht gehört hatte; wahrscheinlich hatte er im Schlaf gestöhnt oder gar geweint. Es war Kag.

»Bist du wach?«

»Jetzt schon.«

Kag brummte eine Entschuldigung. »Kalt«, sagte er – doch die Kälte war es nicht, was ihn vom Schlafen abhielt, das wusste Drust genau.

»Diese Frau«, begann Kag. Drust wartete.

»Diese Frau.«

»Das hast du schon gesagt.« Drust spürte die Kälte und den Schlafmangel und fragte sich einen Moment lang, ob er beides noch auseinanderhalten konnte, ob er nicht das eine als das andere empfand. Er wusste, dass extreme Kälte seltsame Auswirkungen haben konnte …

»Er will über diese Frau sprechen.«

Die neue Stimme klang verschnupft, aber kräftig, und das Lachen darin war nicht zu überhören. Quintus hockte sich zu ihnen – es war, als säßen sie an einem unsichtbaren Feuer.

»Du solltest Wache halten«, brummte Kag.

Quintus zuckte mit den Schultern. »Manius ist vor einer Stunde losgezogen. Sib hält Wache. Nur Ugo schläft. Also reden wir über diese Frau und ihren Jungen – was wir Neues erfahren haben und was wir immer noch nicht wissen.«

»Was wissen wir nicht?«, erwiderte Drust verwirrt. Er erinnerte sich an die Entschlossenheit, die seine Mutter ausgestrahlt hatte – auch dieser Gedanke war wohl eine Folge dessen, was Verrecunda ihnen erzählt hatte.

»Wir wissen nicht, wo sie ist und wie sie ist«, fuhr Quintus fort. »Ich glaube, sie wird sich wehren, wenn wir sie mitnehmen wollen. Das ändert einiges.«

»Vor allem wissen wir nicht, *wer* sie ist«, brummte Kag.

»Noch lieber wüsste ich, wer sie aus Rom wegbringen ließ und wer sie zurückholen will«, meinte Drust, was die beiden verstummen ließ.

Kag hauchte einen Seufzer in die kalte Luft. »Wir haben nicht einmal einen Namen«, murmelte er mürrisch.

»Julia«, hielt Drust fest.

Quintus, für den die Namen von Frauen keine große Bedeutung hatten, hauchte etwas Wärme in seine frierenden Hände. »Wenn du der Frau in der Hütte glauben willst.«

»Warum sollte sie lügen?«, erwiderte Kag.

»Wir können sie ja fragen.« Quintus tat überrascht. »Oh, halt, das geht ja nicht mehr, dank Manius.«

Kag zog die Stirn in Falten. »Ich habe den alten Mann gemocht.«

Drust verlor langsam die Geduld. »Ich will nicht mehr über die alten Leute sprechen«, schnauzte er. »Es war notwendig, und Manius hat es übernommen.«

Eine Weile herrschte Stille, und Drust war dankbar für das kleine Feuer der Gereiztheit, das sie in ihm entzündet hatten, obwohl es schon wieder nachließ. Er blickte zum Himmel, spürte den messerscharfen Wind und sehnte das schwache blaue Licht der Morgendämmerung herbei.

»Wer hat uns geschickt?«, hakte Quintus nach. »Ich meine, wer steckt wirklich dahinter? Kalutis handelt im Auftrag von Servilius Structus, hatte aber trotzdem keine Ahnung, wer die Frau und das Kind übernehmen wird, wenn wir sie nach Eboracum zurückgebracht haben. Julius Yahya arbeitet für jemanden aus den allerhöchsten Kreisen.«

»Julia Domna«, sagte Kag entschieden. »So muss es sein.«

»Die Kaiserin? Warum sie? Warum sollte ihr eine Sklavin so wichtig sein? So viel Geld, dazu das Versprechen, sechs Männern das römische Bürgerrecht zu verleihen – kann eine Sklavin so viel wert sein, selbst wenn sie ein kleines Kind hat?«

»Wer sonst sollte dahinterstecken?« Drust hatte das Gefühl, lange genug an der Frage herumgekaut zu haben. »Die Frau auf dem Hof ...«

»Verrecunda«, warf Quintus grimmig ein. »Ihr Name war Verrecunda.«

Drust stockte, ging jedoch nicht auf den Seitenhieb ein – einerseits, weil er keinen Streit provozieren wollte, andererseits, weil Quintus mit seiner Bemerkung ins Schwarze getroffen hatte und Drust beim besten Willen nichts erwidern konnte.

»Verrecunda«, setzte er aufs Neue an, »sie hat gemeint, diese Frau wäre eine Sklavin. Aber eine von denen, die eine besonders gute Behandlung genießen.«

»Ganz genau wie unsere Mütter«, meinte Quintus nachdenklich.

Kag lachte. »Also, das hat sie nicht wirklich gesagt. Nur den Namen Julia – alles andere haben wir uns selbst zusammengebraut und heraufbeschworen, wie es Ugos Schamanen tun. Diese Verrecunda hat nichts als Andeutungen gemacht, das war ihr Trick. Diese Sache mit unseren Müttern ... Ich kann mich an meine Mutter überhaupt nicht erinnern, aber man hat mir erzählt, dass sie irgendwo auf dem Feld gearbeitet hat. Kein leichtes Leben. Und sie war auch nicht die Tochter irgendeines Stammesführers.«

Er brach ab und hob beide Hände. »Ich weiß, ich weiß – wir sind alle überzeugt, eine bessere Herkunft zu haben, als unser Leben vermuten lässt. Jeder, der in der Arena kämpft, schwört, er wäre in seiner Heimat in Wahrheit ein Prinz. Aber wir alle – die Söhne von Königinnen? Glaubt ihr das wirklich?«

Er blickte zwischen ihnen hin und her, wie um sie herauszufordern, ihm zu widersprechen. Dann schüttelte er den Kopf.

»Quintus ist eine Ratte aus der Subura, seine Mutter war eine Hure und hat für Servilius Structus gearbeitet«, fuhr er gnadenlos fort. »Auch sie war keine entführte Königin, so viel steht fest.«

»Zum Hades mit dir«, schnauzte Quintus – allerdings mit einem leisen Lächeln auf den Lippen.

»Die Frau hat also gelogen?«

Es war Ugos Bassstimme, die sich ins Gespräch einmischte – und Kag seufzte. »Dann wären wir ja fast vollzählig.«

»Ja, Riese aus Germanien«, gluckste Quintus, »die Frau hat gelogen.«

»Verrecunda«, setzte Kag hinzu. »Ihr Name war Verrecunda.«

Sie lachten, und Ugo blickte stirnrunzelnd zwischen ihnen hin und her, fragte sich, ob sie sich wieder einmal auf seine Kosten amüsierten. Er war kein Dummkopf, doch es wurmte ihn, dass er oft nicht wusste, ob sie ihn auf den Arm nahmen oder nicht.

»Wenn das gelogen war«, griff Ugo den Faden auf und beschloss, das Gelächter zu ignorieren, »dann hat sie vielleicht auch in anderen Dingen nicht die Wahrheit gesagt.«

»Tja, wer weiß«, meinte Kag mürrisch. »Zum Beispiel, was sie uns über Brigus erzählt hat.«

»Der ist tot«, wandte Drust ein. »Er wollte diese Frau finden, ist dann vermutlich zur Mauer zurückgekehrt und wurde nicht mehr gesehen.«

»Wir hätten Necthan nach Brigus fragen sollen«, fügte er, mehr zu sich selbst, hinzu. Der alte Mann hatte einen schlauen Eindruck gemacht ...

»Dafür ist es verdammt noch mal zu spät«, warf eine Stimme ein, und eine dunkle Gestalt gesellte sich zu ihnen.

Quintus grunzte verärgert. »Du solltest Wache halten.«

Sib ging in die Hocke, funkelte zornig in die Runde und zitterte am ganzen Leib. »Da ihr sowieso alle wach seid, kann genauso gut jemand von euch die Wache übernehmen, damit die schlafen können, die schlafen wollen.«

»Es ist deine Wache«, stellte Ugo klar.

»Sind wir hier bei der Armee?«, versetzte Sib gereizt.

»Wären wir die Armee, würdest du jetzt an einer Reihe von Männern mit Knüppeln vorbeilaufen, die zu Recht sauer auf dich wären«, stellte Drust klar.

Sib winkte ab, wie um sich für die Nachlässigkeit zu entschuldigen. »Keine Sorge, mir entgeht nichts. Deshalb habe ich auch Manius zurückkommen sehen – er wird gleich hier sein.«

Als Manius zu ihnen trat, strahlte er eine spürbare Hitze aus, sodass sie instinktiv näher an ihn heranrückten, um etwas davon abzubekommen. Er hatte sich beeilt und brachte Neuigkeiten mit, die sie die Kälte vergessen ließen.

Manius berichtete, er habe Männer an einem Feuer gesehen, nicht mehr als einen längeren Marsch entfernt. Bewaffnete Männer, deren Gesichter im ersten Moment ausgesehen hatten wie von irgendeiner Krankheit entstellt, bis ihm klar wurde, dass sie Stammeszeichen trugen. Es waren an die zwanzig Mann, gut gelaunt, mit Proviant und einem wärmenden Feuer.

»Blaugesichter«, meinte Kag. »Die sind hinter uns her.«

Manius schüttelte den Kopf und berichtete, was er noch gesehen hatte: gefesselte Frauen unter ständiger Bewachung, Schafe und Rinder. Es war ein Trupp, der Dörfer und Gehöfte überfiel, obwohl das im Winter eigentlich nicht üblich war.

»Raubzüge sind eigentlich überall gleich«, stimmte Ugo zu. »Der Winter ist auch so schon hart genug, ohne dass einem jemand das wenige wegnimmt, das man hat, und einem die Hütte niederbrennt. An so was halten sich normalerweise auch solche Leute. Anscheinend gilt das nicht mehr.«

Manius nickte. »Später habe ich noch eine Gruppe gesichtet, die die Räuber verfolgt, ungefähr gleich groß, vielleicht ein paar Mann mehr und nicht weit dahinter. Ich weiß nicht, von welchem Stamm die sind, aber sie wollen sich anscheinend um jeden Preis rächen. Die Blaugesichter werden sich sputen müssen, wenn sie ihre Festung erreichen wollen, bevor die Verfolger sie erwischen.«

»Wir sollten diesen Blaugesichtern ebenfalls folgen«, schlug Drust vor. »Vorsichtig, möglichst unbemerkt. Sie werden uns zu dieser Frau und ihrem Kind führen.«

»Falls die Frau in der Hütte nicht gelogen hat«, warf Ugo ein.

»Verrecunda«, skandierten drei Stimmen im Chor, verstummten aber sofort wieder.

»Ich glaube, diese Julia, falls das ihr Name ist, wird nicht freiwillig mitkommen«, mutmaßte Ugo kopfschüttelnd. »Wir sind keine Retter.«

Sib sah von einem zum anderen, bis sein Blick auf Manius fiel. »Wir hätten die Frau in der Hütte mitnehmen sollen, dann hätte sie die Situation beruhigen oder uns irgendwie helfen können«, klagte er. »Jetzt wird sie uns nicht mehr viel nützen. Ihr Name war übrigens Verrecunda, falls du es nicht mitbekommen hast.«

Manius warf ihm einen stählernen Blick zu. Dann wandte er sich zum Gehen und sagte mit leiser Stimme: »Gib etwas, das du töten musst, niemals einen Namen.«

»Was haben sie vor?«

Sib zitterte, seine Worte kamen abgehackt heraus. Er und die anderen lagen hinter einer Reihe von Bäumen, von denen manche wie knochige Hände aus der feuchten Erde ragten, die meisten mit schneebedeckten Nadeln. Seit zwei Stunden schneite es ununterbrochen.

Unterhalb ihres Beobachtungspostens traktierten die Blaugesichter ein paar Leute mit Fußtritten, um sie wegzuscheuchen. Die Opfer stolperten, einige stürzten, manche blieben einfach sitzen, wo sie waren. Drust sah eine grauhaarige Frau, die von einem Krieger weggezerrt wurde. Er trat nach ihren Beinen, bis sie zu Boden fiel und wimmernd liegen blieb. Auch aus einer anderen Richtung kamen leise Schreie.

Der Trupp zog weiter und ließ kriechende oder hinkende Verletzte zurück; einer oder zwei blieben liegen und rührten sich nicht mehr.

»Das sind die Schwachen oder Verwundeten – die würden sie nur aufhalten, darum lassen sie sie zurück«, stellte Manius fest.

»Wenigstens töten sie sie nicht«, meinte Quintus.

Manius widersprach, ohne ihn auch nur eines Blickes zu würdigen. »Warum sollten sie? Ihre Verfolger wollen nicht nur Rache üben, sondern die Entführten retten. Sie werden die Zurückgelassenen aufsammeln, dann sind sie es, die durch die Verletzten langsamer vorankommen.«

»Wir warten besser nicht ab, was passiert«, meinte Drust. »Die Blaugesichter in ihrer Festung werden wissen, dass der Feind in der Nähe ist, deshalb werden sie nur nach diesen Stammesleuten Ausschau halten. Das hilft uns, unbemerkt zu bleiben, wenn wir den Räubern folgen. Wir dürfen sie nicht verlieren, sie sind unsere Führer.«

»Wir müssen uns nicht beeilen«, widersprach Manius und wischte etwas Schnee von seinem Bogen. »Die Verfolger werden uns genauso zum Ziel führen – und die müssen nur der Spur der Zurückgelassenen folgen. Wir bleiben erst einmal hier und wärmen uns auf.«

»Wer hat dich zum Anführer gewählt?«, erwiderte Kag.

Manius zuckte mit den Schultern. »Ich wurde verschleppt, als ich sechzehn war. Davor hatte ich schon sieben Jahre an Raubzügen in der Wüste teilgenommen. Ich weiß mehr als ihr alle darüber, wie solche Leute denken und handeln, egal ob im Sand oder im Schnee.«

»Auch ich war in diesem Alter bei Raubzügen unseres Stammes dabei«, zischte Sib. »Eure Leute haben nicht bloß geraubt, sondern ihre Opfer abgeschlachtet. Wie Dämonen in der Nacht ...«

»He, he«, trat Kag dazwischen, doch Drust hob eine Hand und fixierte Manius.

»Ich führe die Procuratores an. So haben wir es immer gehalten, und es gibt keinen Grund, das jetzt zu ändern. Akzeptierst du das? Wenn nicht, dann leb wohl. Wir kämpfen zusammen, nicht gegeneinander.«

»Wir tragen zwar alle den Namen Servilius«, erwiderte Manius kalt, »aber das macht uns nicht zu Brüdern. Ich bleibe, weil ich meinen Anteil will – Geld ist der Zement, der uns verbindet.«

Er ging weg. Sib spuckte auf den Boden, Ugo grunzte angewidert und schüttelte etwas Schnee von seinem Kopf.

»Da sieht man, dass er keiner von uns ist«, meinte er. »Was uns verbindet, ist Blut und Sand, nicht Gold.«

Zustimmendes Grunzen, doch Drust war nicht ganz so überzeugt von Ugos Idealen. In der Arena hatte man keine Freunde, und die Verbindung der Procuratores hatte sich vor allem durch ihre Armut und ihr geteiltes Schicksal in den Diensten von Servilius Structus ergeben. Manius war nur der erste Riss im Gefüge, seit sie diesen Vertrag unterzeichnet hatten. Nach dieser Mission würden sie wahrscheinlich getrennte Wege gehen.

Drust wollte nur nicht, dass dies schon passierte, bevor sie ihre Aufgabe erfüllt hatten. Eigentlich wollte er es gar nicht, denn ihm war eine unangenehme Wahrheit klar geworden: Diese Leute, die Brüder des Sandes, waren die einzigen Menschen, die ihm irgendwie ein Gefühl von Familie gaben.

Wenn das zerbrach – was dann? Das war eine Frage, mit der er sich nicht beschäftigen wollte.

Sie zogen weiter und folgten den Verfolgern der Blaugesichter. Zweimal kamen sie an aufgeschichteten Steinen vorbei. Ein Haufen war sehr klein, und an einem Stein hing ein Amulett, das gerade einmal groß genug für den Hals eines Kindes war.

»Sie nehmen sich die Zeit, um sie zu bestatten«, stellte Manius fest. »Auch auf die Gefahr hin, dass sie die Blaugesichter nicht mehr einholen.«

»Trotzdem werden sie nicht aufgeben«, erwiderte Kag.

Sie erreichten eine weite Ebene, die von höher gelegenen Wäldern gesäumt war. Verwehter Schnee schwebte wie Gänsefedern durch die Luft, und die Kälte kroch ihnen in die Knochen. Drust beobachtete, dass Sib immer stärker zitterte, und ihm wurde klar, dass sie zu langsam gewesen waren. Sie hatten es nicht geschafft, die Mission bei günstigeren Witterungsbedingungen zu Ende zu bringen. Der Winter war sehr früh und mit voller Härte hereingebrochen.

Wenig später erreichten sie das erste Gehöft nahe dem Fluss, dessen Lauf sie gefolgt waren, wie Verrecunda es ihnen nahegelegt hatte. Das schäumende Gewässer schwoll an manchen Stellen an und zog sich wieder zusammen, als würde es etwas gebären. Es war kein tiefer Fluss; bestimmt konnte man im Sommer den Grund und die darin schwimmenden Fische sehen. Nun jedoch war er bereits teilweise von Eis bedeckt.

Auf dem Hof rührte sich nichts, doch die Spuren im Schnee zeigten unmissverständlich, dass einige der Verfolger hier gewesen sein mussten. Es hatte aufgehört zu schneien, doch die feuchte Kälte ging ihnen durch und durch, als sie an der Uferböschung im Schnee lagen. Hinter ihnen zog sich das seichte, eiskalte Gewässer wie ein schwarzes gleichförmiges Band dahin, ohne sich um die Männer und Maultiere zu kümmern, die es soeben zitternd und mit letzter Kraft durchquert hatten.

Drust spähte durchs Schilf und vermied es, die steifen Halme zu bewegen; sie waren kalt und trocken und würden laut knacken, wenn sie brachen. Nirgends auf dem Hof stieg Rauch auf. Ein gefällter Baumstamm lag bereit, um zerhackt zu werden, die Axt steckte in der Rinde. Dahinter stand das größte Gebäude, es schien auf dem Boden zu kauern wie ein geprügelter Hund, als wären die Mauern aus Torf, Stein und Lehm ein Teil der Landschaft.

Es erschien so leer wie blinde Augen, und auch die anderen, für Tiere und Futter bestimmten Gebäude wirkten kalt und tot. Im Garten lag allerlei Gerümpel, halb vom Schnee bedeckt.

Dazwischen zwei Haufen. Drust erkannte sofort, womit sie es zu tun hatten – er hätte die blau gefrorenen Füße gar nicht sehen müssen, die aus dem Schnee ragten.

»Nicht schwer, denen zu folgen«, flüsterte Kag, seine Lippen so nah an Drusts Ohr, dass dieser das Kitzeln der Barthaare spürte.

»Die Verfolger rächen sich gnadenlos an allem, was ihnen im Land der Blaugesichter begegnet – mich wundert nur, dass sie den Hof nicht niedergebrannt haben.«

Warum? Weil einige Verfolger noch hier waren. Kag hatte diese Möglichkeit nicht bedacht und presste die Lippen zu einem dünnen Strich zusammen. Drust, der ihm seine Erkenntnis zugeflüstert hatte, kroch ein Stück weiter, um mehr zu erkennen.

Er zwang sich, nicht daran zu denken, dass er sich vor Kurzem noch in wärmeren Gefilden und auf gepflasterten Straßen bewegt hatte, zwischen Häusern mit einem schönen Atrium, Badehäusern und Tavernen. Das alles schien so lange her zu sein, verschluckt vom wiederholten Aufwachen in winterlicher Kälte und dem Blick in eine Zukunft, die ihm so einladend erschien wie eine dunkle Grube. Seit Tagen sahen sie nichts als bewaldete Hügel, schroffe Felsen, die wie Schafe aussahen, und Schafe, die wie Felsen aussahen.

Irgendwo vor ihnen lag die Verheißung eines Tages, an dem alles anders sein würde, doch der hoffnungsvolle Blick darauf wurde von seiner dunklen Vergangenheit getrübt, die aus der kalten Erde heraufkroch, um ihm das Leben zu rauben.

Die Leichen lagen in einem Gemüsebeet, das die Angreifer teilweise umgegraben hatten. Das bedeutete, dass ihre Vorräte zur Neige gingen und ein paar Rüben ihnen als Nahrung willkommen waren. Als Drust und die anderen vorsichtig auf das Gehöft zukrochen, sahen sie das Gesicht eines Mannes, dann das einer Frau, beide schon eine ganze Weile tot. Der Hals der Frau klaffte wie ein makabres Grinsen, und ihr faltiges Gesicht war umrahmt von blutverschmiertem grauem Haar.

Plötzlich drang aus dem Haus lautes Gelächter, gefolgt von einem verzweifelten Aufschrei; Drust hatte eine Ahnung, warum einige der Angreifer länger geblieben waren. Er gab den anderen ein Zeichen, worauf Manius und Sib in weitem Bogen ausschwärmten, um sich zu vergewissern, ob noch mehr von ihnen hier waren. Quintus und Ugo suchten nach einem anderen Zugang, obwohl Drust bezweifelte, dass es einen solchen gab. Dann wandte er sich an Kag, holte tief Luft und nickte.

Kag ging als Erster hinein, und als Drust ihm tief geduckt folgte, sah er den üblichen engen, niedrigen Raum mit einer Feuerstelle, einem schweren Tisch aus gespaltenen Baumstämmen, mehreren Hockern und einem Bett. Ein drahtiger Mann erhob sich von einem Hocker. Er wirkte ausgezehrt, die roten, von Grau durchsetzten Haare waren zu zwei Hörnern gedreht und mit Federn geschmückt.

Hinter ihm hielten zwei Männer eine Frau gewaltsam am Boden fest, obwohl sie ihren Widerstand so gut wie aufgegeben und nicht einmal mehr die Kraft hatte zu schreien. Die Frau war ebenso wie die beiden Toten draußen in fortgeschrittenem Alter; die Furchen in ihrem Gesicht waren so tief, dass man Schüsseln darin hätte abstellen können – wären diese nicht von den Angreifern geraubt oder im Haus verstreut worden.

Der Mann zwischen ihren auseinandergezwängten Beinen war mit einem ärmellosen Schaffell bekleidet, dessen Gürtel er geöffnet hatte, um die sich unter ihm windende Frau leichter nehmen zu können. Mit einer Hand hielt er sie an der Kehle fest, mit der anderen umklammerte er ein Bein der Frau; seine Hose hatte er bis zu den Schuhen hinuntergezogen.

Ein junger Mann hielt das andere Bein der Frau fest, damit sie nicht um sich treten konnte. Er wartete sichtlich ungeduldig darauf, dass der Kerl mit dem Schaffell zu einem Ende kam und ihn ranließ.

Alle im Raum erstarrten für einen Moment, als würde die Zeit stillstehen. Der Rothaarige mit den Federn stand auf und schaute verdutzt drein, als Kag den düsteren Raum durchquerte und ihm seinen Dolch zwischen die Rippen rammte. Der Mann stieß ein leises Japsen aus, taumelte nach hinten und stürzte rücklings in die Feuerstelle. Sein Fuß schnellte unter dem Hocker, auf dem er gesessen hatte, nach oben und schleuderte ihn Kag mitten ins Gesicht.

Es war wie in der Arena. Jeder Kämpfer hatte diesen Moment schon erlebt, in dem Fortuna die schönste Strategie zunichtemachte und einem den Boden unter den Füßen wegzog. Mit einem boshaften Lächeln brachte die Göttin einen unbewaffneten Verurteilten dazu, einen völlig unerwartet anzugreifen und in den Sand zu werfen, während die Menge einem zurief, ihn mit dem Schwert niederzumachen – am besten so, dass die Leute sein Gesicht sehen konnten, während er starb.

Kag fiel um wie ein Baum im Sturm. Der verwundete Mann rollte sich schreiend aus der Feuerstelle – seine Kleidung hatte Feuer gefangen. Der zappelige junge Mann ließ den Fuß der Frau los, wich zurück und zog ein langes Messer. Drust sah, dass sie ihre Schwerter und Speere auf einem Haufen abgelegt hatten. Diese Männer waren nicht die Elitekämpfer des Verfolgertrupps.

Der Kerl über der Frau rappelte sich auf, starrte von Drust zu dem Mann, der sich bei der Feuerstelle hin und her rollte und eine Aschewolke aufwirbelte.

Aus den Augenwinkeln registrierte Drust, dass Kag sich auf die Knie hochgerappelt hatte und Blut aus der aufgerissenen Lippe spuckte. Die zwei restlichen Männer lösten sich aus ihrer Erstarrung, und Drust erkannte überrascht, dass diese Leute alles andere als furchterregende Ungeheuer waren. Die *Bestien jenseits der Mauer* – drei tollpatschige Kerle mit langen Haaren und Bärten, die ihren Zorn an alten Bauersleuten ausließen und deren Hof verwüsteten. Die Bauern waren ein hartes Leben gewohnt, doch nun hatte man ihnen auch noch das Letzte genommen. Die einzige Überlebende lag erschöpft auf dem Boden, ihren Kittel bis über die dünnen Schenkel und schlaffen Brüste hochgeschoben.

Drust dachte einen Moment lang an seine Mutter, biss die Zähne zusammen und wandte sich der Stelle zu, an der er den jungen Kerl mit dem Messer gesehen hatte, bevor die Aschewolke ihm die Sicht genommen hatte. Die

Asche brannte ihm in den Augen und im Hals, dann sah er die Gestalt und stach zu, spürte den Widerstand und hörte den Aufschrei.

Im nächsten Moment stürmte etwas aus dem Nebel hervor wie ein wütender Stier. Drust ging auf ein Knie nieder und stieß zu, wie es die Legionäre in der Schlacht taten, um ihrem Gegner das Kurzschwert in die Eingeweide zu rammen.

Sein Stoß ging ins Leere, die Gestalt prallte gegen ihn, stieß einen scharfen Schrei aus und flog über ihn hinweg. Drust taumelte und stürzte rücklings zu Boden, krachte mit dem Kopf gegen etwas Hartes, und ein greller Schmerz nahm ihm den Atem.

Jemand stieß einen Fluch aus, dann taumelte der Rothaarige, der auf der Frau gelegen hatte, aus der Aschewolke hervor, sein Gesicht eine Maske des Staunens. Fast schien es, als wollte er sich darüber beklagen, wie ungerecht ihn das Schicksal behandelte, doch alles, was aus seinem Mund kam, war ein Schwall schwarzen Bluts, heraufgepumpt von seinem Herz. Er war tot, obwohl er noch auf seinen Beinen stand.

Er stand nicht mehr lange. Als er zu Boden sackte, sah Drust die Frau, ihr wie eine Harpyie von Rache verzerrtes Gesicht, ihr Kleid genauso blutbefleckt wie das große Fischermesser, das sie in der Hand hielt. Drust kroch etwas zurück, aus Angst, er könnte der Nächste sein.

Der Mann, der über ihn gestürzt war, rappelte sich hoch und knurrte drohend – da wurde das schwache Licht, das von der Tür hereinfiel, von etwas Großem, Dunklem verstellt, sodass Drust überhaupt nichts mehr erkennen konnte.

Ein kühler Windstoß fegte zischend durch den Raum, dann ein dumpfes Geräusch, und die Frau flog mit einem leisen Japsen zur Seite. Drust erhob sich auf Hände und Knie, rappelte sich auf und sah über dem letzten Rest des Ascheregens Ugo und den jungen Rothaarigen, der immer noch benommen war von seinem Sturz über Drust hinweg. Der junge Mann blickte verzweifelt auf, hob hilflos die Hand, ehe Ugos Axt niedersauste und ihm mit einem lauten Knirschen durch mehrere Rippen fuhr. Der Hieb hatte solche Wucht, dass die Axt am anderen Ende wieder herauskam und in die Tischkante krachte. Der junge Rothaarige röchelte und zuckte mit Armen und Beinen.

Der letzte Rotschopf war aus dem Feuer gekrochen und hatte die Flammen erstickt, doch es half ihm nicht viel. Fluchend und Blut spuckend stürzte sich Kag auf ihn und schnitt ihm mit seinem Pugio die Kehle durch. Dafür war der Dolch eigentlich nicht geeignet, denn als Stichwaffe besaß er keine nennenswert scharfe Klinge. Er wurde auch nicht mehr allzu oft verwendet, am ehesten noch von Armeeoffizieren.

Kag pflegte zu sagen: »Wenn die Waffe gut genug war, um den göttlichen Julius niederzustrecken, dann ist sie auch gut genug für mich.«

Sie erfüllte auch in diesem Fall ihren Zweck, doch Kag kam sich vor wie ein Metzger. Als es vorbei war, atmete er schwer, und der Gestank von Blut und Asche stieg ihm in die Nase. Ugo war damit beschäftigt, die Axt aus dem

Tisch zu ziehen. Drust sah die Frau wie ein blutiges Stoffbündel in der Ecke liegen, und Ugo folgte seinem Blick.

»Tut mir leid«, sagte er zerknirscht. »Ich habe sie für einen Feind gehalten.«

Kag rappelte sich auf, die geröteten Augen tränend. »Wie konnte dir das denn passieren?«, fragte er unwirsch.

Ugo schaffte es endlich, seine Axt aus dem Holz zu ziehen; Blut spritzte auf, und der Tote kippte vom Tisch auf den Boden. »Ich habe sie kaum gesehen. Und sie ging mit einem riesigen Messer auf Drust los.«

Kag schwieg, spuckte in seine Hand und hielt sie hoch.

»Ein Zahn«, murrte er. »Ich habe einen Zahn verloren. Bei Junos Titten, das ist kein guter Tag.«

»Er wird noch schlimmer«, warf eine Stimme von draußen ein. Als Drust und Kag zur Tür gingen, blickte Sib ihnen grimmig entgegen.

»Das hier solltet ihr euch ansehen.«

Er führte sie über den Hof zu einem Stall, aus dem die Räuber auch noch die letzten Schafe mitgenommen hatten. Dafür hatten sich andere Bewohner einquartiert – etwa ein Dutzend, die mit bleichen, verhärmten Gesichtern aufblickten, als wollten sie sagen: »Nicht schon wieder.«

Sie waren von den Blaugesichtern verschleppt und von ihren Stammesbrüdern »gerettet« worden – aufgrund ihres schlechten Zustands hatte man sie jedoch hier zurückgelassen. Der Geruch der Angst ging von ihnen aus, dazu der faulige Gestank von schwärenden Wunden.

Kag eilte zurück ins Freie und atmete die kalte, klare Luft ein. Drust und Sib folgten ihm.

»Sie haben sie hiergelassen, um schneller voranzukommen«, stellte Sib fest.

»Das heißt, sie werden zurückkommen, um sie zu holen, sobald sie die Verfolgung aufgeben müssen, weil die Blaugesichter sich in einem sicheren Unterschlupf verschanzt haben. Dann könnte es sein, dass sie ihrerseits verfolgt werden.«

»Wir sollten verschwinden«, entschied Drust, »und zwar schnell.«

Sie kehrten zum Haus zurück, wo Manius und Quintus ihre Maultiere und die Ponys der Toten einsammelten. Nachdem sie das Gepäck auf die Tiere geladen hatten, blickte sich Kag um.

»Wo ist Ugo?«

Sie machten sich auf die Suche, bis Ugo aus dem Schuppen kam, eine brennende Fackel in der Hand, die er durch den Eingang ins Innere warf.

»Für den Geist des Landes der Dunkelheit, für Ricagambeda und Vradecthis«, verkündete er mit ausgebreiteten Armen, den Kopf nach hinten geneigt, das Gesicht zum Himmel gewandt. Ein dumpfes Geräusch drang aus dem Schuppen zu ihnen.

»Für Mars Ultor, Epona und Victoria, von Ugo Servilius in Demut und Trauer gewidmet, mit der Bitte um Vergebung.«

Die ölbefeuerten Flammen züngelten durch die Tür heraus, aus dem Dach stieg schwarzer Rauch in dichten Schwaden in den Himmel empor.

»Bei Jupiters Eiern«, stieß Kag entsetzt hervor. »Was hast du bloß getan, du übergeschnappter Germane?«

Ugo drehte sich zu ihm um, seine Augen wie trübe Teiche. »Ich habe sie nicht gesehen. Jedenfalls nicht klar...«

»Du siehst nie irgendwas klar.« Schnaubend deutete Drust auf den Rauch und die Flammen. »Du hast diesen Leuten ein Signal gesandt – jetzt wissen sie, dass der Hof brennt, auf dem sie ihre Stammesangehörigen in Sicherheit wähnten.«

»Du hast nur Scheiße im Kopf – nicht einen Funken Verstand«, fügte Kag verbittert hinzu. Ugo stand wie ein Schlachtochse da, bis Drust ihm die Faust in die Schulter knallte.

»Geh schon. Jetzt können wir nur noch rennen und hoffen, dass wir weg sind, bevor sie kommen.«

KAPITEL 8

Sie rannten nicht, sondern stapften vielmehr durch die weiß, braun und grün gefleckte Landschaft. Ein Maultier kippte mit einem letzten gequälten Grunzen um und verstreute mit lautem Geklapper seine Last auf der Erde.

»Wir gehen weiter«, entschied Drust und deutete nach vorne. »Wir müssen zu dem Wald auf diesem Hügel. Da oben haben wir wenigstens einen Vorteil, falls es zum Kampf kommt.«

»Meine Tiegel ...«, rief Quintus verzweifelt, doch Sib fuhr ihn an, aus dem Weg zu gehen, während er die Maultiere fluchend zu einem etwas schnelleren Gang antrieb. Quintus zögerte einen Moment, doch es war klar, dass keiner stehen bleiben würde, um seine kostbaren Gefäße einzusammeln und auf ein anderes Muli zu laden. Schließlich stapfte er hinter den anderen her und rief ihnen etwas nach, das sie zunächst nicht verstanden. Erst als sie sich zu weit entfernt hatten, um noch einmal umzukehren, dämmerte ihnen, was er ihnen hatte sagen wollen. Sib rief ihm zu, dass sich auf einem anderen Maultier noch mehr von dem teuflischen Gemisch befand, bis er begriff, worum es in Wahrheit ging. Schweiß trat ihm auf die Stirn, er fing an zu zittern und mit den Zähnen zu klappern – und er war nicht der Einzige.

»Wenn die das in die Finger kriegen ...«, rief Quintus Drust zu. Mehr brauchte er nicht zu sagen. Entsetzt sahen ihn die anderen an, und Kag rief ihnen zu, dass diese Fellträger das Zeug wahrscheinlich trinken würden, statt es als Waffe einzusetzen.

»Wenn es dem Ersten den Kopf zerreißt«, rief Quintus zurück, »dann wissen die anderen, dass das mehr ist als bloß ein starkes Getränk.«

Manius blies die Wangen auf und griff nach seinem Bogen. »Ich gehe zurück«, beschloss er. »Wenn ich einen der Tiegel zerschmettere, werden auch die anderen zerspringen.«

»Du müsstest zu nahe rangehen, um dich rechtzeitig in Sicherheit bringen zu können«, warnte Drust.

»Nichts zu tun wäre gefährlicher.« Mit einem schiefen Grinsen hielt Manius eine Handvoll von seinen Kräutern hoch.

»Das sind meine Letzten«, erklärte er. »Ich wollte sie für den Moment aufheben, wenn wir kurz vor dem Ziel stehen, aber das ist auch kein schlechter Zeitpunkt.«

Er steckte die Blätter in den Mund, nickte und rannte los, den abschüssigen Weg hinunter. Er spuckte aus und hinterließ einen blutroten Fleck im Schnee. Drust sah ihm einen langen Moment nach, dann drehte er sich um und klatschte einem schwitzenden Maultier auf den Hintern.

»Lauf«, sagte er.

Sie stapften weiter, gerieten auf dem tückischen Untergrund immer wieder ins Stolpern und Rutschen und trieben die Mulis fluchend den verschneiten Hügel hoch. Ein Maultier blieb im tiefen Schnee stecken, und die Männer blieben keuchend stehen. Ihr Atem mischte sich mit dem Dampf, der von den Tieren aufstieg.

»Schieb an«, keuchte Sib, und Kag, der selbst bis zu den Knien im Schnee steckte, drückte die Schulter an den Rumpf des Maultiers und funkelte ihn wütend an, so atemlos, dass er kein Wort herausbrachte.

Drust blickte sich um und glaubte ein dumpfes Brüllen zu hören wie von einem ausgewachsenen Stier. Er machte ein Zeichen, um drohendes Unheil abzuwehren, dann half er Sib und Kag, das Maultier zu befreien.

Sie schafften es, aber sechs Schritte weiter versank ein anderes Tier bis zum Bauch im Schnee, wand sich verzweifelt und warf das Gepäck ab.

»Junos Titten«, fluchte Kag, mehr brachte er nicht heraus. Sib hob beide Hände an die Augen, um sie vor dem blendend weißen Schnee abzuschirmen, und verkündete, er sehe Reiter.

»Schneidet die verdammten Maultiere los«, forderte Drust die anderen auf – die starrten ihn ungläubig an. Er erwiderte ihren Blick und spürte den dumpfen Schmerz der Kälte in der Brust. Wenn sie noch lange so weiterliefen und die kalte Luft einatmeten, würde es ihnen die Lungen zerreißen. Sie würden Blut spucken, zusammenbrechen und sterben.

»Der Proviant ...«, klagte Ugo.

»Meine Tiegel«, warnte Quintus.

»Einer reitet voraus«, meldete Sib. Als er die Hände sinken ließ, war sein von der Kälte verhärmtes Gesicht zu sehen. »Es könnte Manius sein, auf einem Pony der Einheimischen.«

Die anderen versuchten etwas zu erkennen.

»Oder einer der Kerle hat ein frischeres Pferd als die anderen«, brummte Kag. »Vielleicht hat er zuvor Manius seinen eigenen Pfeil in die Eingeweide gerammt.«

»Die Götter mögen dir vergeben«, sagte Ugo streng und machte ein rasches Zeichen, das er aus seiner friesischen Heimat hatte.

Kag brummte etwas und wandte sich wieder an Drust. »Also? Rennen oder kämpfen?«

Die anderen warteten, während die Maultiere mit gesenkten Köpfen dastanden und schnauften. Sie versuchten nicht einmal, mit den Hufen den Schnee aufzuwirbeln, um an das heranzukommen, was sich darunter befinden mochte – ein eindeutiger Beweis dafür, wie erschöpft sie waren.

Sib bemerkte Drusts nachdenklichen Blick. »Sie sind zu ausgepumpt, um weiterzugehen«, meinte er.

»Das sind wir alle«, erwiderte Drust.

Ugo griff nach seiner Axt und hauchte ein wenig Wärme in seine steif gefrorenen Finger.

Quintus blickte in die Runde und ließ ein unverdrossenes Lächeln aus seinem schneeverkrusteten Bart hervorblitzen. »Ich habe das Davonlaufen satt. Das lernt man nicht in der Arena. Da wäre es auch sinnlos – man kommt ja bloß wieder dort an, wo man losgelaufen ist.«

Sie lachten mit zusammengebissenen Zähnen, wie grimmige Wölfe. Drust wartete, bis das Gelächter verklungen war, dann wandte er sich an Quintus.

»Hol die Tiegel heraus, die du noch hast. Wir brauchen sie jetzt.«

Quintus nickte, dann zögerte er einen Moment und wandte sich an die anderen. »Hört zu, ihr müsst sehr vorsichtig damit umgehen. Werft sie so, dass sie an etwas – oder jemandem – zerbrechen, sonst landen sie nutzlos im Schnee. Aber werft sie vor allem weit genug und lasst sie um Himmels willen nicht auf einen Stein fallen, sonst gnade uns Minerva.«

»Siehst du hier irgendwo Steine?«, erwiderte Kag.

»Vor allem den, den du als Kopf hast«, schoss Quintus zurück und stapfte zu den Maultieren. »Am meisten Sorgen macht mir der, der vielleicht vor deinen Füßen unter dem Schnee verborgen ist.«

»Wir gehen hier in Position«, entschied Drust, während Kag stirnrunzelnd den Schnee nach verborgenen Steinen absuchte, ohne den grinsenden Quintus zu beachten. »Sollen sie nur heraufkommen durch den tiefen Schnee. Sie kämpfen nicht zu Pferd – schade eigentlich, dann wären sie noch leichter niederzumachen.«

»Manius«, verkündete Ugo. Alle beobachteten, wie das Pferd des ersten Reiters strauchelte, sich fing, erneut strauchelte und schließlich stürzte. Der Mann rollte sich ab und rappelte sich hoch auf Hände und Knie. Seine Verfolger kamen näher und trieben ihre Ponys an.

»Wenn wir nichts unternehmen, ist er tot«, stellte Ugo klar.

»Du kannst dich ja beschweren und den Summa Rudis in die Arena kommen lassen«, spottete Sib, und Ugo trat drohend einen Schritt auf ihn zu. Dann nahm er seine Axt und stapfte im tiefen Schnee den Hügel hinunter.

»Bei Junos Titten«, murmelte Kag müde. »Warum ist er immer so zornig?«

»Er wurde oft enttäuscht«, erklärte Quintus, als er mit einer Holzkiste zu ihnen trat und sie vorsichtig abstellte. »Daran wird sich auch nichts ändern – wir sind nun mal enttäuschende Kerle.«

Er öffnete die Kiste; in der Ferne beobachteten sie, wie Manius sich vorwärtskämpfte und seine Verfolger frustriert von den Pferden sprangen, als diese immer wieder im tiefen Schnee einsanken und stecken blieben. Ugo stapfte den Hügel hinunter, wie eine zum Leben erwachte Riesenstatue.

»Also, wollen wir hier rumstehen und zusehen, wie er stirbt?«, fragte Kag.

»Wäre vielleicht besser so«, murmelte Sib. »Er ist ein Dämon ...«

»In der Zeit, die du hier stehst, hättest du schon zweimal die Hose wechseln können«, meinte Quintus mit einem breiten Grinsen.

»Hier – nimm schon einen Tiegel und mach dich endlich bereit.«

»Hab ich nicht vor«, knurrte Kag.

»Was – einen Tiegel zu nehmen?«, fragte Drust verwirrt.

Kag warf ihm einen mürrischen Blick zu. »Die Hose zu wechseln.«

Sib nahm sich ein Tongefäß und hielt es, als wäre es siedend heiß. Kag, Quintus und die anderen stiegen den Hügel hinab und hielten ihre Wurfgeschosse bereit.

»Ich würde mir wirklich wünschen, dass die alte Frau in der Hütte richtiglag mit dem, was sie über uns gesagt hat«, meinte Quintus.

»Verrecunda«, korrigierten Drust und Kag wie aus einem Mund und lachten.

Quintus winkte ab. »Wie ihr meint. Trotzdem wäre ich gerne als Prinz gestorben.«

Sie stapften weiter durch dürres Gestrüpp und halb gefrorenen Schlamm. *Ein tückisches Gelände,* dachte Drust. *Aber das ist es auch für die anderen. Mit dem Unterschied, dass sie mehr sind als wir.*

Mindestens zwanzig, wie sie nun sahen. Ugo musste bereits den ersten Pfeilen ausweichen und blieb stehen. Er winkte mit den Armen und rief Manius zu weiterzulaufen, doch der hatte kehrtgemacht und spannte seinen Bogen. Unter lautem Geheul stürmten die Einheimischen auf ihn zu.

Ugo breitete die Arme aus, wie um seine Feinde zu umarmen. »*Uri, vinciri, verberari, ferroque necari*«, brüllte er.

Sib lief drei Schritte und schleuderte sein Gefäß.

»Bogen spannen!«, schrie er, so laut er konnte.

Es stimmte nicht, was die anderen oft behaupteten, dass drei von ihnen im Colosseum gekämpft und überlebt hätten. Das ließe vermuten, dass der Ausgang ihrer Kämpfe völlig offen gewesen wäre, was aber nicht der Fall war. Nur Colm hatte auf Leben und Tod gekämpft, die anderen hatten Schaukämpfe bestritten – Sib und Manius in den Spielen anlässlich der Lemuria, der Feier zur Besänftigung der Totengeister.

Diese Spiele fanden – organisiert vom Pontifex Maximus, dem Kaiser – an drei Tagen im Mai statt, dem neunten, elften und dreizehnten Tag des Monats. Aus diesem Anlass liefen alle, ob arm oder reich, barfuß durch das Haus, spuckten schwarze Bohnen aus oder warfen sie hinter sich und murmelten: »Dies hier opfere ich, und mit diesen Bohnen kaufe ich mich und die Meinen los.«

Sobald man das Ritual ausgeführt hatte, um Böses abzuwenden, konnte man sich der Unterhaltung zuwenden, die darin bestand, dem Töten und Sterben beizuwohnen.

Sib und Manius hatten in der Mittagspause eine Runde in der Arena gedreht, nachdem die Sklaven die Toten hinausgetragen hatten und bevor das Spektakel mit den Kämpfen zwischen Kleinwüchsigen und Frauen oder mit den blind um sich schlagenden Kämpfern weiterging, die durch ihre Helme nichts sehen konnten. Zwei Sklaven begleiteten Sib und Manius mit schweren Körben voll geflochtener Strohbälle, in denen sich Lose befanden.

Es gab Süßigkeiten, Kuchen, Münzen und kleine Barren mit Bleiprägung, für die ein Gockel, ein Pferd oder gar ein Sklave eingelöst werden konnte; mit sehr viel Glück konnte man sogar ein Gehöft in Apulien gewinnen.

Während die Zuschauer heiße Würste und gekochte Kichererbsen verdrückten und mit billigem Wein hinunterspülten, schritt Manius die Arena ab, während Sib eine Kugel aus dem Korb nahm und hoch über die Köpfe der Zuschauer warf. Manius legte den Bogen an und öffnete die Kugel im Flug mit einem gut gezielten Pfeil. Er verfehlte keine einzige. Er verwendete Pfeile mit abgestumpften Spitzen und dicken Federn, sodass sie keine schweren Verletzungen verursachen konnten, wenn sie herabfielen, höchstens einen blauen Fleck, was die Leute gerne in Kauf nahmen, wenn sie dafür mit einem Gewinn belohnt wurden.

Manius' Aufgabe wurde dadurch erschwert, dass die Kugeln nur locker zusammengepresst waren und deshalb in der Luft trudelten; außerdem stand Sib hinter Manius, sodass dieser erst im letzten Moment sah, wohin die Kugel flog. Er hatte nur einen Sekundenbruchteil, um zu reagieren, und schoss dennoch nie daneben. Nicht ein einziges Mal.

Sib musste nur das Kommando geben: »Bogen spannen« ...

Bogen spannen.

Drust hörte es und wusste, was passieren würde, sah es mit beängstigender Klarheit vor sich. Er öffnete den Mund, um den anderen etwas zuzurufen, doch sie konnten ihn nicht mehr hören. Er hätte hinterher nicht einmal mehr sagen können, was er gerufen hatte.

Der Tontiegel flog in hohem Bogen auf die feindlichen Krieger zu, die sich, mit Schilden und Speeren bewaffnet, schwitzend den Hügel hochmühten. Sie waren mit Fellen bekleidet, einige trugen darüber eine alte Rüstung. Ugo stand mit ausgebreiteten Armen da und brüllte sie herausfordernd an.

Der Pfeil surrte durch die Luft und folgte seiner unabänderlichen Bahn. Ein dumpfer Aufprall, ein greller Blitz, dann regnete es Feuer vom Himmel. Drust taumelte nach hinten, und sein Warnruf blieb ihm im Hals stecken.

Das Feuer fiel in dicken Brocken herab. Männer schrien und starben. Einer taumelte mit einem brennenden Bein aus dem Feuerregen hervor und versuchte verzweifelt, die Flammen mit den Händen zu ersticken, doch sie fingen ebenfalls Feuer und schmolzen wie Kerzenwachs. Ein anderes Opfer lief im Kreis herum, sein Kopf eine einzige glühende Flamme. Zwei warfen sich in den Schnee, doch es nützte ihnen nichts, sie brannten weiter.

»Zurück! Zurück!«, schrie Kag.

»Werfen!«, rief Quintus und zeigte ihnen, wie man es machte. Sein Tontiegel traf einen Angreifer und zerbarst, eine glühende Flamme schoss daraus empor und verwandelte den Mann in eine schreiende Fackel. Auch die anderen schleuderten nun ihre Geschosse, mehr um sie loszuwerden, als um ihre Feinde in Brand zu setzen. Mit einem bösartigen Fauchen verzehrte das Feuer alles in der unmittelbaren Umgebung.

Die Hitze trieb sie zurück, bis sie schwitzend und keuchend stehen blieben und das Geschehen mit gezogenen Schwertern verfolgten, für den Fall, dass feindliche Krieger dem Feuer entkamen und den Angriff fortsetzten.

Sie warteten umsonst. Selbst die Schreie waren inzwischen verstummt, nur der Schnee brannte weiter und ließ schwarzen Rauch aufsteigen, wo ein toter Mann oder ein Pony lagen. Aus der Ferne ertönte ein verzweifeltes Wiehern, das Kag wehtat; er wusste, wie Pferde im Todeskampf klangen.

Ugo kroch auf allen vieren den Hügel hinauf, sein Bart war versengt, sein rußverschmiertes Gesicht sah aus wie nach einem Faustkampf. Er drehte sich um, blickte den Hügel hinunter und stützte sich auf seine Axt, um sich aufrecht zu halten.

»Manius«, sagte er.

»Gefallen«, sagte Sib tonlos.

Der hünenhafte Germane kam so wütend auf ihn zu wie ein wilder Troll. »Das hast du absichtlich getan.«

»Es war die einzige Möglichkeit«, rechtfertigte sich Sib.

»Du hast gewusst, dass er sterben würde«, beharrte Ugo.

»Wir müssen alle sterben«, warf Kag ermattet ein, nahm den Germanen am Arm und führte ihn weg. Quintus stapfte hinterher, und Drust musterte Sib einen langen Augenblick. Er wollte ihm sagen, dass er hinuntergehen und Manius suchen würde, doch die Wahrheit war, dass er sich nicht in die Nähe der Gluthölle wagte. Allein der Gestank nach verbranntem Fleisch schnürte ihm die Kehle zu.

»Wir hätten ihn nie auf die Welt loslassen dürfen, das habe ich immer schon gesagt«, meinte Sib so leise, dass nur Drust es hören konnte. »Er war ein Dschinn. Jetzt seht ihr, was ich meine. Er konnte die Welt verbrennen.«

Drust wandte sich wortlos um und folgte den anderen den Hügel hinauf. Als er die Kuppe erreichte, sah er sie schweigend dastehen und auf der anderen Seite nach unten blicken.

Der Abhang war von schneebedeckten Büschen und Bäumen bewachsen. Dahinter erstreckten sich ein Wall und Dächer, aus denen der Rauch von Kochstellen zum grauen Himmel emporstieg.

Dazwischen ragte ein Wald aus Speeren in die Höhe, gehalten von grimmigen Kriegern.

»Verdammt«, stieß Kag verbittert hervor.

Sie warteten.

»Sollen wir die vielleicht angreifen?«, fragte Ugo.

Quintus legte dem hünenhaften Friesen beschwichtigend die Hand auf die Schulter. »Von uns erwartet man zu sterben, wenn es sein muss.«

Drust sah eine Gruppe von Männern aus der Menge hervorkommen, direkt auf sie zu. Sib nahm eine geduckte Kampfposition ein, doch Kag gab ihm einen Klaps auf den Kopf.

»Lass das. So bringst du sie nur auf dumme Gedanken – dabei bist du nicht einmal ein Kämpfer, sondern ein Wagenlenker.«

»Verpiss dich ...«

In einigem Abstand blieben die Gestalten stehen, und ein Mann trat aus der Gruppe hervor. Drust glaubte zu erkennen, dass sein Gesicht mit Seide aus dem Land der Parther verschleiert war, doch Kag begriff als Erster, wen sie vor sich hatten – eine Sekunde, bevor die Gewissheit auch Drust den Atem nahm.

»Bei allen Göttern«, wandte sich Kag an Colm, den Hund. »Was hast du denn mit deinem Gesicht gemacht?«

Colm trat vor – sein Anblick traf sie alle wie ein Keulenschlag. Colm »Todgesicht« wurde er genannt, und das zu Recht. Necthan war offensichtlich ein Meister seines Fachs. Es war, als hätte er den Schädel des Mannes nach außen verpflanzt. Der Totenschädel grinste sie an, obwohl Colm seine Lippen zu einem schmalen Strich zusammenpresste.

»Ich grüße euch im Namen aller Götter«, sagte er mit ausgebreiteten Händen. »Nehmt eure Waffen herunter und folgt mir – ich habe euch schon erwartet. An eurer Stelle würde ich mich beeilen. Eure Verfolger haben sich von dem Feuersturm erholt.«

Was sollen wir tun?, dachte Drust.

»Geh voraus«, sagte Kag.

KAPITEL 9

Das Dorf war von Palisaden umgeben, doch auch außerhalb der Festung standen einzelne Hütten in der Ebene am Fluss. Es gab keine richtigen Straßen, lediglich Wege aus festgestampfter Erde zwischen dicht an dicht stehenden Hütten. Überall sah man Bewohner und ihre Tiere, doch sie boten kein freundliches Bild. Der Ort strahlte etwas Finsteres aus.

Auf dem höher gelegenen Gelände an einem Ende war ein zwei Mann hoher Kreis aus Steinen und Torf angelegt, mit einem Dach bedeckt. Der Palast von Talorc, dem Sohn des Aniel, dem Sohn des Tolorg, dem Sohn des Mordeleg, wie Colm ihnen erklärte. Talorc war kein König, auch kein Kriegshäuptling, sondern nur der Wortführer aller Krieger, die sich befugt fühlten, ihren Einfluss geltend zu machen. »So geht es, wenn es keinen eindeutigen Herrscher und keine feste Hand gibt«, fügte Colm verächtlich hinzu.

Dennoch wuchs das Getreide und wurde gemahlen, wurde der Flachs geerntet und gesponnen, wurden Kräuter und Gemüse angebaut. Die Leute taten, was zu tun war, und teilten die Früchte ihrer Arbeit. Im Sommer – falls es so etwas in diesem Land gab – musste es hier recht angenehm sein, dachte Drust. Nur die Kriegsherren fanden, dass es hier Kriegsherren geben musste.

Das alles erfuhr Drust, während sie – von stattlichen Männern mit langen Speeren und finsteren Gesichtern bewacht – zur Festung gingen. Colm sprach, als hätte er persönlich das Zusammenleben des Stammes organisiert.

»Wer ist die Frau?«, unterbrach Drust Colms stolzen Vortrag. »Und das Kind? Warum hast du dich hier mit ihnen verschanzt?«

Sie gelangten zum Tor der Festung, das knarrend aufschwang. Dahinter hörte Drust laute Rufe, und die Männer, die ihn umringten, wirkten argwöhnisch und beunruhigt.

»Alles zu seiner Zeit«, erwiderte Colm lächelnd, was seinen Gesichtsausdruck kaum veränderte. Kag wollte etwas einwenden, überlegte es sich dann aber anders und ging schweigend weiter, an die vielen Speere denkend, die ihnen den Weg zurück versperrten.

»Wo ist Manius?« Colm blickte sich suchend um.

»Tot«, erklärte Sib. Colm warf Drust einen kurzen Blick zu und wandte sich wortlos ab. Einen Moment lang glaubte Drust eine Regung unter der Maske des Todes zu erkennen. Nicht Trauer.

Erleichterung.

Sie stapften die holprige, teilweise schneebedeckte Hauptstraße entlang, von finsteren, hasserfüllten Gesichtern beäugt. Kag erwiderte die Blicke trotzig, doch die meisten, auch Drust, hielten es für klüger, die Einheimischen zu ignorieren. Trotz der Kälte vor Angst schwitzend, gelangten sie zum Tor des steinernen Palasts.

Das dunkle Innere roch nach Holzrauch, Fleisch, Schweiß und Fellen. Sie gingen zur Feuerstelle und sogen gierig die Wärme in sich auf. Colm entfernte sich, bevor Drust etwas fragen konnte. Hinter ihnen stapften dunkle Gestalten vorbei. Instinktiv rückten Drust und die anderen näher zusammen.

»Was nun, Jungs?«, fragte Quintus.

»Kommt jetzt die Mittagsvorstellung? Zwerge, Frauen und Kreuzigungen?«

Von der anderen Seite des Feuers ertönte ein lautes Geräusch – etwas Hartes prallte gegen Holz. Mehrere Männer mit Helm und Rüstung erschienen, der Anführer einen Kopf größer als die anderen. Danach folgten Männer ohne Rüstung, allerdings mit Schwertern und Messern bewaffnet.

Der Anführer stand einen Moment lang still da, dann rief er etwas, worauf Colm in einem feinen Hemd und einer ledernen Hose erschien. Das alte Sol-Invictus-Amulett an seiner Brust versetzte Drust einen kurzen schmerzlichen Stich.

»Das ist Talorc.« Colm deutete auf den Hochgewachsenen. »Er spricht für den Rat.«

»Den Rat?«

Colm zuckte mit den Schultern. »So was wie der Senat. Es gibt hier keinen Kriegshäuptling, nur einen Mann, der für eine bestimmte Zeit der Wortführer ist. Zurzeit ist es Talorc.«

Drust erinnerte sich daran, was Verrecunda ihnen über die Gepflogenheiten in diesem Land mitgeteilt hatte – dass Männer nur durch Frauen Macht erlangen konnten –, doch der Gedanke wurde augenblicklich weggewischt, als die Frau erschien. Sie war wie ein heller Lichtstrahl, und Drust hörte das leise Aufseufzen, als alle den Atem anhielten.

Sie hatte blondes Haar – naturblond, dessen war Drust sich sicher, keine dieser Perücken aus den Haaren germanischer Sklaven, wie sie in Rom so beliebt waren. Die Frau war im mittleren Alter und von durchschnittlicher Größe, ihre kurvige Figur wurde von dem römischen Kleid besonders vorteilhaft zur Geltung gebracht. Sie musste frieren, dachte Drust und blickte unwillkürlich auf ihre Brüste, die sich unter dem dünnen Stoff abzeichneten. Hinter ihr stand ein Junge, der so dick in weiße Felle gehüllt war, dass Drust ihn kaum erkennen konnte.

»Sieh an, der Hund hat uns zu seiner Hündin geführt«, bemerkte Kag auf Latein und wartete auf Colms Reaktion.

»Vorsicht, Gladiator«, erwiderte die Frau in perfektem Latein. »Die Hündin kann beißen.«

Quintus lachte über Kags verdattertes Gesicht, während Colm nicht die kleinste Regung zeigte, was bei seinem ewig grinsenden Gesicht nichts heißen mochte. Sein Todgesicht war die perfekte Maske.

Talorc sprach eine Weile, und die Anwesenden nickten zustimmend. Das Gefolge der Römerin, ging es Drust durch den Kopf, doch er verwarf den Gedanken gleich wieder, als er sah, dass die Frau und der Junge an den

Händen mit Ketten aneinandergefesselt waren. Auch an den Füßen trugen sie Ketten.

Drust suchte vergeblich Colms Blick – der ergriff wenig später das Wort, hieß sie willkommen und lud sie zum Festmahl.

»Danach können wir reden«, fügte er hastig hinzu, als wolle er vermeiden, dass die anderen es hörten.

Frauen und junge Mädchen erschienen und führten sie zu Bänken an einem Tisch. Das Essen wurde gebracht – reichlich Fleisch, das ihnen das Wasser im Mund zusammenlaufen ließ.

»Ich muss schon sagen«, meinte Quintus mit seinem strahlenden Lächeln, »wir sind mal wieder auf den Füßen gelandet.«

»Habt ihr sie gesehen?«, fragte Ugo.

»Natürlich haben wir sie gesehen, du Esel«, schnauzte Kag. »Na und?«

»Die stammt sicher aus den höchsten Kreisen. Und dieser Junge ...«

Aus den höchsten Kreisen, zweifellos, dachte Drust. Hier in einer armseligen Hütte am äußersten Rand des Landes der Dunkelheit. Aus irgendeinem Grund hatte er angenommen, dass ihm alles klar sein würde, sobald er sie sah, doch das Gegenteil war der Fall.

»Wir können im Augenblick sowieso nichts tun, als erst einmal zu essen und auf alles gefasst zu sein«, erklärte Quintus.

»Worauf gefasst sein?«, fragte Sib argwöhnisch, während er einen Bissen zum Mund führte. Der Appetit schien ihm schlagartig vergangen zu sein.

»Wäre es mein Volk«, warf Ugo ein, »wären unsere Köpfe bereits auf Pfählen aufgespießt.«

»*Dein* Volk?«, ätzte Kag. »Du hast dich von deinem Volk genauso weit entfernt wie wir alle. Wahrscheinlich sind deine Leute längst genauso gute Römer wie die Einheimischen in Apulien.«

»Ich habe tatsächlich Köpfe auf Pfählen gesehen«, warf Quintus nachdenklich ein, worauf die anderen mitten im Kauen innehielten. Er blickte in die Runde und feixte belustigt. »Auf dem Weg hierher. Über dem Haupttor. Alte Köpfe, aber auch ein paar frische.«

»Die enthaupten ihre Feinde?«, fragte Sib und sah Drust dabei an.

Der zögerte einen Moment lang. »Ich habe dir ja gesagt – ich kenne diese Leute nicht wirklich. Frag Colm.«

»Colm ...«, warf Kag ein. »Was ist bloß los mit diesem Hurensohn? Dieses Gesicht ...«

Sie schwiegen eine Weile, während die Geräuschkulisse im Saal anschwoll. Drust kam sich vor wie ein Klee fressendes Kaninchen inmitten von Wölfen, doch er drängte den Gedanken beiseite und aß weiter. *Iss immer und überall, wenn sich eine Gelegenheit bietet*, lautete eine von Kags vielen Weisheiten. *Gutes Essen macht sogar feindliche Pfeile erträglicher.*

Noch eine Weisheit kam Drust in den Sinn: In einem fremden Haus war es ratsam, sich zuerst einmal nach den Ausgängen umzusehen, für den Fall, dass man überstürzt aufbrechen musste.

Es schien keine weiteren Ausgänge zu geben, abgesehen von der Tür, durch die sie hereingekommen waren – und zwischen ihnen und der Tür saßen jede Menge schwerbewaffnete, argwöhnisch dreinblickende Männer. Also aßen sie schweigend, während die Einheimischen sich laut unterhielten.

Wenig später traten mehrere Bewaffnete zu ihnen an den Tisch und forderten sie wortlos auf, sich zu erheben. Sie wurden in einen dunklen Raum geführt, in dem lange Bänke an den Wänden aufgereiht waren. Die Bänke waren so breit wie zwei Männer und mit Fellen ausgelegt – sie begriffen, dass sie hier schlafen würden. Ringsum begaben sich auch andere zur Nachtruhe. Irgendwo in der Nähe hörte man leises Stöhnen und Keuchen – offenbar taten einige mehr, als nur zu schlafen. Auf der anderen Seite quengelte ein kleines Kind, Stimmen beklagten sich und wurden von anderen zum Schweigen gebracht.

»Erinnert mich ein bisschen an ein Mietshaus in der Subura«, meinte Quintus. »Ich wohne in einer Absteige – da kannst du durch die Wände spucken, so dünn sind die.«

»Die Frau«, flüsterte Kag Drust ins Ohr, ohne auf Quintus einzugehen. »Was ist mit der Frau und dem Kind? Wer zum Hades ist sie? Jedenfalls keine Sklavin, das steht fest.«

»Wir werden es schon noch erfahren«, erwiderte Drust. »Wann – das hängt von Colm ab.«

»Hier sind wir ihm ausgeliefert«, grummelte Ugo, der den Wortwechsel mitgehört hatte. »Wir hätten kämpfen sollen.«

»Dann würden wir jetzt nicht mehr leben«, versetzte Sib. »Aus dieser Arena hier wirst du nicht entlassen, wenn du tapfer gekämpft, aber verloren hast.«

Sie versanken in düsteres Schweigen, zusammengedrängt wie eine Herde, auf jedes kleinste Geräusch achtend. Eine plötzliche Stimme in der stinkenden Dunkelheit ließ sie schlagartig hellwach werden.

»Komm mit.«

Es war Colm. Drust blickte auf, dann hörte er ein Rascheln und sah Kags Gesicht ins schwache Licht rücken.

»Nur Drust«, stellte Colm klar.

Kag funkelte ihn an. »Lass die Spielchen, Hund. Wenn ihr uns töten wollt, dann könnt ihr es auch gleich hier machen.«

»Wenn ich euch töten wollte, wärt ihr schon tot. Und noch eins: Man nennt mich hier Colm. Colm Todgesicht. Merk dir das.«

Drust legte Kag beschwichtigend die Hand auf den Arm, dann erhob er sich von der Bank und folgte Colm quer durch den von Grunzen und Schnarchen erfüllten Raum, an der Feuerstelle vorbei und weiter zur verriegelten Tür, wo der Atem in kleinen Wolken in die kalte Luft entwich. Sie hockten sich hin, und Drust wartete schweigend. Im gedämpften Licht, verstärkt durch den Wintermond, dessen Leuchten über der Tür hereinfiel, nahm Colms Gesicht einen eigenartigen Schimmer an, fast als würde es in der Luft schweben.

»Was ist mit Manius passiert?«, fragte er schließlich, und Drust erzählte es ihm.

Colm grunzte verstehend. »Ich habe dieses Kunststück manchmal in der Arena gesehen. Kein schönes Ende, zu schmelzen wie Kerzenwachs.«

»Du hast ihn nie leiden können«, stellte Drust fest.

»Er hat mir das verdammte Bein gebrochen«, gab Colm mürrisch zurück.

Drust zuckte die Schultern. »Da waren wir alle dran beteiligt. Wir hatten eine klare Anweisung. Wir sollten dich daran hindern, etwas Dummes mit einer Frau anzustellen. War es dieselbe wie jetzt?«

»Ja. Ihr habt sie in Gefahr gebracht, weil ich sie unbemerkt aus Rom wegbringen sollte. So konnte ich nicht rechtzeitig zum Treffpunkt kommen. Sie floh allein mit dem Jungen nach Gallien und hinterließ eine Spur, der ein Blinder hätte folgen können. Als ich sie fand, war es beinahe zu spät. Ich hatte nicht einmal genug Zeit, um das Bein ordentlich verheilen zu lassen. Das kalte Wetter hier erinnert mich jeden Tag daran.«

»Wer ist sie?«, hakte Drust nach.

»Julia Soaemias Bassiana, erste Tochter von Julia Maesa und Julius Avitus Alexianus, Schwester der Julia Mamaea, Nichte der Julia Domna.«

»Verrecunda hat von einer Julia gesprochen«, murmelte Drust, während die Namen in seinem Kopf herumwirbelten. »Aber nicht von so vielen.«

»Was ist mit ihr passiert?«, fragte Colm.

Drust sah ihn an. »Manius«, sagte er kleinlaut. »Necthan ebenso. Was ist mit Brigus?«

Colm winkte mit der Hand ab. »Ich habe ihn sofort entdeckt, nachdem er wenige Tage hier war. Verrecunda war eine Informantin – früher war sie eine mächtige Frau –, und er war ein kleiner Spion des Reichs. Sie haben ihn ausgesandt, als die Armee eintraf.«

Er schwieg kurz und schüttelte grimmig den Totenschädel. »Früher hat sich niemand um den Norden gekümmert. Brigus hat Julia Soaemias und den Jungen bei Verrecunda gefunden – sie mussten dort bleiben, während Necthan an meinem Gesicht gearbeitet hat. Sie wussten alle um die Gefahr, in der sie sich befanden, also hat Necthan ihn erledigt, und ich habe seine Stelle eingenommen. Alle glauben, Brigus wäre noch da und würde seine Aufgabe erfüllen. Er liegt in einer Grube unter dem Gestrüpp, wo ihn nicht einmal die Füchse finden.«

»Was hat es mit dieser Julia auf sich? Abgesehen davon, dass sie aus einer noblen Familie stammt und einen hübschen Arsch hat.«

»Das ist dir auch aufgefallen? Sie ist wirklich üppig, das muss man sagen. Sol Invictus erwartet das auch von einer Priesterin. Denk nach, Drust – du bist doch das Gehirn eurer Procuratores. Ihre Mutter ist die Schwester der Kaiserin. Was heißt das?«

Die Erkenntnis traf Drust wie ein Blitzschlag. Sie war somit auch die Nichte von Kaiser Lucius Septimius Severus.

»Was hast du mit ihr vor? Mit ihr und dem Jungen?«

»Ich muss sie retten. Ihr Gemahl hat das Ganze mit unserem alten Herrn, Servilius Structus, eingefädelt – der hat eine Vereinbarung mit Julius Yahya getroffen. Vermutlich steckt in Wahrheit jemand anderes dahinter, nicht ihr Gemahl. Der gilt nämlich weder als treu noch als besonders schlau.«

»Ihr Gemahl?«

»Sextus Varius Marcellus von Apameia – alter syrischer Adel. Er ist Senator in Rom. Wenn du ihn siehst, weißt du sofort, dass der Junge nicht von ihm ist. Der Kleine heißt Varius und ist der Auserwählte des Sonnengottes. Er ist Hohepriester in Emesa und genießt große Zustimmung im Osten – das könnte eines Tages wichtig sein.«

»Wichtig … inwiefern? Er ist … wie alt? Acht?«

Colm nickte. »Er genießt dort das Ansehen eines Kaisers, und das gefällt einigen in Rom gar nicht. Vor allem, wenn der alte Severus stirbt, was nicht allzu fern sein dürfte – hast du ihn in letzter Zeit gesehen?«

»Ist schon eine Weile her«, erwiderte Drust trocken. »Wir sehen uns nicht mehr so häufig.«

Colm beugte sein Gesicht vor, und Drust widerstand dem Impuls zurückzuweichen.

»Wenn der Kaiser stirbt, wird Blut fließen«, betonte er. »Seine Söhne werden um den Thron kämpfen.«

»Es steht jetzt schon fest, wie es ausgehen wird«, erwiderte Drust. »Caracalla wird sich durchsetzen. Geta ist weder schlau noch rücksichtslos genug.«

»Aber seine Mutter schon.«

Drust blinzelte verdutzt. »Mag sein, aber sie sind beide ihre Söhne.«

»Sie zieht Geta vor. Caracalla weiß das. Und als Mutter kennt sie auch die dunklen Seiten ihrer Söhne. Geta mag ein Schwachkopf sein, aber er ist … harmlos im Vergleich zu seinem Bruder. Sein Vater weiß das übrigens auch.«

Drust wedelte verwirrt mit der Hand. »Was hast du mit alldem zu tun? Das sind Machtkämpfe so hoch oben, dass einem schwindlig wird, wenn man nur daran denkt. Was zum Hades hast du damit zu schaffen?«

Colm legte eine Hand auf sein Amulett. »Erinnerst du dich an Emesa? Wir hatten dort einmal einen Auftritt.«

Drust versuchte vergeblich, sich zu erinnern. »Eine von vielen Städten, eine Arena, Sand ...«

»Es war kurz nachdem ...«

Er stockte, doch Drust wusste, wovon er sprach. Es war kurz nachdem Colm seinen Schwertbruder Calvinus in der Arena hatte töten müssen. Man hatte ihnen zwar nahegelegt, als Gladiatoren keine Freundschaften zu pflegen, doch sie waren nun einmal Menschen, und selbst Colm hatte seine umgänglichen Momente. Wahrscheinlich war irgendetwas in ihm zerbrochen, als er Calvinus getötet hatte. Drust behielt es für sich und bedeutete ihm mit einem Kopfnicken fortzufahren.

»Julius Yahya hat den Auftritt in Emesa organisiert, im Namen der Bassiani. So erfuhr ich von ihnen und dem Sonnentempel. Ich ging hin, sah den Jungen – er konnte noch kaum laufen und hat trotzdem ganz feierlich die Riten des Hohepriesters ausgeführt. Das Amt wird weitergegeben, weißt du ...«

»Und ... worauf willst du hinaus?«, fragte Drust ungeduldig. »Abgesehen davon, dass du so etwas wie inneren Frieden und einen neuen Halsschmuck gefunden hast.«

»Du hast ja keine Ahnung«, versetzte Colm verächtlich. »Dieser Junge verkörpert den Sonnengott Helios, der auf die Welt zurückgekehrt ist ...«

»Dann sag ihm, er soll ein bisschen strahlen – es ist verdammt kalt und dunkel hier. Ist das der Grund, warum du sie so heldenhaft retten willst? Du hast ein Kind zu deinem Gott gemacht?«

Colm machte eine wegwerfende Geste. »Glaub, was du glauben willst – obwohl es in deinem Fall nicht viel zu sein scheint. Warum tust du das alles eigentlich, Drust? Ich habe das nie so recht verstanden.«

Ich auch nicht, dachte Drust bei sich – was jedoch auch eigentlich gelogen war. In Wahrheit musste er sich an etwas klammern, an den kleinen Glauben, dass es so etwas wie Hoffnung und Sinn in der Welt gab. Der göttliche Junge, von dem Colm sprach, war vielleicht nichts anderes, auch wenn Drust es nicht akzeptieren wollte.

»Es freut mich für dich, wenn du den rechten Weg gefunden hast«, sagte er abfällig. »Obwohl es nach Calvinus' Tod gar nicht so ausgesehen hat. Immerhin hast du dich Bulla und seiner Räuberbande angeschlossen und Servilius Structus hintergangen ...«

»Lass Calvinus aus dem Spiel.«

Drust hob verärgert die Hand. »Wir alle haben Leute verloren, die wir mochten – Quintus musste zusehen, wie Supremus stirbt, weißt du noch? Es waren einige – so ist das nun einmal für Leute wie uns. Wenn du es im Wein ertränken oder mit Weihrauch ersticken musst – kein Problem, aber mit deinem Sonnenstich hast du deine ehemaligen Kameraden hierhergeholt und in Gefahr gebracht, also geht es um ein bisschen mehr als deinen Seelenfrieden.«

Colm lächelte und legte Drust die Hand auf den Arm. »Du liebst die Jungs.« Er lachte – nicht spöttisch, sondern in ehrlichem Staunen. Drust zog den Arm zurück und zog ein finsteres Gesicht.

»Julius Yahya ist vertrauensvoll zu mir gekommen, als klar wurde, dass der Junge und seine Mutter dringend aus Rom weggebracht werden müssen, um ihrer Sicherheit willen«, erklärte Colm.

»Warum?«

»Wer weiß? Vielleicht steckt Servilius Structus dahinter oder gar der alte Kaiser persönlich – sie haben Angst um Geta, die Kaiserin noch mehr als er. Julia Domna will keinen Machtkampf zwischen den Brüdern, ihre Schwester ebenso wenig. Die beiden sind aus demselben Holz geschnitzt. Einen Sohn oder eine Tochter zu beseitigen, betrachten sie als notwendiges Opfer, um ihre Ziele in Rom zu verwirklichen. Ein kleiner Junge, der in den östlichen Provinzen allerhöchstes Ansehen genießt – das sieht man in Rom als Bedrohung.«

»Die Kaiserin will ihre eigene Nichte töten lassen? Und ihre Schwester ist einverstanden, die eigene Tochter zu opfern und auch deren Sohn?«

»Sie würden jeden beseitigen, der Geta gefährlich werden könnte – der ist ihr Ein und Alles. Sein Bruder Caracalla wiederum hat seine eigenen Pläne.«

Er machte eine wegwerfende Geste. »Das ist keine höhere Politik auf dem Palatin – das erzählt man sich in der Subura. Sobald der Kaiser sich zu seinen Ahnen gesellt, wird Blut fließen. Übrigens stehst du auch auf Caracallas Liste. Angeblich hat er es auf einen Gladiator abgesehen, der ihm die Nüsse bis in den Hals hinaufgetreten hat.«

Drust blies die Backen auf und dachte fieberhaft nach, setzte die Teile des Mosaiks zusammen. Colm schwieg und ließ ihn nachdenken.

»Ihr Gemahl, dieser Senator«, begann Drust schließlich, »hat das alles mit Julius Yahyas Hilfe arrangiert, sagst du. Servilius Structus wollte uns damit einen Gefallen tun, dass er uns aus Rom wegschickt. Er hatte von alldem keine Ahnung, da bin ich mir sicher.«

»Er ist ein Mann des Kaisers«, erwiderte Colm. »Die beiden Frauen konnten ihm nicht trauen. Er wusste jedenfalls, dass Caracalla es auf seine Procuratores abgesehen hat, also wollte er sie retten.«

»Aber warum hat uns Julius Yahya dann hergeschickt, um die Frau und den Jungen zurückzuholen?«

Colm lachte leise. »Das hat Brigus arrangiert. Er hat eine Handvoll erfahrener Kämpfer angefordert, die die Dame aus den Klauen der Wilden im Land der Dunkelheit retten sollen.«

Drust atmete ein-, zweimal tief durch. »Du warst das. Du hast nach uns gesandt.«

»*Acu tetigisti*«, erklärte Colm anerkennend. »Als ich mit den beiden aus Gallien floh – nur zwei Schritte vor ein paar schwerbewaffneten Männern –, kam ich hierher. Ich hielt es für den sichersten Ort. Es ist immerhin meine alte Heimat, dachte ich mir. Wer konnte wissen, dass der Kaiser noch einmal ein militärisches Abenteuer suchen würde und seine nichtsnutzigen Söhne aus Rom kommen lässt, um sie zu Männern zu machen? Jetzt wimmelt es hier von Soldaten. Es ist nur eine Frage der Zeit, bis sie von einer Römerin und ihrem Sohn hören, die von den

Wilden gefangen gehalten werden. Vielleicht wissen sie auch schon Bescheid.«

»Dein verrückter Plan war von Anfang an zum Scheitern verurteilt«, erwiderte Drust, dem nun einiges klar wurde. »Du hast dein Gesicht in eine Maske verwandelt, die aussieht wie aus einem Grabmal an der Via Appia, und bist mit zwei Römern hier angetanzt – leider haben dich deine ›Stammesbrüder‹ nicht so freundlich empfangen, wie du dachtest. Du hättest in den Osten gehen sollen, zurück nach Emesa – dort wäre es wenigstens wärmer als hier.«

Colm knurrte drohend. »Mein verrückter Plan war aus der Not geboren, nachdem ihr mir die Knochen gebrochen habt. Ich konnte Julia Soaemias und ihren Sohn gerade noch aus Gallien retten. Das hat meine Pläne über den Haufen geworfen – also blieb mir nur noch das hier.«

»Nach Emesa hättest du gehen sollen«, brummte Drust und war überrascht, als Colm energisch den Kopf schüttelte.

»Das wäre noch viel gefährlicher. Gewisse Leute hätten es ... als Provokation empfunden. Außerdem gibt es dort zu viele, die für Geld bereit sind, jemanden aus dem Weg zu räumen. Ich wollte die beiden eigentlich aus dem Imperium wegbringen, vielleicht nach Parthien.«

»Dort sind Römer nicht gerade beliebt«, gab Drust zu bedenken.

Colm nickte bitter. »Hier auch nicht.«

»Ich habe die Ketten gesehen. Und wir müssen uns mitten in der Nacht in einem dunklen Winkel verkriechen, um reden zu können. Du bist genauso ein Gefangener wie wir.«

Colm rutschte unruhig hin und her und brummte zustimmend. »Mag sein – in gewisser Weise.«

»In der Weise, dass wir nicht einfach unsere Waffen und Maultiere nehmen und uns aus dem Staub machen können?«

»Jedenfalls nicht nach Süden«, räumte Colm ein. »Deshalb werden wir nach Norden gehen.«

»Nach Norden? Wir?«

»Hör mir gut zu«, fuhr Colm mit heiserer Stimme fort, sein Atem wie mondbeschienener Rauch. »Weißt du, wie hierzulande Kriegshäuptlinge ernannt werden?«

Drust erinnerte sich an das, was Verrecunda ihnen erzählt hatte, und nickte.

Colm ließ einen langen, fauligen Atemzug entweichen. »Talorc ist nur der gegenwärtige Sprecher der Krieger. Er hat keine Macht, hätte sie aber gerne. Es gibt eine Frau, die ihm dazu verhelfen könnte, die Tochter der letzten Königin. Wenn sie volljährig wird, kann sie heiraten, und Talorc will der Auserwählte sein.«

»Und du?«, ätzte Drust. »Was willst du?«

»Ich habe von der Tochter der letzten Königin gesprochen. Muss ich noch mehr sagen? Wer war die letzte Königin hier?«

Die Erkenntnis traf Drust, als hätte man ihm einen Eimer Eiswasser übergeschüttet. Seine Mutter. Die letzte Königin war Colms Mutter gewesen.

Colm sah, dass Drust verstanden hatte. »Meine Schwester. In einem Monat wird sie dreizehn Sommer zählen. Sie war noch ganz klein, als meine Mutter und ich verkauft wurden – wenigstens hat sich jemand des kleinen Wurms angenommen.«

»Dann kämpfe für sie gegen diesen Talorc. Du kannst ihn töten – falls noch etwas von deinen alten Fähigkeiten übrig ist.«

»Und was dann? Soll ich sie etwa heiraten?«

Darauf hatte Drust keine Antwort, die nicht beleidigend gewesen wäre, also schwieg er.

»Das Problem ist, dass der Stamm des Stiers im Norden sie in seinen Händen hat. Die haben sie bei einem Überfall verschleppt. Wenn sie ihre erste Blutung hat, bekommt sie der Stier auf seiner Insel.«

»Der Stier auf seiner Insel?«

Colm brummte verächtlich. »Wahrscheinlich irgendein verdammter Kriegshäuptling mit Hörnern am Helm. Aber Talorc hat ihnen etwas Besseres versprochen, wenn sie das Mädchen zurückgeben.«

»Die Frau und ihren Sohn.«

»*Acu tetigisti,* schon wieder – du hast soeben eine Villa in Apulien gewonnen, samt Ochsen für den Acker.«

»Und wir sollen dir jetzt helfen, diese Frau zu retten?«

»Ja. Sie ist meine Schwester, Beatha.«

Drust winkte zornig ab. »Du kennst sie nicht einmal – hast du sie je gesehen? Wer sagt, dass sie wirklich bei einem Überfall verschleppt wurde? Die gleichen Scheißkerle, die dich und deine Mutter ausgeliefert haben?«

Colm schüttelte den Kopf. »Aber nicht Beatha – Talorc hatte damals schon Pläne und jetzt erst recht. Vielleicht hat er zu denen gehört, die mich und meine Mutter verkauft haben, aber damals war er selbst noch ein Junge, der im Rat nicht viel zu sagen hatte. Das ist heute nicht mehr wichtig – es war so und lässt sich nicht mehr rückgängig machen. Wichtig ist jetzt, dass wir meine Schwester zurückholen ... dann gibt uns Talorc Julia Soaemias und Varius, und wir sind frei.«

»Um wohin zu gehen?«, entgegnete Drust beißend. »Du hast eingefädelt, dass wir hierherkommen, damit du uns für deine Zwecke benutzen kannst. Wir sind also nicht die großen Retter, damit ist auch die Belohnung hinfällig. Kein Bürgerrecht, kein Silber. Was glaubst du, wie Kag und die anderen das finden werden?«

»Julius Yahyas Angebot war echt – hast du eine Ahnung, über welche Reichtümer die Bassiani verfügen? Der Sonnentempel von Emesa ist so golden, wie sein Name klingt«, versicherte Colm. »Die versprochene Belohnung gilt für ihre sichere Rückkehr nach Eboracum. Was sich geändert hat, ist nur, dass noch eine Frau zu retten ist. Außerdem – fällt dir eine bessere Lösung ein?«

Nicht wirklich, musste Drust sich erbittert eingestehen. All jene, die gemeint hatten, es sei zu schön, um wahr zu sein, hatten recht behalten. *Acu tetigisti.*

»*Imperium in imperio*«, murmelte Quintus und schlug zornig die Hände aufeinander. Ein Staat im Staate. Es war das erste Mal, dass ihn sein Lächeln im Stich ließ. Sie hatten die Sache besprochen, nachdem Drust zurückgekommen war, ohne das protestierende Knurren aus dem Dunkeln zu beachten, das wohl in jeder Sprache »Klappe halten« bedeutete. Nun erwachte der Saal zum Leben, und Fensterläden wurden geöffnet, um das Licht der Morgendämmerung hereinzulassen.

»*Ira furor brevis est*«, erwiderte Kag mit dem Lächeln, das Quintus vergangen war. »Horaz. Der war ein Spezialist für kurze zornige Rasereien.«

»Scheiß auf Horaz«, brummte Ugo. »Der wäre genauso sauer gewesen, wenn man ihn so beschissen hätte wie uns.«

»Da hast du verdammt recht«, fügte Sib mürrisch hinzu.

»Also, wenn ihr mich fragt«, Kag erhob sich von der Bank, »tiefer können wir nicht mehr fallen. *Mors ultima linea rerum est*, wie Horaz ebenfalls so treffend sagt. Stimmt auffallend, der Tod ist die letzte Grenze.«

»*Omnes ad stercus*«, versetzte Drust. »Der ganze Mist – hat er das nicht auch geschrieben? An eine Latrinenwand? Dort habe ich es jedenfalls gelesen.«

»Der Stier auf der Insel«, sagte Ugo nachdenklich, während sich im Saal Essensgerüche ausbreiteten. »Das klingt nicht besonders einladend. Ich könnte euch da ein paar Geschichten erzählen …«

Plötzlich heiterte sich seine Miene auf. »Immerhin retten wir Frauen, statt sie zu entführen. Noch dazu Colms Schwester. So schlecht ist das gar nicht.«

Kag runzelte die Stirn. Sib stöhnte.

»Sei so gut und halt die Klappe, du latschentragender *Stupidus*«, stieß Quintus hervor, ehe er seinen Zorn gegen Drust richtete. »Du vertraust Colm? Einem Mann mit … wie hat Kag es ausgedrückt? Einem Mann mit einem *leicht irren Blick*?«

»Der Kerl ist so verrückt wie ein Korb voll brennender Frösche«, fügte Kag hinzu.

»Jetzt läuft er auch noch mit einem Totenschädel als Gesicht herum«, fügte Quintus mit Nachdruck hinzu. »Hätte es noch einen Beweis gebraucht, wie es um ihn steht – das sagt alles. Er hat uns hergelockt, um seine Schwester zu retten – falls sie überhaupt seine Schwester ist. Die Belohnung hat sich damit wohl erübrigt. Woher sollte Colm so viel Silber haben, um uns zu bezahlen? Glaubt mir, das ist eine Falle. Er will sich für die Prügel rächen, die wir ihm damals verpasst haben.«

»Sein Herr könnte es sich schon leisten«, meinte Kag nachdenklich. »Diese Leute in Emesa sind reicher als die Götter – dieser Teil seiner Geschichte stimmt. Wie es aussieht, ist er gläubig. Außerdem – wenn er uns wirklich tot haben wollte, wären wir schon unter der Erde.«

»Da ist noch eine Sache, die mir Sorgen bereitet«, warf Sib ein. »Das Amulett, das Colm am Hals trägt, und dieser Sonnengott ... davon habe ich schon gehört. Dieser Kult fordert regelmäßig rituelle Menschenopfer für seinen Gott – nicht Sol Invictus oder Helios, sondern Elagabal. Mit diesem Herrn ist nicht zu spaßen.«

»Mit welchem Herrn?«, wollte Quintus wissen. »Meinst du diesen Senator, den Gemahl der Frau, der die beiden weggeschickt hat und sie jetzt zurückhaben will?«

Drust seufzte. »Wir können noch stundenlang diskutieren, aber Colm hat recht. Was bleibt uns denn übrig? Wenn wir uns weigern, wird man uns sicher nicht zum Tor eskortieren und zum Abschied zuwinken.«

»Trotzdem glaube ich nicht, dass sie die Frau und das Kind herausgeben werden, sobald wir Colms Schwester befreit haben«, wandte Kag ein.

»Diesen Bach müssen wir überspringen, wenn wir dort sind«, verkündete Ugo und strahlte Quintus an. »Lass dir das von einem latschentragenden *Stupidus* sagen, der dich bis in den Hades prügelt, wenn du noch mal so mit mir sprichst.«

Sie lachten über Quintus' verdattertes Gesicht, doch es klang hohl und gezwungen.

»Wenn wir wenigstens wüssten, für wen wir arbeiten«, murmelte Drust Kag zu, als sie ihre Ausrüstung zusammenpackten. »Colm behauptet, der Gemahl dieser Frau steckt dahinter, aber ein Senator allein kann einem Julius Yahya keine Aufträge erteilen.«

»Colm wird es uns schon noch verraten«, meinte Kag grimmig; mehr brauchte er nicht zu sagen. Drust verstummte, doch im Stillen kaute er an der Frage, die ihm am meisten zu schaffen machte: Wer wollte dieser Frau und ihrem Kind schaden? Es erschien ihm ungeheuerlich und undenkbar, dass es die Kaiserin sein sollte, aber Drust musste sich eingestehen, dass er es nicht ausschließen konnte.

Kag stopfte frisches Schaffell in seine leere Schwertscheide und runzelte die Stirn angesichts der Tatsache, dass man ihm die Waffe abgenommen hatte.

»*Nihil est opertum quod non revelabitur* – nichts ist verborgen, das nicht offenbart werden soll, wie der Dichter sagt.«

Der nächste Tag sollte es zeigen.

Es begann damit, dass Colm zu ihnen kam, mit einem Grinsen, das das von Quintus' noch in den Schatten stellte. Niemand teilte seine Heiterkeit.

»Wir brechen morgen auf«, verkündete er.

»Warum nicht jetzt gleich?«, fragte Kag.

Colm verzog das Gesicht zu einer bizarren Grimasse. »Wir müssen noch die letzten Krieger vertreiben, die euch angegriffen haben.«

»Die haben euch angegriffen«, widersprach Drust. »Weil ihr sie überfallen habt. Warum habt ihr das überhaupt getan – mitten im Winter? Sogar die Römer wissen, dass das keine Zeit für Überfälle ist.«

Colm nickte ernst. »Sie haben beschlossen, ein paar Jungfrauen zu erbeuten, für den Fall, dass wir mit unserer Mission scheitern. Vielleicht lassen diese Stiere mit sich reden, wenn wir mehr zu bieten haben.«

»Jungfrauen?«, ätzte Sib. »Gibt es die überhaupt bei diesen barbarischen Fellträgern?«

Colm warf ihm einen eiskalten Blick zu. »Die Kinder.«

Er blickte in die Runde und sein Maskengesicht zuckte. »Wenn ihr ein bisschen frischere Luft wollt, dann kommt mit.«

Sie gingen mit ihm und stellten fest, dass ihnen mehrere bewaffnete Krieger folgten. Colm bemerkte ihre argwöhnischen Blicke.

»Die sind zu eurem Schutz.« Er lächelte über ihre ungläubigen Gesichter. »Im Ernst. Römer sind hier nicht sehr beliebt. Viele hier haben Angst vor euch. Andere – vor allem die jungen Krieger – würden euch gerne herausfordern, um zu sehen, ob es stimmt, was man sich über euch erzählt.«

»Besten Dank dafür, Colm«, knurrte Kag.

Die Straßen waren von tiefen Furchen durchzogen, da und dort lag schmutziger Schnee. Die Leute wichen ihnen aus oder blieben stehen und starrten sie unfreundlich an.

Colm macht nicht bloß einen kleinen Spaziergang mit uns, dachte Drust, während sie ihm zu einem großen runden Holzgebäude folgten, das aus drei Ebenen zu bestehen schien, die sich nach oben hin verjüngten.

Ugo deutete darauf. »Ein Tempel«, erklärte er den anderen.

Das hätte auch ein Blinder erkannt, dachte Drust. Vor dem Gebäude stand eine grob geschnitzte Statue, offensichtlich ein Kriegsgott mit Speer und einem Vogel auf der Schulter. In einer Vorhalle hielt sich eine Gruppe von Männern auf. Drust sah, dass auch einige Hautzeichner und ihre Opfer darunter waren. Sie blickten auf und hielten einen Moment in ihrer Arbeit inne, dann machten sie mit ihren Nadeln weiter.

»Cuchulain.« Colm deutete mit einem Kopfnicken auf die Statue. »Mit Morrigan auf seiner Schulter.«

»Gut, das weiß ich nun, aber sonst weiß ich weniger als vorher«, murmelte Sib.

Drinnen roch es nach Moder und altem Blut, kaltem Stein und Holz. Fackeln flackerten in ihren Haltern an den Holzsäulen, und eine Feuerstelle spendete genug Licht, um tanzende Schatten zu werfen. Es waren viele Schatten, die Drust sah.

»Der Senat«, erklärte Colm mit einem ironischen Lächeln.

Es waren die Elitekrieger des Stammes, die sich hier versammelt hatten. Sie trugen Kettenpanzer und Helme, ihre narbigen Hände an den Schwertgriffen – es waren auch einige römische Schwerter darunter, wie Drust erkannte. Manche waren mit langen Speeren bewaffnet. Talorc überragte alle, hatte jedoch nicht mehr zu sagen als irgendein halb so großer Krieger. Er trug einen dünnen goldenen Halsreifen unter seinem Bart, in den Silberfäden eingeflochten waren. Bekleidet war er mit einem dicken Fell über einer weißen Tunika und blau-grün karierten Hosen. Er hatte weder Schwert noch Speer oder Schild und strahlte dennoch etwas Bedrohliches aus – und doch war er nur eine Stimme unter vielen in der in kehligen Lauten geführten Unterhaltung.

Das alles war es nicht, was Drust und die anderen verstummen ließ. Es waren die Frau und der Junge.

Die Frau sah genauso aus wie beim ersten Mal – blond, mit nackten Armen, die fast so hell schimmerten wie ihr Haar. In all den Jahren unter der glühenden Sonne Syriens musste sie sich stets im Schatten aufgehalten haben.

Sie saß auf der anderen Seite des Feuers auf einem breiten Stuhl, der fast wie ein Thron wirkte, auf einem Lager aus kostbaren weichen Fellen, die sie sich auch um die Schultern hätte legen können, um sich vor der Kälte zu schützen. Doch sie wusste um die Wirkung ihres dünnen Kleides, unter dem sich die Brustwarzen abzeichneten. *Das ist sie also*, dachte Drust – Julia Soaemias, Tochter der Schwester der Kaiserin und Mutter des Jungen, der zu ihren Füßen saß.

Er verhielt sich ungewöhnlich still für einen Jungen in seinem Alter, blickte starr vor sich hin, nur seine Lippen bewegten sich leicht. Ab und an machte er eine sparsame, elegante Geste. Er war in ein Bärenfell gehüllt, trug aber keine Kopfbedeckung, sodass seine goldenen Locken im Lichtschein des Feuers schimmerten.

Er drehte sich um und blickte zu ihnen. Drust kam es so vor, als würde der Knabe direkt in sein Inneres sehen, mit einem selbstgewissen Lächeln auf den Lippen. Drust hielt den Atem an, so perplex war er von dem Anblick. Er hörte Colm leise lachen und riss seine Augen von dem Jungen los.

»Ja«, sagte Colm und nickte.

»Caracalla«, murmelte Drust, und Colm nickte erneut. Der Junge, den er hier vor sich sah, glich aufs Haar dem jungen Kaiser, bevor dessen zwielichtiger Charakter die Gesichtszüge geprägt hatte. Ungefähr so alt war Caracalla gewesen, als er Colm gezwungen hatte, seinen Schwertbruder in der Arena zu töten.

»Der Junge ist angeblich von ihm«, fügte Colm leise hinzu. »Natürlich sagen sie es ihm nicht ins Gesicht, auch nicht seiner Mutter.«

»Wie aus dem Gesicht geschnitten«, murmelte Kag. »Verdammt, Colm, in was hast du uns da hineingezogen?«

»Reichtum und Ehre.«

KAPITEL 10

Eichen und Ahornbäume streckten ihre Äste wie Klauen aus dem Schnee. Der Waldboden war knöcheltief damit bedeckt, darunter lagen tückische Wurzeln, Rinnen und Gräben verborgen. Die Stille war erdrückend – das geringste Klacken eines Hufs auf Stein oder das Knacken eines Zweiges krachte wie ein Hammerschlag gegen eine Tür.

»Passt auf die Flanken auf«, warnte Drust. »Und bewegt euch so leise wie möglich.«

Sib, der mit dem Schnee kämpfte, wandte ihm sein schweißglänzendes, finsteres Gesicht zu. »Wir sind immer noch auf dem Gebiet von Colms Stamm«, stieß er hervor und deutete auf den großen Trupp grimmig dreinblickender Krieger, die mit Ponys und Maultieren hinter ihnen hermarschierten. »Gibt es eigentlich ein Wort für ›leise‹ in der Sprache dieser Waldhunde?«

Drust schwieg. Sibs Argwohn war verständlich. Die Krieger, die Talorc ihnen mitgegeben hatte, um sie zu den Grenzsteinen zu eskortieren, die den Übergang zum Territorium des Stierstammes markierten, hatten wohl vor allem darauf zu achten, dass Drust und seine Männer – auch Colm – ihre Aufgabe erfüllten.

Talorc hatte ihnen ihre Maultiere und Ausrüstung zurückgegeben, dazu einen kleinen Mann mit runzligem Gesicht namens Cruithne. Laut Colm war das eine große Ehre, da Cruithne als »der Wanderer« bekannt war, ein Mann, der jeden Stein und jeden Baum kannte – nicht nur im eigenen Stammesgebiet, sondern weit darüber hinaus.

»Ich habe eher das Gefühl, dass er uns das Messer in den Rücken rammen soll«, brummte Kag Drust ins Ohr. »Damit Colm und seine Schwester nicht mehr zurückkommen. An Talorcs Stelle würde ich es genauso machen.«

»Colm müsste seine eigene Schwester heiraten, um Talorc auszubooten«, erwiderte Drust. Nun, da er es aussprach, erschien es ihm gar nicht mehr so undenkbar – andererseits war Colm vor allem geblendet von dem Jungen, diesem Varius, und dessen ebenso strahlender Mutter.

Einer der Krieger, die ihnen murrend folgten, blickte zu Sib und stieß etwas Abfälliges hervor, das nicht übersetzt werden musste, um als Beleidigung erkennbar zu sein. Sib funkelte zornig zurück.

»Was hat er gesagt?«, fragte Kag.

»Es war jedenfalls kein Zitat von Ovid«, gab Drust knapp zurück.

»Den hast du doch gar nicht gelesen«, spottete Kag.

»Doch – sein episches Werk«, konterte Drust. »Auf einer Mauer beim Westeingang zum Colosseum steht: *Julia*

Domna lutscht dir den Schwanz für einen Denar.« Quintus lachte.

»Er heißt Conall«, warf eine Stimme ein. Als sie sich umdrehten, blickten sie in das runzlige Gesicht des Wanderers. Seine Haare und der Bart waren von der Farbe des Schnees. »Er glaubt, dass euer Mann schon mehrere Tage tot sein muss, da er nur Leute mit einer solchen Hautfarbe gesehen hat, bei denen es so war.«

»Wahrscheinlich will er nur höflich sein, indem er das sagt«, brummte Sib, und der Wanderer zuckte die Schultern. Es war ihnen nicht verborgen geblieben, dass er ein ganz anständiges Latein sprach.

»Conall ist ehrgeizig. Er betrachtet Colm Todgesicht als gefährlichen Rivalen, weil er gesehen hat, wie Colm gegen Oengus kämpfte, kurz nachdem er herkam. Von euch hingegen kennt er nur Geschichten, deshalb fürchtet er euch nicht, auch wenn Colm große Dinge von euch berichtet hat.«

Drust blickte zu Colm, der die ganze Zeit an einem Stück Leder herumgefingert hatte und nun zu ihnen herüberschaute.

»Na und?«, sagte er. »Ich habe gegen jemanden gekämpft. Es ließ sich nicht vermeiden – ich kam mit zwei Römern und den Zeichen der Größe auf dem Gesicht zu ihnen und erklärte ihnen, dass ich von ihrem Stamm bin.«

»Wie ist es ausgegangen?«, wollte Ugo wissen.

Colm zuckte mit den Schultern. »Ich habe gewonnen.«

»Er hat Oengus schneller getötet, als man seinen Namen zehnmal aussprechen kann«, stellte der Wanderer klar. »Dabei war Oengus ein besserer Kämpfer als Conall.«

»Es war notwendig«, erwiderte Colm und wandte den Blick ab.

»Für deinen Goldjungen«, warf Quintus ein. »Dem scheint die Sonne aus den Nasenlöchern, glaube ich.«

Sie hockten sich unter hoch aufragende Bäume, aßen Brot und harten Käse. In einem halben Tag würden sie die Grenzsteine erreichen, doch Drust hatte bereits beschlossen, einen anderen Weg einzuschlagen – nach Norden, parallel zur unsichtbaren Linie.

»Die werden die Grenzsteine im Auge behalten«, erklärte er, was die anderen einleuchtend fanden, außer Conall und seinen Leuten, die so schnell wie möglich umkehren wollten.

Drusts Plan war sehr einfach: Sie würden ein kleines Fischerdorf am Ufer des Sees aufsuchen, das der Wanderer kannte, und mit Fellbooten zur Insel übersetzen. Dort mussten sie die Stelle finden, an der die Opfer für irgendein Ungeheuer festgebunden wurden, und auf die Ankunft der Männer warten, die Colms Schwester bringen würden.

»Wir haben zwei Tage, das sollte genügen«, erklärte Colm. »Trotzdem müssen wir schnell und lautlos vorgehen.«

»Was dann?«, fragte Kag spöttisch. »Sollen wir dieses gehörnte Ungeheuer und die Krieger töten?«

Colm schüttelte den Kopf. »Die werden sie anbinden und verschwinden – niemand will in der Nähe des Opfers sein, wenn es geholt wird. Wir müssen sie nur schnell losbinden und abhauen. Aber wenn es sich nicht vermeiden lässt, werden wir kämpfen.«

Drust und die anderen sahen einander an und dachten alle das Gleiche: *Niemand will in der Nähe des Opfers sein, wenn es geholt wird.*

»Was ist das für ein Wesen, dieses Ungeheuer?«, fragte Ugo stirnrunzelnd.

»Kommt darauf an, wen du fragst«, gab Colm zurück, ein Stück Brot kauend. »Südlich der Mauer erzählen sie dir, es ist größer als ein Tempel, hat die Zähne eines Wolfs und spuckt Feuer. Im Norden spricht man von einem riesigen Stier, wie es ihn nur ein Mal auf der Welt gibt. Talorc wiederum behauptet, es sei halb Stier, halb Mensch, geht auf zwei Beinen und hat eine Keule so groß wie ein Baum.«

»Davon habe ich gehört«, warf Ugo nachdenklich ein. »Das sind Wesen des dunklen Waldes.«

»Wir sind hier in einem dunklen Wald«, rief ihm Sib mürrisch in Erinnerung.

Ugo grinste vergnügt. »Stimmt.«

»Was meinst du, Wanderer?«, fragte Drust. »Angeblich kennst du ja das ganze Land hier. Hast du diese Kreatur einmal gesehen?«

Die Furchen im runzligen Gesicht des Mannes wurden noch tiefer, und er schüttelte den Kopf. »Gesehen nicht, aber gehört. Das Brüllen in der Ferne – ich muss sagen, ich war froh, weit genug weg zu sein.«

»Urus«, erklärte Kag mit einer wegwerfenden Geste. »Wir haben sie ja in der Arena gesehen, diese buckligen Bastarde, so groß wie ein Elefant, mit Hörnern, die so weit auseinanderstehen, dass ein Mann dazwischen liegen könnte – wäre er *stupidus* genug, es zu versuchen.«

Niemand sprach ein Wort, alle dachten an die gewaltigen Bullen, die man bisweilen in der Arena bestaunen konnte. Heutzutage war dieses Spektakel nur noch selten zu sehen, weil die Tiere immer schwerer aufzutreiben waren.

»Sollten die Viecher hier auch noch scharfe Zähne haben und Feuer speien«, meinte Quintus, »dann sollten wir nicht zögern, Jungs. In Rom würden sie ein Vermögen dafür bezahlen, ein solches Ungeheuer in der Arena zu sehen.«

»Du kannst es ja mit deinem Netz fangen«, schlug Sib vor, und die anderen lachten.

»Ein ordentlicher Venator kann eine solche Riesenkuh mit zwei Pfeilen und einem Speer zur Strecke bringen«, behauptete Kag.

Colm warf ihm einen spöttischen Blick zu. »Heutzutage gibt es doch gar keine ordentlichen Venatoren mehr«, brummte er. »Carpophorus war der Letzte seiner Art. Heute siehst du nur noch feige Schlächter, die Hasen zerstückeln und Füchse verbrennen.«

»Hat Carpophorus nicht zwei Stiere getötet?«, fragte Ugo. »Bei den Spielen zur Einweihung des Flavischen Amphitheaters?«

»Er hat angeblich ein Exemplar von jeder Tierart getötet, die es auf der Welt gibt, wenn man den Erzählungen Glauben schenken will«, sagte Sib, doch Drust sah, dass er Conall und seine Krieger nicht aus den Augen ließ. *Es wird Ärger geben*, dachte er ...

»Dein Plan ist kühn, aber riskant«, sagte Quintus zu Colm. »Ich fürchte, du bist ein bisschen geblendet vom

Licht, das dein Sonnenjunge aus seinem Kinderarsch erstrahlen lässt.«

Colm funkelte ihn wütend an, den anderen stellten sich die Nackenhaare auf. Am Ende wandten sich alle, wie immer, an Drust.

»Was sagst du?«, fragte Kag.

Was ich sage? Ich sage, wir rennen, was das Zeug hält. Auch wenn die Aussicht gering ist, hier wegzukommen und anschließend zu überleben. Vor allem wenn wir ohne die Frau und den Jungen in die Zivilisation zurückkehren.

Drust blickte in die rauen, grimmigen Gesichter, die ihn erwartungsvoll ansahen. Er war derjenige, auf dessen Urteil sie vertrauten, auch wenn Manius ihn infrage gestellt hatte und Colm nicht von ihm überzeugt sein mochte.

Die Frau hatte sich bei dem Treffen im Tempel des Cuchulain sehr höflich verhalten. Drusts Blick war auf einen riesigen Bronzekessel gefallen, schwarz und grün angelaufen, doch man konnte noch die Verzierungen an den Seiten erkennen, die nackten, ekstatischen Gestalten der Mänaden. Das Gefäß sah nach einer griechischen Arbeit aus, war aber wahrscheinlich nur eine schlechte römische Kopie für Neureiche ohne Geschmack, die mit derlei minderwertigem Zeug ihr Haus schmückten und sich dann fragten, warum Leute von altem Adel auf sie herabschauten – und dennoch keine Einladung zum Essen ausschlugen.

»Eine kleine Erinnerung an die Heimat«, hatte Drust etwas hilflos gemeint. Die Frau hatte gelächelt, obwohl in dem alten Kessel nur Bier geschäumt hatte, kein Wein.

»Es ist schön, ein solches Stück hier zu finden. Eine Zierde für jedes Heim.«

Sie sagte es, um den brummigen Kriegern eine Freude zu machen, doch Kag hatte weniger Sinn für Diplomatie.

»Sagt jemand, der das Ding nicht reinigen muss.«

Der Kessel war mit blechernem Geklapper hinausgetragen worden, doch Julia Soaemias hatte nur höflich gelächelt.

»Ihr seid Sklaven?«

»Freigelassene«, hatte Drust erwidert.

»Dann seid mir doppelt willkommen, denn Crixus Servilius hat mir gesagt, ihr seid gekommen, um uns alle zu retten.«

Einen langen Moment hatten sie die Frau mit offenem Mund angestarrt, bis ihnen dämmerte, dass mit Crixus Servilius kein anderer als Colm, der Hund, gemeint war. Niemand hatte gewusst, dass er einen römischen Namen besaß – schon gar nicht, dass er sich ausgerechnet nach dem berüchtigtsten Gladiator nach Spartacus benannt hatte. Offenbar gab er sich als freigelassener Sklave aus. Kag lachte laut, nicht zuletzt, weil Colm nie in die Freiheit entlassen worden war.

»Ich glaube, hier nennt man ihn Colm Todgesicht«, hatte Drust erwidert. Die Frau hatte gelächelt, der Junge jedoch hatte aufgehört, vor sich hin zu murmeln, und zu Drust aufgeblickt.

»Sind diese Männer vielleicht gekommen, um zu Ehren von Helios zu kämpfen?«, hatte er mit anmutig flötender Stimme gefragt. »Befiehl ihnen zu kämpfen, Mutter.«

»Dafür sind sie nicht hier«, hatte sie geduldig geantwortet. »Außerdem erteilt man freien Männern keine Befehle – darüber haben wir doch gesprochen, Varius. Sprich mit Elagabal – vielleicht kannst du den Sonnengott dazu bewegen, seinen Glanz über uns erstrahlen zu lassen.«

»Der Sonnengott mag dieses Land nicht«, hatte der Junge trotzig entgegnet. »Und die Leute hier auch nicht.«

»Du musst höflich sein – wir sind hier zu Gast. Darüber haben wir doch gesprochen.«

Blinzelnd kehrte Drust in die Gegenwart zurück, spürte den Schnee, der von den Ästen herabfiel, hörte das leise Gemurmel von Conall und seinen Männern, die offenbar irgendetwas aussheckten, sah die erwartungsvollen Blicke seiner Leute. Die Frau hatte im Tempel etwas steif und gestelzt geklungen – offensichtlich war ihre Zunge genauso gefesselt wie ihre Hände und Füße, doch ihre blaugrünen Augen hatten geleuchtet vor Verheißung und Angst.

Drust schüttelte den Gedanken an die Frau ab und wischte sich etwas Schnee vom Kopf.

»Ich würde sagen, wir gehen erst mal so vor, wie Colm es geplant hat«, erklärte er und blickte in die Runde. »Es sei denn, jemand hat eine bessere Idee.«

Sie marschierten weiter, zogen ihre müden Maultiere mit sich und machten mehr Lärm als jedes gehörnte Ungeheuer, wie Sib mehr als ein Mal betonte. Schließlich kämpften sie sich bis zum Waldrand durch, und Ugo seufzte bedauernd und blickte auf das weite, von verdorrten Büschen bewachsene Gelände hinaus, in dem Bäume wie einsame Wächter in der Landschaft standen.

Sib kniete sich hin und schaute sich mit zusammengekniffenen Augen um. Die anderen warteten. Conall stieß ein kehliges Grunzen aus, doch als Drust sich fragend an Colm wandte, zuckte dieser nur mit den Schultern. Er zog ein langes Messer hervor und schnitt ein junges Weißdornstämmchen ab, dann noch eines.

Er ging zu Sib und reichte ihm die biegsamen Schösslinge, die noch kaum Zweige und in dieser Jahreszeit auch keine Blätter hatten. Sib sah auf, nahm sie entgegen und nickte.

»Was soll das?«, zischte Quintus. Drust wusste es nicht, aber der Wanderer ahnte etwas und stockte in seiner Bewegung, mit der er gerade ein Stück Fleisch unter dem Sattel seines Ponys hervorziehen wollte; auf diese Weise wurde es weich genug, damit er es mit seinen verbliebenen Zähnen kauen konnte.

»Conall will hier auf uns warten. Vielleicht sieht er in den Römern den Feind und nicht in den Stierkriegern, auch wenn Crixus ihnen ein bisschen Ärger macht. Sie fürchten diesen Crixus – nun will er erreichen, dass sie auch alle anderen fürchten.«

Sib erhob sich und trat auf eine Lichtung, wo die Schneedecke dünner war, vom schneidenden Wind verweht. Er ließ einen Schössling durch die Luft zischen, dann den anderen, zog ein Messer hervor und schnitt weitere junge Bäumchen ab.

»Du bist ein ziegenfickender Hurensohn, dessen Mutter römische Schwänze lutscht«, sagte er, zu Conall gewandt. »Ich besiege dich mit einem Stöckchen, mehr brauche ich nicht.«

Erwartungsvoll wandte Colm den Kopf dem Wanderer zu – der legte das Stück Fleisch beiseite und übersetzte. Drust sah Conall überrascht blinzeln, dann verfinsterte sich sein Gesicht, und im nächsten Augenblick glitt sein Schwert mit einem leisen Zischen aus der Scheide.

»Junos Titten«, murmelte Ugo und machte einen Schritt vor, doch Colm streckte den Arm aus, um ihn aufzuhalten. Widerwillig blieb Ugo stehen.

Das war keine Kampftechnik, die man im Ludus lernte; in der Arena war es höchstens als Pausenunterhaltung zu sehen, doch Sib war auch kein ausgebildeter Kämpfer. Er war ein Wagenlenker, wie die anderen ihm oft genug unter die Nase rieben. Drust hatte sich sagen lassen, dass man einen von vier Pferden gezogenen Streitwagen nicht mit bloßer Kraft lenken konnte – die Biester konnten einen mit ihrer Kraft ziehen, wohin sie wollten. Ein guter Wagenlenker verstand es dennoch, das Gefährt und die Pferde um die Kurven zu manövrieren, zu bremsen und das Tempo zu erhöhen – mit Erfahrung, Balance, Feingefühl ... und der Peitsche.

Conall drehte sich zu den Männern hinter ihm um – die grimmigen Krieger nickten ihm aufmunternd zu. Dann sah er Colm an – der zuckte nur mit den Schultern. Mit einem Grinsen im Gesicht trat Conall vor.

Das Gelände war leicht abschüssig, die Schneedecke verbarg den tückischen Untergrund, doch Sib streifte seinen Umhang und das Fell ab und machte ein paar tänzelnde Schritte. Conall sah es, dachte sich vermutlich, dass auch er ohne sein Bärenfell etwas wendiger wäre, und streifte es ab.

»*Omnes ad stercus* – der ganze Mist«, murmelte Kag lächelnd. »Jetzt hat er sich Sib praktisch schutzlos ausgeliefert.«

Drust hielt es hingegen für wahrscheinlicher, dass Sib tot im Schnee endete. Conall wärmte seine Muskeln auf, indem er sein Schwert einige Male imposant durch die Luft schwang. Dann stieß er ein hustendes Grunzen aus und stapfte mit großen Schritten ein Stück den Hang hinunter.

Links und rechts wirbelte Schnee auf, bis er direkt vor Sib stehen blieb, der sich mit tänzelnden Bewegungen bereit machte. Conall hob seine narbige Hand an den Bart und fixierte seinen Gegner mit drohender Miene.

Dann kam er langsam den Hang wieder herauf, machte einen schnellen Ausfallschritt zur Seite und holte zu seinem ersten Hieb aus. Dann wartete er auf die Reaktion des Gegners. Als sie kam, versuchte er gar nicht erst, den Stockhieb abzublocken, sondern schwang stattdessen das Schwert mit der Absicht, Sibs Gerte zu zertrümmern.

Im letzten Moment änderte Sib jedoch die Schwungrichtung seines Schösslings und versetzte seinem Gegner damit einen scharfen Schlag auf die Fingerknöchel. Conall schrie auf, und das Schwert glitt ihm aus der gefühllosen Hand.

Alle lachten, sogar seine eigenen Leute. Conall stieß ein verärgertes Grunzen aus, blickte zu Sib, dann zu seinem vor ihm liegenden Schwert. Er wusste, was kommen würde – alle wussten es –, doch er versuchte es trotzdem.

Sobald seine Finger den Griff berührten, peitschte die Gerte so dicht neben ihm in den Schnee, dass er die Hand schnell wieder zurückzog. Und noch einmal.

Jetzt schrien die Männer, trieben ihn an, gaben ihm Ratschläge. Drust verfolgte die Szene mit einem mulmigen Gefühl und sah zu Colm, der seinen Blick jedoch nicht erwiderte. Dann suchte er Augenkontakt zu Sib, doch dessen schweißglänzendes Gesicht war ganz auf den Kampf konzentriert, weshalb ihm nicht entging, dass Conall eine Handvoll Schnee nach ihm warf, um eine Reaktion zu provozieren.

Doch ob Sand oder Schnee – es war ein alter Trick, den Sib allzu gut kannte. Er ahnte auch, was danach kam: Conall stürmte auf ihn los, um ihn zu Boden zu werfen und bewusstlos zu prügeln. Im letzten Moment wich er aus, wie ein Venator dem Stier. Als Conall an ihm vorbeistolperte, versetzte Sib ihm zwei kräftige Schläge aufs Hinterteil.

Conall trug eine dicke Wollhose, sodass er die Hiebe kaum spürte – der Schmerz lag vielmehr in der Demütigung. Drust sah den nackten Hass und die blinde Wut in seinen Augen.

»Es reicht«, rief er scharf. »Genug ...«

Sib trat einen Schritt zurück, doch Conall zog sein Messer und warf es nach seinem Gegner – mit wenig Geschick und zu viel Zorn. Es war zudem kein geeignetes Messer für diesen Zweck, denn es taumelte durch die Luft und traf Sib mit dem Griff am Brustbein.

Der grunzte vor Schmerz auf und ließ dann die Gerte durch die Luft zischen – einmal, zweimal, und Conall wich mit einem schrillen Aufschrei zurück. Mit pochendem Herzen verfolgte Drust, wie der große Krieger auf die Knie sackte, den Kopf schüttelte, um das Blut wegzuschleudern, das ihm aus der Wunde an der Stirn in die Augen strömte.

Colm ging zu ihm, fasste ihn an den Armen und schaute ihm in sein blutverschmiertes Gesicht. Dann zog er das Tuch von seinem Hals und wischte das Blut weg.

»Du hast noch Glück gehabt«, brummte er in Conalls Sprache. »Wenn er wollte, hätte dir der kleine schwarze Mann das Augenlicht nehmen können. Vergiss das nicht, wenn du das nächste Mal mit ihm sprichst.«

Conall stapfte zusammen mit dem Wanderer missmutig davon, murmelte unverständliche Wortfetzen vor sich hin und wischte sich das Gesicht ab. Die Krieger blickten stumm zu Sib, der sich die Brust rieb, wo ihn das Messer getroffen hatte. Er hob die Waffe auf, warf sie seinem Gegner vor die Füße, dann drehte er sich um und stapfte lächelnd davon.

»Wofür war das jetzt gut?«, fragte Drust, als Sib an ihm vorbeiging.

Sib zuckte mit den Schultern. »Frag Crixus Servilius – oder Colm. Er hat gemeint, es kann nicht schaden.«

Colm hörte es. »Talorc weiß, was ich kann, er hat mich kämpfen sehen. Jetzt wird er erfahren, dass ich nicht der Einzige bin. Vielleicht gibt ihm das zu denken und er verzichtet auf den Verrat, den er plant. Außerdem bin ich Colm Todgesicht.«

»Verrat?«

Colm zuckte mit den Schultern. »Ich bin mir ziemlich sicher. Ich würde jedenfalls ...«

»Und wenn der Kerl Sib niedergemacht hätte?«, brummte Ugo.

Colm grinste. »Hat er aber nicht. Niemandem ist etwas passiert. Aber Talorc wird davon erfahren und beeindruckt sein.«

»Das war verdammt leichtsinnig von dir«, knurrte Kag. »Und es ist mir egal, wie du dich jetzt nennst – du bist und bleibst ein Mistkerl.«

Colm fixierte ihn mit kaltem, hartem Blick. »Das ist kein Spiel hier. Kein Spektakel in der Arena, wo du nach einem schlechten Kampf rausgehst, als wäre nichts gewesen. Wenn dich hier einer zu Boden schlägt und du den Finger hebst, beißt er ihn dir ab und schneidet dir die Kehle durch. Im Land der Dunkelheit gibt es keine Missio.«

Sie rutschten und schlitterten den Hügel hinunter, die Maultiere und Ponys zogen sie hinter sich her. Immer wieder blickte Kag sich nach der Schneise um, die sie in der Schneedecke hinterließen. Drust erkannte, dass ihn wieder einmal die Sorge plagte, der Feind könnte ihren Spuren folgen.

Als Colm ihn fragte, was los sei, erklärte Kag es ihm.

Colm lachte grimmig. »Keiner wird uns folgen«, versicherte er. »Nicht hier.«

Der Wanderer stapfte davon, und Sib sah Drust fragend an, der schüttelte den Kopf. Der alte Krieger wusste genau, wohin er ging, und wenn er irgendetwas Heimtückisches vorhatte, dann war es eben so. Die ganze Sache war von Grund auf faul, und das sagte er ganz offen.

»Der Lohn ist die Mühe wert«, erklärte Quintus mit seinem unverwüstlichen Grinsen.

»Der Lohn kann noch so groß sein – er nützt mir wenig, wenn ich nicht mehr am Leben bin, um ihn in Empfang zu nehmen«, gab Kag zurück. »Merk dir das. Und gleich noch etwas: Mit ein bisschen Vertrauen kann man weit kommen – je weniger man davon in Anspruch nimmt, umso weiter kommt man.«

Er warf Colm dabei einen finsteren Blick zu. Der lächelte zurück und schüttelte sein Albtraumgesicht in gespieltem Kummer.

»Liebst du denn nichts und niemanden?«

Das klang so überraschend aus Colms Mund, dass alle verstummten. Am verblüfftesten war Drust, den die Worte wie ein Schlag ins Gesicht trafen ... Und unwillkürlich – bevor er es verhindern konnte – entfuhr ihm ein Name.

»Cassia ...«

Colm lächelte – und nicht nur er. Drust spürte, wie er errötete. Es war eine alte Torheit von ihm gewesen, als er noch geglaubt hatte, in die Welt zurückkehren und ein ganz normales Leben führen zu können. Es war schlecht ausgegangen, und am Tag danach war er zu Servilius Structus gegangen und Anführer der Procuratores geworden, um die Affäre zu vergessen. Colm hatte es nicht vergessen – er warf ihm einen Blick zu und nickte. Drust wollte etwas sagen, doch ihm fehlten die Worte. Kag rettete ihn aus seiner Verlegenheit.

»Der Wanderer winkt«, meldete er. »Ich traue dem Kerl nicht.«

Als sie bei ihm waren, hockte der Mann ruhig und dem Anschein nach absolut vertrauenswürdig da, bis zu den Ohren in seine Felle gehüllt. Seine Augen funkelten hell und scharf aus den Tiefen seines Gesichts.

»Der See ist ganz in der Nähe, das Dorf liegt direkt am Ufer«, erklärte er. Drust nickte Sib zu, der sich sogleich auf den Weg machte.

»Werden sie freundlich reagieren?«, fragte Drust.

Colm lachte. »Wie würdest du an ihrer Stelle reagieren, wenn man dir deine Ernährungsgrundlage rauben will? Sie sind auf diese Boote angewiesen, um zu fischen – außer Fisch haben sie nichts, wovon sie leben können.«

»Wir leihen uns die Boote nur aus«, brummte Ugo. »Wir bringen sie wieder zurück.«

»Sie sind vom Stierstamm«, erklärte der Wanderer, doch seine Stimme hatte einen traurigen, düsteren Unterton, der Drust stutzig machte.

»Wie viele sind es?«

Der Wanderer zuckte die Schultern. »Höchstens ein Dutzend. Frauen, Kinder, Alte und vielleicht vier erwachsene Männer. So war es zumindest vor einem Jahr, als ich das letzte Mal hier war.«

»Wie haben sie dich aufgenommen?«, fragte Colm.

Der Wanderer sah ihn mit einem zahnlosen Lächeln an. »Ich bin nicht nahe genug herangegangen, um es herauszufinden. Misstrauische Menschen soll man nicht provozieren. Vor allem, wenn man in der Unterzahl ist.«

»Jetzt klingst du wie Kag«, meinte Ugo.

Sie ließen Ugo bei den Tieren zurück und folgten einem zugefrorenen Bach, der im Sommer munter zum See plätscherte. Nun wirkte er ebenso still und ruhig wie der schwarze See, in den er mündete.

Kag blickte zum Himmel hinauf. »Es wird dunkel. Wir sollten mit der Überfahrt bis morgen früh warten.«

»Es ist gerade einmal Mittag«, erwiderte der alte Mann. »Das ist noch nicht der Abend, sondern das Wetter. Es hilft uns, unbemerkt zur Insel überzusetzen.«

Er hatte recht. Es begann wieder zu schneien, und die Sicht wurde immer schlechter. Der Wind wirbelte den Schnee durch die Luft wie Gischt auf dem Meer und zerriss die Nebelschleier. An einer Biegung des Bachs gingen sie in die Hocke und spähten zum Dorf hinunter. Es war größtenteils auf Pfählen im See erbaut. Außerdem gab es eine Reihe niedriger Schuppen und Ställe für die Tiere. Vermutlich Schafe, dachte Drust, vielleicht auch Schweine und ein paar Kühe. Doch auch das war ungewiss – die Leute hier gehörten selbst in diesem gotterbärmlich armen Land zu den Allerärmsten.

»Wir müssen das nicht tun«, meinte Quintus plötzlich. Als Drust ihn erstaunt ansah, war das gewohnte Grinsen erloschen. Einen Moment lang sagte keiner ein Wort, doch sie wussten alle, was zu tun war.

»Wir haben einen Vertrag unterschrieben, Quintus«, sagte Drust tonlos.

»Wir haben uns nicht verpflichtet, Leute abzuschlachten.«

»Wir haben uns dazu verpflichtet zu tun, was nötig ist.«

»Ich weiß, wir haben manchmal heikle Dinge getan. Schlimme Dinge. Aber am Ende haben wir uns immer irgendwie unsere Ehre bewahrt. Das hier ist ehrlos.«

»Ehre«, erwiderte Kag steif. »Davon kannst du heutzutage nicht leben. Nur mit klingender Münze kommst du weiter.«

»Das heißt, die hohen Ideale deiner Philosophen sind keine müde Sesterze wert, wenn es darauf ankommt«, warf Sib ein.

»Das ist eine Welt, in der ich nicht leben möchte«, murmelte Quintus.

Colm räusperte sich und spuckte aus. »Wir sind nun mal hier und müssen uns entscheiden. Was ist dir lieber? Dass jemand von hier wegrennt und den Stierkriegern berichtet, was wir hier machen? Oder dass es keinem möglich ist, uns zu verraten?«

Quintus zwang sich zu einem Lächeln. »Ich hätte dir auch noch das andere Bein brechen und einen Dolch in dein schwarzes Herz rammen sollen. Ist dieser Goldjunge wirklich den Tod von einem Dutzend Menschen wert?«

Colm lachte. »Du hättest in Emesa vielleicht noch etwas anderes tun sollen, als dich zu betrinken und zu den Huren zu gehen«, erwiderte er versonnen. »Ich jedenfalls war im Sonnentempel, um mir ein Bild zu machen, mich von meinen ... Erinnerungen abzulenken. Ich sah eine Prozession, der ganze Weg war mit Blüten bestreut. Auf einem weißen Kamel saß eine schöne Frau – schon ein bisschen älter, aber eine umwerfende Erscheinung. Eine andere Frau ritt auf einem weißen Pferd, genauso schön, aber jünger. Das war Julia Soaemias, und die ältere Frau war ihre Mutter, die Schwester der Kaiserin. Auf einem Elefanten saßen ein Junge und der Mahut. Der Junge trug einen goldenen Helm, und er ... strahlte wie die Sonne.«

Er stockte und sah Drust an. »Der ganze Osten wird diesem Jungen folgen.«

»Kein Wunder, dass das Imperium seinen Tod will«, knurrte Kag.

»Wenn er der Liebling eines Gottes ist, soll der sich um ihn kümmern.«

Sie hockten noch eine Weile da und beobachteten das Dorf, die aus einem der Pfahlbauten aufsteigende Rauchfahne, die friedliche Stille. An einem Tag wie diesem war niemand draußen, zumal sich der Himmel weiter drohend verdunkelte.

»Es ist kalt und es schneit. Können wir es hinter uns bringen?«, drängte Sib.

Drust erhob sich steif und klamm. Er nickte kurz, und sie marschierten los. Einen Moment lang sah Drust sich und die anderen so, wie die Dorfbewohner sie sehen mussten – albtraumhafte Gestalten mit Schwertern in den Händen, die durch Eis und Schnee auf sie zukamen. *Wir sehen aus, als wären wir gerade aus einem ihrer Grabhügel gestiegen*, dachte Drust. *Bestien von jenseits der Mauer* ...

Der erste Dorfbewohner starb mit offenem Mund und weit aufgerissenen Augen, eine Handvoll Moos in der Hand. Er war aus dem Haus gekommen, um seine Notdurft zu verrichten, sah sich stattdessen jedoch Sib gegenüber, einem dunkelhäutigen Untoten mit einer scharfen Klinge in der Hand. Er starb ohne einen Laut. Das Blut aus seiner durchgeschnittenen Kehle hatte noch nicht aufgehört zu fließen, als das Gemetzel so richtig losging.

Es war so schlimm, wie Drust es sich vorgestellt hatte. Schlimmer. Sie stürmten über den Steg zum Pfahlhaus, traten die Tür ein und gelangten in einen verrauchten, düsteren Raum. Drust konnte nicht hineingehen und redete sich ein, er müsse zusammen mit Quintus die Tür bewachen. Sie sahen einander an, als die ersten Schreie ertönten, das Grunzen und Stöhnen, das dumpfe Hacken und Stechen.

Verzweifelt spuckte Quintus in den See, bis er es nicht mehr aushielt und etwas davon murmelte, er wolle nach den Booten sehen. Ein kleines Kind schrie auf, das gellende Geheul verstummte abrupt. Mit aschfahlem Gesicht sah Quintus Drust an. »Nein«, stöhnte er. »Nein, nein, nein.«

Colm kam aus dem Haus geschlurft, seine Klinge dampfte, wo die Kälte auf das noch warme Blut traf. Quintus starrte ihn an, seine Lippen in lautloser Bewegung. Drust wollte etwas fragen, doch er wollte eigentlich nichts hören. Colms Gesicht sagte alles.

In diesem Augenblick sah Drust einen Mann aus einem Stall kommen. Vielleicht war er draußen gewesen, um das Vieh zu füttern oder Holz zu holen, denn er hatte eine Axt in der Hand. Er war ein großer, breitschultriger Kerl, bärtig und langhaarig – ein Wilder von jenseits der Mauer. Als er die Eindringlinge sah, kam er wild entschlossen auf das Pfahlhaus zugestürmt.

In diesem Moment hätte der Mann bestimmt gerne einen Speer und einen Schild zur Hand gehabt, dazu eine Phalanx von Waffenbrüdern – doch alles, was er hatte, war seine wütende Verzweiflung, eine Axt und das Schreien eines kleinen Kindes in den Ohren. Drust hatte nur einen Wimpernschlag Zeit, um zu entscheiden, dass er nicht versuchen würde, den Axthieb eines solchen

Mannes abzublocken, dennoch überraschte ihn der Angreifer mit seiner Schnelligkeit und Entschlossenheit.

Der Mann sprang hoch, schwang die Axt über dem Kopf und ließ sie mit aller Kraft niedersausen. Drust konnte sich gerade noch zur Seite werfen, die Axt schrammte an ihm vorbei auf den hölzernen Steg zu. Nun hätte Mars Ultor, der rächende Kriegsgott, eigentlich dafür sorgen müssen, dass die Axt sich tief ins Holz grub und feststeckte.

Doch Mars Ultor war ein unzuverlässiger Scheißkerl, musste Drust feststellen, denn der Angreifer drehte im letzten Moment das Handgelenk, sodass die Axt zur Seite schwang, direkt auf Drusts Schienbeine zu. Mit einem Aufschrei sprang er hoch und spürte den bedrohlichen Luftzug unter seinen Sohlen.

Stolpernd landete er wieder auf den Füßen, taumelte rücklings in einen von Pfählen gestützten Vorbau und wich weiter zurück, um hinter den Pfählen Schutz zu suchen. Hinter dem Mann sah er Colm lässig in der Tür des Langhauses lehnen, von wo aus er die Szene lächelnd beobachtete. »Töte ihn«, rief Quintus ihm zu und sprang selbst los. Der Mann mit der Axt hörte ihn, wirbelte herum und stürzte sich mit einem wütenden Brüllen auf Colm.

Dieser trat seelenruhig einen Schritt zurück in das Langhaus, als die Axt herangesaust kam – und diesmal war auf Mars Ultor Verlass: Sie grub sich in den Türstock und blieb stecken. Mit einer jähen Bewegung riss Colm sein Kurzschwert hoch. Der Mann schrie auf und hustete Blut aus der klaffenden Wunde am Hals, dann sank er auf die Knie.

»Töte mich«, röchelte er durch den Blutschwall.

Colm beugte sich zu ihm, zog das Essmesser des Mannes aus der Scheide und warf es ihm vor die Füße. »Mach es selbst«, brummte er. »Bin ich auf der Welt, um dir jeden Wunsch zu erfüllen? Tu es, dann bist du mit deinem Kind vereint.«

Da kam jemand aus dem Haus gestürzt und rempelte Colm beiseite, sodass er der Länge nach auf den blutüberströmten Steg fiel. Kag hob sein Schwert und schlug zu, um den knienden Mann von seinen Qualen zu erlösen, wie er es für jeden Kämpfer in der Arena getan hätte. Dann blickte er auf Colm hinunter, der ihn wütend anfunkelte, aufsprang und eine geduckte Kampfposition einnahm.

»Na los«, forderte Kag ihn mit trügerisch sanfter Stimme auf. »Aber ich bin kein Kind und kein schmerzgepeinigter Vater, Hund.«

»Es reicht«, rief Drust herüber, mit immer noch weichen Knien, nachdem die Axt ihn so knapp verfehlt hatte. »Ist noch nicht genug Blut geflossen?«

Colm richtete sich langsam auf. »Einmal kommt der Tag, Kag ...«

»Jederzeit«, gab Kag zurück.

»Du hast ein kleines Kind in seinem Bettchen getötet?«, erkundigte sich Quintus heftig.

Colm stierte ihn mit kalten Augen an. »Es war notwendig.« Er blickte zwischen Drust und Quintus hin und her. »Ich tue nur, wozu ihr zu feige seid, auch nur dabei zuzuschauen.«

Quintus war wie ein Vulkan kurz vor dem Ausbruch. Drust gebot ihm mit einem scharfen Wort Einhalt.

»›Es war notwendig‹ – das hat Saturn auch gesagt, nachdem er seine Kinder verschlungen hatte. Wanderer – sieh nach, ob die Boote fahrtüchtig sind.«

»Sind alle tot?«, fragte Kag.

»Alle – einschließlich der Säuglinge«, stieß Quintus verbittert hervor.

Drust konnte es nicht mehr hören. »Geh zurück und hol Ugo und die Tiere. Wir lassen sie hier im Stall, bis wir zurück sind.«

Einen Moment lang herrschte angespannte Stille, als ihnen bewusst wurde, was sie getan hatten. Für Drust war es wie nach jedem einzelnen Kampf, den er ausgefochten hatte: ein Moment makabrer Euphorie, noch am Leben zu sein. Niemand sprach ein Wort, sie vermieden es, einander anzusehen, bis der Wanderer zurückgeeilt kam und nickte. »Sechs Boote, alle intakt. Ihr könnt zur Insel übersetzen.«

»Gut, dann nimm dir ein Boot und zeig uns, wie man es macht«, forderte Drust ihn auf.

Das zahnlose Lächeln des Wanderers schwand. »Ich sollte euch herbringen, mehr nicht. Ich setze keinen Fuß auf diese Insel ...«

Drust packte ihn an seinem schmierigen Fell, und der Wanderer stieß einen kurzen Schrei aus, als er nach vorne gerissen wurde.

»Wir haben das nicht alles gemacht, um dich hier zurückzulassen, damit du uns in den Rücken fällst. Los, steig ins Boot.«

Der Wanderer taumelte, als Drust ihn losließ, doch in seinen zusammengekniffenen Augen funkelte eiskalter

Hass. Drust wusste, dass er den Mann im Blick behalten musste. Einen Moment lang glaubte er, der runzlige alte Fährtenleser würde ein Messer ziehen und ihn angreifen – doch ein plötzliches Geräusch ließ sie alle den Atem anhalten.

Es war ein metallisches Brüllen, so durchdringend, dass es den Schnee aufzuwirbeln schien, der von allen Seiten gleichzeitig zu kommen schien. Das Brüllen schwoll zu einem heiseren Heulen an, bis es endlich verstummte. Einen langen Moment herrschte Stille, in der nur ihr angespanntes Atmen zu hören war.

»Was war das?«, fragte Sib.

»Die Bestien jenseits der Mauer«, brummte Colm.

Mit einem kalten, finsteren Grinsen wandte sich Quintus zum See und spuckte in das schwarze Wasser, das allmählich zu Eis erstarren würde.

»Die Bestien jenseits der Mauer sind wir.«

KAPITEL 11

Der Schnee erstickte alles Leben, alle Wärme unter sich. Der ganze Wald war in Weiß gehüllt, doch der Schnee in der Luft, auf den Bäumen und dem Boden vermochte die fremdartigen Geräusche nicht zu dämpfen, die ihnen ganz und gar nicht gefielen.

»Das ist ja schaurig«, murmelte Kag. »Dieses Knacken und Knarren und Flüstern.«

»Man spürt, wie alt das alles ist«, meinte Ugo ehrfürchtig. Er drehte sich um die eigene Achse und stierte in das blendende Schneegestöber. »Älter als jeder Wald, in dem ich je gewesen bin. Ein Waldgott ...«

»Schlimmer als diese gottverfluchten Boote kann der Wald auch nicht sein«, murmelte Sib, und niemand widersprach ihm. Nur der Wanderer hatte gewusst, wie man die eigenartigen, aus Weidenruten und Fellen gefertigten Wasserfahrzeuge vorwärtsbewegte und lenkte. Sie hatten versucht, es ihm nachzumachen, sich aber immer wieder hilflos im Kreis gedreht, bis sie endlich ihr Ziel erreichten. Niemand freute sich auf die Rückfahrt. Drust fürchtete, ihre Feinde würden, sobald sie feststellten, dass jemand das dargebrachte Opfer geraubt hatte, mit diesen Booten viel schneller unterwegs sein und sie auf der Flucht abfangen.

»Mach dir deswegen keine Sorgen«, meinte Colm zuversichtlich.

»Sprecht leise«, zischte der Wanderer und blickte sich nach allen Seiten um. Colm lachte nur. Einen Moment lang schien er einen vielsagenden Blick mit dem alten Fährtenleser zu wechseln, was Drusts Unbehagen verstärkte. Dann deutete Colm nach vorne, und Drust blickte mit zusammengekniffenen Augen in den Schnee, sah die Lichtung und einen verwitterten Eichenstumpf.

An dem Baumstumpf hingen die Überreste von Girlanden aus Weidenruten, Wollfäden und Bändern, alten Knochen und silbernem Flitter. Der Platz rund um den Baumstumpf sah aus wie vom Aussatz befallen, als könnte noch so viel Schnee nicht den dunklen Fleck aus altem Stroh und Dung bedecken. Drust wollte gar nicht wissen, was hier noch alles verrottete, und sah in Gedanken Bilder von Zähnen und Hörnern und Feuer.

Tief geduckt schlichen sie weiter, als plötzlich ein unheimlicher, schmetternder Ton über die verschneite Landschaft schallte. Er schien von überall zugleich zu kommen, doch Colm deutete nach rechts, als wisse er bereits, womit sie es zu tun hatten.

»Sie kommen«, erklärte er. Drust erkannte nun, dass der Ton von Hörnern stammte. Die Antwort darauf, dieses metallische Brüllen, kam von der anderen Seite aus den Tiefen des Waldes. Ugos Herz hämmerte wie wild. Er breitete die Arme aus, die Axt in einer Hand, als wolle er das große Unbekannte empfangen. Den Gott des Waldes. Tyr und Vithar. Gna und Ing ...

»Still«, fauchte Sib. »Es müssen nicht gleich alle wissen, dass wir hier sind.«

Drust und die anderen sahen es ebenso, bis Colm so dicht herankam, dass Drust seinen Atem im Nacken spürte.

»Es kann sein, dass wir kämpfen müssen.« Seine Worte waren wie ein Schlag in die Magengrube. Drust starrte Colm ungläubig an – der grinste nur, zumindest krümmte er die Lippen, sodass sein bizarres Maskengesicht einen spöttischen Ausdruck annahm.

Er trat auf die Lichtung hinaus. Das Zischen, mit dem Colms Schwert aus der Scheide glitt, nahm Drust jede Hoffnung, jemals die Wahrheit zu erfahren.

»Und vielleicht ist es gar nicht meine Schwester.«

Vorsichtig und neugierig traten die Krieger aus dem Schneegestöber. Drust sah, dass es viele waren, mindestens ein Dutzend, wenn nicht mehr, und diesmal keine bewaffneten Bauersleute. Diese Männer waren mit Kettenhemden und vergoldeten Helmen ausgerüstet, mit rechteckigen Schilden und guten Speeren, die Elitetruppe eines Kriegshäuptlings oder Königs.

Oder einer Königin. Sie schritt in der Mitte, von ihren Kriegern umringt, in einen roten Mantel mit Kapuze und edle schneeweiße Wolle gekleidet. Sie trug einen Kranz mit Misteln und Beeren. Einige Krieger streuten Getreidegarben auf den Boden.

Opfergaben. Nicht seine Schwester ...

Colm trat ihnen mit einem grimmigen Lächeln entgegen, in jeder Hand ein kurzes Legionärsschwert. Die Krieger reagierten mit mörderischem Gebrüll auf die Schändung ihrer heiligen Stätte. Mit dem Speer voran stürmten sie los. Für Drust und die anderen gab es nur noch eines: zu kämpfen wie die Wölfe.

Der Erste griff Drust an. Er stieß mit seinem Speer zu, Drust wich aus, schlug die Speerspitze zur Seite und versuchte seinerseits anzugreifen, doch der Krieger erkannte seine Absicht und wich zurück. Ein Zweiter kam auf ihn zu. Quintus sprang ihm bei, sein kurzes Schwert und den kleinen Schild erhoben.

Colm schlüpfte in die Rolle des Dimachaerus, auch wenn ihm der richtige Helm und die übrige Ausrüstung dieses Gladiators fehlten – dafür verfügte er über die beiden entscheidendsten Dinge: zwei Schwerter und seine tödlichen Fähigkeiten. Während Drust und Quintus die Angriffe der Speerträger abblockten und geduldig auf eine Gelegenheit warteten, um selbst zuzustoßen, ging Colm wie ein Wildschwein mit seinen Hauern auf den Feind los. Aus dem Augenwinkel beobachtete Drust, wie Colm mit einem Schwert einen Speerstoß abblockte und das andere dem Mann ins Gesicht rammte. In diesem Moment griff Drusts Gegner aufs Neue an – und er musste sich wieder auf seinen eigenen Kampf konzentrieren.

Aus dem Wald hörte Ugo erneut das metallische Brüllen, das sich in den Kampfeslärm rund um den alten Eichenstumpf mischte. Ugo war bereit – er wartete auf den Herrn des Waldes. Aus der Ferne hörte er jemanden seinen Namen rufen.

»Ugo!« Es war Kag. »Ugo, du verrückter Scheißkerl – die Pompa ist vorbei, das Tor des Lebens steht offen. Wir könnten hier ein bisschen Hilfe gebrauchen.«

Er hätte noch mehr gesagt, sparte sich seinen Atem jedoch für den Kampf, duckte sich unter dem feindlichen Speer hindurch und rammte dem Angreifer das Schwert in den Fuß. Während der Mann vor Schmerz aufheulte und herumhüpfte, stieß Kag nach oben und durchbohrte ihm die Kehle. Blut spritzte auf ihn herab, und er fluchte, als er einen Moment lang nichts mehr sehen konnte.

Drust und Quintus kämpften keuchend, riefen einander Warnungen zu und schafften es schließlich, zwei Speerkämpfer zu töten. Die Krieger ahnten nun, womit sie es zu tun hatten, und hörten auf, wie alte Helden zu kämpfen. Sie zogen sich zurück und formierten sich – mit Schaudern erkannte Drust, dass sie einen Schildwall bildeten.

Er und die anderen wichen nach beiden Seiten aus, während Colm unbeirrt weiterkämpfte. Tief geduckt sprang er auf einen Krieger zu und versetzte ihm einen tödlichen Hieb. Im nächsten Moment hob er den Kopf und blickte sich suchend nach der Frau um, die bereits zurück zu den Booten geführt wurde, mit denen sie gekommen waren.

Drust stand im blutgetränkten Schnee und suchte verzweifelt nach einem Weg, den feindlichen Wall zu durchbrechen. Es waren sechs oder sieben Mann, nicht mehr, sie bildeten allerdings eine solide Front und zogen sich Schritt für Schritt zurück.

Hinter sich hörte Drust ein Bersten und Krachen, als würde ein mächtiger Baum gefällt. Als er sich umdrehte, sah er Ugo immer noch mit ausgebreiteten Armen dastehen wie ein Gekreuzigter. Hinter ihm ... ein Bild des Schreckens.

Es war größer als drei Männer, mit einem Kopf so riesig wie ein kleines Haus, und Hörnern, deren Ansatz so dick war wie Ugos Taille. Rötliche Haare hingen wirr über die Augen – falls dieses Monster Augen besaß. Weißer Dampf stieg aus den Nüstern, und die Eiszapfen, die daran hingen, hatten die Form von langen Reißzähnen.

Ugo betrachtete es gebannt. Er sah nichts anderes mehr, hörte nur noch das Rauschen seines eigenen Bluts. Der Herr des Waldes war zu ihm gekommen. Zu IHM. Der Herr des Waldes forderte ihn heraus – nun musste er beweisen, dass er der Aufgabe gewachsen war.

Kag sah zu, wie der germanische Hüne die Arme zusammenführte und die Axt mit beiden Händen packte – und ihm wurde schlagartig klar, was Ugo vorhatte. Er brüllte ihm zu, es nicht zu tun, doch Ugo hörte ihn nicht einmal. Sib wollte vorspringen und ihn zurückhalten, doch er rutschte in dem blutigen Schneematsch aus und fiel auf die Knie.

Ugo machte zwei Schritte vor, und der mächtige Bulle blieb stehen, senkte den Kopf und wiegte ihn hin und her und blies seinen dampfenden Atem in die Luft. An einem Horn trug er eine alte Girlande. Er schien auf etwas zu warten.

Ugo schwang die Axt über dem Kopf, stieß einen wilden Kriegsruf aus und schlug zu. Er spürte, wie die Waffe sich in den Schädel grub, und im nächsten Moment waren seine Hände leer. Er starrte auf den zersplitterten Axtstiel, das Ende weiß wie ein Knochen, die Schneide im Kopf der Bestie versenkt.

Der Stier stieß ein wütendes Brüllen aus, und sein stinkender, heißer Atem ließ Ugo zurücktaumeln. Blut strömte aus der klaffenden Kopfwunde, als das Untier seine mächtigen Hörner senkte und losstürmte.

Quintus sah das Unvermeidliche kommen, sprang vor, packte Ugo an seinem Umhang und zerrte ihn zur Seite. Das mächtige Tier donnerte schnaubend und Schnee aufwirbelnd vorbei. Ein Horn traf Ugo und brachte ihn ins Straucheln, wobei er Quintus mit sich riss.

Drust und die anderen wichen hastig zur Seite, doch der Schildwall zögerte einen Moment zu lang. Der Stier pflügte mitten hindurch, als wären die bewaffneten Krieger nur lästiges Gestrüpp. Brüllend schüttelte er sein Haupt hin und her, sodass das Blut aus der klaffenden Wunde spritzte.

Colm folgte der Bestie und rief Drust und den anderen zu mitzukommen. Mitten in dem Getöse stieß Sib mit hoher Stimme schrille Klagelaute aus, auf die das Tier aus irgendeinem Grund reagierte. Es scharrte mit den Hufen, brüllte auf und trottete in die Richtung der Melodie. Sib hüpfte und tänzelte und heulte dabei seine schaurige Totenklage, die sie alle so gut kannten. Die Frauen der Wüste stimmten sie an, bevor sie die Gefangenen, die ihre Krieger mitgebracht hatten, mit dem Messer ausweideten.

»Die Frau darf nicht entkommen«, rief Colm. »Schnell, zu den Booten.«

Die Königin stand ganz ruhig am Seeufer, in einer stolzen, aufrechten Pose, doch Drust sah, dass sie Mühe hatte, ihr Zittern zu unterdrücken.

»Keine Angst, im Namen aller Götter«, rief er in der alten Sprache seiner Mutter und sah, dass sie ihn zumindest teilweise verstand. Doch ihr verächtlicher Blick verriet ihm, was sie von seinen Worten hielt. Ihre Männer lagen tot oder verwundet im blutigen Schnee. Ihr geschändeter Stiergott zog eine Blutspur hinter sich her und tobte vor Wut, während Sibs Schreie ihn anlockten. Ihre Feinde, vom Blut und den Eingeweiden ihrer besten Krieger besudelt, drohten sie in ihre Gewalt zu bekommen.

Der Wanderer eilte herbei. Als die Frau ihn sah, stieß sie etwas hervor, das wie ein Fluch klang. Er zuckte nur mit den Schultern. Kag stieg über die Toten hinweg und beendete das gequälte Stöhnen eines Verwundeten mit einem schnellen Hieb. Irgendwo hinter ihnen stob der Stier durchs Unterholz.

Drust wandte sich um und wusste augenblicklich, worauf es die Bestie abgesehen hatte.

»Sib.«

Kag winkte mit der Hand ab. »Er ist schnell und kennt diese Biester. Er hat im Maximus die Leute unterhalten, indem er solche Bullen gereizt hat.«

Er blickte zu den Booten, die am Ufer vertäut waren. »Sieh dir das an – Boote mit spitzem Bug. Hilf mir mal, das Futter auszuladen, dann machen wir, dass wir wegkommen.«

Drust sah, dass die Boote mit Winterheu und Wurzelgemüse beladen waren. Der frische Kranz, den die Frau mitgebracht hatte, lag auf dem Boden. Sie waren wie immer in dieser Jahreszeit gekommen, um dem Stier ihre Gaben zu bringen – vor allem Futter für den Winter. Kein Wunder, dass er so gut genährt und riesig war.

Die Frau war kein Opfer, sondern eine Priesterin oder Königin, wie der Wanderer zögernd bestätigte.

»Sie ist die Königin des Stierstamms«, erklärte er und leckte sich über die trockenen Lippen. Kag forderte ihn auf, die Frau zu fesseln, doch dann bemerkte er Drusts eigenartigen Gesichtsausdruck.

»Dafür ist jetzt keine Zeit«, warnte Kag, doch Drust lief bereits los und blickte sich suchend um. Er hatte nur einen Gedanken: Colm hatte sie alle hintergangen. Wieder einmal. Drust rannte aufs Schlachtfeld zurück und sah Colm auf den Knien – er drückte seinem verwundeten Gegner die Daumen in die Augäpfel. Der Mann schrie verzweifelt, konnte sich in seinem halbtoten Zustand jedoch nicht mehr wehren. Die Schreie gingen Drust durch und durch.

»Colm, du Dreckskerl.«

Es kam keine Reaktion. Die Daumen bohrten sich immer tiefer in die Augenhöhlen, bis die Augäpfel mit einem hässlich glitschigen Geräusch nachgaben. Der Mann zuckte im Todeskampf.

»Schau mich an, du verlogener Hurensohn.«

Als Colm sich endlich zu ihm umdrehte, kam sich Drust vor, wie von einem Wirbelsturm erfasst. Er blickte in Colms Maskengesicht – es war blutverschmiert, die Augen zwar offen, aber leblos und leer. Er sah aus wie ein Geist, ein Untoter, als er sich langsam erhob, die Lippen zu einem Zähnefletschen verzogen.

Kag legte Drust die Hand auf den Arm und zog ihn beiseite.

»Colm, sieh mich an«, sagte Kag ruhig. »Sieh mich an.«

Colm schwankte einen Moment lang, Gesicht und Hände bluttriefend. Vor ihm auf dem Boden zuckte der Krieger noch einmal und stieß ein letztes Stöhnen aus.

»Sieh mich an.«

Colm wandte sich zu Kag um. Der nickte. »Lass ihn. Wir müssen los. Mit der Frau.«

Quintus und Ugo näherten sich taumelnd. Colm wiegte den Kopf hin und her wie ein Ochse, der geopfert werden sollte.

»Er ist tot«, murmelte er ungläubig.

Quintus blickte auf den Mann am Boden. »Wie bist du darauf gekommen?«, erwiderte er spöttisch. »Weil du ihm die Eingeweide herausgerissen hast? Ihm die Augen eingedrückt hast? Oder weil er nicht mehr atmet?«

»Calvinus«, murmelte Colm tonlos. »Er ist tot.«

»Schon lange, du verrückter Scheißkerl«, stieß Drust hervor, doch Kag warf ihm einen warnenden Blick zu.

»Hilf uns, das Futter aus den Booten zu schaffen. Wenn der Stier zurückkommt, schaffen wir vielleicht mit dem Getreide, was Ugo mit seiner Axt nicht geschafft hat.«

»Ich habe gegen den Herrn des Waldes gekämpft«, erklärte Ugo, in die Richtung blickend, aus der das Brüllen kam. »Ich habe die Herausforderung angenommen – es war ein ehrenvoller Kampf.«

»Jedenfalls bist du stehend daraus hervorgegangen«, erwiderte Quintus. »Gut gemacht – jetzt komm mit zu den Booten.«

Sie beeilten sich, das Getreide aus den Booten zu schaffen, und setzten die Frau in eines davon. Colm tauchte den Kopf ins eisige Wasser und wusch sich das Blut ab, so gut es ging. Nachdem sie sich alle gesäubert hatten, schien Colm wieder einigermaßen bei Sinnen zu sein; er hockte schweigsam im Boot und fuhr sich mit den Händen übers Gesicht, wie um einen Schleier wegzuziehen.

»Wir sollten abhauen«, meinte er schließlich.

»Nicht ohne Sib«, erwiderte Kag.

»Je länger wir warten, desto näher kommen die Verfolger heran«, warnte Colm, war jedoch zu erschöpft, um zu protestieren, als Kag ihn einfach verächtlich ignorierte.

Wenig später kam Sib angerannt, keuchend und mit wildem Blick. Noch nie hatte Drust seine Augen so groß und weiß und rund gesehen. Er sprach kein Wort, seufzte nur erleichtert, als er sah, dass sie noch da waren, und schwang sich in ein Boot.

Sib schwieg immer noch, als sie sich vom Ufer abstießen, um zu ihren Maultieren zurückzurudern. Wortlos blickte er in die Richtung, aus der das ferne Brüllen kam. An seinem Zittern war nicht allein die Kälte schuld.

Sie tauchten in den weißen Nebel aus Schneeflocken ein.

Drust saß zusammen mit Kag und dem Wanderer im Boot, sie ruderten aus Leibeskräften, bis ihre Angst nachließ und die Kräfte erlahmten. Eine Weile glitten sie übers schwarze Wasser, schwitzend und Atemwolken ausstoßend.

Hinter ihnen tauchte immer wieder einmal das Boot mit Colm, der Frau und Quintus aus dem Schneevorhang auf, hinter dem sie für Augenblicke verschwunden waren. Drust wandte sich an den Wanderer, seine Stimme so kalt wie das Wasser. »Du hast davon gewusst. Diese Frau – wer ist sie? Ist ihr Name wirklich Beatha?«

Der Wanderer kauerte sich zusammen wie ein Fötus und nickte. »Sie ist die Stammesmutter, die Königin.«

»Auch eine Art Priesterin?«, warf Kag ein.

Der Wanderer zuckte die Schultern. »Göttin trifft es besser, aber wer kann das bei diesen Leuten schon so genau sagen?«

»Jedenfalls nicht Colms Schwester«, murmelte Drust bitter, und der Wanderer nickte.

»Was will er mit ihr?«, fragte Kag.

»So können wir ihren Stamm zwingen, mit uns zu verhandeln«, erklärte der Wanderer. »Sie werden nicht angreifen, wenn ...«

Er stockte, blickte schweigend ins Wasser.

Drust sah ihn mit einem wölfischen Grinsen an. »Wenn ihr felltragenden Scheißkerle euch im Sommer gegen die Römer erhebt«, brachte er den Gedanken zu Ende.

Kag spuckte ins Wasser. »Fortuna steh euch bei. Die Armee wird euch mit Haut und Haaren auffressen und die gebrochenen Knochen ausspucken.«

»Was hindert die Stierkrieger daran, euch anzugreifen, sobald ihr ihre Herrscherin zurückgegeben habt?«, fragte Drust.

Der Wanderer sah ihn ungläubig und verächtlich an. »Der Eid. Niemand bricht einen Eid.«

»Nachdem ihr ihre Königin geraubt habt? Außerdem hat Ugo vielleicht ihre Riesenkuh getötet.«

Der Wanderer zuckte mit den Schultern. »Das wird später verhandelt.«

Sie glitten auf die ruhige Silhouette des Pfahlhauses zu, in dem die Toten in der Kälte lagen. Drust wollte nicht daran denken, wie es im Inneren aussah. Ugo und Sib holten die Maultiere aus dem Stall.

Jetzt wandte sich Drust an Colm. »Du hast wieder einmal gelogen.«

Colm zuckte die Achseln. »Ich dachte mir, ihr würdet mir eher helfen, wenn ihr denkt, dass es um meine Schwester geht. Außerdem ist ja alles gut ausgegangen, jedenfalls für uns. In den nächsten Jahren möchte ich aber nicht in Talorcs Haut stecken – diese Frau wird das nicht so schnell vergessen.«

Er zog an der Lederleine, die mit den gefesselten Händen der Königin verbunden war. Sie stolperte ein paar Schritte vor, warf ihm einen vernichtenden Blick zu und sprach mit schriller, drohender Stimme. Colm zeigte ihr nur die Zähne.

»Sie hat mir geschworen, dass mein Schwanz sich aufrollen und abfallen wird, und noch ein paar andere hübsche Flüche«, erklärte er.

»Dasselbe verspreche ich dir auch«, erwiderte Drust mit ruhiger Stimme, »Und ich werde ihn so weit von deinem Kadaver wegwerfen, wie ich kann, wenn du uns noch einmal in eine solche Gefahr bringst. Bei Jupiters Eiern, das schwöre ich dir.«

»Den Schwur kannst du nicht halten«, erwiderte Colm. »Nicht einmal an deinem besten Tag.«

»Dann halte ich ihn eben«, warf Kag leise ein. »Oder wir alle zusammen. Wir haben es schon einmal getan und hätten es zu Ende bringen sollen, statt dir bloß ein paar Knochen zu brechen ...«

»Das reicht jetzt«, trat Quintus dazwischen, ehe er mit einem breiten Grinsen hinzufügte: »Obwohl es ein hübscher Gedanke ist. Wärmt einem das Herz an einem kalten Tag – aber dafür ist jetzt keine Zeit. Wie geht es jetzt weiter, Colm?«

Die Spannung löste sich nach und nach. »Wir schicken den Wanderer zurück – dann werden Julia Soaemias und ihr Sohn hergebracht, und wir machen den Austausch ...«

»Sie werden über uns herfallen, sobald wir die Königin herausgegeben haben«, meinte Drust. »Am besten lassen wir sie erst gehen, wenn wir römische Mauern in Sichtweite haben.«

»Darauf werden sie sich nicht einlassen«, meinte der Wanderer unbehaglich.

Drust warf ihm einen eindringlichen Blick zu. »Dann sorg dafür, dass sie es akzeptieren. Wofür haben wir die Kühe fütternde Druidin geraubt?«

»Druiden sind nur Männer«, erwiderte Ugo, der mit den Maultieren zu ihnen stapfte. »Sie sind sogar ...«

»Verpiss dich«, schnauzte Kag und klopfte ihm auf den Arm. Der germanische Riese machte ein finsteres Gesicht und zurrte das Gepäck auf den Maultierrücken fest. Drust sah ihn zusammenzucken, als hätte er Schmerzen.

Colm blies die Backen auf und zerrte an der Leine. »Jetzt kommt der schwierige Teil.«

»Es wird gleich dunkel«, gab Sib zu bedenken. »Wir sollten warten, bis es wieder hell wird.«

»Bis dahin hätten sie uns eingeholt«, erwiderte Kag, doch allen war klar, dass Sib recht hatte. Die tief hängenden Wolken verdunkelten jetzt schon den Tag, und bald würde die Nacht hereinbrechen.

»Ich bleibe ganz bestimmt nicht hier«, entschied Ugo, sein Gesicht von Schmerz und Entsetzen gezeichnet. Der Wind stimmte ihm raunend zu.

»In der Nacht kommen wir bei diesem Wetter nicht weit«, meinte Quintus.

Drust blickte zu Colm. »Das müssen wir auch nicht. Colm kennt sicher einen Unterschlupf nicht weit von hier.«

Colm nickte, und Kag warf Drust einen schnellen Blick zu. »Diese Stierkrieger werden uns jagen. Wir haben ihre Königin geraubt und beinahe ihren Stiergott getötet. Hier können wir unmöglich bleiben.«

Drust überlegte einen Moment. Niemand hatte überlebt, weder hier noch auf der Insel, auf der sie die Königin geraubt hatten. Ihre Stammesangehörigen würden erst reagieren, wenn sie merkten, dass etwas nicht stimmte, und bis dahin würde es längst Nacht sein. Mit etwas Glück würde sogar der Schneesturm noch toben. Erfahrene Krieger würden auch bei Nacht und Sturm losziehen, aber allzu schnell würden sie nicht vorankommen. Drust war überzeugt, dass sie noch mehr Boote besaßen, mit denen sie zur Insel gelangen konnten. Dort würden sie die Toten finden, doch im Dunkeln würde sich schwer feststellen lassen, was geschehen war, zumal einige Krieger ganz offensichtlich vom Stier niedergetrampelt worden waren. Möglicherweise hatte sich die Bestie noch nicht beruhigt und lief immer noch vor Schmerzen brüllend durch die Gegend.

»Vielleicht werden sie feststellen, dass die Königin nicht unter den Toten ist«, erklärte Drust. »Sie werden nicht länger als nötig auf dieser Insel bleiben wollen, schon gar nicht nachts, also werden sie hierher zurückkommen und vielleicht das Ufer absuchen. Den Platz hier kennen sie, außerdem wird den armen Schweinen, die man losgeschickt hat, jeder Vorwand recht sein, um sich irgendwo aufzuwärmen.«

»Ein Grund mehr, schleunigst zu verschwinden«, brummte Colm. »Ich kenne einen Unterschlupf, einen halben Tagesmarsch von hier.«

Drust schüttelte den Kopf. »Das ist zu weit, im Dunkeln und bei diesem Wetter. Wir könnten im Kreis laufen, wie es uns einmal in der Wüste passiert ist, als wir in einen Sturm gerieten und die Sterne nicht mehr sehen konnten. Wir brauchen einen einigermaßen warmen Unterschlupf, zumindest für eine Weile, und wir brauchen Tageslicht, um ein bisschen Himmel und deinen Sonnengott zu sehen. Hier können wir auch Feuer machen, weil die Krieger, die herkommen, genau das erwarten werden.«

»Ich gehe nicht in dieses Pfahlhaus«, murmelte Quintus. Keiner wollte das, doch es war auch nicht nötig, das Haus zu betreten. Sie konnten sich in den Nebengebäuden einquartieren und es so aussehen lassen, als wären hier Wärme, Schutz und Verpflegung zu finden. Wenn die Krieger dann halb erfroren aus der Dunkelheit hereingestolpert kämen, würde nur der Tod auf sie warten.

»Sobald wir etwas sehen können, brechen wir unverzüglich auf«, fügte Drust hinzu.

Die Königin wandte sich an Colm und stieß etwas hervor – der lächelte und übersetzte es für die anderen.

»Sie sagt, wir wären alle tot, wenn wir sie nicht sofort freilassen. Sie hat noch mehr gesagt, aber das ist das Wesentliche.«

»Da könnte sie recht haben«, grummelte Ugo und stapfte davon, um die Maultiere zurück in den Stall zu bringen. Das Gepäck würde er ihnen jedoch nicht abnehmen, damit sie im Morgengrauen sofort aufbrechen konnten.

Quintus trat an Drusts Seite und flüsterte ihm zu: »Unser Riese ist verwundet. Schwer sogar. Er will es nicht zeigen, aber er hat innere Verletzungen – das Biest hat ihn mit dem Horn erwischt. Er spuckt Blut, wenn er glaubt, dass es keiner sieht.«

Drust wandte sich an Colm, der es ebenfalls gehört hatte.

»Ich hoffe, das ist es wert.« Drust deutete mit einer abfälligen Geste auf die Stammeskönigin.

»Für mich hat sie überhaupt keinen Wert«, erwiderte Colm, »aber für Talorc ist sie wichtig, deshalb kriege ich für sie das, worum es mir geht.«

»Die Sonnengöttin und ihren Spross«, murrte Quintus. »Und was dann? Was machst du dann?«

»*Wir*«, erwiderte Colm, »wir werden sie nach Eboracum bringen und unsere Belohnung einfordern.«

»Wer hat es auf die beiden abgesehen?«, hakte Drust nach. »Wer will ihren Tod – und wer will sie retten?«

Colm zuckte mit den Schultern. »Ich will sie retten. Mehr müsst ihr nicht wissen.«

Er trat in ein Nebengebäude, die anderen folgten ihm. An der Tür hielt Kag Drust am Arm zurück.

»Ich glaube, in Eboracum wird er uns hintergehen. Jetzt braucht er uns noch, um seine Schützlinge sicher hinzubringen. Ich frage mich, was hat ein Kerl wie Colm mit einer römischen Sonnenpriesterin und einem Jungen zu schaffen, der dem Kaisersohn wie aus dem Gesicht geschnitten ist? Und wenn du dir ansiehst, was Colm mit seinem Gesicht angestellt hat … Ist der Kerl verrückt?«

»Musst du das wirklich fragen?«

Sie setzten sich ans Feuer und genossen die Wärme wie ein Geschenk der Götter. Sib kochte einen Eintopf mit Kräutern und Gewürzen, die er aus irgendwelchen Innentaschen seiner Kleidung hervorholte, wo die Körperwärme sie trocken hielt.

Sie aßen im flackernden Licht, während die Tiere das Futter fraßen, das im Stall vorrätig war. Für die Tiere der Einheimischen würde kaum noch etwas übrig bleiben, und sie würden zwangsläufig verhungern. Ab und an reckte Quintus den Kopf und spähte in die Dunkelheit zum Pfahlhaus hinüber, das von eingefrorenem Blut getränkt war. *Wahrscheinlich hört er die Schreie eines kleinen Kindes*, dachte Drust – auch er selbst konnte sie nicht vergessen.

Die Königin saß teilnahmslos da und weigerte sich, etwas zu essen. Colm nahm es mit einem Achselzucken zur Kenntnis. »Sie wird nicht lange genug bei uns sein, um zu verhungern. Danach ist es Talorcs Problem.«

Der Wanderer hielt zusammen mit Kag Wache, während Ugo sich, auf einen Ellbogen gestützt, ausruhte. Flach zu liegen schien ihm Schmerzen zu bereiten. Er tat es mit einer wegwerfenden Geste ab, ebenso den Umstand, dass er so schweigsam war.

»Ich trauere um meine Axt«, erklärte er.

Er konnte niemanden täuschen, nicht einmal die Stammeskönigin. Als der Wanderer zurückkam, sprach sie mit ihm – in einem Ton, so kalt wie Drusts Rücken.

»Sie sagt, der Riese wird sterben«, übersetzte der Wanderer. »Sie meint, der Vater des Waldes holt ihn zu sich.«

»An ihrer Stelle würde ich mir mehr Sorgen um den Vater des Waldes machen«, erwiderte Drust grimmig. »Der läuft nämlich mit einer Axt im Schädel herum.«

Mit Genugtuung beobachtete er, wie die Frau zusammenzuckte, doch es war ein billiger Triumph, wie ihm im nächsten Augenblick klar wurde. Die Königin sprach ein paar Worte, dann faltete sie die Hände im Schoß und stierte in die Dunkelheit. Der Wanderer strich sich den Bart und übersetzte, was sie gesagt hatte.

»Ihr werdet Mag Mell niemals finden. Ihr seid dazu verurteilt, ewig umherzuirren.«

Mag Mell war ein Name, der Drust wehtat. Seine Mutter hatte ihm in jenen kostbaren nächtlichen Stunden davon erzählt, und Drust hatte nicht geahnt, dass sie ihn auf ihr Hinübergehen vorbereitete. »Mag Mell«, hatte sie geflüstert. »Die Ebene der Freude.« Es gab noch andere Namen dafür – Land der Äpfel, Ort der ewigen Jugend, Silberwolkenfeld –, doch sie alle bedeuteten letztlich das Gleiche: die Befreiung von Knechtschaft und Sklaverei.

Drust betrachtete die Frau, sah etwas in ihr, das ihn an seine Mutter erinnerte, und spürte den alten Schmerz des Verlusts.

»Kneble sie«, forderte er den Wanderer auf, »damit sie nicht schreien kann, wenn die anderen kommen.«

Drust ging zurück ans Feuer und ließ sich die Brust rösten, während sein Rücken weiterhin eiskalt blieb. Kag und Colm hatten sich bereits niedergelassen. Kag wollte wissen, was die Frau gesagt hatte, also erzählte Drust es ihm.

Kag grunzte abfällig. »War eine gute Idee, sie zu knebeln.«

Eine Weile saßen sie schweigend da und starrten auf irgendwelche Bilder, die sie in den Flammen sahen.

»Glaubst du, es gibt so etwas?«, fragte Drust schließlich.

»Was?«

»Ewigkeit. Ich meine, ruft Kronos dich irgendwann zu sich, oder holen dich Dis Pater und Pluto in die Unterwelt?«

Colm stieß ein knurrendes Lachen aus. »Was ist das denn für eine Frage? Man merkt, dass du nicht mehr in der Arena stehst und auch nie ein richtiger Kämpfer warst.«

»Zum Hades mit dir, Colm«, schnauzte Kag zurück. »Du hältst dich wohl für was Besonderes, weil du ein Mal einen Kampf auf Leben und Tod ausfechten musstest, was? Jeder von uns hat in der Arena sein Leben aufs Spiel gesetzt.«

»Was sagen deine Philosophen dazu?«, hakte Drust nach, der keinen Streit an diesem wohltuenden Feuer wollte.

Kag gab nach und überlegte einen Moment. »Man kann nicht zweimal in denselben Fluss steigen, weil der Fluss nicht mehr derselbe ist, genauso wenig wie der Mensch«, erklärte er schließlich. »Das hat Heraklit gesagt.«

»Ein Grieche«, bemerkte Colm abfällig.

»Die meisten guten Philosophen stammen aus Griechenland – aber für dich habe ich auch etwas von Cicero: Das Leben der Toten geht über in die Erinnerung der Lebenden.«

»Also gibt es so etwas wie Ewigkeit nicht? Und das soll ich diesem Cicero glauben, dessen Name ›Kichererbse‹ bedeutet?«

Kag zuckte die Schultern. »Haben dich die Worte dieser felltragenden Königin so verstört?«

»Ich habe alles gesehen – Menschen kommen zur Welt, leben ihr Leben, ob kurz oder lang, und sterben.« Colm stierte einen Moment lang in die Flammen, während die anderen über seine plötzliche Nachdenklichkeit staunten. »Es ist immer die gleiche Erfahrung, die ich gemacht habe. Noch nie ist jemand zurückgekehrt, der einmal hinter den Vorhang des Todes getreten ist, aber ich weiß, dass dieser Vorhang nur ein dünner Schleier ist. Der Tod kann ihn jederzeit zerreißen, es kann jeden Augenblick passieren – und dann bist du in einem Moment noch hier, im nächsten ... woanders.«

Sie starrten ihn perplex an, während die Flammen sein Maskengesicht blutrot färbten. Er hob den Kopf und blickte in die Runde.

»Alles, was wir haben, ist unser Glaube an die Götter, und Glaube ist nicht Wissen. Wer kann schon von sich behaupten, die Wahrheit zu kennen, wenn sie sich nie offenbart?«

»Und doch glaubst du an diesen Goldjungen«, brachte Kag heiser hervor. »Du tust das alles für ihn. Siehst du in ihm das Geheimnis der Ewigkeit?«

Colm riss seinen Blick von ihnen los und starrte wie blind ins Feuer.

»Vielleicht. Wenn Gebete dich etwas lehren können, dann das: Du musst etwas opfern, etwas geben, um etwas zu bekommen.«

Drust dachte über seine Worte nach. *Wir haben gerade geopfert, was die Götter anscheinend am liebsten haben, egal auf welcher Seite der Mauer sie daheim sind.*

Blut.

Sie kamen im schwachen Licht der beginnenden Morgendämmerung, doch sie waren steif vor Kälte – sechs wankende Männer, dick in Wolle und Felle gehüllt, die geröteten Hände so klamm, dass sie die Speerschäfte nicht mehr spürten, die sie trugen.

Gwynn ap Nudd, dachte Drust. Er erinnerte sich an den Namen der Heldengestalt, von der seine Mutter ihm erzählt hatte, um die Flamme seines Erbes am Leben zu erhalten. *Arme Mama. Mein Erbe liegt nicht im Blut, sondern dort, wo ich meine Kindheit und Jugend verbracht habe. Und es hat viel weniger mit Gwynn ap Nudd, dem Herrscher der Anderswelt, zu tun, als mit den unzähligen Dingen, die ich über Rom weiß – zum Beispiel, welche Viertel Wasser aus der stinkenden Aqua Alsietina erhalten, die hauptsächlich Tuchwalker und Gärten versorgt. Ich kenne jede Straße auf dem Cispius, dem Fagutal und dem Oppius, und weiß, wie man von den Armenvierteln am Fuß des Esquilin zum Kaiserpalast gelangt, ohne von den Wachen gesehen zu werden.*

Deshalb war es nicht von Bedeutung, dass er wusste, welche Götter diese sechs Männer fürchteten, die es vorgezogen hatten zu frieren, statt mitten in der Nacht herüberzukommen. Entscheidend war, dass sie so gut wie tot waren, als sie wie die Motten zum Feuer und zum Licht strebten.

Es war ein kurzer Kampf – Knurren und Stöhnen, hässliche, dumpfe Geräusche. Jemand stieß einen verzweifelten Schrei aus, dann herrschte Stille. Schwer atmend trat Colm zu Drust und wischte sein Schwert an einer blutverschmierten Pelzmütze ab.

»Wo warst du?«, wollte er wissen.

»Ich habe auf die Frau aufgepasst«, erwiderte Drust. »Sie konnte zwar nicht sprechen, aber du hast ihre Füße nicht gefesselt.«

Es war Colm sichtlich peinlich, dass er das übersehen hatte. Er brummte etwas vor sich hin, während der metallische Blutgestank der Toten zu ihnen drang. Dann ging er zur Gefangenen und nahm ihr den Knebel aus dem Mund. Sie sammelte etwas Speichel im Mund und spuckte ihn an. Drust lachte.

Der Blutgeruch verflüchtigte sich in der Kälte rasch. Sie brachen auf und ließen sechs weitere traurige Leichen zurück. Immer wieder schaute Sib sich beunruhigt um; er fürchtete, die Geister der Toten könnten ihnen wie unsichtbarer Rauch folgen. Erneut verdankte sich sein Zittern nicht allein der Kälte.

Sibs Blick schweifte zu Colm, der die fremden Krieger fast im Alleingang getötet hatte, schnell und entschlossen wie ein Wüstenfuchs. Er mochte Colms Gesichtszeichnung nicht – sie erinnerte ihn an den *Jedwel*, das Talisman-Symbol seines Stammes. Die meisten Frauen trugen solche Markierungen, das *Siyala* am Kinn, das *Ghemaza* zwischen den Augenbrauen, das, wenn man es zur Stirn hin erweiterte, zum *El-ayach*, dem Glücksbringer, wurde. Sie alle waren wie *Khamsa* Schutzsymbole vor dem Bösen und wurden hauptsächlich an besonders verwundbaren Stellen und Körperöffnungen angebracht – Augen, Nase, Mund, Nabel und Vagina.

Colms Maskengesicht hingegen bewirkte das Gegenteil. Es zog die Geister regelrecht an, und Sib fürchtete, dass der Mann bereits einen Dämon in sich trug. Manius war schon schlimm genug gewesen – auch er hatte über keinerlei Schutz gegen das Böse verfügt –, doch er war tot, während Colm sehr lebendig und mitten unter ihnen war.

Es hatte aufgehört zu schneien, doch die dicke Schneeschicht war von einer Eiskruste überzogen, die immer wieder brach und Männer und Maultiere einsinken ließ. Auch Kag blickte sich ein- oder zweimal um, und Drust wusste, dass er an ihre Spuren im Schnee dachte. *Wenn du Spuren hinterlässt ...*

Sie benötigten fast den ganzen kurzen Tag, um Colms Unterschlupf zu erreichen. Dieser war von zugespitzten Baumstämmen umgeben, die sich bei genauem Hinsehen als Pfähle herausstellten. Dahinter erstreckte sich ein Graben, den sie ein Stück entlanggehen mussten, bis sie eine Stelle fanden, an der sie ihn überqueren konnten.

Hätten sie es woanders versucht, hätten sie möglicherweise die zugespitzten Pfähle zu spüren bekommen, die unter dem Schnee verborgen waren.

»Eine Festung«, murmelte Kag in seine Atemwolke. »Eine Verteidigungsanlage? Das ist dein Unterschlupf?«

»Hier sind wir sicher«, erklärte Colm, »und doch nahe genug, dass Talorc uns erreichen kann, bevor die Stierkrieger hier sind.«

Die Festung war dreißig Schritt lang und fünfundzwanzig Schritt breit – errichtet von einer Einheit in Kohortenstärke. Ugo wischte den Schnee von einer Holztafel, deren Inschrift ihnen verriet, wie die Anlage entstanden war.

»Du kannst lesen«, brummte er Drust zu. »Was steht da?«

Imp L.S. Severus Aug
Pp vex leg
VI V fec p
Für Kaiser Lucius Septimius Severus Augustus,
Vater des Vaterlandes.
Diese Festung errichtete eine Einheit
der Sechsten Legion Victrix.

»Also noch ziemlich neu«, stellte Quintus mit einem freudigen Lächeln fest. »Ein oder zwei Jahre alt. Vielleicht funktioniert der Ofen noch, dann können wir Brot backen.«

Drust wollte ihm schon entschieden widersprechen, doch der Gedanke an frisches Brot ließ ihm unwillkürlich das Wasser im Mund zusammenlaufen. Er sah, dass es den anderen ähnlich ging.

»Vor zwei Jahren gebaut«, bestätigte Colm. »Ein Marschlager, vielleicht auch einer dieser Außenposten als deutliches Signal, dass die Armee zurück ist.«

»Bis die felltragenden Bestien mutiger wurden«, brummte Kag. »Heute ist es nur noch eine Ruine im Schnee.«

Colm zuckte mit den Schultern und gab dem Wanderer ein Zeichen. Der nickte und stapfte eilig los.

»Wir machen erst einmal Feuer mit dem, was wir haben, und sammeln dann frisches Holz«, entschied Drust. Kag machte sich sogleich an die Arbeit, Ugo ging mit Sib los, um sich um die Maultiere zu kümmern.

Wenig später kam Quintus zurück, nach wie vor mit einem breiten Grinsen auf dem Gesicht »Der Ofen ist zwar ein bisschen ramponiert, aber brauchbar. Richtige Gebäude gibt es nicht, sie haben in Zelten übernachtet, aber wir können uns in den Schuppen für die Maultiere einquartieren.«

»Wir brauchen mindestens drei lebende und einsatzfähige Maultiere«, erklärte Colm. »Wir nehmen die Königin mit, wenn wir aufbrechen, und lassen sie erst gehen, wenn wir den Rauch der römischen Feuer bei der Mauer sehen.«

»Selbst dann könnte es knapp werden«, wandte Quintus ein.

»Dann rennen wir, was das Zeug hält.«

Drust blickte zu der Stammeskönigin, die auf einem Maultier-Packsattel saß, verhärmt und mit rot geränderten Augen. Sie nahm sich zusammen, doch sie hatte schon eine ganze Weile jede Nahrung verweigert, und die Anstrengung begann, Spuren zu hinterlassen. Ihre Unterlippe zitterte. Sie biss darauf, damit es nicht auffiel.

»Wie lange wird es dauern, bis Talorc mit der Römerin und ihrem Sohn hier ist?«, fragte Drust.

Colm blickte von seinem Gepäck auf und kniff nachdenklich die Augen zusammen. »Einen Tag, höchstens. Sie werden mit Pferden kommen – und davon hat er nicht viele. Sein Trupp wird zwanzig bis dreißig Mann stark sein, seine besten Krieger und die Häuptlinge, denen sie dienen, denn die werden ihn das nicht allein machen lassen.«

»In vierundzwanzig Stunden werden vielleicht einige von uns tot sein.« Drust warf einen vielsagenden Blick zu der Frau.

Colm richtete sich auf und wischte sich die Hände an seiner Tunika ab. »Ugo wird der Erste sein, da bin ich mir ziemlich sicher.«

Drust blickte in die dunklen Höhlen des Totenschädels. Dass Colm die Augen offen hatte, war nur an dem wilden Funkeln zu erkennen. *Dieser leicht irre Blick*, hatte Kag es genannt.

Drust drehte sich um und unterdrückte ein Schaudern.

KAPITEL 12

Es hatte aufgehört zu schneien, doch der scharfe Wind türmte den Schnee zu hohen Wehen auf. In der Festung kauerten die Männer an dem Feuer, das sie aus alten Pfählen entzündet hatten, und schwiegen – wie um keine Kälte durch den Mund hereinzulassen.

Drust suchte Quintus auf, der ihm in kurzen, von Atemwölkchen begleiteten Worten Bericht erstattete. Futter und Proviant waren beinahe aufgebraucht, das Wasser ebenfalls. Sie schmolzen Schnee, da die Mulis sich weigerten, ihn zu fressen, um ihren Durst zu stillen. Lange würden die Tiere nicht mehr durchhalten.

»Tu alles, damit sie am Leben bleiben«, sagte Drust. »Wir brauchen sie für die Frau und den Jungen.«

Danach ging er zu Ugo weiter, der etwas zur Seite geneigt am Feuer saß und aussah wie ein halb leerer Getreidesack.

»Wie geht es dir?«, fragte Drust und erschrak, als er die Furchen im Gesicht des Mannes sah. Trotz des zerzausten Barts, der einen großen Teil des Gesichts überwucherte, konnte man erkennen, wie es um ihn stand.

»Ich habe den Gott des Waldes besiegt«, erklärte Ugo und hielt den zersplitterten Axtstiel hoch. Dann seufzte er. »Aber er hat mich böse erwischt. Sehr böse, fürchte ich.«

Ugos Worte versetzten Drust einen Stich. Er wusste, dass es dem Mann nicht leichtfiel, das zuzugeben. Drust klopfte dem germanischen Hünen auf die Schulter. Die Frau blickte zu ihnen herüber und sagte etwas, langsam und gepresst. Drust brauchte einen Moment, um zu verstehen, dass sie sich in der hiesigen Handelssprache auszudrücken versuchte.

»Mann wird sterben. Ich kann helfen.«

Colm zerrte die Frau an der Leine von Drust weg. »Was soll das? Spricht sie jetzt mit dir?«

»Sieht ganz so aus«, erwiderte Drust gelassen. »Ich habe nicht jedes Wort verstanden, aber sie behauptet, dass sie Ugo helfen kann.«

»Was?«

»Ich habe etwas.« Die Frau fingerte an ihrem Gürtel herum. Colm riss ihre gefesselten Hände von ihrem Gürtel weg und beäugte sie misstrauisch.

»Lass sie«, befahl Drust schroff. »Du hast sie doch hoffentlich nach Waffen durchsucht?«

Colm hatte plötzlich Zweifel, ob er gründlich genug vorgegangen war. Drust öffnete ihren Gürtel und spürte ihren festen, üppigen Körper unter seinen Händen. Er drängte den Gedanken beiseite und betrachtete den Gürtel im Feuerschein.

Er war drei Finger breit und mit kleinen Taschen versehen. Drust vermutete darin Nadeln und dergleichen, doch als er eine der Taschen öffnete, fand er darin nur einen Holzspan.

»So was benutzen in meinem Land Waldfrauen«, erklärte Ugo. »Die Späne sind einem Gott geweiht. Wenn sie ihn berührt, wirkt er als Schutz gegen die Mächte des Bösen.«

Drust legte den Holzspan vorsichtig zurück. In einer anderen Tasche fand er getrocknete Pflanzenreste, die beinahe zu Staub zerfallen waren und muffig und süß zugleich rochen. Er fragte sich, wie sie schmecken mochten, wagte aber nicht, sie mit der Zunge zu berühren.

»Ich mache.« Die Königin hob ihre gefesselten Hände in einer Geste, als würde sie trinken.

»Sie wird ihn vergiften«, knurrte Colm.

Ugo lachte, und Blut trat auf seine Lippen. »Ich bin doch schon tot.«

»Binde sie los«, befahl Drust und spürte förmlich, wie Colm sich sträubte.

»Wer bist du, dass du mir Befehle gibst? Diese Frau gehört mir.«

Drust fixierte ihn. »Diese Frau haben wir gemeinsam geholt. Binde sie los. Wenn sie etwas für Ugo tun kann, dann soll sie es tun.«

Colm zögerte, dann glitt sein Messer mit einem Zischen aus der Scheide. Einen Moment lang stand er mit dem Messer in der Hand da, dann durchtrennte er die Schnur an ihren Handgelenken.

»Anführer«, spottete er. »Unser aller Vater, was? Ein kleiner Servilius Structus ...«

Die Frau massierte ihre Handgelenke, dann nahm sie sich einen Topf, um etwas Schnee darin zu schmelzen. Sie legte den Gürtel wieder an, beugte sich über den Topf und murmelte etwas, während die Flammen über ihr Gesicht tanzten. Sib malte ein Zeichen in die Luft, um den Einfluss böser Geister abzuwehren.

»Warum?«, fragte Drust die Frau.

Sie blickte zu ihm auf. »Unser Stiergott hat ihn am Leben gelassen. Das hat etwas zu bedeuten.«

Der Stiergott hatte Ugo nur verschont, weil er rasende Kopfschmerzen hatte und zudem reichlich andere Opfer, dachte Drust, doch er wollte ihr nicht widersprechen – in dieser Gegend waren alle von ihren Göttern besessen.

Drust trat ein paar Schritte zurück, wo Colm die Szene mit finsterer Miene verfolgte. Quintus saß auf der anderen Seite des Feuers und schärfte beiläufig die Klinge seines Gladius. Er hatte instinktiv sein Schwert gezogen, als Colm zu seinem Messer gegriffen hatte.

»Wie geht es diesem germanischen Stupidus?«, fragte Colm schließlich.

»Wäre er ein Maultier«, erwiderte Quintus mit seinem unerschütterlichen Grinsen, »dann würde ich ihm aus Mitleid die Kehle durchschneiden.«

»Wir werden heil zurückkehren, und Ugo wird dabei sein«, erklärte Drust und versuchte selbst daran zu glauben. »Wahrscheinlich hat er sich eine Rippe gebrochen – ihr wisst ja, wie das ist.«

Sie hatten sich alle schon einmal eine Rippe gebrochen, meist auf dem Übungsplatz mit den schweren Holzschwertern. Es lehrte einen, beim nächsten Mal besser aufzupassen, denn man bekam lediglich einen Verband und die Erlaubnis, das Übungspensum für eine Weile zu verringern.

Die Frau bereitete ihren Trank zu und ließ ihn kurz abkühlen. Dann gab sie Ugo davon zu trinken. Der schluckte das Gebräu und verzog das Gesicht. Fast augenblicklich trat ihm der Schweiß auf die Stirn, und seine Haut verfärbte sich grau. Drust beneidete ihn fast um die innere Hitze.

»Also, Brüder«, erklärte Ugo. »Wenn ich ins Dunkle Land hinübergehen muss, war es mir eine Ehre. Ich habe gegen den Gott des Waldes gekämpft und gewonnen.«

»Du hast dir den Lohn eines Helden verdient«, versicherte Drust in Erinnerung an die Erzählungen, die seine Mutter ihm einst zugeflüstert hatte.

»Im Dunklen Land sind wir schon«, murrte Kag.

Der neue Tag kroch zögernd am Horizont herauf – sie verbrachten ihn mit Warten. Ugo stöhnte und schwitzte und durchlebte noch einmal seinen Kampf gegen die göttliche Bestie. Er schüttelte die Felle ab, und sie deckten ihn immer wieder zu, aus Angst, die Kälte könnte ihn umbringen, wenn es die Hitze des Fiebers nicht tat.

Als sich die nächste Morgendämmerung ankündigte, fesselte Colm die Frau wieder und leinte sie an.

»Die sollten seit Stunden hier sein«, meinte er. »Talorc hält sich anscheinend für besonders schlau. Bestimmt hat er seine Männer losgeschickt, damit sie uns den Weg zur Mauer abschneiden.«

Drust hatte so etwas vermutet, doch Colms Bestätigung trug nicht gerade dazu bei, sein ohnehin mulmiges

Gefühl zu vertreiben. Plötzlich rief Sib ihnen zu, dass sich eine Gruppe von Männern der Festung näherte.

Colm erhob sich mit steifen Knien. »Sie kommen mit Pferden. Davon haben sie nicht viele.«

Aber offensichtlich genügend für etwa zwanzig Mann, dachte Drust. Und die waren sicher nicht so durchgefroren, dass sie nicht absitzen, eine Formation bilden und kämpfen konnten. Mitten unter ihnen konnte Drust zwei Bündel aus feiner Wolle und Pelz ausmachen – die Frau und der Junge.

Colm zog an der Leine, und die Königin taumelte auf ihn zu und fiel zu Boden. »Jetzt werden wir genau beobachten, was passiert.« Er nickte Drust zu. »Du gehst hin und redest mit ihm. Hol die Herrin und ihren Sohn. Sag diesem Hurensohn Talorc, dass er die Stierkönigin bekommt, sobald wir in Sichtweite der römischen Mauer sind.«

»Und wo bist du solange?«, erkundigte sich Kag sarkastisch.

Colm warf ihm einen kalten Blick zu, dann verzog er sein tätowiertes Gesicht zu einer grinsenden Grimasse. »Das ist nun mal die Aufgabe eines Anführers.«

Als Drust über das Schneefeld stapfte, fühlte er sich wie ein Käfer auf einem Silbertablett. Einmal drehte er sich kurz um und sah Colm, der irgendwo stand, wo man ihn sehen konnte. Die angeleinte Frau kniete vor ihm im Schnee, eine Speerspitze im Nacken.

Talorc sah es ebenfalls und sagte etwas zu dem Wanderer. Der blickte mit zusammengekniffenen Augen zuerst Colm an und wandte sich dann an Drust.

»Wird er sie töten?«

»Nur wenn ihr versucht, sie euch mit Gewalt zu holen«, erwiderte Drust. Er sah Julia, die Römerin, auf einem kleinen Pferd sitzen, ihr Sohn neben ihr. Sie wirkte ruhig und gefasst, doch Drust bemerkte auch, dass ihr nichts entging.

»Talorc glaubt, dass ihr die Königin behalten wollt, nachdem er die Römerin herausgegeben hat«, erklärte der Wanderer.

»Was sollte uns diese Stammeskönigin nützen?«, entgegnete Drust.

»Talorc denkt, dass Colm Todgesicht sie haben will. Vielleicht will er selbst dort König werden.«

»Colm wird nicht wieder zurückkommen, sobald er einmal auf der anderen Seite der Mauer ist.«

Drust konnte nicht wissen, ob das stimmte, doch sein Gefühl sagte ihm, dass Colm nicht hierher zurückkehren würde. Wahrscheinlich würde er Julia Soaemias und ihren Sohn begleiten, wohin die beiden auch gehen mochten. Drust betrachtete den Jungen, dieses makellose, lächelnde Gesicht, das so stark an den jungen Caracalla erinnerte.

Talorc sprach mit kurzen, kehligen Worten, die der Wanderer mit einem Kopfnicken anhörte und dann an Drust weitergab.

»Talorc wird euch zur Mauer folgen«, übersetzte er. »Erst wenn ihr dort seid, wird er euch die Römerin und den Jungen übergeben.«

Drust wusste, dass es das Beste war, was sie erreichen konnten, also nickte er und kehrte zu den anderen zurück. Er spürte die Blicke von Talorcs Kriegern im Nacken, vermied es aber, sich umzudrehen.

Drust berichtete den anderen, was Talorc vorschlug. Colm nickte; offenbar hatte er nichts anderes erwartet. Irgendwo vor ihnen würde ein Trupp von Talorcs Männern ihnen den Weg abschneiden, bevor sie sich in der römischen Garnison in Sicherheit bringen konnten. Die Königin stieß ein leises Stöhnen aus und stoppte, indem sie die Lippen zusammenpresste. Drust hatte fast Mitleid mit ihr; was immer geschehen würde – ihr stand in jedem Fall Gefangenschaft bevor.

»Packt so schnell wie möglich eure Sachen, wir brechen auf«, erklärte er.

»Wir bilden ein Karree, die Frau und die Tiere in der Mitte, so wie die Armee es macht. Passt in jedem Fall gut die Flanken auf. Kag, du sicherst nach hinten ab.«

Drust deutete mit seinem bärtigen Kinn nach Osten. »Zunächst marschieren wir parallel zu der Mauer, dann biegen wir nach Süden ab. Mit etwas Glück können wir der Falle ausweichen.«

Colm nickte nachdenklich. »Auf diesem Weg kommen wir an Verrecundas Hof vorbei.«

Alle hoben die Köpfe – keiner wollte dorthin zurückkehren. Drust kam es so vor, als würden die Götter würfeln – und der Sieger bestimmte, welche Richtung sie einschlagen würden. Als er den Gedanken laut aussprach, quittierte Quintus dies wieder einmal mit seinem unermüdlichen Grinsen.

»Sollen sie ruhig würfeln. Ein Spielchen in Ehren hat noch keinem geschadet.«

Sie formierten sich, so gut es ging, doch von einem »Karree« zu sprechen, erschien auch Drust selbst geradezu lächerlich. Es war lediglich ein loser Ring aus einer Handvoll Männer, wobei Ugo halb bewusstlos auf einem Maultier saß und die Frau auf einem anderen. Talorcs Krieger folgten ihnen in einigem Abstand. Kag meldete, ein Reiter sei in Richtung Süden davongeprescht – zweifellos, um dem dortigen Trupp eine Botschaft zu überbringen.

»Wir sollten wenden und sofort nach Süden marschieren«, meinte Sib, doch niemand ging auf seinen Vorschlag ein. Sie wussten genau, dass es ihm nur darum ging, Verrecundas Haus aus dem Weg zu gehen.

Drusts Plan war keineswegs schlecht, doch er musste erkennen, dass er Talorcs Schlauheit unterschätzt hatte, als er in der Ferne im Schneegestöber eine Gruppe von Kriegern ausmachte: Talorc hatte einen Teil seiner Männer nach Osten geschickt.

»Wahrscheinlich hat er auch einen Trupp im Westen«, meinte Kag. »Er will uns daran hindern, irgendwohin auszuweichen. Den Rest erledigt die Kälte.«

»Wie weit ist Talorc hinter uns?«, wollte Drust wissen.

Kag spähte mit zusammengekniffenen Augen nach hinten. »Nicht mehr zu sehen. Könnte ein längerer Marsch sein.«

»Dann müssen wir diese Kerle überrumpeln und sie uns vom Hals schaffen«, erklärte Drust. Colm nickte.

Sib lachte laut. »Wir? Jetzt? In unserem Zustand?«

»Halt die Klappe, Wagenlenker«, brummte Ugo gutmütig und hievte sich unter Schmerzen von seinem Maultier.

»Ich kümmere mich um die Mulis. Ihr müsst mit voller Wucht zuschlagen – es sind nur sechs oder sieben Mann.«

Wohl eher ein Dutzend, dachte Drust, doch seine Stimmung hob sich, als er Ugos Gesicht sah. Dem schwer angeschlagenen Germanen schien es immerhin ein wenig besser zu gehen. In diesem Moment blickte die Stammeskönigin zu Drust, und er nickte ihr dankend zu.

Colm übergab die Leine an Ugo und runzelte die Stirn. »Pass auf, dass du sie nicht verlierst, sonst wäre alles umsonst und wir sind so gut wie tot.«

Drust hatte ein Gefühl, als würden seine Eingeweide schmelzen – ein vertrautes, aber höchst unangenehmes Gefühl. Auch wenn sie ihren Auftritt noch so gut geprobt hatten und nicht vorgesehen war, dass jemand starb, hatte er die Arena immer mit dieser Übelkeit betreten. Er wusste, dass Colm ahnte, wie er sich fühlte, deshalb wich er dessen spöttischem Blick aus, als sie zu den Waffen griffen und auf Talorcs Krieger zuliefen. Drust krümmte seine steifen Finger um den Griff des lächerlich kleinen Schilds und umfasste auch den Gladius noch etwas fester.

Es war nicht schwer, den Anführer des Trupps auszumachen. Er war ein Hüne und ging den anderen voraus, breitete die Arme aus und rief etwas herüber, während Drust und die anderen näher kamen. Colm blieb augenblicklich stehen. Drust blickte unsicher zu ihm und sah seinen Totenschädel grinsen.

»Er fordert unseren Anführer heraus«, erklärte Colm. »Er glaubt, dass ich es bin.«

Sein Grinsen war wie in Stein gehauen, er trat einen Schritt zurück und breitete spöttisch ebenfalls die Arme aus. »Der Augenblick der Wahrheit«, sagte er zu Drust. »Das ist es, was der Eid bedeutet – *uri, vinciri, verberari, ferroque necari* –, ich werde es ertragen, gebrannt, gefesselt, ausgepeitscht und durch das Schwert getötet zu werden.«

Sein Gesicht näherte sich Drusts wie eine Waffe, wild und drohend. »Jetzt siehst du, wie es sich anfühlt, ein richtiger Kämpfer zu sein, Drust. Keine Proben ...«

Selbstgewiss stolzierte der feindliche Anführer auf und ab. Sein Gesicht war von Narben gezeichnet und trug zudem die blauen Symbole eines unbeugsamen Kriegers. Er wirkte unbezwingbar wie die Mauer selbst, trug ein Kettenhemd unter seinem Bärenfell und an seiner Brust hingen angelaufene Reste römischer *Phalerae* – militärische Auszeichnungen in Form runder Metallplättchen, die einmal einem Centurio gehört hatten.

»Ich bin Lann, Sohn des Aindreas, Sohn des Adhamh«, rief er in der Handelssprache des Landes, schwang seine Waffen und wiederholte die Worte in der Sprache seines Stammes. Seine Männer brummten zustimmend und antworteten mit lautem Gebrüll.

»Ich bin der größte Krieger im ganzen Land«, rief er. »Ich habe Berge von toten Feinden zurückgelassen. Ich habe gegen die Besten aus dem Felsenstamm gekämpft und sie in einer Schlacht ausgelöscht. Sie haben mich mit vier Pfeilen erwischt, aber nicht aufhalten können.«

Drust stand mit trockenem Mund da, blickte unwillkürlich zu Colm und sah ihn grinsen. Kag wollte auf den

Anführer zugehen, doch Drust warf ihm einen warnenden Blick zu. Eine grauenvolle Gewissheit machte sich in ihm breit: Er musste es übernehmen. Er hatte oft in der Arena gekämpft, aber mehr wie ein guter Schauspieler, der genau wusste, was er zu tun hatte, damit es echt aussah, auch mit einem mittelmäßigen Partner als Gegner.

Aber dies hier war der Moment der Wahrheit, wie Colm richtig gesagt hatte. In dieser Arena gab es keine Probe, keine Vorbereitung, kein garantiertes Überleben auch im Falle einer Niederlage. Ob Schnee oder Sand, es war einerlei ... *Die Götter lassen dich deinem Schicksal niemals entgehen*, dachte er.

Dennoch gab es ein paar Dinge aus seinen einstudierten Kämpfen, die sich auch hier anwenden ließen. Zum Beispiel die Wortduelle, die sie sich geliefert hatten, wenn die Arena so klein war, dass die Zuschauer alles hören konnten. Fast musste er in sich hineingrinsen, als Lann gerade auf eine hässliche Narbe neben seiner Nase deutete.

»Die habe ich aus einem Kampf gegen Lorcan, den besten Stierkrieger, der zweiundvierzig Männer getötet hat. Er hat mir mit einem mächtigen Hieb den Arm gebrochen, aber ich habe ihn trotzdem in Stücke gehauen. Diesen Umhang habe ich einem römischen Anführer abgenommen, den ich zusammen mit seinen vierundzwanzig kleinen Legionären getötet habe – seht ihr dieses Loch? Das stammt von meinem Speer – obwohl mich seiner in die Seite getroffen hatte.«

Er unterstrich seine großen Taten, indem er jedes Mal Speer und Schwert in die Höhe reckte. Seine Männer verstanden die Handelssprache zwar kaum, hatten seine Geschichten allerdings schon oft gehört und wussten, wann brüllender Jubel angebracht war. Drust bemühte sich, etwas Spucke in seinen trockenen Mund zu bekommen, um sprechen zu können.

»Du solltest öfter mal den Kopf einziehen«, brachte er heraus. »Oder einen Schild benutzen. Dann würdest du dir ein paar Narben ersparen.«

»Ich nehme deinen, wenn du tot bist«, erklärte Lann.

»Da du nichts hast, was ich gebrauchen kann«, erwiderte Drust, »werde ich mich damit begnügen, dein Leben für den Rest meines eigenen mit mir zu tragen.«

Lann hatte genug vom Reden. Er nahm eine geduckte Position ein, was ihn nur unwesentlich kleiner machte, und begann seinen Gegner zu umkreisen. Drust spürte, wie seine Beine wacklig wurden, und hoffte, dass es niemand bemerkte. Er gab sich unbeeindruckt, obwohl er zitterte, trat vor und folgte Lanns wölfischem Kreisen mit kleinen Schritten, wie ein Mann an einer Wegkreuzung, der nicht wusste, welche Richtung er einschlagen sollte.

Lann bewegte sich erstaunlich geschmeidig für einen Mann von seiner Statur. Kaum jemand zweifelte am Ausgang des Kampfes. Der Mann war ein Riese, der Kraft und Schnelligkeit in idealer Weise in sich vereinte. Er war wie ein scharfer Speer, der nur darauf wartete, seinen Gegner zu durchbohren. Im nächsten Augenblick flog der Speer auf Drust zu. Lanns gekrümmtes Schwert blitzte vor ihm auf, und Drust wich zurück und stolperte.

Das Einzige, worauf er zurückgreifen konnte, waren seine langjährigen disziplinierten Übungen für die

Arena – und ihm fiel ein Trick ein, den er eines Nachmittags mit Menophilus einstudiert hatte und der bei der Menge immer wieder gut angekommen war. Drust wich mit dem Schwert in der Hand einen Schritt zurück, Lann wollte nachsetzen, doch plötzlich schnellte Drust mit blitzender Klinge nach vorne.

Lann musste den Angriff abbrechen und ausweichen. Kurz verharrten sie und beäugten einander, während die Krieger brüllten und der Schnee vom schneidenden Wind verweht wurde. Drust zwang sich zu einem Lächeln und schickte ein stilles Dankgebet zu Menophilus, dass er an jenem Nachmittag so hartnäckig mit ihm gearbeitet hatte, bis der Trick perfekt funktioniert hatte. Menophilus war im darauffolgenden Jahr an einem Fieber gestorben, das ihm das Wasser des Lebens herausgesaugt und ihn als ausgetrocknete Hülle zurückgelassen hatte.

Lann griff erneut an, ließ den Speer nach vorne schnellen wie eine züngelnde Schlange, stieß ein-, zwei-, dreimal gegen Drusts Schild. Die Stöße schüttelten ihn durch und ließen das Holz splittern. Plötzlich schwang Lann sein Schwert, Drust blockte den Hieb ab – das Klirren der Klingen hallte glockenhell über die verschneite Landschaft. Einen Moment lang glaubte Drust, sein Arm wäre abgefallen, doch er hing nur schlaff und gefühllos nach unten.

Die Schreie wurden lauter, als die Krieger Drusts Schwert durch die Luft fliegen sahen, das ihr bärenstarker Anführer ihm aus der Hand geschlagen hatte. Lann setzte entschlossen nach, um es zu Ende zu bringen. Im nächsten Augenblick stieß er einen kurzen Schrei und einen Fluch aus, als Drust die Schildkante mit aller Kraft auf Lanns Handgelenk niedersausen ließ, woraufhin ihm das Schwert aus den gefühllosen Fingern glitt.

Ich kann doch kämpfen, dachte Drust mit trotzigem Zorn. *Da kann Colm sagen, was er will.*

Dennoch war er völlig außer Atem, seine Knie zitterten, er hatte sein Schwert verloren und stand einem Riesen gegenüber, der wild entschlossen mit seinem Speer auf Drusts Schild einstach. Schritt für Schritt musste er zurückweichen. Lann drehte den Speer um und ließ jetzt das stumpfe Ende gegen den Schild krachen. Es war jedes Mal wie ein Hammerschlag, der Drust taumeln ließ. Die Krieger heulten begeistert auf, und für einen kurzen Moment sah Drust die besorgten Gesichter rund um Colm. Kag wirkte zum Zerreißen gespannt, als wolle er jeden Moment losstürmen. Colm dagegen wirkte so unbeeindruckt wie eine Grabstatue.

Drust wich noch zwei Schritte zurück, dann blieb er keuchend stehen, sein Gesicht schweißüberströmt.

Lann schwang den Speer und grinste – dann warf er ihn. Drust blockte die Waffe ab und erkannte seinen Fehler einen Sekundenbruchteil zu spät. Er hätte ausweichen sollen ... der Speer streckte ihn zu Boden. Noch während er sich aufrappelte, sah er, dass die Spitze den Schild durchbohrt hatte und um ein Haar auch ihn getroffen hätte. Drust warf den nutzlosen Schild weit von sich und stand nun mit leeren Händen da, während Lann seine ebenfalls leeren Fäuste triumphierend zum Himmel reckte.

Kag wollte sein Schwert ziehen, doch etwas packte ihn mit eisernem Griff am Handgelenk. Als er aufsah, erwiderte Colm seinen Blick.

»Lass das«, zischte Colm. »Es ist noch nicht so weit.«

Kag wehrte sich, riss sich los und funkelte ihn wütend an. »Fick dich in den Arsch! Wenn er stirbt, bringe ich dich höchstpersönlich um.«

»Nur die Götter wissen, wie es kommt«, erwiderte Colm. »Helios, höre diese Worte ...«

Zu Kags Erstaunen fing er tatsächlich an zu beten. Im nächsten Augenblick breitete Quintus ebenfalls die Arme aus, um eine Bitte an Nemesis und Fortuna zu richten.

Drust hörte es, obwohl Lanns Männer immer lauter jubelten; er fühlte sich von den Gottheiten umweht wie vom windgepeitschten Schnee. Götter der Arenakämpfer ...

Minerva.

Pluto.

Mars Ultor.

Ich bin ein Sandkorn, das Funkeln des Sonnenlichts auf dem Wasser. Uri, vinciri, verberari, ferroque necari ...

Das Heulen der Krieger verebbte, und sie malten Zeichen in die Luft, um Unheil abzuwenden, sichtlich irritiert, dass ihre Gegner den Beistand höherer Mächte erbaten. Drust spürte, wie ihn eine Gänsehaut überlief, als er die Namen der Götter hörte, einen nach dem anderen, jeder lauter als der vorhergehende.

Lann hörte es ebenfalls und runzelte die Stirn, fragte sich, ob die Stierkönigin etwas damit zu tun hatte, und schwor ihr bittere Rache, sobald Talorc mit ihr fertig war.

Dann knurrte er, schüttelte Schweiß und Blut ab und stürzte sich auf seinen Gegner.

Drust wich aus, wirbelte herum und hämmerte dem Riesen die Faust ins Gesicht. Blut strömte ihm aus dem Mund, doch Lann schüttelte nur den Kopf und griff aufs Neue an.

Unter Schmerzen taumelte Drust zur Seite, wich mit einem letzten geschickten Manöver dem Angriff aus, hämmerte dem vorbeistürmenden Lann die Faust gegen den Arm und heulte auf vor Schmerz, als seine Fingerknöchel auf den Oberarmreif trafen.

Als wollte ich einen Felsen niederschlagen ...

Lann rückte erneut vor, unaufhaltsam wie eine Lawine. Drust wich zu langsam aus, und Lanns Ellbogen traf ihn in die Rippen. Der Schmerz flammte auf wie ein grelles Licht. Drust flog nach hinten und landete in einem Schneehaufen. Lanns Krieger quittierten es mit Triumphgeheul, stampften mit den Füßen und wirbelten Schnee auf, schlugen ihre Waffen aneinander.

Langsam kam Lann auf Drust zu, der mit dem Gesicht nach unten halb bewusstlos im Schnee lag. Lann zog ihn hoch und schleuderte ihn in hohem Bogen durch die Luft. Drust blieb reglos liegen, Lann trat zu ihm und beförderte ihn mit einem Fußtritt in eine Furche. Dann reckte er triumphierend die Fäuste in die Höhe, und seine Männer brüllten noch lauter.

»Zum Hades mit dir, Colm«, zischte Kag und sprang vor. Als hätte er ein Halteseil losgelassen, stürmten auch die anderen los. Die feindlichen Krieger stießen Kriegsrufe aus, und im nächsten Augenblick klirrte Stahl gegen Stahl.

Lann ignorierte das Getümmel, zog Drust hoch und riss ihm den Helm vom Kopf. Er grinste in das benommene Gesicht. Drust blickte in die kalten roten Augen, sah die Narbe neben der Nase, die blauen Zeichnungen. Sah Blutspritzer in dem zerzausten Bart. *Das war ich*, dachte Drust. *Wenn er blutet, stirbt er ...*

Er spürte die Hände des Mannes an seinem Kopf, den durchdringenden Schmerz, als der Kerl ihn hochriss – sein Hals wurde gedehnt, und er verlor den Boden unter den Füßen.

Kag sah, was Lann vorhatte, und wollte Drust zu Hilfe eilen, doch zwei Krieger versperrten ihm den Weg. Quintus griff einen der beiden an, während Colm einem Angreifer auswich und zustach.

Etwas traf Kag an der Wange – Blut, Fleisch, Schnee, er hätte es nicht sagen können. Quintus' Gesicht war eine grinsende Grimasse, doch er fühlte sich hell, klar, beschwingt. *Stirb, stirb, du Scheißkerl ...* ein Speer kam auf ihn zu, das Gesicht dahinter von Zeichen bedeckt, die Macht oder Ruhm bedeuten mochten. Quintus ließ den Speer über seine Schulter hinweg ins Leere gleiten und traf das Gesicht des Angreifers mit einem kurzen Hieb. Im nächsten Augenblick spritzte ihm das Blut des Mannes ins Gesicht.

Kag taumelte, wirbelte herum und rammte einem Gegner das Schwert zwischen die Beine. Im nächsten Augenblick war er selbst am Boden, stach einem Mann in den Fuß, rollte sich ab, hieb gegen Fußknöchel und spürte, dass es nicht gut ausgehen würde. Wenn man in einer Schlacht einmal am Boden war, kam man selten wieder auf die Beine ...

Ugo hatte nur seine Hände und die letzten Reste seiner Kraft. Er ließ die Maultiere los und rempelte einen feindlichen Krieger mit der Schulter zur Seite, was ihm selbst einen schmerzhaften Stich versetzte. Er biss die Zähne zusammen, packte Kag am Kragen und zog ihn hoch.

»Bleib auf den Beinen, mach weiter ...«

Sib tänzelte und stieß schrille Schreie aus, sein Kopf summte von seiner eigenen Stimme, er vibrierte vor Angst, während er Hiebe abblockte und seinerseits zuschlug, in der grauenhaften Gewissheit des Unvermeidlichen: Es war nur eine Frage der Zeit, bis sich kalter Stahl in ihn bohren würde.

Lann blickte sich um und lachte über die Schreie und das Schwertklirren, dann schüttelte er Drust, wie ein Hund eine Ratte schüttelt, während rings um ihn her Männer brüllten und bluteten. Er drückte zu, wollte den Moment spüren, in dem der Schädel seines Gegners unter seinen mächtigen Pranken nachgab.

Drust bekam es kaum noch mit, doch dann drang in dem brüllenden Getöse ein Ruf wie aus weiter Ferne zu ihm durch.

»Drust ...«

Kags Ruf übertönte das dumpfe Geräusch und den dünnen Schrei, den Lann ausstieß, als der Pfeil sich in seinen Nacken bohrte und aus dem Mund austrat. Ein dunkler Sprühregen schlug Drust ins Gesicht, im nächsten Augenblick sackte er aus Lanns Händen zu Boden. Der Riese wankte, hustete Blut aus Mund und Nase und fiel wie eine gefällte Eiche. Auf dem Schlachtfeld war einen Herzschlag lang alles wie erstarrt – nicht länger, als der Schnee benötigte, um nach dem Sturz des Giganten in die Luft zu stieben –, dann machten die feindlichen Krieger kehrt und suchten das Weite.

Einen Moment lang wirbelten Dunkelheit und Licht durcheinander, dann fühlte sich Drust wie von einem immensen Gewicht befreit – der Bürde des Lebens, dachte er mit einem letzten Rest von Bewusstsein.

Plötzlich öffnete sich das Licht wie eine große Blume, und er schien sich zu einem Gesicht emporzuheben – Kags Gesicht, von Schweiß, Blut und Anstrengung gezeichnet. Kag lächelte und rollte Lanns Leiche zur Seite. Hinter ihm stand der Tod und grinste mit seiner blutigen Fratze auf Drust herab.

»Immerhin«, meinte Colm. »Durchs Tor des Lebens aus der Arena entlassen.«

KAPITEL 13

»Ich habe eure Gebete gehört«, sagte Drust heiser, »obwohl ich nicht weiß, bei welchem Gott ich mich bedanken muss.«

»Es gibt vielleicht eine einfachere Erklärung«, meinte Colm mit einem schiefen Grinsen, was Drust verwirrt zurückließ. Während er über Colms rätselhafte Worte nachdachte, sah er Kag mit den *Phalerae*, die er dem toten Lann zusammen mit dem Kettenhemd abgenommen hatte.

Kag stieß einen anerkennenden Pfiff aus und drehte seinen Fund hin und her. »Seht euch das an. Die ganzen Auszeichnungen haben dem armen Bastard, der sie irgendwann bekommen hat, am Ende nichts genützt. Und diesem Lann genauso wenig.«

»Die Tränen kannst du dir sparen«, wandte Colm ein. »Die Auszeichnungen müssen einem ranghohen Centurio gehört haben – und seit wann tragen diese Kerle so etwas auf einem Feldzug? Das wurde ihm bestimmt gestohlen, und der Mann sitzt jetzt irgendwo in Eboracum und streitet mit den Beamten, damit sie ihm den Verlust ersetzen und er bei der nächsten Parade wieder eine gute Figur machen kann.«

»Mitleid musst du nur mit dem Wagenlenker haben, der das Zeug auf seinem Fuhrwerk hatte«, fügte Sib mitfühlend hinzu, und alle lachten. Es tat gut, die Anspannung abzustreifen.

»Was hast du vorhin gemeint, Colm – es gibt eine einfachere Erklärung?«, fragte Drust. Er kam sich vor, als hätte ihn ein Karren überrollt, dennoch versuchte er sich aufzurappeln. Da sah er ein bekanntes Gesicht, das ihm einen kalten Schauer über den Rücken jagte.

Die Frau hockte sich neben ihn und reichte ihm einen Krug. Der Trank schmeckte bitter.

»Verrecunda«, murmelte Drust.

Sie sah ihn ausdruckslos an. »Wen hast du erwartet? Du bist hier in meinem Haus.«

Sie war also nicht tot. Drust blickte auf den Krug, dann in Verrecundas Augen.

Die alte Frau lächelte spöttisch. »Hast du Angst, ich würde dich vergiften?«

Drust nahm noch einen Schluck. »Ich habe Manius zurückgeschickt, damit er dich und Necthan tötet.«

Sie nickte. »Er war hier. Er hat uns gewarnt und ist wieder gegangen.«

Die andere Frau sprach ein paar scharfe Worte, doch Verrecunda ging nicht darauf ein. »Sie heißt Eithne und ist die Gehörnte Königin ihres Stamms. Ihre Krieger haben meinen Stamm so gut wie ausgelöscht – sie selbst war damals noch ein Kind. Sie schwört mir bittere Rache, weil ich mitgeholfen hätte, sie gefangen zu nehmen.«

»Du hattest damit nichts zu tun«, brachte Drust schwach hervor.

Verrecunda nickte. »Sie glaubt es trotzdem. Für sie bin ich jetzt eine Römerin.«

»Dann solltest du vielleicht fliehen«, riet ihr Drust. Er spürte eine wohlige Wärme in sich, die Schmerzen schienen abzuklingen. »Colm wird sie den Blaugesichtern aushändigen – die werden sie aber nur heimkehren lassen, wenn ihr Stamm einen Friedensschluss oder ein Bündnis akzeptiert und mit einem Eid besiegelt.«

Verrecunda schnaubte verächtlich. »Die werden sie niemals freilassen. Talorc wird sie als Geisel behalten, um ihren Stamm im Zaum zu halten. Er braucht etwas, um seine eigenen Verluste auszugleichen – zu viele gute Männer wurden getötet.«

Drust fühlte sich gut genug, um sich aufzusetzen. Ihm wurde bewusst, dass Verrecunda recht hatte. Sie hatten nicht wenige von Talorcs Stammesgefährten niedergemacht. Er hätte fast gelacht.

»Ich habe dir einen Trank gegeben, der die Schmerzen dämpft und das Fieber senkt. Eithne hat das Gleiche für deinen Freund getan. Ich gebe dir mehr davon mit, weil die Wirkung mit der Zeit nachlässt. Ihm geht es schlechter als dir, er hat innere Blutungen – wenn die nicht aufhören, wird er sterben. Aber er ist stark – Eithne fürchtet ihn, weil er es mit dem Vater des Waldes aufgenommen hat. Hat er ihm wirklich mit seiner Axt den Schädel gespalten?«

»Beinahe.« Der kleine Raum war voller Leute. Drust sah nun auch Necthan, der Kag zuwinkte. Verrecunda folgte seinem Blick und übersetzte. »Er sagt deinem Mann, dass ihr aufhören sollt, den Toten ihre Sachen abzunehmen. Talorc wird euch verfolgen und die Ausrüstung zurückhaben wollen. Ihr macht alles nur noch schlimmer, wenn ihr die Toten beraubt.«

Drust gab es an Kag weiter, der die Phalerae widerstrebend ablegte. »Die haben einem Römer gehört«, murmelte er.

»Das ist wertloser Plunder«, widersprach Quintus mit einem grimmigen Lächeln. »Der frühere Besitzer würde das Zeug nicht einmal zurückhaben wollen – er hat sicher längst glänzende neue.«

Das Fell, mit dem die Tür verhängt war, wurde beiseite gezogen, und aus dem harten Licht, das von draußen hereinfiel, trat ein dunkler Schatten in den Raum und blieb im Lichtschein des Feuers stehen.

»Da kommen Männer. Fünfzehn, vielleicht zwanzig. Hauptsächlich Krieger.«

Drusts Mund fühlte sich plötzlich sehr trocken an. Manius. Ihm schwirrte der Kopf, und er brachte den Namen kaum über die Lippen. Er erinnerte sich an den Pfeil, der aus Lanns Mund ausgetreten war. Als er seinen Namen hörte, drehte Manius sich um. Drust sah, dass er glattrasiert war und eine Leinenmütze mit gelben Flecken trug; darunter war er wahrscheinlich kahlgeschoren. Auf den Wangen hatte er seltsame schlangenförmige Male – halb verheilte Brandwunden, wie Drust nun erkannte.

»Unseren Manius kann nichts verbrennen«, verkündete Colm. »Jetzt muss er sich nur noch davor hüten, gefesselt, ausgepeitscht und durch das Schwert getötet zu werden.«

»O doch, er hatte schwere Verbrennungen«, widersprach Verrecunda. »Ich habe seine Wunden versorgt.«

»Meine Haare haben Feuer gefangen«, erklärte Manius. »Auch der Bart. Ich habe mich in den Schnee geworfen und die Flammen erstickt. Dann bin ich liegen geblieben, bis alle weg waren.«

»Wir dachten, du wärst tot.«

Es war Sibs zischende Stimme, und Manius wandte sich ihm zu.

»Das Feuer sauste zwischen uns herab. Das war ein guter Trick, kleiner Mann. Nur habe ich den Pfeil zu früh abgeschossen – das Gefäß war noch zu nahe.«

Sib spürte das Toben von Dämonen und fragte sich, ob Manius wirklich nicht wusste, was er versucht hatte, oder ob er nur auf den richtigen Moment wartete und ihn verspottete ... das würde einem bösen Rachegeist wie ihm ähnlich sehen. Eines aber wusste Sib, als er zu Colms grinsendem Totenschädel blickte: Nun gab es zwei von dieser Sorte.

»Du hast sie nicht getötet«, platzte Drust heraus.

Manius erwiderte seinen Blick ungerührt. »Das stimmt. Und ich habe dafür gesorgt, dass es auch sonst keiner tut.«

Drust streckte eine Hand aus.

»Helft mir auf. Ich will auf meinen Beinen stehen, wenn Talorc kommt.«

»Du würdest nach einer Minute zusammenbrechen«, erwiderte Colm. »Damit hilfst du uns nicht weiter. Besser, ich rede mit ihm. Ich habe zwei gesunde Beine und sehe aus wie ein Krieger.«

Drust fauchte ihn so wütend an, wie sie ihn noch nie erlebt hatten, und Colms Augen weiteten sich überrascht. »Wie du vor dem Kampf gesagt hast – ich führe die Gruppe an, nicht du. Und du hast auch nicht gegen Lann gekämpft. Das war ich, falls du's vergessen hast.«

Colm trat zurück, breitete die Arme aus, doch niemandem entging, dass er drohend die Augen zusammenkniff. Auf Manius gestützt, schleppte sich Drust die Stufen hoch und in den schneebedeckten Garten hinaus.

Ugo stand draußen und versuchte, wie ein gefährlicher Koloss auszusehen, doch er musste lächeln, als Drust zu ihm hinkte und sich unter Schmerzen aufrichtete.

»Aus uns beiden könnte man einen guten Mann machen, wenn man von jedem die besten Teile nimmt.«

»Wir müssen aufhören, uns mit den schlimmsten Bestien jenseits der Mauer anzulegen«, stimmte Drust ihm zu, und Kag trat zu ihm. Ein paar Schritte entfernt blickte Necthan auf, der gerade dabei war, einem toten Krieger das Fell abzunehmen.

»Ich hab's dir doch gesagt«, brummte Kag. »Die Bestien hier sind wir.«

Die Stammeskrieger kamen durch den aufgewirbelten Schnee herangeritten – Talorc war in ihrer Mitte nicht schwer auszumachen. Mit steinerner Miene blickte er auf die Toten hinunter. Seine Leute murmelten untereinander, und was sie sagten, ließ Talorc zusammenzucken.

Dahinter erblickte Drust Julia Soaemias und ihren Sohn, beide in Felle gehüllt. Der Junge betrachtete die gesamte Szenerie mit leicht geneigtem Kopf wie ein neugieriger

Vogel. Seine Mutter dagegen blickte nur stolz geradeaus.

Der Wanderer trat mit verhärmtem Gesicht zu ihnen. »Es wurde entschieden, den Austausch hier und jetzt zu vollziehen. Danach kehren wir alle nach Hause zurück«, verkündete er.

»Wer hat das entschieden?«, fragte Drust. »Talorc? Wenn ja, dann sag ihm, aus seinem Mund kommt nur Pisse, deshalb soll er besser die Klappe halten, wenn er mir gegenübertritt.«

Der Wanderer gab die Botschaft weiter, und Talorcs Gesicht rötete sich – doch er schwieg. Da wusste Drust, dass die Lage sich geändert hatte. Der Wanderer bestätigte seine Vermutung.

»Du hast gewonnen, Römer. Zu viele gute Männer sind für Talorcs Pläne gestorben – nun haben die anderen Kriegsherren ihn gezwungen, euer Angebot anzunehmen. Sie werden sich daran halten.«

Colm zog an der Leine, und die Stammeskönigin stolperte vorwärts. Er grinste und bedeutete der Gegenseite, die Römerin und ihren Sohn herzubringen.

Die beiden stiegen von ihren Ponys und staksten etwas unsicher durch den Schnee. Als sie bei ihnen ankamen, sah die Römerin Drust an und nickte anerkennend.

»Das habt ihr gut gemacht. Ihr alle.«

Colm zog ein finsteres Gesicht, weil er glaubte, sich die Lorbeeren allein verdient zu haben, doch er warf die Leine dem Wanderer zu. Mit einem vernichtenden Blick schritt die gefesselte Königin zu den Kriegern der Gegenseite, wo sie auf ein Pferd gehoben wurde.

Der Wanderer grinste nachdenklich und nickte Colm zu. »Du bleibst ab jetzt besser auf deiner Seite der Mauer. Man wird dich suchen. Es gibt eine Menge Krieger, die sich mit dir messen wollen.«

»Du sicher nicht.« Colm fixierte den kleinen Mann mit seinem schaurigen Gesicht. Den Wanderer schien die Beleidigung unberührt zu lassen. Er lächelte nur, was seinem furchigen Gesicht ein paar zusätzliche Falten verlieh.

»Es gibt andere Wege«, erwiderte er und sprang auf ein Pony – so flink und geschmeidig, dass Drust sich fragte, wie alt der Mann wirklich war.

»Kommt in die warme Stube«, wandte sich Quintus an Julia Soaemias und den Jungen. Sie sah ihn an und erwiderte mit einem freundlichen Lächeln: »Herrin. Oder Herrin Julia. Meinen Sohn könnt ihr mit Varius oder Sextus Varius ansprechen. Oder Elagabal, denn er verkörpert den Sonnengott.«

»Sol Invictus«, warf Colm ehrerbietig ein.

»So ist es. Wir wollen so bald wie möglich aufbrechen.«

Sie beobachteten, wie Quintus die Frau und den Jungen in die warme Hütte geleitete.

»Aufbrechen – wohin?«, fragte Kag.

»Nach Eboracum. Zu Kalutis«, erklärte Colm. »In aller Stille und so schnell wie möglich, denn nicht alle unsere Feinde stehen auf dieser Seite der Mauer.«

»Wer sind unsere Feinde?«, hakte Drust nach.

Colm zog die Stirn in Falten und zuckte mit den Schultern. »Alle mit einer scharfen Klinge und schlechtem Benehmen. Wie immer.«

»Das genügt mir nicht«, zischte Kag. »Du wirst doch wissen, für wen du arbeitest – und auch, *gegen* wen.«

»Ich weiß nicht mehr als ihr. Fragt Kalutis, vielleicht kann er euch mehr sagen. Wichtig ist, dass ihr diesen Brief mit dem Siegel bei euch habt. Ohne ihn kommen wir nirgendwohin.«

Das hatte natürlich ebenfalls zu seinem Plan gehört, wie Drust nun erkannte. Colm war verdammt gerissen, das musste man ihm lassen. Es war nicht gut, dass sie so abhängig von ihm waren. Sie gingen damit ein verdammt hohes Risiko ein, ungefähr wie ein Würfelspieler, der Fortunas Wohlwollen erzwingen will und am Ende nur drei Einsen würfelt, die schlechteste aller Möglichkeiten – der sogenannte »Hundswurf«. So war Colm zu seinem Spitznamen »Hund« gekommen.

Weil es trügerisch war, auf ihn zu setzen.

In der warmen Hütte setzte sich Drust der Römerin gegenüber ans Feuer und betrachtete sie einen langen Moment, bis sie ihren Blick von ihrem Sohn löste, der lachend die Flammen beobachtete.

»Ich bin bewundernde Blicke gewohnt, aber dein Starren ist unschicklich. Wenn du damit nicht aufhörst, werde ich meinem Mann einiges zu erzählen haben.«

»Das hast du vermutlich auch so«, gab Drust trocken zurück. »Zum Beispiel wirst du ihm erklären müssen, wo du das letzte halbe Jahr warst.«

»Du bist ziemlich unverfroren«, erwiderte sie. Ihre Augen waren grün, wie Drust nun sah, und trotz der Fältchen in den Augenwinkeln, die vom Holzrauch und unzureichender Waschgelegenheit verstärkt wurden, sah sie umwerfend aus. Was sie durchgemacht hatte, hätten nicht viele Frauen vom Palatin ertragen – das musste man bedenken.

»Meine Dame«, begann er.

Sie warf ihm einen vernichtenden Blick zu. »Herrin«, berichtigte sie ihn.

Er zuckte innerlich zusammen. »Wir sind weit weg von der Lupercal-Grotte und dem Palatin. Wir sind auch keine Sklaven, die man an ihren Rang erinnern muss. Wenn ich dich an deine Situation erinnern darf – wir sind diejenigen, die im Blut waten, um dich zu befreien.«

Sie hüllte sich in ihre Felle – es waren kostbare Felle, wie Drust feststellte. Zweifellos hatte Talorc sie ihr gegeben und nicht wieder zurückgefordert, im Gegensatz zu den Ponys, auf denen sie und ihr Sohn geritten waren.

»Ich habe viele Wochen in solchen Hütten zugebracht, im Dunkeln, ohne Parfüm oder Schminke und höchstens mit lauwarmem Wasser zum Waschen. Tag für Tag hörte ich dieses Gebell, in dem diese Leute miteinander sprechen. Immer musste ich befürchten, dass diese Wilden mir Gewalt antun – oder noch schlimmer, meinem Sohn.«

Sie stockte kurz. »Du brauchst mir also nichts von Opfern zu erzählen.«

Drust atmete tief durch, um sich zu beruhigen, und versuchte es erneut. »Verzeih mir, wenn ich mich ungeschickt ausdrücke. Es ist eine ungewohnte Situation, an einem Ort wie diesem mit einer Dame von so nobler Herkunft zu sprechen. Ungewohnt für uns beide, nehme ich an. Trotzdem haben wir unser Blut für euch gegeben.«

»Seid ihr es als ehemalige Gladiatoren nicht gewohnt, für eine Belohnung zu kämpfen?«

»Das ist Vergangenheit. Ob du es glaubst oder nicht ... Herrin ... wir wissen, was du durchgemacht hast, und haben den größten Respekt.«

Ihre Augen weiteten sich und funkelten amüsiert. »Dann bin ich erleichtert. Ich dachte, mit meinem verlotterten Aussehen und der Angst, die man mir bestimmt ansieht, würde ich euch wie eine Sklavin vorkommen, die sich leicht einschüchtern lässt. Ich bin es nicht gewohnt, so ungepflegt auszusehen.«

»Das kann ich mir vorstellen«, erwiderte Drust trocken. »Wir werden dafür sorgen, dass du hoffentlich schon bald wieder in Parfüm baden kannst. Das heißt, falls es uns gelingt, unseren Feinden auszuweichen.«

»In dieser Hinsicht habt ihr euch als sehr geschickt erwiesen.« Sie streckte ihre zarte Hand aus, die trotz ihrer Klagen sauber und makellos weiß war, und legte sie ihrem Sohn sanft auf den Unterarm. »Du darfst das Feuer nicht so schüren, sonst gibt es Funken.«

»Ich wollte sehen, ob Helios hier ist.«

»Feuer ist Feuer, und Helios ist Helios. Das ist nicht das Gleiche. Darüber haben wir doch gesprochen.«

»Wir sprechen über so vieles, Mutter«, erwiderte der Junge. »Du kannst nicht erwarten, dass ich mir alles merke.« In seinen Worten schwang eine trotzige Härte mit, die Drust stutzig machte. Als der Junge seinen finsteren Ausdruck bemerkte, lächelte er süßlich.

Drust ergriff Julia Soaemias Arm und zog sie beiseite. Sie wirkte entrüstet, fing sich jedoch, als er zu ihr sprach.

»Hör zu, meine Dame. Ich muss wissen, wer deinen Tod will, und auch, wer dich retten will. Colm – du nennst ihn Crixus – behauptet, es nicht zu wissen. Wenn wir dich sicher zurückbringen sollen und selbst überleben wollen, dann müssen wir das wissen.«

Sie rückte ihre Pelze zurecht. »Du brauchst nicht mehr zu wissen, als dass Kalutis euch entlohnen wird. Wenn du mich fragst, wem ihr aus dem Weg gehen müsst – am besten allen außer ihm.«

Drust kratzte sich enttäuscht den Bart.

»Der Junge ...«, begann er.

»Varius«, fiel sie ihm ins Wort.

»Varius. Er sieht aus wie das Ebenbild des jungen Caracalla. Hat das einen Grund?«

Einen langen Moment hingen seine Worte zwischen ihnen in der Luft. Hochmütig richtete sie sich kerzengerade auf. »Das ist jetzt mehr als unverfroren ...«

Er packte sie mit seinen schwieligen, von der Kälte aufgerissenen Händen an ihren Handgelenken und sah sie zusammenzucken. »Hör mir gut zu, Herrin. Es ist mir egal, ob du deinen Vetter quer über den Palatin vögelst, und meinetwegen seine miesen Freunde mit ihm – es gibt ein paar Huren in der Subura, die das Gleiche von sich behaupten können, mit einigen bin ich sogar recht gut befreundet. Ich muss wissen, ob dein Junge Caracallas Sohn ist und ob er derjenige ist, der hinter euch her ist.«

Sie riss sich sanft, aber bestimmt von ihm los.

»Ich bin verheiratet. Mein Gemahl ist der Statthalter von Numidien. Mein Sohn ist Hohepriester des

Sonnentempels von Emesa. Meine Mutter ist die Schwester der Kaiserin. Es wäre besser, wenn du nie wieder so mit mir sprichst. In Anbetracht des Dienstes, den du mir erweist, werde ich großzügig sein und vergessen, was du gerade gesagt hast.«

»Es ist Zeit aufzubrechen.«

Drust blickte auf und zwang sich, seinen Zorn zu unterdrücken. Er sah Kag vor sich stehen, mit einem warnenden Ausdruck im Gesicht. Jetzt erst wurde ihm bewusst, dass die anderen aufgestanden waren und ihn beobachtet hatten.

»Setzt sie auf die Maultiere«, brachte Drust heiser hervor. »Manius, geh voraus und sieh dich um. Sib, du sicherst nach hinten ab.«

An der Tür drehte er sich noch einmal zu Verrecunda um; hinter ihr beobachtete Necthan das Geschehen aus einem dunklen Winkel.

»Fortuna möge dir gewogen sein«, sagte Drust und fügte mit einem Lächeln hinzu: »Ich werde niemanden zurückschicken.«

»Danke für den Segen deiner Götter«, gab sie zurück, »aber ich habe meine eigenen – und bessere. Falls du es dir anders überlegen solltest und doch jemanden zurückschickst, werdet ihr uns nicht mehr hier finden. Nur eine dumme Henne wartet darauf, dass der Fuchs sie frisst.«

Er spürte ihren Blick noch im Rücken, als sie sich schon ein gutes Stück von dem Hof entfernt hatten – sogar noch, als längst nichts mehr hinter ihnen zu sehen war als die Spur, die sie zurückließen.

Und immer noch überlief es ihn eiskalt.

Sie wussten nicht so recht, was sie davon halten sollten, doch der Junge schien genau zu wissen, was er tat. Er stand da wie eine kleine Statue, die Arme ausgestreckt, während seine Mutter ihn liebevoll betrachtete und die anderen wegen der Verzögerung beunruhigt waren. Kag war wie immer überzeugt, dass sie verfolgt wurden, weil sie so deutliche Spuren hinterließen. Ugo war einfach nur dankbar für die Rast, und Sib wusste wenigstens, wo sich Colm und Manius aufhielten – beide beobachteten die Frau und den Jungen.

Drust hatte keine Ahnung, was der Junge sagte, nicht einmal, als er nahe genug heranging, um das hohe, dünne Flöten seiner Stimme zu hören. Es war nicht Latein, nicht einmal Syrisch – Drust kannte die Sprache gut genug, um das zu erkennen. Es musste irgendeine ältere Sprache sein. Er unterdrückte ein Schaudern, er wollte nicht, dass die anderen ihn zittern sahen, nur weil irgendein Junge einen Gott in einer unbekannten Sprache anrief.

Es war kalt hier draußen in der weiten Schneelandschaft, die sich wie ein gefrorenes Meer vor ihnen erstreckte. Das einzige Geräusch, abgesehen von der Stimme des Jungen, waren die kehligen Rufe der Vögel, die wie schwarze Kreuze am bleigrauen Himmel schwebten. Saatkrähen oder Raben, dachte Drust – beide kein gutes Omen.

Drust sah einen Hasen ins Gestrüpp hoppeln, zu einem kleinen Bach, der über die Steine plätscherte, als freue er sich, noch nicht zu Eis erstarrt zu sein.

Seit eineinhalb Tagen waren sie nun unterwegs, und der Antoninuswall war immer noch nicht in Sicht. Sie hätten ihn eigentlich schon erreichen müssen, doch zwischen den vielen Hügeln hätte man selbst eine so riesige Stadt wie Rom übersehen können – bis man unvermutet vor dem Stadttor stand.

Der Junge beendete sein Gebetsritual und strahlte, als seine Mutter ihn lobte. Manius stampfte mit den Füßen und machte ein finsteres Gesicht. Drust sah ihm an, dass er die Sonnenanbeter nicht sonderlich schätzte.

»Können wir weiter?«

Kag kam herbeigeeilt, und als Drust sein Gesicht sah, seufzte er. Er wusste, was jetzt kam.

»Wir werden verfolgt.«

»Sicher.«

»Nein, wirklich. Sie kleben uns praktisch am Arsch – ungefähr zwanzig, zu Fuß, aber sie rennen, was das Zeug hält.«

Drust spürte ein flaues Gefühl in der Magengrube. Talorc hatte die anderen Kriegshäuptlinge offenbar überreden können, noch einmal ihr Glück zu versuchen. Er sprach es aus, doch Kag schüttelte den Kopf.

»Nicht die. Es sind die anderen. Die von den Blaugesichtern überfallen wurden, erinnerst du dich? Wir haben ein paar von ihnen getötet, als sie über die Frau herfielen.«

Er zuckte die Achseln und runzelte die Stirn. »Oder irgendein anderer Stamm aus der Gegend.«

»Zum Hades mit ihnen«, stieß Sib hervor. »Was hat Rom überhaupt hier verloren? Sollen diese Ratten sich doch gegenseitig fressen.«

»Die hören überhaupt nur aus einem Grund manchmal auf, einander an die Gurgel zu gehen – um gegen die

Römer zu kämpfen. Los«, drängte Drust. »Beeilt euch, wenn ihr nicht aufgefressen werden wollt.«

Sie trieben die Maultiere mit Peitschen und Tritten an und schleppten sich durch das schneebedeckte Gestrüpp, so schnell sie konnten, bis sie in einen der unzähligen kleinen Tümpel stolperten, die es in dieser Gegend gab. Drust spuckte aus, als er aus dem seichten Wasser stieg. Nun hatte er zu allem Überfluss auch noch nasse Füße.

Im Laufschritt eilten sie weiter, auch wenn es mehr ein Taumeln als ein Laufen war. Plötzlich brach wie durch ein Wunder, das der Junge mit einem hohen Schrei begrüßte, die Sonne durch die Wolkendecke wie eine große Goldmünze. Alle blieben für einen Moment stehen und blickten staunend zum Himmel.

»Dieser Junge«, murmelte Kag, während er sich ans Ende der Gruppe zurückfallen ließ, um ihre Verfolger im Auge zu behalten, »vielleicht ist er wirklich ein Liebling der Götter. Vielleicht sollten wir doch auf Colm hören.«

Drust warf einen Blick auf Colms verzücktes Gesicht und kam zu dem Schluss, dass der Mann einer vernünftigen Einschätzung des Jungen und der Frau kaum fähig war. Drust rief sich in Erinnerung, wie Colm im Namen des toten Calvinus einem Gegner die Augen eingedrückt hatte. Wenn seine Verehrung von Helios seinen Wahn im Zaum hielt, sollte sich der Sonnengott gern noch mehr Macht erfreuen.

Ringsum begann es sich aufzuhellen, und bald kreisten die schwarzen Vögel vor einem blauen Himmel über ihnen.

»Raben«, meinte Quintus und zog am Halfter des Maultiers, auf dem die Frau saß. »Das sind keine glücklichen Vögel.«

»Saatkrähen«, widersprach Ugo, der Mühe hatte, mit ihnen Schritt zu halten. »Es sind Saatkrähen.«

Sie mussten für einen Moment stehen bleiben, um zu verschnaufen, mit gesenkten Köpfen, die Hände auf die Knie gestützt. Ein Maultier stürzte erschöpft in den Schnee, und Quintus ging hin und begann das Gepäck abzuschnallen.

»Lass es«, befahl Drust. »Wir können das Zeug nicht tragen.«

»Das sind unsere letzten Vorräte«, erwiderte Quintus, doch dann zuckte er grinsend die Schultern und tat, was man ihm gesagt hatte. Er nahm sich einen Moment, um das Tier zu beruhigen, bevor er es mit seinem Schwert tötete. Im nächsten Augenblick kam Manius herbeigerannt, so lautlos und plötzlich, dass Sib erschrocken zurückwich.

Manius warf ihm einen kurzen Blick zu und ging dann zu Drust.

»Direkt vor uns liegt ein kleines Kastell an der Mauer. Wenn wir laufen, können wir es schaffen.«

»Dann laufen wir«, sagte Drust und tätschelte das Maultier des Jungen. Der kletterte in den Sattel und blickte lächelnd zum Himmel.

Das Kastell war näher als gedacht, und Drust fasste neuen Mut, der ihn seine Müdigkeit vergessen ließ. *Wir können es schaffen*, feuerte er sich selbst an. *Wir schaffen es ...*

Dann machte er den Fehler, nach hinten zu blicken, wo Kag in vollem Lauf über Büsche und Sträucher sprang.

»Sie kommen«, grölte er. »Die Scheißkerle greifen an.«

Niemand widersprach ihm. Vielmehr versuchten alle, vor Kag das Ziel zu erreichen. Mit Schlägen und Tritten trieben sie die Maultiere an, bis sie den holprigen Weg erreichten, der zum Kastell führte. Es war kaum mehr als ein kleiner Turm mit einem zweimannshohen Torfwall zu beiden Seiten, der mit Palisaden verstärkt war. Der tiefe Graben war mit Schnee bedeckt, aus dem wie Bartstoppeln aus einem Kinn angespitzte Pfähle ragten.

Auf dem Turm war niemand zu sehen.

»Ist da jemand?«, rief Manius und blickte sich nach den Verfolgern um. »Wir sind Römer! Öffnet das Tor!«

Die anderen stimmten brüllend mit ein. Selbst die Maultiere stießen durchdringende Schreie aus, bis endlich ein behelmter Kopf auf dem Turm erschien.

»Was soll der Lärm da unten? Wir feiern gerade die Compitalien – also nehmt gefälligst Rücksicht auf die Laren, wenn schon nicht auf meinen Kopf.«

»Vergiss deine mit Wein abgefüllten Hausgötter! Mach das Tor auf, du sandalentragender, rattenfickender Armee-Scheißer!«, brüllte Kag ihm zu. Der Helmträger stützte die Arme auf die Zinnen des Steinturms und runzelte die Stirn.

»Sagt *wer*?«, fragte er, und Kag holte Luft, doch eine feste, klare Frauenstimme kam ihm zuvor.

»Julia Soaemias Bassianus, Gemahlin des Statthalters von Numidien, Nichte von Kaiser Lucius Septimius

Severus Augustus. Öffne auf der Stelle das Tor, oder du wirst die Konsequenzen zu spüren bekommen.«

Das behelmte Gesicht erstarrte und spähte mit zusammengekniffenen Augen nach unten. *Er hat die Verfolger gesehen*, dachte Drust. *Das heißt, sie müssen schon ganz nah sein.*

»Formiert euch«, forderte er die anderen auf. »Jeder mit einem Waffenbruder.«

Schwerter wurden gezogen, gedämpfte Rufe ertönten, dann begann das Tor aufzuschwingen. Hinter Drust tauchten mehrere feindliche Krieger auf, schwer atmend nach der Verfolgungsjagd, aber ihre Schilde und Speere kampfbereit erhoben, die Gesichter zu wütenden Grimassen verzerrt.

»Schnell hinein!«, rief eine Stimme, und alle strebten zum Tor. Quintus zog die widerspenstigen Maultiere mit sich, doch die Frau und der Junge waren bereits abgesprungen und eilten durchs Tor.

»Lass sie hier, du Esel«, rief Drust ihm zu. Quintus blickte zum nächststehenden Krieger, stieß einen Fluch aus, ließ das Halfter los und rannte ebenfalls durch das schmale Tor. Es schwang krachend zu, und zwei Männer schoben den Riegel vor. Die Hände auf die Knie gestützt, sogen sie gierig die kalte Luft ein. Von draußen drang wütendes Hämmern von Fäusten gegen Holz herein.

Irgendwo rief eine gebieterische Stimme nach einem Boten. Eine Nachricht sollte an das nächstgelegene Kastell gesandt werden – eine Warnung, dass die verrückten Stammesleute sich wieder einmal bei der Mauer herumtrieben. Drust hörte, wie das Kommando zum

Entzünden des Signalfeuers gegeben wurde, und hob langsam den Kopf.

»Wir haben es geschafft«, murmelte Sib erleichtert. »Wir haben es tatsächlich geschafft.«

Erst jetzt merkte Drust, dass Julia Soaemias bei ihm stand.

»Gut gemacht, Servilius Drusus. Ich danke dir.«

»Es ist noch nicht vorbei«, entgegnete er grimmig. »Der Optio entzündet das Signalfeuer.«

Die Frau wusste es nicht, alle anderen hingegen schon – und ein Blick vom Turm bestätigte es, als sie hinaufkletterten, um sich vorsichtig einen Überblick zu verschaffen: In der weiten Ebene im Norden wimmelte es von Männern, zweihundert oder mehr. Die wenigen Verfolger waren lediglich Kundschafter gewesen, die sich jetzt vor dem Tor drängten und wüste Flüche ausstießen.

»Wer zum Hades seid ihr?«

Der Optio hieß Caius Rogatus, und er und seine Männer gehörten zur Zwanzigsten Legion Valeria Victrix. Fünfhundert Schritte in westlicher und östlicher Richtung befanden sich weitere Signaltürme. Etwas weiter entfernt gab es ein größeres Kastell mit einer ganzen Kohorte – dorthin war der Bote unterwegs.

Somit blieben Rogatus nur sieben Mann, um diesen Abschnitt des Antoninuswalls zu verteidigen.

»Mit so etwas rechnet hier keiner, Herrin«, versicherte er ehrerbietig, nun, da er wusste, mit wem er es zu tun hatte. Er hatte das zerknitterte, aber mit dem unverkennbaren Siegel versehene Dokument studiert, das Drust in seiner Tunika mit sich führte. »Wir haben das

Signalfeuer entzündet und werden uns hier im Turm verschanzen.«

»Sie werden höchstwahrscheinlich vom Graben aus versuchen, den Wall und die Palisade hochzuklettern«, meinte der Junge eifrig.

Der Optio lächelte gutmütig. »Schlauer Bursche. Das werden sie in der Tat. Und wir können sie nicht daran hindern. Der Großteil der Armee ist weiter nördlich stationiert und wartet auf den Frühling. Aber diese Wilden werden nicht weit kommen. Unsere Jungs werden sie niedermachen, dann könnt ihr weiterziehen. Ich kann euch sogar eine Eskorte mitgeben, sobald sich die Lage hier beruhigt hat.«

Ein scharfes Hämmern am nördlichen Tor ließ alle aufschrecken. Rogatus knurrte ein paar Befehle, worauf vier Männer nach oben stiegen, um den Turm zu verteidigen.

»Wenn sie es darauf anlegen«, murmelte Kag, »könnten sie die Luke aufbrechen ...«

»Keine Angst, Herrin«, beeilte sich Rogatus zu versichern, »hier drin sind wir sicher und geborgen wie die Läuse im ... äh ... du weißt schon, was ich meine. Und bis zum Morgen wird Verstärkung hier sein.«

Er befahl einem seiner Männer, den Jungen und seine Mutter in einen Winkel des Turms zu bringen, in dem sich wahrscheinlich auch seine Unterkunft befand. Draußen stieß ein Maultier gequälte Schreie aus, bevor es starb.

Quintus verzog das Gesicht. »Ich habe diese Mulis gemocht. Die sind Überlebenskünstler wie wir. Sie hätten es verdient, es in Sicherheit zu schaffen.«

»Sie hätten nur durchs Tor laufen müssen, aber sie wollten einfach nicht«, erwiderte Ugo, der erschöpft auf dem Boden lag, das Gesicht grau vor Schmerz. »Maultiere sind nun mal so. Dumm wie zehn Legionäre.«

Ein Soldat warf ihm einen finsteren Blick zu – der Vergleich mit den Maultieren schmeckte ihm gar nicht.

Rogatus kam zurück, wischte sich den Schweiß von der Stirn und blickte zum Tor. Das unentwegte Hämmern schien ihn nun doch ein wenig zu beunruhigen.

»Das Tor ist doch wohl solide, oder?«, wollte Colm wissen.

Rogatus blickte zwischen ihm und Drust hin und her und wischte sich erneut über die schweißnasse Stirn. »Das Tor schon – aber die Pfosten sind morsch. Wir sollten eigentlich demnächst eine Steinmauer bekommen, darum ...«

Er hielt inne. *Darum habt ihr es nicht der Mühe wert befunden, die nötigen Reparaturen zu machen,* dachte Drust verbittert. Genauso, wie es niemand für notwendig erachtet hatte, die Mauer ordentlich zu bemannen, da die Armee weiter im Norden überwinterte, nachdem sie den ganzen Sommer lang alles niedergebrannt und getötet hatte, was sich ihr in den Weg stellte.

»Die Armee ist oben am Flottenstützpunkt«, erklärte der Optio. »Zwanzigtausend Mann und mehr. Man sollte meinen, dass sie da ein paar für uns erübrigen könnten.«

In der Festung der Horrea Classis war auch Caracalla stationiert, wo er die Einsatzpläne für die Abteilung schmiedete, die er befehligte. Genauso wie in den beiden Jahren davor, in denen sie allerdings nichts

Nennenswertes erreicht hatten, abgesehen von ein paar Waffenstillständen, die jedoch keiner der Stämme die Absicht hatte zu verlängern.

Nun war der Kaiser zu krank, um seine Aufgaben selbst zu übernehmen, wie der Optio bestätigte, weshalb der junge Antoninus dies für ihn tun musste. Geta befand sich mit seiner Mutter, der erhabenen Julia Domna, in Eboracum.

All das berichtete der Optio lang und breit Julia Soaemias, um sie und den Jungen von dem wütenden Geheul und dem Hämmern am Tor abzulenken. Als vom Südtor her ein mächtiger Knall ertönte, rechnete der Optio mit panischen Aufschreien seiner Gäste, doch der Junge nickte nur und meinte: »Die Bestien sind hinter der Mauer, Optio.«

Rogatus war weit weniger ruhig und verließ die beiden, vorgeblich, um irgendwelche Dinge zu organisieren, obwohl es nicht viel mehr zu tun gab als abzuwarten.

»Der Junge ist irgendwie anders«, erklärte ihm Quintus mit einem fröhlichen Grinsen. Der Optio nickte schwitzend.

Drust begab sich zum Turm, wo ein Soldat ihn warnte, sich dort oben geduckt zu halten.

»Die haben Steinschleudern«, erklärte der Legionär am Fuß der Leiter. »Die Scheißkerle wollen uns vom Turm vertreiben, damit sie raufklettern können.«

Oben war ein Soldat von einem Geschoss am Kopf getroffen worden, sein Helm hatte eine Delle, und Blut lief ihm aus den Augen. Zwei andere versuchten ihn durch die Luke nach unten zu bringen, ohne sich dabei über

Hüfthöhe aufzurichten. Kag und Drust halfen ihnen, ehe sie zu den Zinnen krochen. Sie hörten den Aufprall der Steine, die große Löcher in die Mauer schlugen. In der Mitte des Turms stand eine dreibeinige glühende Feuerschale, die jedoch mehr Rauch als Flammen erzeugte.

Drust riskierte einen Blick nach Süden und sah die Horde, die durch den Graben zum Wall strömte; die Ersten hatten bereits die Palisaden überwunden. Zwei oder drei Nebengebäude standen in Flammen. Drust äußerte Besorgnis, doch Kag zuckte nur mit den Schultern.

»Der Optio hat recht. Besser, wir halten uns hier verschanzt, bis Verstärkung eintrifft. Es kann nicht lange dauern, vor allem weil die Frau und ihr Sohn hier sind. Die Jungs werden sich mächtig beeilen, glaub mir. Wir müssen uns nur solange diese Scheißkerle vom Leib halten.«

Plötzlich hörten sie ein gleichzeitiges Keuchen und Scharren. Als sie aufblickten, tauchte ein Gesicht über den Zinnen auf, schweißglänzend und mit blauen Zeichen bemalt. Kag schlug blitzschnell zu, stieß dem Angreifer seinen Gladius ins Auge und hörte den Schrei in der Tiefe verhallen.

»Frecher Kerl«, meinte er liebenswürdig.

Colm kam zu ihnen herauf, und Drust nutzte die Gelegenheit, um wieder nach unten zu steigen. Die Angreifer würden nicht weiter versuchen, die Mauer einzeln oder zu zweit hochzuklettern, da sie nun einsehen mussten, dass sie die Verteidiger mit ihren Schleudern keineswegs vom Turm vertrieben hatten.

Unten roch es nach Angst und Blut. Zwei Männer waren verwundet – einer rührte sich nicht mehr, der andere beklagte sich lautstark darüber, dass ihn ein Stein am Ellbogen getroffen habe. Erheblich schwerer erwischt hatte es seinen Kameraden mit dem verbeulten Helm.

Die Römerin kniete bei ihm, und der Optio eilte zu ihr.

»Herrin, du solltest dich wirklich nicht hier aufhalten ...«

»Ich kümmere mich zwar sonst nur um die Schürfwunden meines Sohnes, aber ich kann zumindest ein bisschen Trost spenden«, erwiderte sie mit einem schwachen Lächeln. »Ich habe schon mehr Blut gesehen. Ich bin Priesterin des Helios; der Tempel verlangt jeden Tag mindestens einen Kelch Blut, wenn ich dort bin.«

Der Optio zögerte, versuchte dann aber nicht länger zu verhehlen, wie dankbar er für ihre Bemühungen war. Mit einem kurzen Seitenblick zu Drust eilte er weiter. Vom Nordtor ertönte nun ein lautes, rhythmisches Donnern.

Die Frau lachte auf. »Jetzt befinde ich mich zwar auf römischem Territorium, aber dieser grauenhaften Finsternis bin ich immer noch nicht entkommen, und ein ordentliches Bad liegt noch genauso in der Ferne wie zuvor.«

»Es ist so eine Sache mit den Dingen, von denen man träumt«, erklärte Quintus, der gerade mit einem Hammer und einem Balken vorbeieilte. »Ein Bad kann genauso trügerisch sein wie eine Frau«, fügte er etwas leiser hinzu.

»Was wir erstreben, erscheint meist weit weniger reizvoll, wenn wir es besitzen«, stimmte Kag ihm zu, der ebenfalls einen Balken zum Tor trug. »Wie schon Plinius der Ältere sagte.«

»Plinius der Jüngere«, widersprach Julia Soaemias, dann runzelte sie besorgt die Stirn. »Was ist passiert? Wofür ist der Balken?«

Kag kniff die Augen zusammen. »Der Jüngere? Wirklich? Der Balken ist fürs Nordtor. Der Querbalken dort wird nicht halten.«

»Es war der Jüngere, ganz sicher. Der Ältere hielt Honig für den Schweiß des Himmels und glaubte, dass Schlangen einen von Bäumen anspringen. Haben die da draußen einen Rammbock?«

»Ja, Herrin«, bestätigte Quintus wie immer grinsend. »Deshalb verstärken wir das Tor.«

Sie hasteten weiter. Drust wollte ihnen folgen, doch sie hielt ihn am Ärmel zurück. Er blickte in ihre Augen, die so kalt und hart funkelten wie Smaragde.

»Wenn die hier eindringen, musst du mir etwas versprechen: Du darfst es nicht zulassen, dass sie mich oder meinen Sohn wieder verschleppen.«

Drust blinzelte, als er verstand, worauf sie hinauswollte. Sein Mund fühlte sich plötzlich sehr trocken an, doch er nickte. Sie ließ ihn los, und er ging erleichtert davon. Allerdings fragte er sich, ob er ihr ihren Wunsch wirklich erfüllen konnte. Und er fragte sich, wie entschlossen diese Stammesleute versuchen würden, in den Turm einzudringen. Damit war er nicht der Einzige.

»Die wollen die Frau und den Jungen«, erklärte Colm grimmig. »Vielleicht haben sie erfahren, wie viel die beiden Talorc wert waren, und wollen sich rächen.«

»Wer weiß?«, warf Sib ein, von dem im Dunkeln nur Augen und Zähne zu erkennen waren. Das Donnern des

Rammbocks übertönte ihre Stimmen, und alles rannte zum Tor, um es mit weiteren Balken zu verstärken.

Entmutigt drehte sich der Optio um die eigene Achse. »Damit verraten wir ihnen doch nur, dass das Tor nicht stabil ist«, jammerte er.

»Das würden sie bald auch so rausfinden«, konterte Kag, während er einen Balken in Position brachte. »Spätestens, wenn das verrottete Ding nachgibt.«

Über ihnen ertönte lautes Gepolter, als Manius in aller Eile die Leiter von der Luke herabstieg. Er blies die Wangen auf und schüttelte den Kopf.

»Es ist kaum noch möglich, einen Pfeil abzuschießen – da kommen zu viele Steine von unten. Sie werden den Turm einnehmen.«

»Macht die Luke dicht«, befahl Drust und wandte sich an den Optio. »In welchem Zustand ist die Klappe da oben?«

Rogatus nickte einem seiner Männer zu, der ihm dabei half, die hölzerne Leiter zu entfernen. »Niemand lässt es sich gerne auf den Kopf regnen. Die Klappe ist dicht.«

Sie stellten die Leiter an eine dunkle Wand, während das Nordtor unter den Rammstößen erzitterte. Dann war auch vom Südtor ein Donnerschlag zu hören, und alle sahen einander an. Rogatus leckte sich über die trockenen Lippen und beantwortete Drusts unausgesprochene Frage.

»Das Tor wird halten«, versicherte er. »Jedenfalls länger als das auf der Nordseite.«

»Ich schätze, irgendwann im Morgengrauen wird es so weit sein«, erklärte Colm, sein Gesicht ein schweißglänzender Albtraum in der flackernden Dunkelheit. »Dann werden wir sie im Tor bekämpfen müssen.«

Rogatus schüttelte den Kopf. »Nicht direkt im Tor – ein paar Schritte dahinter.«

»Du willst sie hereinlassen?«, fragte Sib ungläubig.

Rogatus warf ihm einen vernichtenden Blick zu. »Glaub mir, ich weiß, wie man diese felltragenden Arschficker bekämpft – Verzeihung, Herrin.«

»Wir sind Gladiatoren«, erklärte Quintus. »Von solchen Dingen verstehen wir auch ein bisschen was.«

»Das hier ist etwas anderes«, entgegnete Rogatus. »Trotzdem werdet ihr euch nützlich machen können, glaub mir. Wir sind mit der Armee schon eine ganze Weile hier und haben so etwas schon mehrere Male gemacht. Ich habe noch vier Mann übrig – Capus und Mulus, ihr werdet mit mir in der vordersten Linie stehen. Legt Pilum und Spatha weg und nehmt den Pugio zur Hand. Der ist für den Nahkampf am geeignetsten. Schön tief zustechen und abblocken, wie wir es geübt haben. Vier Schritte vor dem Tor. Falco, du gehst hinter uns in Position, und wenn zwei von euch Gladiatoren die Schilde von Lentulus und Caius übernehmen, könnt ihr mit ihm die zweite Reihe bilden.«

Er wandte sich an Drust und Colm. »Eure beiden besten Männer sollen sich anständige Schilde suchen – die werden euch bessere Dienste leisten als die lächerlichen kleinen Dinger, die ihr da habt. Aber ich beneide euch um den guten alten Gladius, den ihr tragt – schön kurz und scharf, ideal für diese Zwecke. Ihr postiert euch zu beiden Seiten des Tors.«

Drust begriff, was der Optio vorhatte. Die feindlichen Krieger würden sich zu zweit durch das Tor zwängen und sich Widerstand von vorne und an den Flanken gegenübersehen. Die Spatha war länger als der Gladius, was von Vorteil war, wenn man in der vordersten Reihe einer Formation stand – allerdings nicht auf so engem Raum wie hier. Hier war das Kurzschwert unschlagbar.

»Guter Plan«, sagte Drust anerkennend.

Rogatus lächelte matt. »Ich habe euch ja gesagt, wir machen das hier schon eine Weile. Ich weiß, ihr Gladiatoren habt gern spektakuläre Gefechte und einen Kampfrichter, der schwere Verwundungen verhindert, aber hier werdet ihr nach unseren Regeln kämpfen müssen.«

Colm stieß ein aufgebrachtes Lachen aus. »Dann warst du wohl nie in einer Vorstellung, wo es auf Leben und Tod ging. Sonst wüsstest du, wie Männer in der Arena um ihr Leben kämpfen.«

Rogatus sah ihn an. »Ich war nur ein einziges Mal in einem Amphitheater, in Eboracum. Ich würde mir wirklich gerne mal einen Kampf im Colosseum ansehen.«

Kag klopfte ihm lachend auf die Schulter. »Ich kann dir zwei gute Plätze besorgen.«

»Ich werde mir das Schwert dieses Mannes leihen«, erklärte Julia Soaemias und deutete auf den Verwundeten, dem man inzwischen den Helm abgenommen hatte. Wie sich herausstellte, hatte er nicht nur eine Delle im Helm, sondern auch im Schädel.

»Nun ja, Lentulus wird es nicht brauchen, das steht fest«, meinte Rogatus, »aber ich weiß nicht, ob ich es einer ... Herrin überlassen soll.«

»Ich nehme es«, warf der Junge ein und reckte das Kinn.

Seine Mutter legte ihm die Hand auf die Wange. »Das ist sehr tapfer und auch richtig von dir – aber ich weiß, wie man damit umgeht, und du nicht.«

Verärgert verzog der Junge das Gesicht. »Ich werde Helios anrufen, damit er sie verglühen lässt.«

»Das wäre hilfreich«, stimmte Drust zu. Rogatus blickte zu ihm, dann zu der römischen Dame, verbiss sich aber die Bemerkung, die ihm auf der Zunge lag. Stattdessen eilte er zu den Männern, die dabei waren, das Tor zu sichern. Drust nahm das Schwert des Legionärs auf und reichte es wortlos der Frau. Sie wusste genau, was er dachte.

»Du fragst dich, wie es kommt, dass ich mit einem Schwert umgehen kann.« Drust nickte und hockte sich neben sie. Sie legte die Klinge beiseite und wies ihren Sohn an, noch ein feuchtes Tuch zu holen, damit sie es Lentulus auf den Kopf legen konnte. Drust glaubte nicht, dass es dem armen Kerl viel nützen würde; in der Arena hätte ihn Charons Hammer längst von seinen Leiden erlöst.

»Ich kenne vieles, das zu wissen sich für eine Dame eigentlich nicht schickt«, sagte sie. »Aber das Leben in Rom kann brutal sein.«

»In meinen Kreisen vielleicht«, erwiderte Drust. »Leute wie ich wachsen mit dem Schwert auf.«

Sie lächelte. »Was glaubst du, wie die Dinge in meinen Kreisen geregelt werden? Angenommen, du willst die Wahl eines Ädilen verhindern – dann bringst du ihn am besten in Verlegenheit, indem du eine Hure dafür bezahlst, dass sie diesen kleinen Amtsmann in der ganzen Stadt bloßstellt. Du brauchst nur in die Basilika zu gehen, dort findest du eine bei all den reichen Gaunern. Mit einem männlichen Prostituierten funktioniert es genauso gut. Falls du jemanden brauchst, der einen Meineid schwören soll, versuch es beim Comitium oder beim Lacus Curtius – dort findest du jede Menge Leute, die für Geld hässliche Gerüchte verbreiten.«

Drust stieß einen anerkennenden Pfiff aus. »Du weißt genauso viel über meine Welt wie ich. Ich weiß nichts über deine.«

»Ich wollte dir nur klarmachen, dass ich kein ahnungsloses Ding bin«, erwiderte sie und legte ihm die Hand auf die Wange. Sie war kühl und ging ihm dennoch durch und durch wie eine Flamme.

»Du bist ein hübscher Kerl«, sagte sie mit einem Feuer in den Augen, das ihn zu verzehren schien. Ein jähes Verlangen flammte in ihm auf – sie sah es, lachte heiser und tätschelte seine Wange. Für eine Frau gab es wohl nichts Anregenderes, als zu erleben, wie ihre Schönheit auf einen Mann wirkte, dachte Drust.

»Hör zu.« Sie beugte sich noch näher zu ihm, sodass er ihren Schweiß riechen konnte – ein Duft, der ihn stärker erregte, als jedes Parfüm es vermocht hätte. »Mir droht keine tödliche Gefahr von denen, die mich und meinen Sohn verfolgen. Darüber musst du dir keine Sorgen machen. Niemand will mir etwas antun.«

Drust war perplex und kratzte sich den wirren Bart, was ihm seinen eigenen Gestank bewusst machte.

»Was hatte das alles dann zu bedeuten? Die Flucht, das Verstecken in einem abgelegenen Dorf. Colm ...«

»Macht«, erklärte sie. »Darum geht es doch immer.«

Drust wusste nicht so recht, wie er das verstehen sollte. In der Welt, in der er sich bewegte, war es normal, dass Leute logen, betrogen und einander bekämpften. Die Schlauesten unter ihnen – wie Servilius Structus – eroberten sich eine privilegierte Position und verteidigten sie mit allen Mitteln. Nie hätte er gedacht, dass die Leute auf dem Palatin genauso vorgingen und lebten.

Ein lautes Poltern von oben holte ihn ins Hier und Jetzt zurück, während das Donnern des Rammbocks gleichzeitig verstummt war. Alle starrten mit Bangen zur Luke hinauf, warteten, schwitzten ... doch es folgte lediglich weiteres Gepolter, darauf ein Schrei. Rogatus eilte zum Tor und legte die Hand ans Holz.

»Sie haben Holz vom Signalfeuer genommen und vor dem Tor aufgeschichtet. Sie wollen es abbrennen.«

»Geht das?«

Rogatus überlegte einen Augenblick und schüttelte den Kopf. »Sie würden es natürlich ansengen, und ihre Aussichten, mit dem Rammbock durchzukommen, wären dann noch besser. Das Signalfeuer brennt schon eine ganze Weile – das meiste Holz war bestimmt schon verbrannt. Mehr trockenes Holz werden sie hier nicht finden. Wir verwenden für diesen Zweck oft grünes Holz.«

»Wieso das?«

»Weil es viel Rauch erzeugt«, erklärte der Legionär namens Mulus. »Bei Tag ist das Feuer dadurch gut zu sehen. Nachts verwenden wir das Zeug dort drüben.«

Er deutete auf ein paar Holzkästen in der Ecke, wo sie die Leiter abgestellt hatten. Colm folgte seinem Blick.

»Das macht die Flammen schön rot und hell«, fügte Mulus zuvorkommend hinzu.

»Gebrannter Kalk«, stellte Colm fest. »Mit Wasser vermischt, erhält man Löschkalk – und mit Sand wird daraus Mörtel.«

»Wir wollten die Nordwand mit Stein erneuern«, erklärte Rogatus. »Wir hatten das Material auch schon bereit, aber unsere Leute haben es in den Norden mitgenommen. Für das Signalfeuer haben wir noch einen Rest hier.«

»Branntkalk«, warf Quintus mit seinem breitesten Grinsen ein. »Mit dem Zeug muss man verdammt vorsichtig umgehen – frag die Sklaven in der Arena.«

Drust brauchte niemanden zu fragen – er konnte sich noch allzu gut erinnern.

Es ist sein fünfter Besuch in den Katakomben des Colosseums, vielleicht auch schon der sechste. Es ist muffig und dunkel wie immer, die Luft so stickig, als würde man durch eine Wolldecke hindurch atmen.

Gennadios zeigt dem Jungen einmal mehr, wo das Herz im Hals schlägt, als plötzlich Charon aus dem Schatten hervortritt wie ein böses Omen.

»Macht Platz – aus dem Weg!«

Seine Sklaven folgen ihm mit langen Lederhandschuhen, die Gesichter verhüllt. Sie tragen einen der Ihren, der schreit und sich unter Schmerzen windet.

»Kannst du ihm helfen?«, fragt Charon unter seiner Maske. Gennadios untersucht den Verwundeten. Drust schaut zu. Das Gesicht des Mannes scheint zu brodeln, aus

seinen Augen rinnt es über die Wangen – obwohl von Augen und Wangen nicht mehr viel übrig ist.

»Kalk?«, fragt Gennadios.

Charon nickt. »Er ist ausgerutscht und mit dem Gesicht voraus reingefallen.«

»Dann kann ich nichts mehr für ihn tun. Nicht einmal die Götter könnten ihm noch helfen. Es hat ihm die Augen aus dem Kopf gebrannt. Wahrscheinlich sieht es in seiner Brust nicht anders aus – nach dem Blut aus dem Mund zu urteilen.«

»Tja«, sagt Charon betrübt. Dann holt er mit dem Hammer aus und lässt ihn niedersausen. Knirsch. Der Mann hört auf zu schreien und rührt sich nicht mehr.

»Kalk?«, bringt der Junge heraus.

Charons Maske wendet sich ihm zu. »Für die Leichen und Kadaver, Junge. Wie sollte man sonst einen toten Elefanten hier rausschaffen?«

Lachend geht er davon. Drust sieht ihm nach, und die Sklaven schleppen einen der Ihren zurück zu der Grube, in die er gefallen war.

»Denkst du, was ich denke?«, fragte Quintus. Drust schüttelte sich, um mit seinen Gedanken in die Gegenwart zurückzukehren. *Nicht sehr wahrscheinlich*, dachte er – doch er wusste, worauf Quintus hinauswollte.

»Wir müssen uns das Dach zurückholen«, sagte Drust.

Ugo rappelte sich mühsam auf. »Ich gehe rauf – ich kann das übernehmen.«

»Das glaube ich nicht«, wandte die Frau ein und sah Drust an.

Drust nickte. »Du könntest den Kalk holen. Aber sei vorsichtig.«

Ugo nickte widerspruchslos und tat, was man ihm auftrug. Drust und Kag holten die Leiter, Colm blies die Wangen auf, stieg nach oben, verharrte kurz, dann schwang er die Klappe auf und sprang durch die Luke. Wie ein dunkler Blitz schnellte Manius hinter ihm die Leiter hoch.

Drust half dabei, die drei abgedeckten Holzkästen nach oben zu reichen, und stieg mit dem letzten selbst hoch. Tief geduckt ging Manius hinter der steinernen Brustwehr in Position und blies die Backen auf. Steingeschosse pfiffen durch die Luft und schlugen über ihnen ein.

»Die Bastarde nehmen uns unter Beschuss«, erklärte Colm, fast auf dem Bauch in der verstreuten Asche des Signalfeuers liegend. Er erstickte einen Glutfunken auf seiner Tunika, griff nach einem verkohlten Holzstück und stieß damit eine Leiter von der Mauer weg. Diese Leitern bestanden nur aus einem Balken und kurzen Querhölzern. Drust dachte sich, dass es einige Entschlossenheit brauchte, um auf diesen Dingern hochzuklettern.

Einige der Angreifer schienen etwas anderes im Sinn zu haben, wie er erkannte, als er auf die Südseite ging und auf das Gelände hinunterblickte, auf dem die Legionärsgebäude und das kleine Gehöft in Flammen standen. Feindliche Krieger liefen in wildem Durcheinander umher, ohne sich darum zu kümmern, was ihr Kriegshäuptling wollte. Sie waren darauf aus zu plündern und hatten bereits ein paar Packesel aufgestöbert, mit deren Hilfe sie ihren Raubzug fortsetzen wollten.

Diejenigen, die geblieben waren, hatten Drusts Ansicht nach sicher schon herausgefunden, dass sie ihre Beute – ob Fleisch, Bierfässer oder Kisten, ebenso wie Maultiere – nicht über die Mauer befördern und durch den Graben tragen konnten. Sie wollten lieber den Turm einnehmen und das Tor öffnen.

Nur eine Handvoll Stammeskrieger schienen den Plan ihres Kriegshäuptlings verstanden zu haben. Sie gaben die Anweisungen an die anderen weiter – deshalb hatte Manius es vor allem auf sie abgesehen, wenn er sich für einen Sekundenbruchteil aus der Deckung wagte und einen Pfeil abschoss, um sich sofort wieder zu ducken, bevor die Antwort in Form von Schleudergeschossen kam.

»Zu weit weg«, seufzte er. Drust beobachtete, wie er seine Pfeile zählte und die Stirn runzelte.

»Dann warte ab, bis sie es wieder mit den Leitern versuchen. Wichtig ist nur, dass du sie vom Dach fernhältst.«

Von unten hörte Drust die Stimme des Legionärs Falco, der gerade bekannt gab, dass sie den gesamten Kalkvorrat auf den Turm befördert hatten.

»Irgendwo haben wir auch eine Schöpfkelle«, fügte Capus hinzu.

Falco schnaubte verächtlich. »Glaubst du vielleicht, die schütten das löffelweise da runter, du Esel?«

Capus begriff endlich, was sie vorhatten, und setzte sich mürrisch an eine Mauer, während Drust und Colm die Leiter hinabstiegen, wo Julia Soaemias sie bereits erwartete. Sie lächelte Colm an.

»Jetzt siehst du fast annehmbar aus. Schmutzig, aber annehmbar.«

Drust erkannte jetzt erst, dass Colms Gesicht schwarz wie Kohle war, nachdem er sich mit seiner ebenfalls rußgeschwärzten Hand den Schweiß abgewischt hatte. Sein Totenschädel war unter der Rußschicht verborgen. *Aber nicht sein Charakter*, fügte Drust in Gedanken hinzu. *Der lässt sich nicht verbergen.*

In einem großen Fass hatte sich Regenwasser vom Dach gesammelt. Und in einer Ecke stand ein alter Eimer, den Rogatus etwas verlegen »für die Bedürfnisse der Herrin« anbot. Sie lächelte nur und sagte, sie habe Schlimmeres erlebt, derweil der Junge eifrig versuchte, Capus nachzueifern und den Eimer aus der Entfernung zu treffen, bis Rogatus dem Legionär zornig befahl, sich gefälligst nicht vor der Herrin zu entblößen.

Sie aßen Brot und harten, gesalzenen Käse, während die Angreifer draußen langsam ungeduldig wurden. Gelegentlich hämmerte einer gegen das Südtor, worauf seine Kameraden in Gelächter ausbrachen. Es wurde bereits dunkel, und Rogatus ließ Fackeln entzünden. Die Luft wurde noch stickiger.

»Deine Jungs lassen sich aber ganz schön Zeit«, murmelte Sib.

Rogatus warf ihm einen vernichtenden Blick zu. »Die kommen mit einer richtigen Streitmacht, so was braucht eben seine Zeit. Schwere Infanterie, verstehst du, keine Reiter auf diesen possierlichen Tierchen, die hier so beliebt sind. Die machen kurzen Prozess mit diesen verdammten Fellträgern.«

»Hoffen wir, dass sie hier sind, bevor die da draußen Kleinholz aus dem Tor machen«, meinte Quintus.

»Behalt das für dich«, zischte Rogatus. »Wir wollen der Herrin nicht unnötig Angst machen.«

Drust bezweifelte, dass sich die Herrin von einem näher kommenden Wolfsrudel Angst machen ließ, doch er behielt es für sich und lauschte dem Zischen der Fackeln, die tanzende Schatten an die Mauern warfen. Hätten sie die Dachluke nicht geöffnet, wären sie hier unten wahrscheinlich erstickt.

Kurz vor dem Morgengrauen stiegen Drust und Colm auf den Turm und genossen die kalte Luft, so rein und klar, jeder Atemzug wohltuend wie guter Wein.

Der Junge sei ebenfalls nicht untätig gewesen, erzählte Colm. Er habe mitten in der Nacht verkündet, dass Helios mit diesem Land der Dunkelheit allmählich seine Geduld verliere. Früher oder später würden sich diese verstockten Leute vor dem Sonnengott verbeugen müssen. Bis dahin werde Helios diesen Unwürdigen seinen göttlichen Rücken zukehren. Drust hatte schon fragen wollen, wen der Sonnengott mit den »Unwürdigen« meinte, und ob dazu auch unfreiwillige Besucher des Landes gehörten, doch dann sah er Colms verzücktes Gesicht und behielt es für sich.

Colm blickte zum Himmel auf, neigte den Kopf nach hinten und bot sein Gesicht dem plötzlich einsetzenden Regen dar.

»Helios kehrt ihnen den Rücken zu«, erklärte er. »Jetzt werden diese Scheißkerle die Kälte seines Zorns zu spüren bekommen.«

Drust dachte sich, dass die Kälte dieses Land schon etwas länger in ihren Klauen hatte, da würde den Leuten ein bisschen mehr davon auch nichts ausmachen. Gegen den Regen hatte Drust aber nichts einzuwenden, er würde das Feuer beim Tor löschen. Da kam ihm ein Gedanke, und er nahm den Deckel von einem der Holzkästen. Die anderen sahen es und nahmen auch die anderen Deckel ab. Manius ging zur Luke und rief Capus zu, die Schöpfkelle zu bringen.

»Seht ihr«, erklärte der Legionär triumphierend und reichte die Kelle hinauf. Drust rührte damit in dem Kalkbrei, der sich im Regen bildete, und ermahnte die anderen, Abstand zu halten, Nase und Mund zu bedecken und darauf zu achten, dass ihnen die Dämpfe nicht in die Augen stiegen. Es kam ihnen zugute, dass ein eisiger Wind diese vertrieb.

Die Masse in den Holzkästen erinnerte frappierend an den Brei, den sie als Gladiatoren immer gegessen hatten. Wenn er die Augen zukniff, glaubte Drust sogar den Lauch darin zu erkennen.

»Wird das funktionieren?«, fragte Manius neugierig.

»Gelöschter Kalk.« Colm leckte sich zufrieden die Lippen, als wolle er gleich davon kosten. »Du musst doch am besten wissen, wie es wirkt, Manius. Das Zeug war auch in Quintus' Tiegeln.«

Manius hatte sein Kopftuch abgenommen und es sich über Nase und Mund gebunden. Drust sah nun seine nässenden Brandwunden, sagte aber nichts.

Die Angreifer erkannten, dass der Regen ihr Feuer löschte, und beschlossen, es aufs Neue mit dem Rammbock zu versuchen. Manius sah sie kommen. Wie Schatten huschten sie über den niedergetrampelten Schnee.

»Gut«, sagte Colm, »der feierliche Einzug in die Arena ist vorbei – nun fangen die Kämpfe an.«

Er grinste aus seinem albtraumhaften Totenschädelgesicht.

»*Uri, vinciri, verberari, ferroque necari.*«

KAPITEL 14

Sie kamen mit dem Rammbock zum Tor – jeweils ein Mann links und einer rechts, während ein, zwei Männer Schilde hochhielten, um feindliche Pfeile abzuwehren. Die Schleuderschützen ließen einen Steinhagel auf die Brustwehr los, um die Verteidiger in Deckung zu halten. Das schien zu gelingen.

»Passt auf eure Köpfe auf«, rief Colm, während Drust und Manius einen der Holzkästen hochhoben. Drust hätte schwören können, dass er es zischen hörte, doch das konnte auch am Regen liegen. Jedenfalls machte er sich mehr Sorgen um seine Hände, sein Gesicht und seine Augen als um seinen Schädel.

Sie stellten den Kasten auf dem Rand ab und neigten ihn nach vorne. Der Rammbock krachte gegen das Tor, und im nächsten Augenblick ergoss sich die weiße Masse über die Angreifer. Einen Moment lang reagierten sie mit zornigen Rufen auf das widerliche Zeug von oben.

Dann begannen sie zu schreien und suchten panisch das Weite. Drust riskierte einen Blick und sah die Krieger in alle Himmelsrichtungen flüchten, manche rannten nur im Kreis herum, prallten gegeneinander, schüttelten die Köpfe, ruderten verzweifelt mit den Armen und rieben sich die Augen, die regelrecht aus den Höhlen schmolzen.

Wild gestikulierend rief der Kriegshäuptling seinen Männern seine Anweisungen zu, worauf die zweite Staffel den Rammbock übernahm und auf das Tor losstürmte. Die nächste Ladung wurde nach unten gekippt, und wieder schrien die Angreifer auf, verbrannten innerlich und äußerlich und starben einen qualvollen Tod.

»Jetzt werden sie es noch einmal mit dem Turm versuchen«, mutmaßte Drust leise. Keiner zweifelte daran, und als die ersten Leitern zwischen den Zinnen angelegt wurden, ergoss sich die letzte Ladung über die Angreifer; sie stürzten von der Leiter und wanden sich hilflos auf dem Boden.

Noch mehr Leitern kamen. Eine stieß Colm mit einem Holzbalken zurück. Manius jagte dem ersten Mann, der nach oben gestiegen kam, einen Pfeil in den Hals; der Getroffene stürzte mit ausgebreiteten Armen nach hinten, als könne er fliegen. Er konnte es nicht und riss zwei andere mit sich in die Tiefe.

»Es ist so weit«, rief Drust. Manius nickte und ließ sich auf der Turmleiter nach unten gleiten. Drust folgte ihm und zog Colm mit sich, weil er befürchtete, dass dieser den Turm nicht verlassen wollte.

Sie knallten die Lukentür zu, verriegelten sie und warfen die Leiter in eine Ecke. Einen Moment lang hörten sie nur ihr eigenes Keuchen, dann begann erneut der Rammbock gegen das Tor zu donnern. Wenig später war auch oben an der Lukentür wildes Hämmern zu hören.

»Irgendwann werden sie das Ding aufgestemmt bekommen«, stellte Rogatus fest.

Grinsend klopfte ihm Quintus auf den gepanzerten Rücken. »Halb so wild. Bis dahin werden sie auch das Tor eingedrückt haben, also macht das auch nichts mehr.«

Rogatus warf ihm einen finsteren Blick zu, dann nahm er seinen großen Schild zur Hand. »Formiert euch!«, brüllte er so laut, dass es ihnen in den Ohren klingelte. Augenblicke später war die kurze Schlachtreihe zwei, drei Schritte vor dem Tor in Stellung gegangen. Drust postierte sich in einer Ecke, Kag in der anderen. Sie nickten sich zu.

»Schilde hoch«, befahl Rogatus. »Setzt das Schwert als Stichwaffe ein, gegen alles, was ihr erwischt – Fuß, Hals, egal was. Euer Riese soll hinter uns in Stellung gehen und dafür sorgen, dass wir nicht vom Ansturm erdrückt und zurückgedrängt werden.«

Ugo nickte und stapfte zum Tor. Er grinste Drust zu, obwohl sein Gesicht immer noch sehr blass war. Dann warteten sie in dem von Fackeln erhellten Dämmerlicht, lauschten dem Donnern des Rammbocks und dem Pochen ihres Herzschlags. Ihr Atem ging stoßweise, und ihre Münder wurden trocken.

Am Ende zersplitterte nicht das Tor selbst, sondern der Rahmen, wie Rogatus es vorhergesehen hatte. Die Angreifer warfen den Rammbock beiseite und begannen, die Öffnung mit Äxten und Speeren zu vergrößern. Drust sah die ersten Hände hereingreifen und an den Rändern zerren.

Schließlich wurde das Tor aus den Angeln gerissen. In dem Moment, als sie die wütenden Gesichter der

Stammeskrieger vor sich sahen, begann Manius seine Pfeile abzuschießen.

»Nicht bewegen«, rief er Rogatus zu, der reglos dastand und wartete, während ihm die tödlichen Geschosse um die Ohren pfiffen. Schließlich rückten die Angreifer doch vor, die Schilde hoch erhoben, die Schwerter und Äxte kampfbereit. Unter den verbeulten Helmen funkelten ihre Augen in wilder Entschlossenheit.

Drust stach auf den Ersten ein, der hereingestürmt kam, doch der Mann reagierte blitzschnell. Er sah die Klinge zu seiner Linken aufblitzen, wich aus und stolperte auf Rogatus und die anderen zu. Nach einem kurzen Gefecht schrie der Angreifer auf und fiel.

Weitere strömten durchs Tor und wurden von den Nachrückenden gegen die römischen Schilde gedrückt. Sie versuchten zur Seite auszuweichen, doch dort warteten schon Drust und Kag. Die Angreifer hatten nicht genug Platz, um ihre großen Äxte und Schwerter zu schwingen, und konnten nichts weiter tun, als sich heulend und kreischend gegen die Verteidiger zu schieben und zuzustechen.

Die vorderste Linie fiel schnell. Die Legionäre setzten ihre kurzen Waffen mit geübter Präzision ein und ließen den Angreifern keine Chance. Bald kam sich Drust vor wie auf einem Schlachthof, umgeben von Blut und Eingeweiden, von Zwiebelgestank und dem eigentümlichen Geruch der Angst.

Er wurde gegen die Mauer gedrängt, konnte sich kaum noch rühren und nur mit Mühe den großen Schild auf und ab bewegen. Dennoch kamen die Angreifer mit ihren

Schwertern nicht an ihn heran – sie hatten nicht genügend Raum, um auszuholen, sondern hämmerten bloß mit den abgestumpften Spitzen auf seinen Schild ein wie ein nächtlicher Besucher an eine Haustür. Einmal kam eine lange, gezackte Klinge über seinen Schild hinweg auf ihn zu und verfehlte sein Ohr nur um Haaresbreite, ehe sie gegen die Mauer krachte. Einen langen Moment starrten Drust und der Angreifer einander in die Augen, bis er jeden Schnörkel der bizarren Gesichtsbemalung kannte, jede Laus in dem roten Bart, jede Pore und jede Narbe im Gesicht des Mannes. Er hatte grüne Augen, die Drust an die Römerin erinnerten, nur dass in ihnen eine ohnmächtige Wut glühte, während der Mann versuchte, sein Schwert hochzureißen.

Als es ihm endlich gelang, kam er nicht mehr dazu, einen Hieb anzubringen – Drust hatte ihm bereits seine Klinge in die entblößte Achselhöhle gerammt. Der Mann stöhnte auf und versuchte zur Seite auszuweichen, doch die Nachrückenden ließen es nicht zu. In seiner Verzweiflung ließ er sich zu Boden sinken. Drust zögerte einen Moment lang in jäher Angst, der Mann könnte von unten zustoßen, dann hämmerte er ihm kurz entschlossen den Schild auf den Kopf, bis von diesem nur noch eine blutige Masse übrig war.

Angreifer und Verteidiger waren wie zwei massige griechische Ringer, die auf engstem Raum kämpften, ohne Möglichkeit, den anderen auszumanövrieren oder mit roher Kraft zu bezwingen – sie konnten nichts tun, als zu versuchen, die gegnerische Linie zurückzudrängen. Nach und nach verstummten auch die Kriegsrufe, man hörte nur noch Keuchen und Stöhnen, ein endloses Ringen um Luft und das nackte Überleben.

Dann kam der Speer durchs Tor geflogen. Irgendwo da draußen hatte ihn jemand geworfen, der entweder ein Meister seines Fachs war, dachte Drust, oder dem es egal war, wen er traf. Er hätte leicht einen seiner eigenen Kameraden in den Nacken treffen können oder dessen Nebenmann ins Ohr, wenn dieser sich gerade zur Seite drehte in dem verzweifelten Versuch, der Enge zu entfliehen oder Luft zu schnappen.

Doch der Speer flog zwischen allen hindurch und bohrte sich in Rogatus' Auge. Er gab keinen Laut von sich, riss nur den Kopf zurück, wie um – viel zu spät – auszuweichen. Drust sah die blutige Spitze aus dem Hinterkopf austreten, der Helm wollte wegfliegen, saß jedoch zu fest und sank stattdessen über das intakte Auge herab, das jedoch bereits genauso dunkel war wie das getroffene.

Die Angreifer sahen die Bresche, die der Speer geschlagen hatte, und stürmten los, um zu verhindern, dass die Verteidiger die Lücke schlossen. Das Geheul schwoll an und hallte Drust in den Ohren. Unwillkürlich schoss ihm der Gedanke durch den Kopf: *Wir sind erledigt.*

Plötzlich mischte sich in das Wolfsgeheul ein noch lauterer, halb ängstlicher, halb ironischer Schrei, und Drust erkannte Quintus' Stimme, konnte ihn fast grinsen sehen.

»*Cave canem!*«

Colm, der Hund, hatte sich bis auf den Lendenschurz entblößt, das *Subligaculum* des echten Dimachaerus, und hielt einen schimmernden Gladius in jeder Hand. Sein

Gesicht war zu einer boshaft grinsenden Maske erstarrt, wie die Angreifer sie höchstens aus ihren schlimmsten Albträumen kennen konnten. Colm sprang durch die Lücke und brachte den Tod mit.

Selbst wenn sie hätten kämpfen wollen, hätte es ihnen nicht viel genützt, doch die meisten versuchten ohnehin panisch zu fliehen, um der schaurigen Erscheinung zu entkommen. Die Schwerter zischten nach vorne wie die persischen Streitwagen, die Drust ein-, zweimal im Circus Maximus gesehen hatte, ein ganz neues Spektakel, um die Menge zwischen den eigentlichen Wagenrennen zu unterhalten.

Geschmeidig stieg Colm über die gestolperten und gestürzten Angreifer hinweg, die verzweifelt versuchten, sich in Sicherheit zu bringen, über den Teppich aus Toten und Sterbenden hinweg. Keiner forderte ihn zum Kampf, sie schwangen nur verzweifelt die Schwerter und suchten das Weite.

Colm stapfte an Drust vorbei durch das Tor. Kag stöhnte laut auf, warf Drust einen kurzen Blick zu, murmelte »Verdammt« und folgte Colm nach draußen. Drust atmete die stinkende Luft ein, ließ sie seufzend entweichen und eilte hinterher. Von irgendwoher hörte er wie im Traum Hörner erschallen, als würde in der Arena der nächste Auftritt angekündigt.

Draußen hatten sich die Angreifer in alle Winde zerstreut. Colm stand keuchend da, blutverschmiert von den Schultern bis zur Taille und noch tiefer, als trüge er einen scharlachroten Mantel. Er wandte sein Gesicht um – ein blutroter Totenschädel mit dunklen Höhlen anstelle der

Augen. Unwillkürlich wich Drust einen Schritt zurück. Colm trat zu einem stöhnenden Krieger, der mühsam zu seinem Kriegshäuptling zurückkroch. Er rammte dem Fliehenden beide Schwerter in den Rücken, drehte sie herum, zog sie heraus und stieß noch einmal zu. Der Krieger heulte auf, noch mehr Blut spritzte durch die Luft.

Der Kriegshäuptling gestikulierte wild mit den Armen und rief seinen Leuten etwas zu, das Drust nicht verstehen konnte. Vor sich sah er ein Meer von Kriegern, die nur darauf warteten loszustürmen. »Verflucht«, stieß Kag hervor, ruhig und klar, ohne Zittern in der Stimme.

»Rücken an Rücken«, rief Drust und fragte sich, ob Colm ihn gehört hatte. Dann sah er, dass Colm unter dem ständigen Grinsen seiner Totenschädelmaske tatsächlich lächelte. Er spuckte etwas fremdes Blut aus, das ihm in den Mund gespritzt war, und lachte.

»Sie hauen ab«, stellte Colm fest. Drust beobachtete das Geschehen einen Moment lang, dann sah er, dass es stimmte. Links und rechts krochen die Angreifer zwischen den Pfählen im Graben hindurch und auf der anderen Seite wieder nach oben. Sie zogen sich zurück, schnell und doch geordnet.

»Ha!«, rief Kag aus und wedelte mit dem Schwert, als hätte er persönlich den Feind in die Flucht geschlagen. Dann hörte auch er die Hornsignale, wie Drust zuvor. Colm hatte sie längst vernommen. Kag war sprachlos vor Staunen und Verlegenheit.

Die Armee war eingetroffen.

Titus Floridus Natalis war der ranghöchste Centurio der Vierten Kohorte. Sein Auftreten hätte allerdings vermuten lassen, dass nur der Kaiser persönlich über ihm stand. Mit dem Helm unter einem Arm, dem Rebenholzstab unter dem anderen, hatte er sich vor Drust und den anderen aufgebaut und musterte sie von oben bis unten.

Er blinzelte kurz, als er Julia Soaemias erblickte, ihr Gesicht ebenso schmutzig wie ihr Kleid. Seine Augen weiteten sich, als sein Blick auf den Jungen fiel, der ihn mit einem freundlichen Lächeln ansah.

Als Falco auf ihn zutrat, blutig, dreckverschmiert, aber korrekt salutierend, konnte Titus seine Erleichterung nicht verbergen, dass ihm endlich etwas Vertrautes begegnete. Falco, der das Kommando übernommen hatte, erstattete dem Centurio in kurzen, präzisen Worten Bericht, was Titus mit einem kurzen Nicken quittierte.

»Tut mir leid um Rogatus. Guter Mann. Ihr habt noch mehr Opfer, oder?«

»Zwei, Herr. Caius hat einen gebrochenen Arm, Lentulus einen Schädelbruch. Wären diese Gladiatoren nicht gewesen, wären wir jetzt Futter für die Würmer.«

Titus wandte sich ihnen zu und musterte sie mit einer Verachtung, die nichts Neues für sie war, weil sie sie oft genug zu spüren bekommen hatten.

»Gladiatoren«, sagte Titus gedehnt und stockte, als sein Blick auf Colm fiel. Das Blut an dessen Körper war zu einer dunklen Kruste getrocknet, sein Gesicht ein noch schlimmerer Albtraum als sonst. Titus hatte schon so manches gesehen, doch dieser Anblick ließ ihn erbleichen.

»Gladiatoren«, wiederholte er langsam, »das sind aufgeblasene, fette Sklaven, die durch die Arena tänzeln wie griechische Mädchen. Die können die Armee bestimmt nicht retten.«

»Du tätest gut daran, deine Meinung zu korrigieren«, warf eine sanfte Stimme ein, und der Centurio wandte sich um, erstarrte leicht und verbeugte sich dann.

»Herrin, ich sage nur, was meine Erfahrung mich lehrt.«

»Dann bist du ein Idiot.«

Titus' Gesicht zuckte, als würden sich Schlangen unter seiner Haut winden. Er fing sich, atmete tief durch und wandte sich an Falco.

»Legt eure Toten und Verwundeten auf diesen Wagen. Ich werde eine Einheit hierlassen, um aufzuräumen und die Schäden zu reparieren. Herrin, du und dein Sohn, ihr müsst unverzüglich nach Süden zum Hadrianswall aufbrechen. Tut mir leid, nur dort werdet ihr eine angemessene Transportmöglichkeit vorfinden, ob Wagen oder Sänfte.«

»Und meine Eskorte?«

Titus sah sie einen Moment lang verständnislos an, dann dämmerte ihm, dass sie die Gladiatoren meinte. Er fragte sich, was die Nichte des Kaisers mit diesem Pack zu schaffen hatte. Er hatte zwar gewisse Gerüchte gehört, dass gelegentlich eine Schlampe von edler Herkunft mit einem Liebling der Arena durchbrannte ...

»Ich will Pferde«, fügte sie hinzu. »Für uns alle. Ich wünsche dieses verfluchte Land so schnell wie möglich zu verlassen.«

Titus gab nach. Er zwang sich zu einem Lächeln, bemühte sich, gelassen zu bleiben und die Missstimmung auszuräumen.

»Ja«, pflichtete er ihr kennerhaft bei. »Es ist wohl wahr, dass die Grenzen des Imperiums manchmal durch die allerschlimmsten Gegenden verlaufen.«

»Zu Trajans Zeit war das nie ein Problem«, warf Kag süßlich ein.

Colm wusch sich mit kaltem Wasser und ließ sich mit Tüchern abschrubben, bis seine Haut wieder hell war und sich um ihn herum blutrote Rinnsale über den Boden schlängelten. Sie hockten sich in eines der zerstörten Nebengebäude und aßen den Haferbrei der Legionäre aus geliehenen Schüsseln – er war heiß und schmeckte wunderbar. Unterdessen schleppten Soldaten die Toten vom Turm herunter.

»Wir haben ein paar niedergemacht«, berichtete Ugo. *Er sieht tatsächlich besser aus*, dachte Drust. *Der Krieg bekommt ihm.*

Falco trat zu ihnen, von Capus, Mulus und Caius begleitet. Zunächst etwas unschlüssig standen sie vor den Gladiatoren, schließlich räusperte sich Falco.

»Danke.«

Drust nickte. Kag winkte ab, Ugo brummte, Sib runzelte nur die Stirn, und Quintus grinste breit. Manius schaute kurz auf, musterte die Soldaten und widmete sich wieder seinem Essen. Colm hob nicht einmal den Blick.

Als sie gegangen waren, wischte er mit einem Stück Brot die letzten Reste aus seiner Schale und verharrte einen Moment, bevor er es sich in den Mund schob. »Echt nett von ihnen. Das wirst du von diesem Centurio nicht hören.«

»Ich will auch gar nichts von ihm«, murmelte Sib, »nur ein gutes Pferd und eine Straße nach Süden.«

Was sie bekamen, war ein langer Ritt im Regen, im Tempo der bedauernswerten Legionäre, die die Eskorte bildeten und mitten auf der erst kürzlich instand gesetzten Straße marschierten, während Pferde und Wagen sich vernünftigerweise an den Rändern hielten, was Hufe und Räder schonte. Vom Regen durchnässt wurden sie allerdings genauso.

»Tauwetter«, stellte Colm fest, die Kapuze über den Kopf gezogen und das Gesicht mit einem Tuch verhüllt, sodass nur die Augen hervorguckten und er nicht ganz so schaurig aussah wie sonst. Dennoch warfen ihm die Legionäre argwöhnische Blicke zu. Viel lieber lachten sie über Ugo und deuteten mit dem Finger auf ihn, weil er auf einer alten Mähre ritt und seine Füße fast auf dem Boden schleiften. »Hundereiter«, riefen sie ihm zu, wenn sie glaubten, dass es kein Vorgesetzter hörte.

»Caracalla wird bald losmarschieren«, erklärte Kag, als sie in einer Mansio, einer Herberge, Halt machten, die erst kürzlich renoviert worden war und nach frischem Holz und gutem Essen roch. Es war ein unerwarteter Luxus. Ugo saß am geöffneten Fenster und warf nicht ohne Schadenfreude den Legionären Brot hinaus, die unter eilig aufgestellten Zeltdächern lagerten.

»Er wird noch eine Weile warten«, erwiderte der Optio, der die Eskorte kommandierte. »Bis der Boden trocken ist. Das könnte bis zum Hochsommer dauern, und selbst dann regnet es noch oft.«

Der Medicus der Armee, der auf Anweisung von Julia Soaemias ihre Wunden versorgt hatte, wusste zu berichten, dass mehr Legionäre an Lungenentzündung starben als durch feindliche Schwerter und Äxte.

»Euer Germane ist auf dem Wege der Besserung«, versicherte er und nickte Ugo zu. »Eine gebrochene Rippe hat wahrscheinlich die Lunge verletzt. Seht zu, dass er es möglichst warm und trocken hat – eine Lungenentzündung ist in den meisten Fällen tödlich.«

Warm und trocken hatten sie es erst wieder in einer Armeeraststätte, die so neu war, dass Sib überzeugt war, in den Dachbalken würden noch Eichhörnchen nisten. Jedenfalls hatten sich bereits die ersten Huren hier eingenistet. Bald würde sich das Haus nicht mehr von anderen Herbergen unterscheiden – dann würde es hier von Flöhen, Huren und Dieben nur so wimmeln.

In zwei Tagen würden sie die Festung Luguvallium erreichen, weitere drei oder vier Tage später sollten sie in Eboracum ankommen. Der Optio schlug kein allzu hohes Marschtempo an, da er eine hochgestellte römische Dame und ihren Sohn zu eskortieren hatte. Über den Regen war er jedoch recht froh.

»Der hält die einheimischen Läuse in ihren stinkenden Hütten«, brummte er und wischte sich Wein von seinem Schnurrbart. »Unsere Leute hier in der Gegend fürchten, dass sie den Waffenstillstand zwischen den Mauern brechen und angreifen könnten, während der Kaiser sich im Norden aufhält.«

In Luguvallium wurden sie übergeben wie Pakete – Drust und die anderen wurden in einer leeren Baracke untergebracht. Das Lager war wie ausgestorben, da fast die ganze Armee im Norden stationiert war, wo sie auf eine Gelegenheit wartete, auch noch den Rest des Landes einzunehmen.

Hier hatten sie trockene Betten und anständiges Essen, sie konnten sich waschen, ihre Ausrüstung instand halten und mit dem Gedanken liebäugeln, es so gut wie geschafft zu haben.

»Zwei Tage, vielleicht auch drei«, meinte Sib, »dann sind wir daheim im Trockenen, Freunde. Und bekommen unsere Belohnung.«

»Was wirst du dann tun?«, fragte Manius und fasste sich an die allmählich verheilenden Brandwunden am Kopf. Der Medicus hatte ihm eine grüne Salbe gegeben, die die Wunden noch auffälliger hervortreten ließ.

Ich laufe eine römische Meile, um von dir wegzukommen, dachte Sib bei sich. *Und danach laufe ich noch eine und noch eine.* Er lächelte gequält. »Vielleicht kehre ich zu meinen Leuten zurück.«

»Wer sind die?«, fragte Manius interessiert. »Ich bin ein Mischling aus El Kef, das die Römer Sicca Veneria nennen, aber alle glauben, wir wären Brüder.«

Nie im Leben bist du mein Bruder, du Wüstendämon, dachte Sib, zwang sich jedoch zu einem Lächeln. »Ich bin ein Toubou. Unsere Heimat liegt südlich von Leptis Magna und dem Land der Garamanten.«

»Das ist ziemlich weit«, meinte Kag. »Quer durch ein Land, in dem es von Räubern und Banditen wimmelt –

ziemlich gefährlich, dort so viel Geld mit sich zu tragen, Bruder. Ich gehe in die Stadt und betrachte mich als Liebling Fortunas, wenn ich heil und reich dort ankomme.«

Ugo und Quintus sahen es ebenso, und Kag nahm ihr zustimmendes Nicken entgegen wie ein Senator, der eine überzeugende Rede gehalten hatte.

»Wer würde es wagen, einen römischen Bürger anzugreifen?«, fügte Quintus grinsend hinzu. Alle lachten säuerlich.

Drust hatte sich keine Gedanken darüber gemacht, was sein würde, wenn sie ihre Mission erfüllt hatten – wahrscheinlich, weil er nicht wirklich daran geglaubt hatte, dass sie es schaffen würden. In den seltenen Momenten, in denen er sich solche Gedanken gestattet hatte, war ihm jedoch klar geworden, dass sie früher oder später ihre eigenen Wege gehen würden, wie Blätter, die von einem herbstlichen Baum fielen und vom Wind verweht wurden.

Er hätte es niemals zugegeben und wollte es sich auch selbst nicht eingestehen, dass er Angst vor diesem Tag hatte. Ihn verband einfach zu viel mit diesen Leuten. Dennoch waren sie keine Brüder, auch wenn sie sich so nannten. Und er war kein Familienoberhaupt, nur ein abgehalfterter Schaukämpfer der Arena.

Seltsamerweise schien ausgerechnet Colm zu ahnen, was in ihm vorging, auch wenn er es nicht aussprach. Es genügte, dass er ihm in einem stillen Moment seine feste Hand auf die Schulter legte.

»Bevor wir alle unserer Wege gehen, gibt es noch ein Problem«, sagte er leise zu Drust. »Wir müssen Herrin

Julia und ihren wunderbaren Sohn in die Hände von Kalutis übergeben. Diese Eskorte wird uns bis in die Festung in Eboracum bringen. Direkt in die kaiserlichen Gemächer und in die Hände ihrer Feinde.«

»Wer sind ihre Feinde?« Drust wedelte entnervt mit der Hand. »Ihre Mutter? Die Kaiserin? Vielleicht der Kaiser oder einer seiner Söhne – oder alle zusammen? Sie selbst wollte es mir nicht sagen.«

Colm runzelte die Stirn. »Ich weiß nicht mehr als du, aber als ich das alles organisierte, um sie zu retten, habe ich mich an Kalutis gewandt, Servilius Structus' Mann im Norden. Julia Soaemias selbst hat mich zu ihm geschickt, also ist es wohl das einzig Sichere, sie und den Jungen zu ihm zu bringen.«

Einen Moment lang herrschte Schweigen, während sie darüber nachdachten. Drust war sich nun sicher, dass sie ihre Belohnung nur durch Kalutis erhalten würden. Er hatte nicht gewusst, dass die Herrin selbst den Mann empfohlen hatte. Sie musste schließlich wissen, was das Beste war ...

»Wir müssen mit ihr sprechen«, entschied Drust. Colm war offensichtlich zum selben Schluss gelangt, denn er nickte nur.

Sie warteten damit, bis sie die letzte Herberge an der Straße nach Eboracum erreichten. Falls sie überstürzt flüchten mussten, hatten sie noch einen langen, harten Ritt durch die Nacht vor sich. Es sollte jedoch kein Problem sein, die langsamen Fußsoldaten abzuhängen.

Sie fanden sie in einem kleinen Zimmer, ihr Sohn pflichtschuldig an ihrer Seite. Sie sah umwerfend aus, in einen Soldatenumhang gehüllt, um sich vor der feuchten Kälte zu schützen. Immerhin hatte sie sich mit heißem Wasser waschen können und sich unterwegs von Huren ein wenig Schminke geliehen. Sie strahlte etwas Königliches aus, wie sie auf der gepolsterten Bank saß, ein Bein hochgezogen, und sich einen Zehennagel anpinselte, die Zungenspitze zwischen den Zähnen.

Der Anblick ließ in Drust höchst widersprüchliche und unschickliche Gefühle hochkommen. Er wollte den Kopf in ihren Schoß legen und sich die Haare von ihr kraulen lassen, wie es seine Mutter einst getan hatte. Und er wollte sie im Stehen an der feuchten Gipswand vögeln.

Nachdem Colm ihr die Situation erklärt hatte, hörte sie auf, sich ihrem Zehennagel zu widmen, und seufzte.

»Normalerweise macht das eine Sklavin für mich. Ich kriege es nie richtig hin, schon gar nicht in dem schlechten Licht. Die Alte, die mir die Farbe für einen Wucherpreis verkauft hat, sagt, dass sich der Farbton ›Syrischer Sonnenuntergang‹ nennt, aber wenn ich fertig bin, werde ich wahrscheinlich aussehen, als hätte mir ein Pferd auf den Fuß getreten.«

Der Junge lachte. »Du solltest es mich machen lassen, Mutter. Wir haben doch darüber gesprochen.«

»Ha!«, erwiderte sie mit widerwilliger Bewunderung und wandte sich wieder Colm zu. »Aber er hat recht. Er macht es wirklich schön.«

»Herrin ...«, begann Drust, doch sie brachte ihn mit ihrem Blick zum Schweigen.

»Aha, er spricht. Ich dachte schon, du stehst die ganze Nacht hier rum und starrst auf meine Füße.«

Drust konnte nicht mehr denken oder sprechen, sein Gesicht glühte, doch sie hatte Mitleid mit ihm, seufzte und wedelte wegwerfend mit der Hand.

»Ich habe euch doch schon gesagt, dass ich nicht in Gefahr bin. Die Wahrscheinlichkeit, dass ich hier vom Pferd falle, ist viel größer, als dass mir in Eboracum jemand etwas antun könnte.«

Sie fächelte ihrem Zehennagel Luft zu, damit er schneller trocknete, dann gab sie nach, streckte ihren weißen Arm mit dem Pinsel aus und wedelte ihrem Sohn ungeduldig zu. Er lächelte und kniete sich zu ihren Füßen.

»Meine Mutter, meine Schwester, die Kaiserin – sie alle sind in Eboracum. In dieser armseligen Stadt am Rande von Ultima Thule befindet sich nun einmal der kaiserliche Hof, bis die Kaiser etwas anderes beschließen. Das Römische Reich wird schon seit mehr als zwei Jahren von Eboracum aus regiert. Damit wird Schluss sein, wenn der alte Severus zu seinen Ahnen heimgeht, aber behaltet es für euch.«

Sie verlagerte etwas das Gewicht und blickte stirnrunzelnd auf ihre Zehen hinunter. »Kalutis hätte meinen Sohn und mich zurück nach Emesa bringen sollen, wo sich meine Mutter kürzlich aufgehalten hat. So wäre ich allen aus dem Weg gegangen – der Kaiserin und den drei Kaisern.«

Sie sah die beiden Männer an. »Ich wollte verhindern, dass mein Sohn in ihre hinterhältigen Spielchen hineingezogen wird. Es ist eine Schande, was am kaiserlichen Hof vor sich geht. Alles, was Rang und Namen hat, ist nach Eboracum gekommen, der Palatin ist wie leer gefegt.

Leider haben sie auch ihre niederträchtigen Intrigen mit im Gepäck.«

»Ein Grund mehr, dich von hier wegzubringen«, erwiderte Drust.

Sie lächelte, dann zuckte sie mit ihrem Fuß zurück und kicherte. Sie warf ihrem Sohn einen warnenden Blick zu – der lächelte schelmisch.

»Du sollst mich nicht kitzeln, du kleiner Teufel. Du weißt, dass ich das nicht ertrage.«

Sie machte es sich wieder bequem, während der Junge fachmännisch einen Zehennagel nach dem anderen bemalte.

»Für mich wird es keine dramatischen Konsequenzen haben, dass ich hier bin«, fuhr sie fort. »Es wird ein höfliches Geplänkel über die Frage geben, in welcher Residenz ich mich niederlassen soll. Aber wir sind vier Frauen gegen ein paar arme Männer, das spielt mir in die Karten.«

Einen Moment lang schloss sie genießerisch die Augen, als ihr Sohn auf ihre Zehen blies, um die Farbe zu trocknen. Drust wünschte sich, *er* könnte diesen Ausdruck auf ihr Gesicht zaubern. Schnell zwang er sich, den Gedanken zu verdrängen.

»Ihr aber«, Julia Soaemias öffnete plötzlich die Augen, »ihr wärt gut beraten, bei Nacht und Nebel loszureiten. Sonst werden sie euch in den Kerker werfen. Auch wenn es nicht danach aussieht – das wird passieren, weil ihr nicht länger von Nutzen seid. Ihr schwebt in viel größerer Gefahr als ich.«

Drust und Colm tauschten kurze Blicke, während die Herrin den anderen Fuß vorstreckte.

»Geht zu Kalutis. Wenn ich richtigliege, weiß er schon über alles Bescheid. Ich werde ihm eine Nachricht zukommen lassen, damit er euch die versprochene Belohnung auszahlt. Dann würde ich an eurer Stelle Eboracum und Britannien verlassen. Wenn ihr vernünftig seid, lasst ihr euch irgendwo außerhalb des Römischen Reichs nieder.«

Colm wirkte betroffen. »Ich habe gehofft, dir zu dienen, meine Dame.«

Sie schürzte die Lippen. »Ein faszinierender Gedanke – aber ich wüsste nicht, wie.«

»Ich will sie alle«, warf der Junge lächelnd ein. »Sie sind so tapfer – und sie haben uns gerettet, Mutter. Hast du gesehen, wie Colm mit den zwei Schwertern gekämpft hat? Zack, zack, zack ...«

Sie warf ihm einen vorwurfsvollen Blick zu, dann hellte sich ihre Miene auf. »Wenn ihr und eure Kameraden nach Emesa kommen wollt, werde ich eine Unterkunft für euch finden. Nur glaube ich nicht, dass ihr das schafft.«

Die anderen widersprachen dem nicht, als Drust ihnen anschließend von dem Gespräch berichtete – im Gegenteil, sie fanden, dass die Dame recht hatte. Wenn sie nicht sofort auf die Pferde stiegen und davonritten, würde man sie wahrscheinlich einen Kopf kürzer machen, darin waren sich alle einig.

Also packten sie ihre wenigen Habseligkeiten und gingen in den Stall, wo der dösende Wachmann schuldbewusst aufsprang und erleichtert aufatmete, als er sah, wen er vor sich hatte.

»Den Göttern sei Dank, dass ihr es seid.«

Dann runzelte er die Stirn. »Aber was wollt ihr hier? Ihr sollt in eurem Quartier bleiben.«

»Nun«, sagte Kag, »das ändert nichts daran, dass dir das Fustuarium droht – sie werden dich zu Tode prügeln, weil du während der Wache eingeschlafen bist.«

»Also wirklich, Jungs, ich habe nur einen Moment meine Augen ausgeruht ...«

»Dann ruh sie weiter aus«, sagte Quintus und nickte Ugo zu, der hinter dem Wachmann stand. Der drehte sich verzweifelt um, als sich auch schon eine mächtige Pranke um seinen Mund schloss und seinen Schrei erstickte. Eine zweite Hand durchschnitt seinen Kinnriemen und nahm ihm den Helm ab.

Der Mann wehrte sich mit weit aufgerissenen Augen, doch Ugo hob den Helm und ließ ihn auf den Kopf des Soldaten niedersausen. Der Mann sackte zu Boden und blieb reglos im Stroh liegen.

»Lebt er noch?«, fragte Drust.

»Wieso kümmert dich das?«, entgegnete Colm und sattelte ein Pferd.

Drust seufzte. »Weil du mit einem Mord an einem Armeeangehörigen schnurstracks wieder in der Arena landest – und zwar bei den morgendlichen Kreuzigungen.«

»Die würden uns so lange jagen, bis sie uns haben«, meinte Quintus, und Colm gab schließlich nach. Er kniete sich hin, legte zwei Finger an den Hals des Mannes und hielt ihm das matte Metall des Helms an den Mund.

»Er lebt«, sagte er, nun doch erleichtert. Ugo hingegen schien fast enttäuscht zu sein. Er hatte mit aller Wucht zugeschlagen und dem Mann trotzdem nicht den

Schädel gebrochen – ein Beweis dafür, wie geschwächt er war.

Sie widerstanden der Versuchung, sich auf die Pferde zu schwingen und davonzupreschen. Stattdessen führten sie die Tiere so leise wie möglich aus dem Stall und zur Straße hinunter. Sie würden auf der Straße reiten müssen, weil sie nur dieses feucht schimmernde Band vor sich sehen konnten, auch wenn sie riskierten, dass ein Tier sich am Huf oder an der Fessel verletzte.

Im gleichmäßigen Trab ritten sie dahin, bis das blasse Licht des neuen Tages ihren Weg erhellte. Es hatte wieder zu regnen begonnen. Drust vermutete, dass man ihr Verschwinden inzwischen bemerkt hatte. Der bedauernswerte Wachmann würde nicht nur einen brummenden Schädel, sondern auch den Zorn seines Optios zu gewärtigen haben. Die Römer würden so früh wie möglich aufbrechen, um die Herrin nach Eboracum zu bringen. Falls sich noch irgendwo ein Pferd fand, würde bald ein Bote losreiten, sobald es hell genug war, um neben der Straße zu galoppieren.

»Wir könnten warten und ihm auflauern«, schlug Sib vor, doch Drust wollte das nicht riskieren.

»Wir reiten auf dem schnellsten Weg zu Kalutis und bringen die Sache hinter uns.«

»Es könnte sein, dass wir abwarten und uns verstecken müssen«, erwiderte Colm. »Bis die Herrin ihm die Anweisung zukommen lässt, uns die Belohnung auszuzahlen.«

»Wir können ihn aber auch kopfüber aufhängen und schütteln, bis unser Geld aus seinen Taschen fällt«, schlug Ugo vor.

Quintus klopfte ihm auf seine feuchte, fleischige Schulter. »Du hast wirklich gute Ideen, großer Mann.«

»Ist es denn wirklich so wichtig, ein römischer Bürger zu werden?«, wandte Manius säuerlich ein. »Ich glaube nicht, dass mich das glücklicher macht.«

»Mich auch nicht«, gab Kag zurück. »Aber das Geld ist gut, und überleben ist sogar noch besser – also sei still und reite.«

Die regennasse Straße nach Eboracum wimmelte von Angehörigen der römischen Armee. Im grauen Licht des Tages marschierten die Soldaten in geordneten Reihen. Hornstöße ertönten, Abteilungsflaggen wehten im Wind, und in der Mitte der Prozession trugen kräftige Sklaven eine große Sänfte.

»Bei allen Göttern«, zischte Kag, als sie das Ende der Kolonne erreichten. »Das sind Prätorianer. Was zum Hades ...«

»Wir halten uns hinter ihnen«, entschied Drust. »Versucht nicht, euch durchzuschlängeln. Da ist irgendein hohes Tier unterwegs – wir würden nur unnötig Aufmerksamkeit erregen.«

Dennoch blieben sie nicht lange unbemerkt. Ein Berittener wendete sein Pferd und trabte zu ihnen zurück. Sie erkannten, dass es sich um einen Centurio der Prätorianergarde handelte, der Eliteeinheit des Kaisers.

Wer weiß, dachte Drust, *vielleicht eskortieren sie eisgekühlte Feigen oder irgendeine teure, besonders fantasievolle Hure für hochgestellte Männer. Es muss ja nicht gleich der Kaiser sein ...*

Doch er war es. Der Centurio nahm seinen reich verzierten Helm ab und reckte erwartungsvoll den Kopf.

Drust verbeugte sich kurz. »Wir sind Procuratores, Herr. Die meisten von uns sind Gladiatoren, unterwegs zur hiesigen Arena, um den Kaiser zu unterhalten.«

Der Centurio war ein stämmiger Mann mit dunkler Haut und einem schwarzen, von grauen Strähnen durchsetzten Bart.

»Macrinus«, sagte er. »Centurio der Ersten Kohorte. Ich werde dem Kaiser mitteilen, dass ihr hier seid. Vielleicht heitert es ihn ja ein bisschen auf – das Wetter tut es jedenfalls nicht.«

Er lachte. Drust lachte ebenfalls, auch wenn es in seinen eigenen Ohren allzu nervös klang. Macrinus wendete sein Pferd und trabte an den Reihen seiner Männer vorbei nach vorne, die so lange stehen blieben, um ihm den Weg zur Sänfte freizumachen. Drust meinte die Gedanken der Soldaten buchstäblich hören zu können, die da wartend im Regen standen, völlig durchnässt und mit keinem anderen Wunsch, als schnellstens ins Trockene zu kommen.

»Ist er es wirklich?«, fragte Quintus, halb ängstlich, halb ehrfurchtsvoll. »Höchstpersönlich?«

»Der alte Severus«, bestätigte Kag, rieb sich den Bart und wandte sich an Colm. »Du solltest dein Gesicht verhüllen ... der dekorierte Kerl kommt zurück.«

»Er ist ein Dschinn«, meinte Sib unvermittelt. »Ich höre es an seiner Stimme.«

»Für dich ist jeder gleich ein Wüstendämon«, gab Manius mit einem verschlagenen Lächeln zurück, das Sib durch und durch ging. »Vielleicht hat er ja Kaukräuter bei sich.«

»Frag ihn aber besser nicht danach«, zischte Drust ihm in jäher Panik zu. Der Centurio kam zu ihnen zurück, als die Spitze der Kolonne mit lauten Hornstößen das Stadttor erreichte. Lichter leuchteten auf – die Laternen der Torwachen, die sich bemühten, einen beflissenen, wachsamen Eindruck zu machen.

Zu beiden Seiten der Straße drängten sich Leute mit Wagen und Pferden. Sie waren zu spät angekommen, um noch eingelassen zu werden, und würden den Rest des Tages im Regen warten müssen. Ihre mürrischen Gesichter machten deutlich, was sie davon hielten.

Der Centurio ritt zu einer alten Frau mit gichtigen Fingern. Aus ihrer Kapuze hingen graue Haarsträhnen. Drust machte vorsichtshalber ein Zeichen, um Unheil abzuwehren. Die Frau schien einen Kranz aus Blumen und Blättern zu winden.

»Eine Hexe«, murmelte Ugo.

Quintus wedelte in gespieltem Schreck mit den Händen. »Ooooh«, stieß er spöttisch hervor.

»Wahrscheinlich feiern sie gerade die Sementivae«, meinte Kag.

Quintus schnaubte verächtlich. »Woher willst du das so genau wissen?«

»Da haben wir mal gekämpft. Genau zu dieser Jahreszeit.«

Drust konnte sich nicht daran erinnern und fragte sich, warum bei einem Fest zu Ehren von Ceres, der Göttin der Fruchtbarkeit, und Tellus, der Göttin der Erde, unbedingt

Gladiatoren kämpfen mussten. Wahrscheinlich wegen des Blutes, dachte er. Diese Götter wollten nun einmal Blut sehen.

Die alte Hexe begann plötzlich zu kreischen und hörte nicht auf, bis Macrinus zwei Männern bedeutete, sie von der Straße wegzutragen. Unsanft setzten sie sie neben ein paar Schaulustige, die sofort von ihr abrückten, als hätte sie die Pest.

Ein Mann, in Mantel und Kapuze gehüllt, mit einer Tasche über der Schulter, eilte zur Sänfte, die inzwischen abgestellt worden war – ein Medicus, erklärte Quintus.

Der Centurio kam jetzt zu ihnen getrottet, stirnrunzelnd und tropfnass. »Es gibt eine Verzögerung. Wenn ihr es eilig habt, könnt ihr die Pferde beim Tor lassen und zu Fuß weitergehen. Oder ihr bleibt die Nacht über hier im Regen. Wäre schade, wenn anständige Kämpfer wie ihr von Schnupfen und Fieber besiegt werden.«

»Danke, Herr.«

Sie verbeugten sich lächelnd und ritten zügig, aber nicht zu schnell an den Reihen der Wartenden entlang, vorbei an der abgestellten Sänfte und den geduldigen Sklaven mit ihren schimmernden Körpern. Der Medicus, von dem nicht viel mehr als das Hinterteil zu sehen war, sprach mit jemandem im Inneren der Sänfte. Drust musste sich zwingen, nicht hinzusehen.

Der Stallbursche wollte mit ihnen feilschen, doch Drust zahlte bereitwillig, was er verlangte, obwohl sie ihr ganzes Geld zusammenlegen mussten und Ugo auch noch einen silbernen Ring aus seinem Bart opfern musste. Er schwor bittere Rache, während Drust sie durchs Tor scheuchte.

Die Wachen beäugten sie argwöhnisch, doch sie hatten gesehen, dass der Centurio sie durchgewinkt hatte und wollten dessen Entscheidung nicht infrage stellen – außerdem hatten sie Wichtigeres zu tun, wie ihnen laute Hornstöße in Erinnerung riefen. Die Prätorianer nahmen Haltung an und setzten sich in Bewegung, die Sänfte wurde aufgehoben und schwankte auf das Tor zu.

»Bei Jupiters behaarten Eiern«, stöhnte Sib.

»Weitergehen, weitergehen.«

Drust murmelte die Worte wie ein langes Gebet, obwohl er wusste, dass es nichts nützen würde. Sie wichen zur Mauer aus, drückten sich an den kalten, feuchten Stein, als auch schon die ersten Soldaten vorbeistapften, deren genagelte Stiefel im Torbogen widerhallten.

Dann, wie in einem Albtraum, einem grausamen Scherz eines übellaunigen Gottes, kam die Sänfte auf sie zu, so nahe, dass Drust den Schweiß und den Regen auf den Körpern der Sklaven sah, während ihre Muskeln sich wölbten, um die Sänfte im Gleichgewicht zu halten.

Sie blieben stehen und starrten. Es war unklug, wie Drust wusste, doch es kam nicht jeden Tag vor, dass man dem Kaiser so nahe war. Drust klopfte Ugo auf den Rücken, um ihn zum Weitergehen aufzufordern, und atmete erleichtert auf, als sie das andere Ende des Torbogens erreichten und zur Seite auswichen, um den Weg freizumachen und in den Schatten einzutauchen.

Da rutschte ein Sklave aus, und die Sänfte prallte gegen den Torbogen. Aus der Sänfte kam ein verärgerter Ausruf, die Vorhänge zuckten, und ein zorniges Gesicht lugte hervor. Sie starrten wie gebannt. Auch Colm. Er blickte

Kaiser Lucius Septimius Severus an, sah ein abgezehrtes Gesicht mit einem dünnen Bart auf den eingefallenen dunklen Wangen und einem drohenden Ausdruck angesichts der Ungeschicklichkeit seiner Träger.

Kaiser Lucius Septimius Severus erwiderte seinen Blick. Colm lächelte schwach. Der Kaiser sah sich dem grinsenden Tod gegenüber, umgeben von Riesen und schwarzen Dämonen aus seiner Heimat.

Er stieß einen Schrei aus und sank zurück in die Sänfte.

KAPITEL 15

Er war immer noch der Centurio der Ersten Kohorte, auch wenn er jetzt in Tunika und Toga gekleidet war. Drust fand jedoch, dass die Würde seiner Position ein wenig durch die dicken Wollsocken beeinträchtigt wurde, die Macrinus in seinen Sandalen trug.

Der Centurio der Prätorianergarde ließ sich dadurch nicht beirren, wirkte jedoch aufgebracht. In dem mit blank poliertem Holz eingerichteten Arbeitszimmer, das von Feuerschalen erhellt und von feuchter, abgestandener Luft erfüllt war, schwitzte er stark.

Mehr als wir, dachte Drust, *obwohl wir allen Grund dazu haben*. Doch sie hatten solche Häuser schon öfter von innen gesehen. Was sie hier erwartete, war nicht schlimmer als der Moment, bevor das Tor des Lebens aufging und sie in die Arena entließ, unter dem Gejohle der Menge, die Blut sehen wollte.

»Gladiatoren.« Macrinus trat an den Schreibtisch und setzte sich näher an eine der Feuerschalen. »Vermutlich wart ihr das einmal, mag schon sein. Ich hatte nie mit Leuten wie euch zu tun.«

»Ich muss zugeben, wir haben nicht zu den Allerbesten gehört«, räumte Drust ein.

Colm räusperte sich, und Drust verfluchte ihn im Stillen. »Verzeihung«, fügte er zähneknirschend hinzu. »Mit Ausnahme von Co... Crixus. Er hat zu den besten Kämpfern gezählt. Und Sib war Wagenlenker.«

Macrinus musterte sie erneut und schüttelte den Kopf.

»Crixus«, sagte er gedehnt. »Den Namen habe ich zum letzten Mal in Geschichten über Spartacus gehört – und dieses Gesicht ... Bei allen Göttern, dich hätte man nicht vergessen, wenn du mit diesem Gesicht in Rom gekämpft hättest.«

Sie waren allein mit ihm im Hauptquartier der Streitkräfte, die derzeit in Eboracum stationiert waren. Wie Drust erfahren hatte, handelte es sich hauptsächlich um Einheiten der Prätorianergarde. Ihre Aufgabe war es, die Angehörigen der kaiserlichen Familie zu beschützen, die sich in ihren bescheidenen Quartieren aufhielten und sich zweifellos wünschten, sie wären wieder zu Hause in Rom. Fast drei Jahre harrten sie hier nun schon aus, und noch immer gab es keine Anzeichen, dass der Mittelpunkt des Reichs zurück in die Hauptstadt verlegt werden würde.

Es war ein kleiner Raum mit Fliesenboden, aufgeräumten Schreibtischen, Kerbhölzern, Regalen mit Schiefertafeln und allen anderen Utensilien, die Schreiber und Beamte so benötigten. Macrinus hielt eine Schiefertafel in der Hand und studierte sie stirnrunzelnd.

»Ich habe bestimmte Anweisungen, die euch betreffen«, erklärte der Centurio. »Ich erhielt sie erst, als ich hier ankam. Es geht um mehrere Gladiatoren, darunter einen Barbaren aus dem Norden und einen Mavro aus der Gegend von Leptis Magna. Ich habe Anweisung, diese Männer festzuhalten, allen voran den Anführer, einen gewissen Drust.«

Seine Miene verfinsterte sich, als er Colm musterte. »Da steht aber nichts von einem Mann, dessen Schädel nach außen gewendet ist. Egal, jedenfalls kommt diese Anweisung direkt von Kaiser Antoninus, also gibt es daran nichts zu rütteln. Der Kaiser reitet gerade vom Flottenstützpunkt nach Süden. Der Präfekt begleitet ihn.«

Er schien mehr mit sich selbst zu sprechen als mit ihnen, und ganz offensichtlich war ihm die Sache ein Rätsel. Allem Anschein nach hatte man ihm keinen Grund für ihre Festnahme genannt.

»Ihr habt die Herrin Julia begleitet«, fuhr er fort.

Sie nickten und traten von einem Fuß auf den anderen. »Wir haben sie aus den Händen eines Stammes befreit, Herr«, erklärte Kag höflich. »Sie und ihren Sohn. Auf dem Rückweg wurden wir immer wieder in Kämpfe verwickelt.«

Macrinus musterte sie mit seinen leicht hervorstehenden Augen, die an einen Fisch erinnerten.

»Habt ihr da einen gewissen Einfluss?«, fragte er. Keiner antwortete, da sie nicht wussten, was er meinte. Drust vermutete, dass er herausfinden wollte, ob sie vielleicht für die intimen Gelüste einer hochgestellten Dame zuständig waren, die mehr Geld als Verstand oder Moral besaß.

»Einfluss, Herr? Inwiefern?«

»Ist sie euch für eure Dienste in irgendeiner Weise verpflichtet? Würde sie euch einen Gefallen tun, wenn ihr sie darum bittet?«

»Mag sein«, meinte Colm zurückhaltend. »Sie ist Priesterin des Tempels in Emesa. Für Elagabal, auch als Sol Invictus bekannt. Ihr Sohn ebenfalls. Wenn man zwei wie ihnen das Leben rettet, hat man sich wohl den einen oder anderen Gefallen verdient. Es kommt darauf an …«

»Es kommt darauf an, worum es sich handelt«, sprach Macrinus den Satz zu Ende und seufzte. »Was hast du bloß mit deinem Gesicht gemacht? Warum? Und wie hat es die Herrin Julia mit ihrem Sohn in diese finstere Gegend jenseits der Mauer verschlagen?«

Er erwartete offensichtlich keine Antworten auf seine Fragen, wedelte nur missmutig mit der Hand. »Hört zu, ich hatte eigentlich die Anweisung, die Herrin Julia und ihren Sohn in die kaiserlichen Gemächer zu bringen – zu ihrem Vetter, Kaiser Marcus Aurelius Antoninus. Aber kaum kommt sie hier an, wurde sie flugs in die Gemächer der Kaiserin und ihrer Schwester gebracht, wo sich noch einige weitere Familienmitglieder aufhalten. Ein ganzer Schwarm Julias.«

Drust konnte den Mann verstehen – er hatte es nicht nur mit Julia Soaemias zu tun, sondern auch mit ihrer Mutter Julia Maesa, ihrer Schwester Julia Mamaea und ihrer Tante, der Kaiserin Julia. Es war also nicht ganz abwegig, von einem »Schwarm Julias« zu sprechen.

Macrinus erhob sich und begann im Zimmer auf und ab zu gehen, wodurch er die Standarten der Einheiten in Bewegung versetzte, deren Flattern bizarre Schatten auf die Wände warf. Drust vermutete, dass man sie vor allem deshalb in diesen ehrwürdigen Raum beordert hatte, weil er klein und sicher war. In ihm wurden die Standarten aufbewahrt und verehrt, und in seiner Mitte befand sich in einer Vertiefung eine große verschlossene Truhe, die den gesamten Sold der hiesigen Streitkräfte enthielt. Das Geld wurde hier verwahrt, um Diebe abzuschrecken, denn in diesen Raum einzudringen wäre ein Sakrileg. Die Standartenträger waren zugleich Schatzmeister und somit für den Überblick über sämtliche Ein- und Auszahlungen verantwortlich.

»Die Sache ist so«, erklärte Macrinus in umgänglichem Ton und mit einer Gebärde, als würde er im Senat eine wichtige Rede halten. »Ich weiß nicht, was vorhin mit Severus Augustus passiert ist und ob ihr etwas damit zu tun hattet, obwohl alle Zeugen erklärt haben, dass ihr nur dagestanden und geschaut habt.«

Drust zwang sich, Colm nicht anzusehen. »Wie geht es dem Kaiser, Herr?«

»Vermutlich wird er wohl bald zum Gott erhoben«, erklärte Macrinus trocken. »Er war nicht mehr weit davon entfernt, als wir nach hierher aufbrachen, aber die Hexe am Tor war nicht hilfreich. Er scheint zu glauben, sie habe ihn mit einem bösen Fluch belegt. Allerdings habe ich gehört, dass sie ihm nur einen Kranz der Ceres und den Segen der Göttin darbringen wollte.«

»Das hat ihn beunruhigt«, erklärte Ugo feierlich. »Die Götter können einem schon Angst machen. Mein alter Onkel war überzeugt, dass ihn ein schwarzer Hund verfolgt. Er sah ihn überall auftauchen – aber niemand außer ihm hat den Hund je gesehen.«

»Interessant«, heuchelte Macrinus. »Jedenfalls hoffe ich, ihr könnt die Herrin Julia überreden, die Gemächer von

Antoninus aufzusuchen. Damit sie wenigstens dort ist, wenn er eintrifft.«

Drust erkannte, dass Macrinus ihr nicht befehlen konnte, die Gemächer zu wechseln, und dass er Caracalla fürchtete. Dazu hatte er wohl auch allen Grund; immerhin hatte der junge Kaiser einiges unternommen, um die Frau aufzuspüren und sie ihren Rettern zu entreißen. Drust war jedoch überzeugt, dass ihr keine unmittelbare Gefahr drohte. Caracalla war wohl nur darauf aus, sie dem Schutz der anderen Julias zu entziehen.

Viel bedrohlicher war die Lage für Drust selbst und die anderen, wie ihm einmal mehr bewusst wurde; er bekam einen trockenen Mund beim Gedanken an Caracallas Rachegelüste.

»Ich kann nicht versprechen, dass es uns gelingt«, erwiderte Drust vorsichtig. Er sah das Stirnrunzeln des Centurios und fügte hastig hinzu: »Wir werden natürlich alles versuchen.«

»Gut«, betonte Macrinus. »Andernfalls sperre ich euch in das engste Loch, das ich finde.«

»Wirklich?«, warf eine seidenweiche Stimme ein, deren Klang dennoch alle hochfahren ließ, besonders Macrinus, der seine Schiefertafel fallen ließ. Sein Mund schnappte auf und zu wie bei einem Fisch auf dem Trockenen. Sie hatten niemanden hereinkommen hören – dennoch wurde der Raum plötzlich von den Frauen beherrscht, die über den Fliesenboden zu schweben schienen.

»Hältst du das für klug, Macrinus? Das sind römische Bürger, und du hast selbst darauf hingewiesen, dass es keinen Grund gibt, sie festzunehmen.«

»Der Kaiser ...«, begann Macrinus verzweifelt, doch die Frau lächelte ironisch.

»Mein Gemahl liegt im Sterben«, erklärte sie. »Deshalb liegen nun alle Entscheidungen bei mir und meinem Sohn Geta. Er hat diesen Helden das Bürgerrecht verliehen, als Belohnung für die Rettung unserer geliebten Julia Soaemias und ihres Sohnes.«

Sie trug eine lange cremeweiße Stola mit blauen und goldenen Verzierungen, und ihr Haar war kunstvoll hochgesteckt wie für ein Festbankett. Ihre Begleiterinnen standen wie eine Gruppe gleichartiger Statuen hinter ihr, alle blond, alle mit weißen Armen und elfenbeinfarbenem Teint – bis auf Julia Maesa, die ihre dunklere Haut häufig der Sonne ausgesetzt hatte und nun aussah wie ein ausgetrocknetes Flussbett. Sie hielt die Hand ihres Enkelsohns, der dem jungen Caracalla wie aus dem Gesicht geschnitten war.

Sie trugen blaugrüne Stolen, ihre Haare fielen in goldenen Locken auf die entblößten Schultern. Als Schmuck trugen sie alle die gleichen goldenen Halsketten sowie perlenbesetzte Gürtel, und Ohrringe in Form kleiner Sonnen umspielten ihre Wangenknochen – sie waren wunderschön und unheimlich zugleich, wie vom Olymp herabgestiegene Göttinnen.

»Ihr kommt mit uns«, sagte die Kaiserin zu Drust und den anderen. »Herrin Julia Soaemias wird euch Gemächer zuweisen, wie sie für Helden Roms angemessen sind. Außerdem verleihe ich euch hiermit das römische Bürgerrecht.«

Sie gab einem Sklaven ein Zeichen, der daraufhin mit einem Korb auf Drust zukam, ihm mehrere Kupferplatten entnahm und sie ihm wortlos überreichte. Drusts Finger waren so kraftlos, dass er die Urkunden beinahe fallen ließ, und er brachte kein Wort heraus. Zu seinem Erstaunen hörte Drust plötzlich ein Geräusch wie von Mäusen, die über einen glatten Boden tippelten, und er erkannte, dass alle Julias leise applaudierten. Die Szene erschien ihm absolut unwirklich – nur Colm wirkte unbeeindruckt und hob fragend eine Augenbraue.

»Man hat uns als Belohnung auch Geld versprochen.«

»Schweig«, wies Macrinus, der seine Sprache wiedergefunden hatte, ihn zurecht. »Ihr werdet alle in einer Gefängniszelle landen, ihr ...«

Einen Moment lang herrschte angespannte Stille, dann riss sich der Junge von der Hand seiner Großmutter los, einen trotzigen Ausdruck auf dem hübschen Gesicht.

»Lass meine Gladiatoren in Ruhe. Ich will, dass sie mit uns kommen.«

»Sei still, Kind«, sagte die Kaiserin mit schneidender Stimme, und zum allgemeinen Erstaunen gehorchte er aufs Wort. Wohlwollend tätschelte sie ihm den Kopf.

»Braver Junge«, gurrte sie und drehte sich um, als plötzlich jemand geräuschvoll den Raum betrat und mit ihm ein Schwall nasskalter Luft hereinwehte. Es war, als hätte jemand das Feuer in einem Leuchtturm entzündet. Er war feist, hatte lockiges Haar und schlechte Laune.

»Was soll das, Mutter?«, fragte er, und die Kaiserin wandte sich beschwichtigend zu ihm um.

»Nur ein kleines Missverständnis«, flötete sie. »Centurio Macrinus scheint zu glauben, dass dein Bruder hier die Befehle gibt, und nicht du.«

»Herrin«, begann Macrinus verzweifelt. »Kaiserin ...«

»Wirklich?«, fragte der feiste junge Mann – Drust wusste nun, dass es Geta sein musste, Caracallas Bruder und seinerseits Kaiser. Die beiden waren einander nicht gerade in brüderlicher Liebe zugetan.

»Mein Bruder ist für die Armee zuständig, ich für die kaiserliche Residenz. Also tu gefälligst, was man dir befiehlt.«

Es war so viel kaiserlicher Purpur im Raum, dass Drust ganz schwindlig wurde. Macrinus blieb nichts anderes übrig, als zuzusehen, wie Drust und die anderen dem entzückten Jungen und seiner königlich würdevollen Mutter aus dem Raum folgten. Wie eine Reihe Legionäre schlossen sich die übrigen Julias ihr an und entfernten sich sanften Schrittes.

»War das alles?«, fragte Geta, und seine Mutter tätschelte ihm den Arm. Erbost warf er die Hände in die Luft.

»Mein Bruder überschreitet immer wieder seine Grenzen«, klagte er und wandte sich an Macrinus. »Wir teilen uns die Pflichten. Vielleicht kannst du ihn daran erinnern.«

Macrinus hatte sich wieder gefangen; die Auseinandersetzungen zwischen den kaiserlichen Brüdern waren nichts Neues für ihn. Er hob die Schiefertafel auf und rückte seine Tunika zurecht.

»Er wird bald hier sein, Sacratissime Imperator. Ich bin sicher, er wird mit dir darüber sprechen wollen.«

Mehr verstand Drust nicht mehr, weil er auf den Hof hinaustrat, wo Sklaven herbeieilten, um die kaiserlichen Julias mit Schirmen vor dem Regen zu schützen. Der

Junge lief sichtlich zufrieden neben seinen Gladiatoren her, ohne sich um den Regen zu kümmern, während die Wachen unbeeindruckt ihre Pflicht erfüllten.

Sie wurden in eine geräumige Küche mit Fliesenboden geführt, wo schwitzende Sklaven zwischen den Öfen hin und her wuselten. Drust und die anderen setzten sich an einen Holztisch, wo man ihnen Huhn und Fisch, Oliven und Brot servierte.

»Bei Fortunas Titten«, staunte Quintus, leckte sich die Finger ab und verlangte nach Garum. Der Koch reichte es ihm mit der säuerlichen Miene eines Mannes, dem es zutiefst zuwider war, dass man seine Kreation in Fischsoße ertränkte.

»Das kann man wohl sagen«, stimmte Sib zu. »Wir sind mal wieder auf die Füße gefallen, Jungs. Seht euch das an – ich bin tatsächlich ein Bürger des Römischen Reichs.«

Er wedelte mit der Kupfertafel, ließ sie im Licht schimmern und steckte sie in seine schmutzige Tunika, während der Koch und seine Sklaven es tunlichst vermieden, über die zweifelhaften Gäste zu urteilen, die aus irgendeinem Grund die Gunst der Kaiserin genossen. Als der ungewässerte Wein zum zweiten Mal herumging, wurden ihnen die Augen schwer. Es war später Vormittag, und sie streckten sich müde und gähnten. Ugo schlief, den Kopf auf die auf den Tisch gelegten Arme gebettet. Drust sah, dass der Koch und seine Helfer sie loswerden wollten, es aber nicht zu sagen wagten.

»Was nun?« Kag rutschte auf der Bank näher zu Drust und Colm, um sich mit ihnen zu beraten. »Wir haben einen Teil der Belohnung, aber wenn Caracalla eintrifft, werden wir es wahrscheinlich wieder mit diesem Scheißkerl von Macrinus zu tun bekommen. Und ich fürchte, er wird nicht so freundlich applaudieren wie die Julias – habt ihr das gehört, Leute? Eine Kaiserin hat mich einen Helden Roms genannt. Bei allen Göttern, das ist schon was, das man seinen Enkelkindern erzählen kann.«

»Falls du lange genug lebst, um welche zu haben«, murmelte Colm. »Und wo ist der interessantere Teil der Belohnung – die Denare?«

»Also weißt du, Colm«, entgegnete ihm Drust erschöpft, »ich bin schon froh, wenn ich lebend aus der Sache herauskomme. Und das solltest du auch sein. Freu dich über dein Bürgerrecht. Und jetzt schlaf ein bisschen. Wer weiß, was diese Julias noch mit uns vorhaben – wir sind ja doch nur Schachfiguren in diesem Spiel.«

Colm zuckte mit den Schultern und studierte die Inschrift seiner Kupfertafel, drehte sie hin und her, weil er sie nicht lesen konnte.

»Heißt das jetzt, ich bin keine Sklave mehr?«, überlegte er laut. Alle, außer dem schlafenden Ugo, sahen ihn erstaunt an.

»Wie meinst du das?«, wollte Manius wissen.

Colm zuckte die Schultern. »Servilius Structus hat mich nie in die Freiheit entlassen – wie ihr wisst, habe ich ihm einen Streich gespielt. Also bin ich in Wahrheit auf der Flucht. Der Name Crixus, den ich angenommen habe, war ein Trick. Wenn ich nun römischer Bürger bin – ist dann alles vergeben und vergessen? Das wäre jedenfalls nützlich.«

»Bei Jupiters Eiern«, flüsterte Kag anerkennend. Mehr fiel auch den anderen nicht dazu ein. Kurz bevor Drust einschlief, dachte er noch an die Herrin Julia und ihren Sohn – und dass auch sie nur Schachfiguren in dem Spiel waren. Zum ersten Mal seit langer Zeit träumte er von seiner Mutter. Er erwachte, als ihn jemand an der Schulter schüttelte.

»Wach auf. Folge diesem Sklaven. Lass deine Kameraden schlafen.«

Der Koch deutete auf den jungen Mann, der geduldig auf ihn wartete. Colm war ebenfalls wach, doch Kag schnarchte. Drust sah Colm an, zuckte die Achseln und erhob sich, rieb sich die verschlafenen Augen und bemerkte jetzt erst die angezündeten Lampen. Draußen war es dunkel; sie hatten den ganzen Tag geschlafen.

Sie folgten dem Sklaven durch mehrere Korridore, ohne auch nur einmal ins Freie zu gelangen. Der Weg führte durch einen Säulengang, der einen rechteckigen Hof umgab und von aufgehängten Laternen erhellt wurde, die im Regen und Wind baumelten.

Von irgendwoher hörte Drust ein leises Stöhnen, doch seltsamerweise war niemand zu sehen. Kein Sklave, kein Wächter, niemand. Sie befanden sich an dem Ort, der gegenwärtig und zumindest noch für eine Weile das Herz des Reichs war, als hätte man den Palatinhügel in die Wildnis des Nordens versetzt – und er schien völlig menschenleer zu sein.

Schließlich wurden sie in einen Raum geführt, dessen Wände im Lichtschein der Fackeln blau und golden schimmerten. Die Fenster waren mit Gittern versehen, die

Decke mit Darstellungen von Früchten und der Fruchtbarkeitsgöttin Ceres geschmückt. Der Fußboden war mit einem Mosaik aus schwarzen und weißen Platten ausgelegt, die ein schwindelerregendes geometrisches Muster bildeten.

Drust sah gepolsterte Sofas, mit Blattgold eingelegte Elfenbeintische sowie zwei große Feuerschalen, aus denen er den Duft von Zedernholz erschnupperte.

Dann sah er sie. Julia Soaemias war ganz allein im Raum, in einer schlichten, knöchellangen blauen Tunika, über der sie eine weiße Stola trug. Ihr Haar war nur schlicht aufgesteckt, dafür trug sie einiges an Schmuck – halbmondförmige Ohrringe, mit Perlen, Rubinen und Smaragden besetzte Fingerringe und eine Halskette aus vielen Goldplättchen, an der ein Sonnensymbol hing, so groß wie Drusts Handfläche. Sie war außerdem kunstvoll geschminkt, die Augen schwarz umrandet und die Lippen bemalt.

»Herrin«, begann Drust mit einer förmlichen Verbeugung. Colm ließ sich auf ein Knie nieder und beugte den Kopf – für Drusts Geschmack ein wenig zu orientalisch, doch der Herrin schien es zu gefallen. Sie quittierte es mit einem Lächeln, das jedoch ein wenig gezwungen wirkte. Drust verspürte unwillkürlich ein flaues Gefühl im Magen.

»Wie ich sehe, hast du Gelegenheit gefunden, ein Bad zu nehmen, Herrin«, meinte Colm, was ihr Lächeln etwas wärmer werden ließ.

»Allerdings. Sagt eurem Freund – Kag heißt er, oder? Sagt ihm, er hat recht gehabt. Es war nicht so gut, wie ich es mir vorgestellt hatte, und die Schminke fühlt sich an wie eine Maske, mit der ich in einer Komödie auftrete.«

Sie griff nach einer kleinen hölzernen Schatulle, die sie neben sich liegen hatte, und öffnete sie. Nirgends war Wein zu sehen, auch keine Sklaven. Allem Anschein nach handelte es sich um ein hastig anberaumtes heimliches Treffen.

»Ich mache es kurz.« Sie nahm etwas aus der Schatulle. »Der Kaiser ist vor einer Stunde gestorben. Jetzt regieren Geta und Antoninus gemeinsam das Reich. Antoninus wird bald eintreffen – dann werden hier die Funken fliegen. Geta und die Kaiserin werden dann nicht mehr viel zu sagen haben.«

»Die Kaiserin soll nichts zu sagen haben?«, platzte Drust verblüfft heraus, was ihm im nächsten Moment peinlich war. »Sie hat doch vorhin allen gezeigt, welche Autorität sie hat.«

Julia Soaemias nickte. »Ja, aber wenn Antoninus hier ist, wird er mich in seine Gemächer rufen.«

»Du musst nicht zu ihm gehen«, erklärte Colm mit Nachdruck. »Selbst hier müssen doch bestimmte ... Regeln gelten.«

Sie warf ihm einen kühlen Blick zu. »Es wird nichts Unschickliches passieren. Er will nicht mich, sondern meinen Sohn. Er wird ihn mir wegnehmen, ob ich mit ihm gehe oder nicht, also werde ich es tun und als Barriere fungieren, wie immer.«

»Warum?«

Sie bedachte Drust mit einem wärmeren Blick als zuvor Colm, ohne jedoch etwas preiszugeben. »Antoninus würde am liebsten seinen Zorn an allen auslassen, die mir geholfen haben, mich seinem ... Einfluss zu entziehen. Er kann aber niemandem etwas anhaben, außer euch und Kalutis – zumindest solange er hier ist. Vermutlich wird die Armee bald aus dem Norden abgezogen, und alle werden nach Rom zurückkehren. Dort wird er sich dann seiner Feinde entledigen, da er nun die Macht dazu hat.«

»Ist Geta denn nicht auf deiner Seite?«, fragte Drust.

Sie lächelte. »Geta ist nur ein Jahr jünger als sein Bruder, aber er ist wie ein Kind, das einem Wolf gegenübersteht. Er wurde erst vor einigen Monaten zum Augustus ernannt, ein letzter verzweifelter Versuch seines Vaters, ihn auf eine Stufe mit seinem Bruder zu stellen. Das wird sein Leben auch nicht retten können.«

Sie sagte dies mit einer erschütternden Endgültigkeit. Offenbar hatte sie längst erkannt, was Drust und den anderen verborgen geblieben war: dass es keine gemeinsame Herrschaft geben würde, jedenfalls nicht lange. Erstaunlich war, dass sie es so offen aussprach. Drust schluckte schwer, aber Colm dachte schon einen Schritt weiter. »Was sollen wir tun, Herrin?«

»Ihr müsst fliehen.« Sie reichte ihm den Inhalt der Schatulle – eine Handvoll kleiner Messingmarken. »Damit kommt ihr aus der kaiserlichen Residenz und könnt Eboracum verlassen. Mehr kann ich nicht für euch tun. Ich habe Kalutis Bescheid gesagt – er gibt euch das Geld, das ihr für die Flucht brauchen werdet. Das Problem ist, dass er ebenfalls fliehen muss, also solltet ihr euch beeilen.«

Drust schwirrte der Kopf, doch Colm erhob sich, beugte den Kopf und nickte dankend. »Du gehst ein großes

Risiko ein. Antoninus wird vielleicht herausfinden, dass du uns geholfen hast.«

»Genauso gut könnte es die Kaiserin, meine Mutter oder meine Schwester gewesen sein – wir sind viele Julias«, erwiderte sie mit einem zuckersüßen Lächeln. »Wir kümmern uns umeinander, auch gegen die eigene Familie.«

Sie klatschte in die Hände, woraufhin der junge Sklave erschien, der sie hergeführt hatte. »Geht jetzt. Zahid bringt euch zurück zu euren Freunden – ihr müsst sofort packen und aufbrechen.«

»Herrin«, sagte Drust mit einer Verbeugung. Er wandte sich zum Gehen, die Messingmarken brannten in seiner Faust. Kurz bevor er hinausging, rief sie seinen Namen. Es war das erste Mal, dass sie ihn mit dem Namen ansprach, und aus irgendeinem Grund machte sein Herz einen Sprung.

»Komm irgendwann einmal nach Emesa. Wenn die Götter es so wollen, werden wir uns alle eines Tages wiedersehen.«

»Können wir ihr trauen?«, fragte Quintus. »Frauen sind nicht gerade bekannt für ihre Zuverlässigkeit.«

»Diejenigen, die du kennst«, erwiderte Kag scharf.

»Wir haben gar keine andere Wahl, als unsere Sachen zu packen und ganz schnell zu verschwinden. Drust, du meinst, ihr Geschenk wird uns die Flucht aus dem Lager ermöglichen?«

Drust nickte. »Auch aus Eboracum. Danach sind wir auf uns allein gestellt.«

»Wir brauchen Pferde«, warf Sib mit Nachdruck ein. »Sonst haben sie uns nach wenigen Stunden eingeholt.«

»Unsere stehen hier im Stall«, rief ihnen Ugo in Erinnerung.

Drust nickte. *Der Kaiser ist tot – lang leben die neuen Kaiser*, dachte er. Vielleicht würde ihnen das ein bisschen Zeit verschaffen. Da von den beiden Nachfolgern des verstorbenen Kaisers im Moment nur Geta zugegen war, würde er die Conclamatio ausführen, ein Ritual, mit dem der Verstorbene gleichsam ins Leben zurückgerufen wurde, ehe man ihn in die andere Welt hinübergehen ließ.

»Das ist bestimmt eine aufwendige Zeremonie, oder?«, fragte Sib, der mit den römischen Gebräuchen nicht so vertraut war. Die Leute, die er hatte sterben sehen, waren einfach in eine Grube geworfen worden, zusammen mit den Pferden, von denen sie im Stich gelassen worden waren.

Die Bestattungsrituale waren in der Tat aufwendig. Die Augen des Toten wurden geschlossen und der Leichnam wurde gewaschen, und da es sich um den Kaiser handelte, auch eine wächserne Totenmaske angefertigt. Anschließend bahrte man ihn angekleidet auf einer Bestattungsliege auf, umgeben von Blumen und Weihrauch. Die Tür des Raumes war mit Kiefern- oder Zypressenzweigen umrahmt, als Warnung, dass der Tod im Haus war.

Danach folgte die Zeremonie, mit der der tote Kaiser zum Gott erhoben wurde. Während all dessen und wenn die ganze Welt für einen Moment den Atem anhielt, bevor sie ihn in Klagelauten der Trauer entweichen ließ, konnte sich eine kleine Gruppe von Männern leicht aus dem Staub machen, ohne dass es jemand bemerkte.

»Caracalla verpasst die Zeremonie«, fügte Kag hinzu, »darum wird er sich als Erstes bemühen, die Initiative an sich zu reißen. Sie werden den toten Kaiser hier verbrennen und seine Asche nach Rom bringen.«

»Vor allem wird Caracalla alles tun, um den Thron ganz für sich zu gewinnen«, warf Colm ein. »Er wird Leute bestechen und Versprechungen machen – und er hat die Armee auf seiner Seite, also wird es nicht lange dauern.«

»Lange genug für uns«, meinte Drust. »Wenn wir uns beeilen.«

Und das taten sie. Sie hatten nicht viel mitzunehmen, nur ihre Waffen und etwas Geld. Ohne zu zögern näherten sie sich dem Tor des Lagers und gaben sich möglichst selbstbewusst. Die Wachmänner ließen sich zwar nicht täuschen, doch ringsum war alles in Aufruhr begriffen, zudem verfügten sie über die Messingmarken mit den kaiserlichen Insignien.

Sie überquerten die Brücke unbehelligt und gelangten auf eine gepflasterte Straße, die sich irgendwo in der Dunkelheit verlor.

»Wo finden wir diesen Kalutis?«, fragte Ugo stirnrunzelnd.

»Es muss ein Haus beim Fleischmarkt sein«, erklärte Colm. »Ihr wart doch bei ihm, bevor ihr nach Norden aufgebrochen seid – könnt ihr euch nicht erinnern?«

Drust glaubte zu wissen, wo sich das Haus befand, allerdings hatten sie noch ein anderes Problem – sie mussten an ihre Pferde herankommen, die sie in den Stallungen zurückgelassen hatten.

»Ohne Pferde würden wir nicht weit kommen. Auch wenn Caracalla im Moment sehr beschäftigt ist, wird er Zeit finden, die Verfolgung zu organisieren, also müssen wir schnell sein.«

»Die Pferde sind draußen an der Nordmauer«, rief Colm ihm in Erinnerung. »Wir reiten zum Südtor und verlassen dort die Stadt.«

»Wir machen es anders«, widersprach Drust. »Du holst die Pferde, und wir gehen zu Kalutis und holen uns das Geld. Wir kommen zu dir zurück und reiten zuerst nach Norden, dann nach Osten, und tauschen die Pferde gegen die Überfahrt mit dem Schiff nach Süden. So können wir sie abschütteln.«

Colm runzelte argwöhnisch die Stirn. »Ich soll mich darauf verlassen, dass ihr mit dem ganzen Geld zurückkommt?«

»Da spricht einer, der nur sich selbst kennt«, stieß Kag verächtlich hervor. Einen Moment lang funkelten sie einander an.

»Wir brauchen die Pferde«, gab Manius zu bedenken. Dann griff er in seine Tunika und zog seine Urkunde hervor; sie schien selbst im Dunkeln zu leuchten.

»Da – nimm unsere Bürgerrechtsurkunden. Wenn wir uns treffen, gibst du sie zurück. Das ist doch wohl Sicherheit genug, oder?«

»Fick deine Mutter, wer immer sie war«, knurrte Colm. »Ich hätte nur ein paar Urkunden und ihr hättet das ganze Gold.«

»Dann hole ich die verdammten Pferde«, warf Quintus verärgert ein. Colms Miene verfinsterte sich noch mehr, doch er nickte schließlich.

»Eines verspreche ich euch«, knurrte er, bevor er sich abwandte. »Wenn ihr mich bescheißt, werde ich euch finden, egal wo ihr euch versteckt. Und was dann passiert, wird nicht angenehm für euch.«

»Ich werde nicht schwer zu finden sein«, fauchte Kag zurück. Drust zog ihn mit sich, und sie blickten Colm nach, als er in der Dunkelheit verschwand.

»Wir sollten ihn uns vom Hals schaffen«, meinte Sib ängstlich. Manius warf ihm einen kurzen Blick zu und folgte dann Drust die dunkle Straße entlang.

Eboracum war von Anfang an klein, eng und schlecht geplant gewesen – ein einziges Gewirr von Straßen und Gassen. In den drei Jahren, die das Imperium nun von hier aus regiert wurde, hatte es sich aufgebläht wie eine kranke Kröte – eine Ausdehnung, die noch planloser verlaufen war als der ursprüngliche Bau.

Drust benötigte eine ganze Stunde, bis er endlich überzeugt war, die richtige Straße gefunden zu haben, und auch das nur dank des Geruchs. Der Fleischmarkt stank nach abgestandenem Blut und verwesenden Eingeweiden, vermischt mit dem Rauch der Feuerstellen. Die flackernden Lichter hinter ramponierten Fensterläden oder nur mit Tüchern verhängten Fenstern machten deutlich, dass dies nicht das allerbeste Viertel war.

»Dort vorne, das ist es.« Ugo deutete auf ein zweistöckiges Gebäude mit abgeblättertem Verputz. Die Dachziegel schimmerten vom Regen, mehr Licht gab es nicht. Das

Haus wirkte kalt und verlassen. Sie drängten sich in einen dunklen Winkel auf der anderen Straßenseite, während der Regen auf sie niederprasselte. Die Straße war menschenleer, das einzige Geräusch war das Prasseln des Regens und das klagende Heulen eines Hundes.

»Vielleicht hat sich Kalutis ja längst aus dem Staub gemacht«, meinte Quintus.

Sib spuckte verächtlich aus. »Traue niemals einem Ptolemäer«, stieß er bitter hervor. »Die sind noch schlimmer als die Griechen.«

Drust leckte sich über die Lippen und überlegte fieberhaft. Dann forderte er Manius auf, hierzubleiben und das Haus im Auge zu behalten. Mit den anderen überquerte er tief geduckt die Straße bis zur Haustür. Er versuchte, sie zu öffnen, und fand sie zu seiner Überraschung unversperrt.

»Das ist mir zu einfach«, meinte Kag argwöhnisch. »Nur ein Stupidus würde da reingehen.«

»Falls der Stupidus es trotzdem tut und alles geht gut ...«, zischte Quintus zurück.

»Wäre er trotzdem ein Stupidus, eben mit Fortuna im Bunde. Aber beim nächsten Mal ...«

»Geht einfach rein«, brummte Drust und ging voraus, ob die anderen ihm nun folgten oder nicht.

Drinnen war es noch dunkler, und er wartete, bis seine Augen sich daran gewöhnt hatten und er eine Treppe erkennen konnte, die nach oben führte, zu einem Raum auf der rechten Seite. Ein Geruch schlug ihm entgegen, den er nur zu gut kannte.

»Blut«, flüsterte er, und Kag nickte. Sib hob den Kopf, rümpfte die Nase und runzelte die Stirn.

»Ist das nicht Öl?«, fragte er. »Mit dem man die Rüstungen poliert?«

Die Funken waren so groß wie Wagenräder, ein oranges Leuchten, in dem dunkle Schatten zum Vorschein kamen. Kag ging in eine geduckte Kampfposition – da zuckte aus einer Fackel ein greller Lichtblitz hervor, der sie blendete und ihnen Tränen in die Augen trieb. Verschwommen nahmen sie die schattenhaften Umrisse von Soldaten wahr – und ein blutrotes Kreuz an der Wand.

»Bleibt stehen, wo ihr seid, und lasst die Waffen fallen«, befahl ihnen eine vertraute Stimme, und Drusts Magen krampfte sich zusammen. Er wischte sich die Tränen aus den Augen, und das Kreuz an der Wand wurde zu einem Bild des blutigen Grauens: Kalutis war an die Wand genagelt worden. Sie hatten ihn bis aufs Blut ausgepeitscht, und was er seinen Peinigern verraten hatte, musste die Prätorianer bewogen haben, hier im Dunkeln auf sie zu warten.

Es handelte sich um Männer aus den Provinzen Pannonien und Illyrien, durch die Severus die ursprüngliche Garde ersetzt hatte, als er den Thron bestieg. Sie waren ihm und seinen Söhnen treu ergeben. Drust wusste augenblicklich, dass es vorbei war, als er diese Stimme hörte. Er hatte sie vorher nur ein einziges Mal gehört, als sie lachend gesagt hatte: »Das war doch nur Spaß ...«

Daraufhin hatte Drust dem Jungen einen schmerzhaften Tritt verpasst. Er war sich sicher, dass der Mann, der sich nun in den Lichtschein der Fackeln schob, das nicht vergessen und schon gar nicht vergeben hatte.

Er sah immer noch so gut aus wie einst sein Vater. Das gedämpfte Licht verbarg die Fältchen und Augenringe seines ausschweifenden Lebenswandels und ließ sein Gesicht noch etwas dunkler erscheinen. Er hatte kurz geschnittenes Haar und einen gekräuselten Backenbart, seine Augen waren wie dunkle, kalte Teiche unter drohend zusammengezogenen Brauen.

So wird auch der Goldjunge aussehen, wenn er erst einige Jahre am Hof verbracht hat, dachte Drust. Es war kaum zu übersehen, dass der kleine Helios, der knabenhafte Sonnengott, der Sohn dieses Mannes war.

»Ich glaube, ihr seid gute Tänzer«, knurrte Caracalla. »Mit den richtigen Partnern werdet ihr eine gute Figur in der Arena machen.«

»Zum Hades mit dir«, brummte Kag.

»Es tut uns leid, dass du deinen Vater verloren hast«, versuchte Quintus die Situation zu retten, doch sein Grinsen drohte ihn im Stich zu lassen. Der Kaiser musterte einen nach dem anderen und schüttelte den Kopf. Zuletzt fiel sein Blick auf Drust, mit dem stummen Versprechen, ihm alle nur erdenklichen Qualen zuteilwerden zu lassen, bevor er ihn töten würde.

»Es hat lange gedauert«, sagte er schließlich, »aber die Parzen schlafen nicht. Das Rad des Lebens dreht sich weiter, wie der Mond. Die Göttin Selene hat mir Rache versprochen, und sie hat Wort gehalten.«

Er lehnte sich zurück und atmete langsam aus, wie ein Mann, der gerade einen guten Wein verkostet hatte.

»Du wirst in den Sand zurückkehren, kleiner Mann, du und deine Freunde – dorthin, wo ihr ursprünglich herkommt. Ihr werdet erfahren, was es heißt, einen Kaiser zu beleidigen.«

Er drehte sich um und ging, und eine andere Gestalt trat in den Vordergrund, die Drust ebenfalls gut kannte – diesmal in der vollen Rüstung eines Centurio.

»Macrinus«, sagte Drust, und der Centurio lächelte. Er nickte seinen Soldaten zu, die sie umringten und sie in den Regen hinausführten. Drust sah Manius auf dem nassen Pflaster liegen, niedergedrückt von einem genagelten Militärstiefel.

»Das alles nur, weil Drust ihm einmal einen Tritt verpasst hat?«, stieß Kag ungläubig hervor. »Das hatte der kleine Scheißkerl verdient. Was muss er auch durch die dunklen Straßen ziehen und unschuldige Leute niederknüppeln?«

Macrinus starrte ihn einen Moment lang an, dann schüttelte er den Kopf und lachte.

»Ich verstehe nicht, wie ihr so lange überlebt habt, ahnungslos, wie ihr seid. Es gibt Steine, die haben mehr Verstand als ihr, und Leichen, die besser aussehen als ihr und auch besser riechen.«

»Zum Hades mit dir, Römer«, murmelte Ugo, doch Macrinus war viel zu amüsiert, um zornig zu werden. Er beugte sich zu Drust, der auf dem harten Pflaster kniete und spürte, wie die Feuchtigkeit am Saum seiner Tunika hochkroch.

»Caracalla ist ein notorischer Weiberheld«, zischte ihm der Centurio zu. »Der würde ein Astloch ficken, wenn ein paar Haare dran sind.«

Die anderen verstummten schockiert. Macrinus strich sich über den Bart und schüttelte in gespielter Verwunderung erneut den Kopf.

»In all den Jahren hatte er so viele Frauen – kommt dir da gar nichts merkwürdig vor? Fehlt da nicht was?«

Der Centurio wartete. Alle schwiegen. Ugo runzelte so angestrengt die Stirn, dass Drust fast seine Augenbrauen knarren hörte – dann, wie ein Blitz, kam ihm die Erkenntnis.

»Es gibt keine Bastarde«, platzte er heraus.

Macrinus klatschte begeistert in die Hände. »Du hast es erfasst.« Er beugte sich noch näher zu Drust. »Eines Nachts hat ihm jemand in einer billigen Schenke einen Tritt verpasst, der nicht ohne Folgen blieb – es wird keinen kaiserlichen Nachwuchs geben.«

Drust hatte das Gefühl, als würde sämtliches Blut aus seinem Körper entweichen. Nun sah er alles klar vor sich – der Junge, der kleine Sonnengott, stammte aus der Zeit davor. Er war der einzige Sohn, den der neue Kaiser je haben würde.

Und dafür bin ich verantwortlich, dachte Drust. *Bei allen Göttern – ich habe das verursacht ...*

Macrinus richtete sich auf, und sein Lächeln war verschwunden, als er seinen Männern bedeutete, die Gefangenen abzuführen.

»Er hatte noch lange danach Schmerzen und musste erst einmal verdauen, dass er nicht mehr zeugungsfähig war. So etwas vergisst kein Mann, schon gar nicht einer, der eine Dynastie weiterführen soll. An deiner Stelle würde ich nicht darauf zählen, dass du die Arena noch einmal durch das Tor des Lebens verlassen wirst.«

KAPITEL 16

ROM, ein Jahr später
Unter den Konsuln Hedius Lollianus Terentius Gentianus
und Pomponius Bassus

Es war die zweite Nachtstunde, der dritte Tag der Ludi Romani neigte sich seinem Ende zu, da das Licht bereits so schlecht war, dass die Zuschauer nicht mehr viel sehen konnten. Auch die Kämpfer konnten nicht mehr viel erkennen, obwohl das kaum jemanden interessierte.

Wie an den vorangegangenen Tagen kam Sophon zu ihnen und nickte mit einem Grinsen, das aufgrund einer alten Verletzung immer ein wenig schief wirkte. *Doch auch ohne die alte Schwertwunde hätte er ständig ein spöttisches Lächeln auf den Lippen*, dachte Drust.

»*Missus*«, sagte er wie schon an den vergangenen drei Tagen und deutete mit dem Daumen zur Tür. »Abmarsch.«

Sie standen auf und stapften durch die nach Schweiß stinkenden Katakomben des Colosseums, umgeben vom grauenvollen Quietschen und Scheppern schlecht geölter Waffen und Rüstungen, vorbei am Medicus, der mit zusammengekniffenen Augen Verletzte zusammenflickte, und an Kämpfern, die die Arena durch das Tor des Lebens verlassen hatten und ihren Stolz und ihre Erleichterung in die Welt hinausschrien.

Drust und die anderen kannten nicht wenige von ihnen, doch ihre ehemaligen Kameraden vermieden es, ihnen in die Augen zu sehen. Die meisten hatten geflissentlich plötzlich etwas anderes zu tun, bis Drusts Gruppe, angeführt von Sophon, in den dunklen Winkeln der Katakomben verschwand.

Sie folgten dem unterirdischen Gang, der direkt zum Ludus Magnus führte. Keiner sprach ein Wort, als sie in der sengenden Hitze des Mensis September ins grelle Licht der ovalen Arena traten, die wie eine kleinere Version des Colosseums aussah. Sie war auf allen Seiten von dreigeschossigen Gebäuden umgeben, in denen Kasernen, Speisesäle, Waffenkammern und Schreibstuben untergebracht und dreitausend Leute beschäftigt waren.

Der römische Staat unterhielt seine eigenen Gladiatoren, doch die Arena konnte auch von Privatpersonen genutzt werden, vor allem, wenn wichtige Spiele auf dem Programm standen, allen voran die Ludi Romani. Fünfzehn Tage Blut und Geschrei, und das schon seit der Zeit von König Tarquinius. Früher waren diese Spiele ausschließlich im Circus Maximus abgehalten worden, bis das Flavische Amphitheater, das Colosseum, erbaut wurde und als Austragungsstätte den Vorzug bekam. Der

Circus verlor an Bedeutung und wurde nur noch gelegentlich für Wagenrennen genutzt.

Fünfzehn Tage, von denen jeder einzelne von quälendem Warten erfüllt war. Drust wusste, dass Caracalla sie auf die Folter spannen würde, dass er sie tagtäglich in den blutigen Gestank der Katakomben unter der Arena kommen ließ, als müssten sie kämpfen. Tag für Tag hörten sie das Klatschen und Pfeifen der Zuschauer, das Brüllen der Sklavenmeister, das Stöhnen und Schnauben der sterbenden Elefanten über ihnen. Sie saßen da und warteten auf den Befehl, hinauszugehen und zu sterben.

Doch zuvor würde Caracalla ihnen noch einige Male das Messer der Angst zwischen die Rippen stoßen und in der Wunde umdrehen. Er hatte seinen Vater begraben und zum Gott erhoben, die Armee aus Britannien abgezogen und war mit dem gesamten Hofstaat nach Rom zurückgekehrt. Seither hatte er alles getan, um den Status seines Bruders und dessen Unterstützer zu untergraben. Drust fragte sich, wie es den Julias ergehen mochte.

Die meisten Gladiatoren in diesem Ludus gehörten dem römischen Staat, hauptsächlich dem Kaiser, obwohl auch einige Senatoren ihre Kämpfer besaßen, die sie als »Familie« bezeichneten. Sie waren in Decurien zu je zehn Mann eingeteilt, und davon gab es viele. Bei besonders wichtigen Spielen erhielten verdienstvolle Außenstehende die Erlaubnis, die Anlage des Ludus Magnus zu nutzen. Einer von ihnen war Servilius Structus, der Pferde für den Circus, Getreide, Kämpfer und Spezialsand für die Arena lieferte. Drust und die anderen kannten die Anlage noch aus ihrer Zeit im Ludus Ferratus.

Deshalb war es für sie nicht allzu schlimm, jeder für sich in eine winzige Zelle gesteckt zu werden, statt in einen der größeren Räume, in die Gruppen von Kämpfern meist einquartiert wurden – normalerweise nur solche der gleichen Waffengattung, da kein Gladiator gegen einen Kämpfer derselben Gattung antreten musste. Da man nicht fürchten musste, sich gegenseitig töten zu müssen, war es bis zu einem gewissen Grad möglich, Freundschaften zu schließen.

Dennoch – Drust und die anderen hatten das Rudis erhalten, das Holzschwert, das die Entlassung aus der Sklaverei bedeutete. Auch die anderen Gladiatoren, sogar die Lanistae, fanden es empörend, dass Freigelassene erneut gezwungen wurden, in der Arena zu kämpfen und zu sterben.

Außer ihrem alten Lanista Sophon. Er hatte sich freiwillig für diese Tätigkeit gemeldet, obwohl er sich dank einer staatlichen Zuwendung zurückziehen und ein ruhiges, bescheidenes Leben hätte führen können, nachdem Servilius Structus ihn aus dem Dienst entlassen hatte, weil er ihn als Ausbilder für zu hart befunden hatte.

»Vielleicht erlauben sie uns, dass wir uns ein bisschen in Form bringen«, meinte Ugo mit einem prüfenden Blick auf seine Oberarme. »Vor allem mit Gewichtheben, damit wir uns an die Rüstung gewöhnen können. Ist eine Weile her, dass wir sie getragen haben.«

»Keiner von uns wird eine Rüstung kriegen«, erklärte Kag geduldig, als sie den einzigen Raum betraten, in dem sie sich gemeinsam aufhalten durften, den Speisesaal. »Auch keine Waffen. Wir sind nicht hier, um zu kämpfen, sondern um zu sterben.«

Es gab mehrere Speisesäle, die normalerweise von der einen oder anderen »Familie« beherrscht wurden; der Rest kam dort unter, wo gerade Platz war. Diesmal wurden sie – ob absichtlich oder zufällig – in einen Saal geführt, in dem einige Männer saßen, die Drust aus dem Ludus Ferratus kannte. Er erwartete schon, auch Servilius Structus hier zu sehen, der allerdings nicht da war, dafür zwei Männer, die Drust ebenfalls gut kannte.

Die beiden saßen genau an dem Tisch, der ihnen zugewiesen war, etwas abseits der anderen. Nachdem Sophon seine Pflicht erledigt hatte, stapfte er davon, um sich zu ein paar Leuten zu gesellen, die er kannte und die ihn ertrugen. Drust und die anderen nahmen sich hölzerne Schüsseln und Löffel, um sich mit der üblichen Kost, Bohnen und Gerstenbrei, zu versorgen. Sie ermöglichte es den Gladiatoren, etwas Fett anzusetzen, was die meisten als Vorteil erachteten, falls man verletzt wurde. Einige hingegen zogen es vor, schlank und flink zu bleiben, was auch vom jeweiligen Kampfstil abhing. Diejenigen, die viel Bohnen und Getreide aßen, waren auch daran zu erkennen, dass sie ständig furzten.

Sie setzten sich an ihren Tisch, aßen schweigend und tranken Wasser aus hölzernen Bechern. »Ist das nicht der neue Junge aus Gallien?«, fragte Kag. »Wie hieß er noch gleich?«

Drust blickte auf. Es war Lupus Gallicus, wie er sich nun erinnerte. Ein lächerlicher Name, den kein Kämpfer, der etwas auf sich hielt, annehmen sollte. Als der Gallier ihnen im Ludus Ferratus begegnet war, hatte er noch nicht einmal in der Arena kämpfen dürfen. Er war ein angeberischer Novicus gewesen, der noch keine sechs Monate Ausbildung hinter sich hatte.

Nun war er ein Thraex, eine der beliebtesten Kampfgattungen. Entsprechend protzig und hochtrabend trat der Bursche auch auf. Jedenfalls schaffte er es, seinen geschmeidigen, muskulösen Körper auch unter einer Wolltunika gut zur Geltung zu bringen. Er hatte eine dunkel getönte Haut, schwarz gelocktes Haar und ein Lächeln, mit dem er Quintus' breitem Grinsen in nichts nachstand.

»He, wir kennen uns doch, oder?«, sagte er aufgeräumt und beugte sich über den Tisch. »Ihr habt den Leuten früher immer ein nettes Spektakel geboten. Gut einstudiert.«

»Und du warst eine freche Rotznase«, erwiderte Kag verbindlich. »Ein Esel, der sich selbst Wolf nennt? Noch schlimmer ist höchstens, wenn sich ein Löwenkämpfer Androklus nennt.«

Lupus' olivbraunes Gesicht verdunkelte sich ein bisschen, und sein Lächeln verzerrte sich zu einer hässlichen Maske.

»Heute bin ich jedenfalls kein Novicus mehr. Ich habe schon zwölf Siege errungen und werde es ganz nach oben schaffen. Für euch dagegen geht es im Sturzflug nach unten, so viel steht fest.«

»Zwölf Siege in den Provinzen«, erwiderte Drust. Es war zwar nur eine Vermutung, doch das Gesicht des jungen Mannes verriet ihm, dass er richtiglag. »Deine Beinarbeit war miserabel«, fuhr er fort, ohne den Blick von ihm zu wenden. »Wenn das heute auch noch so ist, würde ich nicht darauf wetten, dass wir uns morgen hier wiedersehen. Bei diesen Spielen gibt es zu viele gute Kämpfer.«

Lupus wollte etwas erwidern, wusste aber nicht, was – doch er konnte sich die Mühe sparen, da in diesem Moment ein älterer Mann eintrat, den Drust und die anderen ebenfalls kannten: Curtius Martialus, der bei Servilius Structus gewesen war, als Drust noch ein kleiner Junge war. Er hatte ein flaches Gesicht und schütteres silbergraues Haar, hinkte stark und musterte einen nach dem anderen mit seinen geröteten Augen.

Begleitet wurde er von drei Männern, einem Alten wie er selbst sowie zwei jüngeren Kerlen, alle in fleckigen Tuniken und mit Schaufeln und Spitzhacken in den Händen. Der Alte war klein und bucklig, seine Söhne gerade gewachsener, aber nicht viel größer.

»Drust, Kag – normalerweise würde ich sagen: Freut mich, euch zu sehen, aber leider ist es nicht so erfreulich«, begann Curtius. »Nicht unter diesen Umständen. Trotzdem, vielleicht kann ich euch die Bürde ein bisschen leichter machen. Lupus, du Stümper, lass gefälligst diese anständigen Kämpfer in Ruhe und verpiss dich. Aber vorher haben diese Herren hier noch ein Wörtchen mit dir zu reden.«

Er nickte Drust und den anderen zu, funkelte Lupus an und hinkte krummbeinig davon.

»Bei allen Göttern«, meinte Sib, »wie alt muss der Mann sein? Ich kann mich noch an die Zeit erinnern, als ich meine erste Reise mit ihm machen durfte.«

»Ich auch«, warf Quintus versonnen ein, dann blickte er in die Runde. »Wir alle, schätze ich. Das waren noch Zeiten.«

Wir waren jung, dachte Drust, *und heilfroh, die Arena für eine Weile hinter uns zu lassen, nicht ständig dem Tod ins Gesicht blicken zu müssen.* Der Alte holte ihn aus seinen Erinnerungen zurück.

»Verzeihung, mein Herr«, sagte er an Lupus gewandt. »Ich bin Gaius Plancus. Das sind meine Söhne Caius und Marcus.«

»Falls ihr Holzschwerter oder so signiert haben wollt, das mach ich später im Chio«, erwiderte Lupus und errötete, als Drust und die anderen lachten.

Das Chio war eine berüchtigte Spelunke im römischen Subura-Viertel.

»Nein, Verzeihung«, beharrte der alte Mann. »Ich komme wegen der Kanalisation.«

»Sehe ich aus wie der Prokurator des Ludus?«, schnauzte Lupus zurück und hätte wohl noch weitergeschimpft, hätte Sophon ihn nicht zum Schweigen gebracht. Keiner hatte den Mann kommen hören, was Drust ziemlich bemerkenswert fand. Dieser Sophon konnte sich verdammt lautlos bewegen, wenn er wollte.

»Nein, wie der Prokurator des Ludus siehst du wirklich nicht aus«, wies Sophon den verdatterten Lupus zurecht. »Du siehst aus wie ein Haufen Scheiße, der in die Kloake gespült werden sollte. Vielleicht kannst du dem alten Plancus hier einen Gefallen tun und dich in die Kanalisation verpissen.«

Lupus zögerte einen Moment, verbiss sich eine Bemerkung und ging. Plancus blickte etwas unbehaglich zwischen Sophon, Drust und den anderen hin und her; seine Söhne grinsten spöttisch.

»Du sagst, du bist wegen der Kanalisation hier«, griff Sophon den Gesprächsfaden auf.

Plancus fing sich und nickte. »Ja, also, wir haben da eine Verstopfung irgendwo in den Abwasserkanälen. Ich und meine Jungs sind hier, um sie zu beheben, aber wir brauchen Unterstützung. Ein paar Sklaven für die schwere Arbeit. Man hat mir gesagt, ich soll mich an Sophon wenden – tut mir leid, ich dachte, das wäre der junge Bursche. Bist du Sophon?«

»Mit Schmeichelei kommst du immer ans Ziel«, warf Kag lachend ein.

Sophon kniff die Augen zusammen. »Trotzdem würde ich es nicht übertreiben. Ja, ich bin Sophon, und das hier sind deine Helfer, Plancus. Sie sitzen hier beisammen und sind bereit.«

Plancus wirkte erfreut. Er hatte höchstens mit zwei Mann gerechnet, und nun bekam er einen ganzen Trupp.

»Na dann, worauf wartet ihr?«, sagte Sophon mit seinem schiefen Grinsen zu Drust und den anderen. »Ab in die Kloake.«

Sie folgten Plancus und seinen Söhnen, die sicher schon einmal hier gewesen waren und den Weg kannten.

»Verstopfungen gibt es immer wieder«, erklärte Marcus im Gehen. So wie er musste sein Vater in jungen Jahren ausgesehen haben: blass und rundlich, wie ein zufriedenes, rosiges Schweinchen. Sein Bruder sah genauso aus.

»Die hätten größere Röhren nehmen sollen«, fügte Plancus hinzu, als sie über eine Treppe in die stinkende Dunkelheit hinabstiegen. Sie blieben nur einmal kurz stehen, um sich sechs oder sieben Fackeln zu nehmen.

Drei zündeten sie an, nachdem Plancus sich lange Zeit ließ, um prüfend zu schnuppern.

»Hier unten können sich Dämpfe ansammeln«, erklärte er. »Wenn es nach faulen Eiern riecht, darfst du keine Fackel anzünden, sonst kracht's.«

»Bei allen Göttern«, murmelte Ugo und blickte sich um. »Hier unten ist es richtig unheimlich.«

»Das ist das Reich von Dis Pater«, warf Sib ein und verdrehte die Augen.

»Ist dieses Kanalisationssystem sehr lang?«, fragte Kag unschuldig.

Plancus blieb abrupt stehen, drehte sich zu ihm um, musterte ihn einen Moment lang und schüttelte den Kopf. »Du hältst dich wohl für sehr schlau. Ich kann's dir nicht verübeln – ihr seid bestimmt Verurteilte. Sophon hätte mir nie im Leben richtige Kämpfer für diese Arbeit gegeben.«

»Zum Hades mit dir«, versetzte Manius, und Drust sah, wie Plancus' Söhne ihre Spitzhacken etwas fester umfassten.

Der Alte hob beschwichtigend die Hand. »Ich mein's nicht böse, ich sage nur, wie es ist. Ich nehme es euch ja nicht übel, wenn ihr denkt, ihr könntet auf diesem Weg fliehen.«

Kag rieb sich den Bart, wie immer, wenn er sich ertappt fühlte oder ihm die Worte fehlten.

»Es wäre aber ziemlich aussichtslos«, fuhr Plancus fort und stapfte tiefer in die Dunkelheit. »In den Tavernen kriegt man allerlei Geschichten zu hören – ich finde sie ja auch ganz lustig, wenn ich ein paar Becher getrunken habe. Der Held bricht aus dem Gefängnis aus, flüchtet sich in die Kanalisation, kämpft gegen Riesenratten und kriegt am Ende noch die edle Dame zur Gemahlin.«

Er seufzte. »Das ist natürlich blühender Unsinn. Der Held in den Geschichten findet den Weg im Dunkeln – in Wahrheit kommst du nicht weit ohne die hier ...«

Er blieb stehen und wedelte mit seiner Fackel – Kag musste ausweichen, damit seine Haare nicht Feuer fingen.

Plancus lachte. »Ihr bräuchtet viele davon, sonst wärt ihr geliefert. Dazu kommt, dass unser Held auch durch die ganze Kloake wandert, ohne sich nasse Füße zu holen. Als wären diese Abwasserkanäle schön breit, mit Laufgängen an den Seiten.«

Er hielt die Fackel hoch, sodass das Ziegelgewölbe über ihnen sichtbar wurde. Über eine letzte Treppe stiegen sie zu einem runden schwarzen Loch hinunter, das man nur geduckt passieren konnte; dahinter gelangte man in knöcheltiefes, schäumendes Schmutzwasser.

»Da habt ihr die ganze Wahrheit«, erklärte Plancus. »Warum hätte man die Anlage so groß wie eine Basilika bauen sollen, wenn sowieso nur Scheiße durchfließt? Hier kann keiner aufrecht durchspazieren. Wäre unser Held hier unten gewesen, hätte er hinterher einen krummen Rücken gehabt.«

Er lachte, hustete und spuckte ins Wasser.

»Aber das muss er auch gar nicht. Er muss sich vielmehr einfach in eine Ratte verwandeln, denn das hier ist nur der Zugang. Ein paar Hundert Schritte weiter wird es noch enger, da kommt dann wirklich nur noch eine Ratte durch. Dort irgendwo haben wir die Verstopfung, einen riesigen Haufen Scheiße, den wir mit Eimern wegschaffen müssen.«

Kag verzog das Gesicht, und Quintus lachte über seine angeekelte Grimasse.

»Wer aus der Cloaca Maxima kommt, sieht nicht gerade aus wie ein strahlender Held – und er riecht auch nicht so«, fuhr Plancus fort. »Nein, unser Held würde verkrüppelt wieder rauskommen und stinken wie ein Haufen Scheiße. Zeig mir die Frau, die das anziehend findet.«

»Deine verdammte Frau«, brummte Ugo, woraufPlancus und seine Söhne ihn zornig anfunkelten, doch der Anblick des germanischen Hünen hinderte sie daran, etwas Unkluges zu tun.

Sie stiegen die Stufen hinunter, dann blieb Drust stehen, hielt seine Fackel hoch und blickte zur gegenüberliegenden Wand.

»Das sind alte Abflusskanäle«, erklärte Caius. »Die werden nicht mehr gebraucht.«

»Warum?«, fragte Drust. Trotz der Dreckschicht erkannte er, dass die Ziegel an dieser Stelle von etwas anderer Farbe waren.

»Keine Ahnung.« Plancus' Stimme hatte einen eigenartigen Unterton, und Drust musterte ihn kurz, doch der Gesichtsausdruck des Alten verriet nichts.

»Die haben nichts mit dem Kanalsystem zu tun«, fügte Plancus hinzu. »Das sind Abflusskanäle, die man schon vor Jahren dichtgemacht hat. Ich finde, man hätte sie weiter nutzen sollen, weil sie größer und breiter sind als die heutigen .«

Er ging voraus und duckte sich in das dunkle Loch.

Marcus trat an Drusts Seite. »Vater weiß alles über das Kanalsystem und die Tunnel hier unten«, flüsterte er ihm zu. »Hinter diesen zugemauerten Öffnungen war früher der Abfluss für die Naumachien.«

Die Naumachien, jene groß inszenierten Seeschlachten, waren früher ein fester Bestandteil des Programms im Colosseum gewesen. Dafür wurde die Arena geflutet, Schiffe wurden zu Wasser gelassen und Seeschlachten nachgestellt. Danach wurde das Wasser wieder abgelassen und frischer Sand ausgestreut, bevor die Kämpfe am Abend weitergingen. Als Domitian die Räume unter dem Amphitheater hatte anlegen lassen, hatten sich die Abflusstunnel als sehr hilfreich für die Arbeiten erwiesen. Die ungenutzten Tunnel wurden dicht gemacht. Naumachien wurden fortan keine mehr veranstaltet.

Angeblich habe man die Arena binnen einer Stunde oder noch weniger fluten und das Wasser wieder ableiten können, meinte Drust, und Marcus nickte begeistert.

»Damals wussten sie noch, wie man so etwas macht. Man braucht nur die richtigen Pumpen und Rohre dafür. Es gab zweiundvierzig Zuleitungsrohre und vier große Abflusskanäle – das hat mir Vater erzählt, und der muss es wissen.«

»Komm schon, Junge, trödle nicht herum.«

Marcus gehorchte, eilte hinterher, und Drust folgte ihm nachdenklich.

Später, in der stinkenden Dunkelheit, aus der immer wieder leises Tapsen zu hören war, unterhielten sich Drust und Kag von ihren getrennten Zellen aus miteinander.

Dass dies möglich war, verdankten sie vor allem dem Geschichtsschreiber Polybios, wie Kag anmerkte.

»Bei Jupiters behaarten Eiern«, hatte Quintus gestöhnt, »fängst du schon wieder an mit deinen weibischen Griechen. Ein hochnäsiges Pack, mit ihrem langweiligen Geschwätz und ihren ... Ideen. Wir haben ihnen eine Idee gegeben, die nennt sich *Kämpfen*, aber das war wohl nichts für sie.«

»Die Hundeköpfe«, hatte Manius hinzugefügt und spielte damit auf die Schlacht von Kynoskephal an – nach einer Bergkette, deren Name griechisch eben »Hundeköpfe« bedeutete –, in der Rom den Makedoniern eine empfindliche Niederlage bereitet hatte.

Polybios war kein Kämpfer, sondern Geschichtsschreiber. Außerdem war er der Erfinder einer sehr nützlichen, einfachen Geheimsprache aus Klopfzeichen, die Drust und die anderen irgendwann gelernt hatten, damit sie sich auch dann noch verständigen konnten, wenn Sprechen verboten war.

»Glaubst du, es gibt einen Ausweg?«, fragte Kag. Tapp-tapp, tipp-tapp.

»Ja. Müssen mehr herausfinden. Abflusstunnel. Amphitheater.«

Es dauerte jedes Mal eine Weile, auch nur wenige Worte zu übermitteln, da jeder Buchstabe durch eine zweistellige Zahl ersetzt wurde.

Das letzte Klopfmuster, das Drust hörte, war: eins-drei, drei-vier, drei-eins, drei-zwei. Er schloss die Augen und übersetzte es.

Colm.

Es war der Gedanke, der ihnen allen ständig im Kopf herumspukte, den sie aber nur zu nächtlicher Stunde aussprachen, wie ein Gebet, ein geheimes Zeichen an denjenigen von ihnen, der davongekommen war.

Colm.

Drust wiederholte es und hörte es als leises Echo weiter von einem zum anderen wandern. Insgeheim glaubte er, dass Colm längst über alle Berge war, vielleicht auch tot, obwohl er sich das nicht wirklich vorstellen konnte.

Dafür würden sie selbst bald tot sein, wenn sie nicht schnell einen Ausweg fanden.

»Drusus«, sagte er, und der Junge schaute zu ihm auf und lächelte. Er mochte den großen, dicken Mann, obwohl er der Herr war und seine Mutter ihm eingeschärft hatte, immer höflich zu ihm zu sein und zu tun, was der Mann ihm sagte. Ihn stets mit »Meister« oder »Herr« anzusprechen, aber nicht mit seinem Namen. Sklaven durften ihn nicht Servilius Structus nennen.

»Herr?«

»Ich habe eine schlechte Nachricht für dich«, sagte Servilius, dann ließ er sich zum Erstaunen aller, auch des Jungen, mühsam auf ein Knie nieder, um ihm in die Augen zu sehen.

»Deine Mama ist nicht mehr bei uns.«

Der Junge blinzelte. Seine Mutter hatte ihm gesagt, dass es so kommen würde, aber er solle nicht traurig sein – sie würde schon einen Weg finden, zu ihm zu kommen, was auch geschah. Es kam immer wieder vor, dass Sklaven verkauft wurden, das wusste der Junge bereits.

»Ja, Herr«, sagte er. Servilius Structus wirkte erleichtert, dann musste er sich von Curtius aufhelfen lassen. Er nickte dem Jungen zu, tätschelte ihm den Kopf und wandte sich Curtius zu.

»Bring ihn zu Gennadios, damit er von ihm lernt. Er soll mit dem Jungen in die Katakomben des Colosseums gehen und ihm alles Wesentliche beibringen. Wenn ihr so weit seid, nimm ihn mit und zeige ihm die Welt. Aber bring ihn wohlbehalten zurück.«

Curtius hütete sich, etwas einzuwenden. Servilius Structus watschelte davon, und Curtius drehte sich um und blickte auf den Jungen hinunter.

»Du heißt Drust, oder?«

»Ja, Herr.«

»Sag einfach Curtius zu mir. Wie alt bist du?«

Der Junge wusste es nicht, doch Curtius ging weg und holte eine Wachstafel, auf der er nachsah.

»Neun Sommer. Dann komm mal mit, Junge, aber gib acht, dass du mich nicht verlierst. Wir fahren übers Meer, in ein fernes Land. Das wird ein Abenteuer – es gibt auch Süßigkeiten dort, und danach fahren wir wieder nach Hause. Na, wie klingt das?«

»Werde ich meine Mutter wiedersehen?«, fragte der Junge.

Curtius zog die Stirn in Falten, dann begriff er, was der Kleine meinte, und schüttelte den Kopf, seine Augen so traurig wie die eines geprügelten Hundes.

»Junge, deine Mama wurde nicht verkauft. Sie ist tot. Sie wollte ein Schwesterchen für dich zur Welt bringen – das ist auch gestorben.«

Die Worte fielen wie schwere Ziegelsteine aus dem Mund des Mannes und trafen den Jungen mit voller Wucht. Ihr Krachen verfolgte ihn noch lange, nachdem sie ihn verletzt hatten, nachdem Curtius ihn zu einem Strohlager gebracht und die Lampe gelöscht hatte.

Dann stieg der Schmerz in ihm hoch, und die Tränen fielen wie Kerne aus einem zerdrückten Apfel.

Das Wiedersehen mit Curtius hatte die Erinnerung an jenen Tag heraufbeschworen, ein seltsames Geschenk von Morpheus, dem Gott der Träume. Weinend war Drust in seiner Zelle erwacht, mit der Erkenntnis, dass Servilius Structus wahrscheinlich der Vater des Kindes war, das seine Mutter das Leben gekostet hatte. Drust hatte die Erinnerung daran immer verdrängt, sie in den Tiefen seines Hinterkopfs vergraben.

Nun musste er jedoch an andere Dinge denken. Wenn es Götter gab und sie ihm einen Gefallen erweisen wollten, würde er diesen Dingen vielleicht eines Tages auf den Grund gehen können. Die Frage war nur, ob Curtius oder sonst jemand ihm Auskunft geben konnte.

Sophon kam zu ihnen, schloss die Zellen auf und musterte einen nach dem anderen. Er trug dieselbe Kleidung wie an den Tagen davor. Falls da irgendwo ein frischer Fleck auf seiner Tunika war, so war er unter all den alten nicht zu erkennen. Er roch nach Bohnenfurzen und abgestandenem Wein.

»Kommt mit. Es gibt Brot, falls ihr Hunger habt.«

Sie aßen, obwohl sie früher, als sie gekämpft hatten, nie vor dem Abend gegessen hatten. Viele Kämpfer glaubten, dass ein voller Magen den Tod zur Folge hatte, falls einem der Bauch aufgeschlitzt wurde. Die meisten wussten jedoch, dass ein Stich in den Magen in jedem Fall den Tod bedeutete, ob man gegessen hatte oder nicht.

Es war ein warmer Tag, die Sonne glühte heiß vom Himmel, als sie den Ludus durchquerten. Sie sahen die neuen Matrosen eintreffen, deren Aufgabe es war, die Sonnensegel über dem Zuschauerraum aufzuspannen. Sie sprangen zwischen den Webleinen hin und her, als wären sie an Bord ihrer Schiffe.

Drust sah Männer vom Ludus Ferratus aus dem Tunnel ins unterirdische Gewölbe kommen. Von oben war das feierliche Geschmetter und Geschrei der Eröffnungsfeierlichkeiten zu hören. Die Frühaufsteher hatten bereits ihre Plätze eingenommen, um nichts vom allerersten Spektakel zu verpassen, das heute auf dem Programm stand: die Kreuzigungen.

Sophon sah ihre betretenen Gesichter und verzog die Lippen zu seinem schiefen Grinsen. »Das steht euch nicht bevor, jedenfalls nicht heute. Ich muss wohl wieder den ganzen Tag bei euch armen Schweinen rumsitzen ...«

Seine Worte verpufften in einem Stöhnen. Drust sah Curtius auftauchen, während ein fetter Koloss von einem Hoplomachus sich den Ellbogen rieb, den er Sophon in die Rippen gerammt hatte.

»Du solltest aufpassen, wo du hintrittst«, sagte Curtius. »Und was du sagst.«

Sophon wäre ihnen am liebsten an die Gurgel gegangen, wie Drust nur zu deutlich spürte. Der Mann war immerhin Lanista, hatte inzwischen jedoch nichts mehr mit dem Ferratus oder irgendeinem anderen Ludus zu tun. So stapften all die Gladiatoren mit versteinertem Blick an ihm vorbei, mit ihren geölten Muskeln und ihrem alten Groll.

Den ganzen Vormittag saßen sie in den Katakomben und hörten über sich Tiere und Menschen sterben. Blutgestank und Hitze nahmen zu, bis plötzlich ein feiner Rosenduft in der Luft lag, als Sklaven parfümiertes Wasser in der Arena versprühten.

Auch in der Mittagspause saßen sie da und tranken nur Wasser, während Männer, in die Felle wilder Tiere gehüllt, junge Mädchen vergewaltigten – die Nachkommen jener verurteilten Verbrecher, die man in der Morgenvorstellung nicht den wilden Tieren zum Fraß vorgeworfen, sondern an den Beinen aufgehängt hatte. Während die Zuschauer Kichererbsen und Brot verdrückten, schlossen sie Wetten ab, welcher Wildhund am höchsten springen konnte, um sich seine Beute zu holen.

Dann, kurz nach dem Beginn der Hauptattraktionen des Nachmittags, kam eine Gruppe von Kämpfern schweißglänzend nach unten, die einen der Ihren trugen.

Drust konnte nicht erkennen, wer es war, denn Körper und Gesicht des Verwundeten waren blutüberströmt und mit Sand verklebt. Curtius wischte ihm das Gesicht ab, die anderen riefen nach dem Medicus. Ein maskierter Charon kam mit seinen Sklaven herbei.

»Ihr hättet ihn mir überlassen sollen, ihr Sklavenärsche. MIR!«

Sie wollten ihn irgendwie retten, aber es war zu spät, das wussten sie alle. Der Junge, erst seit Kurzem voll ausgebildete Gladiator wand sich am Boden und drückte die Hand auf eine klaffende Wunde im Bauch, als ließe sie sich wieder heil machen, wenn er nur fest genug drückte.

»Riech mal an seinem Bauch«, befiehlt Gennadios, und der Junge blinzelt und zögert.

»Geh hin. Sag mir, was du riechst.«

Der Mann ist ein Venator, den ein in die Enge getriebener Leopard mit seinen Krallen erwischt hat. Er stöhnt, wirft den Kopf hin und her, doch seine glasigen Augen blicken schon ins Jenseits, während seine Haut von Blut und Schweiß trieft. Er ist verbunden, doch das Blut sickert durch. Der Junge beißt die Zähne zusammen, bückt sich und schnuppert.

Da ist der Eisengeruch von Blut, der Gestank von Exkrementen, der beißende Geruch von Urin. Außerdem Zwiebel und Knoblauch.

Er sagt Gennadios, was er gerochen hat – der seufzt. »Eine Suppenwunde«, erklärt er und bedeutet einem Sklaven, jemanden zu holen, der den Mann mit dem Schwert erlösen kann.

»Er hat noch vor einer Stunde Zwiebel- und Knoblauchsuppe gegessen«, fügt Gennadios hinzu. »Jetzt ist sie aus dem Darm ausgetreten. Das heißt, der Mann ist so gut wie tot – dieses Organ können wir nicht wiederherstellen. Besser, er stirbt jetzt als in ein paar Tagen, stinkend und unter entsetzlichen Schmerzen.«

Der Junge beobachtet, wie der Medicus bei dem Mann steht, während sein Helfer den Herzschlag im Hals findet, der wie ein eingeschlossener Vogel pulsiert, bis die Stahlklinge das Leben mit einem letzten Blutschwall entweichen lässt. Wie gebannt sieht Gennadios zu, doch das, was er im Moment des Todes zu erkennen sucht, entgeht ihm auch diesmal.

Drust schüttelte die Erinnerung ab, innerlich angespannt wie ein wildes Tier in dem Moment, bevor es losrennt.

»Die da oben haben für viele Tode bezahlt«, meinte Sib.

Kag versetzte ihm einen Schlag mit der flachen Hand, ein lautes, klatschendes Geräusch, und Sib rieb sich die Schulter.

»Sprich nicht vom Tod«, mahnte Kag und malte ein Zeichen in die Luft, um drohendes Unheil abzuwenden.

»Es ändert nichts.« Curtius setzte sich zu ihnen. Er hatte die Augen eines toten Fisches und sah so matt aus, als könne er keinen einzigen Schritt mehr tun – dabei hatte er nicht gekämpft. Er hatte Freunde sterben sehen.

»Vier sind es bis jetzt, seit die Spiele begonnen haben.« Niedergeschlagen schüttelte er den Kopf. »Ich hatte gedacht, der Ferratus würde heute glimpflich davonkommen, aber der Scheißkerl da draußen auf dem besten Platz gibt die Parole vor und kennt kein Pardon. Niemand kann heute mit einer Missio rechnen.«

Er erhob sich langsam, machte einen Schritt, blieb stehen, schüttelte den Kopf und warf Drust einen Blick zu. Hinter ihm sahen sie Sophon angestapft kommen, und ihnen blieb für einen Moment das Herz stehen.

»Fast hätte ich's vergessen«, setzte Curtius hinzu. »Ich soll euch etwas von Servilius Structus ausrichten: Haltet durch. Wenn du auf den Hund kommst, geht es wieder aufwärts. Hat er gesagt.«

Sophon wollte sie glauben lassen, er sei gekommen, um sie in die Arena zu holen, wollte sich an ihrer Angst weiden, doch dann entdeckte er Curtius und ließ es sein. Er machte eine wegwerfende Geste, als wolle er Curtius verscheuchen, dann baute er sich vor ihnen auf und stemmte die Hände in die Hüften.

»Heute werdet ihr nicht sterben.« Er deutete auf eine Gruppe schweißnasser Männer hinter sich, hauptsächlich Sklaven mit Spitzhacken und Schaufeln, ihre Gesichter und Köpfe verhüllt, um sich vor etwas Gefährlichem zu schützen. Kalk, dachte Drust.

Unter ihnen befanden sich auch Plancus und seine Söhne. Der Alte winkte ihnen zu, und Sophon setzte sein schiefes Grinsen auf.

»Macht euch nützlich, Jungs. Schnappt euch Werkzeug und geht mit dem alten Plancus. Es gibt Arbeit für euch. Aber wascht euch gefälligst, bevor ihr wieder in meine Nähe kommt.« Mit einem Kichern trat er zur Seite.

Plancus breitete entschuldigend die Hände aus. »Tut mir leid, aber ich brauche jeden Mann, den ich kriegen kann. Das Zeug in der Grube lässt sich nicht wegspülen. Es ist eine verdammte Schweinerei und wird immer schlimmer.«

Er führte sie in die Tiefen der Katakomben, doch Drust wusste, wo sie hingehen würden. Er war schon einmal dort gewesen, und bei dem Gedanken krampfte sich sein Magen zusammen. Als Marcus lange, mit Haken versehene Stangen austeilte, befürchtete Drust das Schlimmste, und als sie auch noch Tücher bekamen, hatte er Gewissheit.

»Bindet euch das um Kopf und Gesicht«, riet Marcus. »Und passt auf eure Augen auf.«

»*Omnes ad stercus*«, stieß Quintus säuerlich hervor – ab in die Scheiße. »Die Kalkgruben.«

»Die Arena wäre mir lieber als das«, murmelte Ugo.

»Ihr da – zu mir«, rief eine Stimme, und sie folgten dem Mann, dessen Gesicht mit einer ledernen Maske bedeckt war. Seine Augen waren mit dunklen Gläsern geschützt, die sich am Kopf befestigen ließen.

»Wo kriegt man diese Dinger?«, fragte Kag hoffnungsvoll, doch er bekam keine Antwort. Bald schlug ihnen der beißende Gestank entgegen – nach verwesendem Fleisch, Blut und ätzendem Kalk. Der Mann führte sie noch etwas tiefer hinunter, wo das Wasser zu einer milchigen Brühe wurde. Drust blieb stehen und wich angewidert einen Schritt zurück.

»Beim Hades«, spie Manius hervor und blieb ebenfalls stehen. »Ich will mir nicht die Füße verbrennen.«

Der Mann schwieg, sprang mit einem Satz in die milchige Brühe, kehrte jedoch der ärgsten Quelle des Gestanks den Rücken zu, wo Leute fluchend schufteten, um den Abfluss freizumachen.

Kag und Drust tauschten einen überraschten Blick, dann sahen sich auch die anderen fragend an. Ugo zuckte mit den Schultern, stieg ins Wasser, und der Mann mit den Gläsern drehte sich um und winkte sie zu sich. Keiner konnte sich erklären, warum sie sich vom Ort der Verstopfung entfernten, doch sie beschwerten sich nicht.

Als sie zu einem niedrigen Abflussrohr gelangten, duckte sich der Mann und kroch hinein. Drust zögerte nur einen kurzen Moment, dann folgte er ihm, und die anderen schlossen sich ihnen an. Das Rohr führte in einen Tunnel mit einem schwachen Licht in der Ferne, außerdem fiel durch ein Gitter etwas Sonnenlicht herein. Von draußen hörte man die Geräusche der Arena.

Der Mann mit den Gläsern blickte auf, spuckte in die Hände und begann die nahe gelegene Ziegelwand mit seiner Spitzhacke zu bearbeiten. Die anderen starrten ihn verständnislos an.

»Da oben ist einer der Zugänge für die Tiere«, erklärte Ugo und drehte sich im einfallenden Licht hin und her wie unter einem Wasserstrahl. Als plötzlich Sand herabrieselte und das Gitter sich verdunkelte, senkte er den Kopf. Über ihnen glätteten die Sklaven den Boden, bevor die wilden Tiere in die Arena gelassen wurden, und sie hörten das Scharren und Brüllen der Löwen.

»Können die hier runter?«, wollte Sib wissen, duckte sich und warf einen bangen Blick nach oben.

»Nein«, erwiderte der Mann mit den Gläsern, »und wir können nicht rauf. Das hier ist der einzige Weg hinaus.«

Er deutete mit der Spitzhacke auf die fleckige Ziegelwand, dann nahm er mit einer einzigen fließenden Bewegung seine lederne Maske ab. Sie sahen dem Tod ins Gesicht. Und der Tod grinste zurück.

»Colm ... der Hund«, stieß Drust ungläubig hervor.

»Kratz mich mit 'nem Dreizack«, stammelte Kag.

KAPITEL 17

Colm hatte zwei Pferde mitgenommen und war auf einem dritten geritten – die anderen hatte er im Stall zurückgelassen. Er war in Richtung Norden aufgebrochen, als wolle er zurück zur Mauer, war dann jedoch nach Westen abgebogen und der Straße von Isurium Brigantum gefolgt. In Calcaria machte er kurz Halt, in einer Gegend, in der vor allem Kalkstein abgebaut wurde.

Colm verkaufte zwei Pferde für die Hälfte ihres Werts und ritt weiter. Bisher hatte hier noch niemand vom Tod des Kaisers gehört, doch die Nachricht verbreitete sich, und als er nach Lindum gelangte, war sie ihm bereits vorausgeeilt. Als er mit dem letzten Rest seines Geldes nach Gallien übersetzte, herrschte schon überall Trauer.

Es war eine lange, anstrengende Reise gewesen, die ihn quer durch Gallien und bis nach Rom geführt hatte. Er hatte von Diebstählen gelebt und sich nach Möglichkeit versteckt gehalten. In Rom hatte er sofort Servilius Structus aufgesucht.

»Ich wollte ihn dazu bringen, mir zu verraten, wo ihr seid, bevor ich ihm seinen fetten Hals aufschlitze«, berichtete er ihnen, »doch er hatte überhaupt keine Angst und schien sogar erleichtert zu sein, dass ich nicht tot war. Dann erzählte er mir, was mit euch geschehen war und wie wir euch hier herausholen könnten. Dafür habe ich ihn verschont. Vorläufig.«

Das alles erzählte er ihnen, während er die Ziegelmauer auseinandernahm. Als er fertig war, trat er keuchend zwei Schritte zurück.

»Servilius Structus hat das eingefädelt?«, fragte Drust ungläubig. Colm grinste aus seinem schweißglänzenden Gesicht, sammelte mit einem Husten genügend Spucke im Mund, um diesen vom Staub zu befreien, und spuckte auf den Ziegelhaufen.

»Natürlich – beim Schwanz Jupiters. Drust, manchmal bist du wirklich schwer von Begriff. Was glaubst du, warum du so früh das Rudis bekommen hast? Warum er dich zum Anführer seiner Procuratores gemacht hat?«

Drust blinzelte und versuchte sich einen Reim auf das alles zu machen.

Kag stöhnte ungeduldig auf. »Er hat dich und deine Mutter gekauft, weil er sie mochte. Sie hat das Bett mit ihm geteilt, bis sie starb. Es war sein Kind, das sie zur Welt gebracht hätte. Du bist so was wie ein Sohn für den alten Scheißkerl.«

Drust blickte zwischen Kag, Colm und den anderen hin und her. Colm zuckte mit den Schultern. »Vielleicht hat er deshalb gewusst, was Caracalla tun würde«, meinte er mit einem bitteren Lachen.

Kag zuckte ebenfalls die Schultern. »Wie es aussieht, haben es alle gewusst, außer dir.«

»Darüber könnt ihr euch später unterhalten«, brummte Manius und deutete mit seinem langen Haken Richtung Colm. »Jetzt sollten wir uns um das hier kümmern. Du hast dich zwar durch eine Schicht durchgehackt, aber dahinter ist noch eine Wand.«

Colm grinste und schlug mit der Hand dagegen. Diese bestand nicht aus Ziegeln, sondern aus großen Steinblöcken.

»Das alles hat schon Kaiser Domitian zumauern lassen. Die Kanäle dahinter wurden für die Naumachien benutzt. Es wäre zu viel Aufwand gewesen, sie alle zuzuschütten, also hat er nur dafür gesorgt, dass die Katakomben unter seinem wertvollen Amphitheater trocken bleiben. Ich würde vorschlagen, ihr macht euch an die Arbeit und reißt diese Blöcke raus, bevor euch da oben jemand vermisst.«

Dieser Gedanke holte sie augenblicklich in die Gegenwart zurück, und sie begannen an den Steinen herumzuscharren, bis Drust eine geeignetere Methode fand. Er schlug vor, die langen, mit einer Klinge und einem Haken versehenen Stangen zu kappen, um damit den Mörtel leichter aus den Fugen herauskratzen zu können.

Es war nicht genug Platz für alle in dem engen Raum, was Colm nur recht war – er ließ Sib zu dem Durchgang zurückgehen und Wache halten. Dann hockte er sich mit Drust in einen einigermaßen trockenen Winkel, und sie sahen einander einen Moment lang an.

»Warum bist du zurückgekommen?«, fragte Drust schließlich. »Du warst frei und hättest einfach weiterreiten können.«

»Wohin?«, erwiderte Colm.

»In den Osten, zu deinem Sonnentempel.«

»Der Junge und seine Mutter sind immer noch hier. Caracalla lässt sie nicht aus den Augen, ebenso wenig wie seine Mutter und vor allem seinen Bruder. Sobald er Geta beseitigt hat, sind die zwei sogar in noch größerer Gefahr. Der alte Servilius Structus hat das genau gewusst und sich einen Plan zurechtgelegt. Er hat immer schon Geta unterstützt – das wusste Caracalla. Deshalb hat er damals die Sänfte angegriffen.«

Colm rieb sich das Gesicht, das mit dem Bart nun noch bizarrer wirkte. »Caracalla war immer schon das Problem, der Grund, warum sie fliehen musste. Ich glaube, es war ihre Mutter, vielleicht auch die Kaiserin oder alle Julias zusammen, die mir den Auftrag gaben, sie an einen Ort zu bringen, wo der lange Arm des Imperiums sie nicht erreichen kann. In ihrer Verzweiflung haben die Frauen Servilius Structus hinzugezogen – der hat mich eingeschaltet.«

»Er hat uns angewiesen, dir eine Lektion zu erteilen«, warf Drust ein.

Colm nickte und rieb sich das Bein. »Dafür bin ich ihm noch was schuldig – und euch auch. Wenn es kalt ist, tut es höllisch weh.«

»Warum hat er das getan?«, wunderte sich Drust. »Es hätte beinahe deine Pläne durchkreuzt.«

»Im Gegenteil. Ich hatte gar keine und wollte mit denen des alten Scheißkerls nichts zu tun haben. Darum habe ich mich aus dem Staub gemacht. Etwas anderes bleibt einem Sklaven ja kaum übrig, außer den Kopf in die Speichen eines Rads zu stecken.«

Sie hatten diese Tragödie einst beide erlebt. Als Drust ihn fragend ansah, verfinsterte sich Colms Gesicht noch mehr, und er breitete die Hände aus.

»Ich wollte mir diese verrückte Reise ins Land der Dunkelheit jenseits der Mauer ersparen, also schloss ich mich Bulla an, weil ich ihn für einen zweiten Spartacus hielt. Na ja, wir wissen ja, was daraus geworden ist. Als die Sache ausuferte und ihr mich gefunden habt, wollte ich euch noch klarmachen, dass ich bereit bin zu tun, was Servilius Structus von mir wollte. Ich hatte ja keine Ahnung, dass ihr von der Sache überhaupt nichts gewusst habt.«

Er warf Drust einen kurzen Seitenblick zu. »Ganz ehrlich, du kriegst sowieso nie viel mit von dem, was um dich herum vorgeht, und der alte Servilius Structus wollte aus Angst vor Caracalla so wenige wie möglich in seinen Plan einweihen.«

Drust war einen Moment vor den Kopf gestoßen, doch Colm hatte nicht ganz unrecht. »Mir schwirrt der Schädel bei all den Plänen und Intrigen.«

Colm nickte. »Da kann ich dir nicht widersprechen, Bruder. Und wie könnte ich dir vorwerfen, ein Stupidus zu sein, wo ich doch selbst einer bin. Sind wir alle. Ich habe die Herrin so weit nach Norden gebracht, wie es nur ging – und die Götter haben darüber nur gelacht. Ich habe alles getan, um uns vor dem Zorn der Kaiser zu schützen – da tauchen diese drei plötzlich an einer Grenze auf, für die sich jahrelang niemand interessiert hat. Als wäre es nicht schon schwierig genug, uns Talorc vom Leib zu halten.«

»Fortuna ist ein verdammtes Biest«, knurrte Drust.

»Dann taucht dieser Frumentarius auf und findet heraus, dass eine hochgestellte Römerin und ihr Sohn bei den Bestien jenseits der Mauer in einer Lehmhütte hausen«, fuhr Colm fort. »Steckt seine lange Nase in die Sache und fragt Verrecunda und Necthan aus.«

Seine Augen verschleierten sich für einen Moment. »Brigus war kein großes Problem – er war sogar hilfreich. Ich habe seinen Namen benutzt, um eine Botschaft an Kalutis zu senden, in der ich vertrauenswürdige Männer anforderte. Euch. Niemand hat das Wort eines guten Informanten angezweifelt, aber ich musste den Schreiber töten, der die Botschaft verfasst hat.«

»Du hast nach uns gesandt«, sagte Drust tonlos. Irgendwo in der Ferne brach die Menge in lauten Jubel aus, was durch den Stein klang wie das Rauschen der Meeresbrandung. »Dann sollten wir uns wohl geschmeichelt fühlen.«

»Ich hätte darauf verzichten können«, brummte Manius und wischte sich den Schweiß vom Gesicht. Wie immer, hatten sie ihn nicht kommen hören. Er hatte sein Halstuch verloren – die untere Hälfte seines Gesichts war ein einziges Narbengeflecht, das wie Milchglas schimmerte. »Allerdings könnten wir jetzt Hilfe gebrauchen.«

Colm schnappte sich sein Werkzeug und nahm Manius' Platz ein. Manius ließ sich schwer auf den Boden sinken und blickte nach oben, als könnte er durch die Steine sehen, durch die Tunnel und den Sand bis hinauf ins grelle Licht des Amphitheaters.

»Die Menge ist durstig. Es wird Blut geben.« Er blickte zu Drust, dann zu den anderen und schüttelte müde den

Kopf. »Meine Mutter hat mir eingeschärft, dass man die Römer immer fürchten muss, auch wenn sie Geschenke machen. Was haben wir uns bloß gedacht? Dass sie uns wirklich zu römischen Bürgern machen werden und uns reich entlohnen?«

»Das ist von Vergil«, erklärte Kag, der sich zu ihnen gesellte, um einen Moment von der mühseligen Arbeit auszuruhen.

Seine Tunika war dunkel vom Schweiß und genauso staubig wie sein Gesicht. Er gab seine Hakenstange an Drust weiter und grinste Manius an.

»Vergil hat das schon lange vor deiner Mutter gesagt, nur waren es in seinem Fall die Griechen, die man fürchten müsse.«

»Mit Griechen hatten wir es bisher nicht zu tun«, erwiderte Manius. »Dafür aber mit viel zu vielen verdammten Römern.«

»Geh zu Sib und lös ihn mit der Wache ab«, warf Drust ein und machte sich an die Arbeit.

Sie zündeten eine weitere Fackel an. Drust war froh, dass Colm einen ganzen Bund davon mitgebracht hatte, doch wenn sie in diesem Tempo weiterarbeiteten, würde ihnen trotzdem das Licht ausgehen, bevor sie überhaupt in den dunklen Tunnel vorgestoßen waren. Die längeren Stangen erwiesen sich als großer Vorteil, als es darum ging, den Steinblock aus der Wand zu hebeln. Endlich löste sich der erste Stein und krachte mit lautem Donnerhall zu Boden. Im Flackern der Fackeln tanzten ihre Schatten wie verrückt über die Wände, und einen Moment lang mussten sie gegen die Panik ankämpfen.

»Der nächste wird leichter«, meinte Colm.

»Wir müssen drei ganze Blöcke herauslösen, um durchzukommen.«

»Zwei«, erwiderte Sib mit prüfendem Blick auf die Maueröffnung.

Manius klopfte ihm so kräftig auf den Rücken, dass Sib taumelte. »Das reicht vielleicht für dich, kleiner Mann«, brummte er, und Sib warf einen schuldbewussten Blick zu Ugo, der mit zäher Verbissenheit Mörtel von einem Steinblock kratzte.

Nach einer Weile löste sich ein weiterer Block aus der Wand. Keuchend und schweißtriefend nahmen sie sich den dritten vor und blickten immer wieder zu den flackernden, rauchenden Fackeln. Bis Sib von seinem Beobachtungsposten angerannt kam.

»Da kommt jemand«, zischte er. »Jupiter, Optimus Maximus ... da kommt jemand.«

»Sei still«, flüsterte Colm heiser und erstickte die Fackel im Ziegelstaub. Sie duckten sich und versuchten, ihren keuchenden Atem im Zaum zu halten. Drust lauschte seinem Herzschlag, der galoppierte wie ein Pferd. Wenn es den anderen genauso ging, konnte der Eindringling es kaum überhören ...

»Seid ihr hier?«, rief eine knurrige Stimme. »Dieser Sophon sucht euch überall. Wenn ihr keine Prügel riskieren wollt, solltet ihr schleunigst zurückkommen.«

»Plancus«, flüsterte Drust. Manius nickte und richtete sich auf, um in die Richtung zu gehen, aus der die Stimme kam. Colm hielt ihn am Ärmel zurück.

»Nicht«, flüsterte er, dann rief er Plancus zu sich.

»Verdammt, da seid ihr ja«, erwiderte die Stimme. »Da habt ihr mir vielleicht einen Schreck eingejagt. Hört zu, meine Jungs und ich haben getan, was wir konnten, aber wir könnten allesamt Ärger kriegen, wenn Sophon eine Suche starten muss. Er fragt schon überall nach euch herum.«

Plancus kam tief geduckt durch die Öffnung und lächelte im Lichtschein der Fackel. Als er Drust sah, griff er in seine Tunika.

»Der alte Servilius Structus hat mir das für dich gegeben.« Plancus reichte ihm einen kleinen Beutel, in dem Münzen klimperten.

»Ein paar Sesterzen für unterwegs ... und das hier.« Der Alte gab ihm ein kleines Amulett an einem Lederriemen. Als Drust es sah, blieb ihm einen Moment lang das Herz stehen. Das Amulett hatte seiner Mutter gehört. Es war aus Bronze und stellte ein Gesicht aus Blättern dar – ein Waldgeist aus ihrer Heimat, an einigen Stellen blank gerieben von ihren Fingern.

»Du hast die Abmachung eingehalten«, sagte Colm anerkennend.

Plancus lächelte freundlich. »Der alte Bastard und ich, wir kennen uns schon lange, deshalb helfe ich gerne. Außerdem ist es mir immer ein Vergnügen, ein paar Todgeweihte aus dieser schwarzen Grube rauszubringen. Und nicht vergessen – ihr müsst euch links halten. Es gab für die Naumachien zweiundvierzig Zuleitungsrohre und vier große Abflüsse. Haltet euch links, dann kommt ihr zu der Stelle, wo die Schiffe in die Arena gelassen wurden. Danach wird es eng – aber denkt an den Burschen in den alten Geschichten.« Er stockte und zwinkerte schelmisch. »Wenn der durchgekommen ist, schafft ihr's auch.«

»Ich werd's mir merken.« Colm brach ab, als von oben lautes Getöse zu ihnen drang.

Plancus runzelte die Stirn. »Ich glaube, da hat es den Liebling der Massen erwischt. Da wird der Kaiser gar nicht erfreut sein.«

»Geh zurück«, forderte Drust den Alten auf und hängte sich das Amulett um den Hals. »Und danke für alles.«

Plancus winkte ab, dann stieß er Colm einen Finger gegen die Brust. »Nach der Stelle, wo sie die Schiffe zu Wasser ließen, geht ihr weiter und folgt dem höchsten Gewölbe bis zum nächsten Kanal – das ist der Zufluss. Der Zugang ist mit einer Inschrift für den göttlichen Trajan markiert. Würdet ihr den Abfluss erwischen, landet ihr im Tiber. Aber der Zufluss bringt euch zu der Stelle, wo Trajans Aquädukt auf Steinsäulen über den Fluss führt. Dort gelangt ihr ins Freie, ganz oben auf dem Aquädukt, und der führt euch bis über die Stadtmauer hinaus. Dort könnt ihr dann runter.«

Plancus winkte ihnen zum Abschied zu. »Ich hoffe, ihr schafft es. Und vergiss nicht, Colm, ihr müsst rechtzeitig draußen sein, sonst ...«

Sie sahen ihm nach, und Drust umfasste das Amulett, als wäre es ein Gebet. Colm stand einen Moment lang da, und Quintus lachte leise, zwinkerte Drust zu und warf Sib seine verkürzte Hakenstange zu.

»Jetzt bin ich an der Reihe, ein bisschen rumzusitzen und es mir bequem zu machen.« Quintus stapfte zum Durchgang, um Wache zu halten.

Sie bearbeiteten den letzten Stein, keuchten, schwitzten und stießen gedämpfte Flüche aus, als plötzlich eine Stimme zu ihnen hallte, laut und zornig. Niemand musste fragen, wer das war, und Quintus hätte nicht geduckt angerannt kommen müssen, um es ihnen mitzuteilen.

Allem Anschein nach war Sophon zu dem Schluss gelangt, dass sie sich aus dem Staub gemacht hatten.

»Dieser Abschaum«, knurrte Kag. Colm reagierte als Erster und forderte die anderen auf, ihre Werkzeuge zur Hand zu nehmen. Dann kroch er durch den Durchgang und richtete sich auf, als Sophon mit gerötetem Gesicht angerannt kam.

»Ihr Bastarde. Ich war viel zu nachsichtig mit euch. Schwingt euch hier raus und zurück in eure Zellen. Von einem Essen könnt ihr heute nur träumen ...«

Dann fiel sein Blick auf Colms entblößtes Gesicht, und er blieb wie angewurzelt stehen. Hinter Colm kam nun Drust aus dem Durchgang, dann Kag. Sophon stemmte triumphierend und machtgewiss die Hände in die Hüften. Er sah nur die Sklaven in ihnen. Colm schlenderte mit der Hakenstange über der Schulter auf ihn zu, so herablassend und verächtlich, dass Sophons Gesicht sich vor Wut verdunkelte. Er öffnete den Mund, um ihn anzubrüllen, da schwang Colm die Stange in einem präzisen Bogen, sodass die Klinge am Ende des Werkzeugs sich in Sophons Kehle schnitt.

Dem Lanista blieb nur ein kurzer Moment, um zu begreifen, wie schlimm seine Lage war, dann verspürte er einen jähen Ruck und taumelte nach hinten. Er wollte schreien, doch ein Blutschwall war alles, was aus seinem Mund kam ...

Unbewegt verfolgte Drust, wie Sophon sich an die Kehle fasste und röchelnd zu Boden sank. Plötzlich tauchte einer der als Unterweltgott Charon auftretenden Männer im Tunnel auf. Seine Maske hielt er in der Hand, doch sein Gesicht war zu einer neuen Maske puren Zorns verzerrt. Dann sah er, was sich Entsetzliches zugetragen hatte, und blieb abrupt stehen.

»Bei Junos Möse«, stieß Kag missmutig hervor, und Colm machte einen Satz auf den Unterweltgott zu. Dieser ergriff schreiend die Flucht, und Colm blieb stehen und machte kehrt.

»Höchste Zeit zu verschwinden«, erklärte er.

Drust wusste, dass er recht hatte. Das Problem war nicht nur, dass dieser Charon schrie – ihm machte vor allem Sorgen, was er schrie: ein Wort, das wie kein anderes die städtischen Kohorten auf den Plan rief – in voller Rüstung und mit Schwertern, nicht bloß mit Knüppeln.

»Spartacus! Spartacus!«

Es hallte von den Wänden wider, wurde von anderen aufgegriffen und weitergetragen, bis es das Kampfgetöse und selbst den Lärm der Zuschauer im Amphitheater übertönte.

Spartacus.

Sie zwängten sich durch die Maueröffnung, fielen anderthalb Meter tief in knöcheltiefes Wasser und stolperten durch den dunklen, muffigen Tunnel zur Linken. Drust spürte einen kalten Windhauch im Gesicht.

Colm trat mit einer Fackel zu ihnen, in der anderen Hand noch weitere. »Wir haben noch zwölf«, brummte er. »Wenn die abgebrannt sind, wird es sehr dunkel.«

Sib murmelte vor sich hin, bis Ugo ihm auf die Schulter klopfte. »Beruhige dich, kleiner Mann – du musst die Finsternis am wenigsten fürchten. Auch wenn diese Hurensöhne uns einholen, werden sie dich im Dunkeln übersehen.«

Er warf den Kopf zurück und lachte über seinen eigenen Witz, dass es von den Wänden widerhallte.

Manius ermahnte ihn, gefälligst leise zu sein. »Werden sie uns verfolgen?«, fragte er, doch keiner antwortete. Drust wusste, dass sie kommen würden, dass sie ihrer Spur folgen würden, um die Gladiatoren hinzurichten, die es gewagt hatten, einen Lanista zu töten und das Schreckgespenst eines neuen Spartacus-Aufstands heraufzubeschwören.

Das war der Hauptgrund, warum die städtische Kohorte im Amphitheater bereitstand. Die Vigiles waren dafür da, die Menge im Zaum zu halten, doch die städtische Kohorte hatte die Aufgabe, gegen aufmüpfige Sklaven vorzugehen. Von Zeit zu Zeit kursierten Gerüchte von einem »zweiten Spartacus«, auch wenn nur wenige daran glaubten. So wie die meisten vermutete auch Drust, dass solche Geschichten in die Welt gesetzt wurden, um den Sklavenbesitzern und Lanistae Angst zu machen.

Die andere Seite der Münze war jedoch, wie die Staatsmacht reagierte, wenn es tatsächlich nach einem Aufstand roch. Dann rückte die städtische Kohorte in voller Rüstung und bis an die Zähne bewaffnet aus. Nicht mit Holzknüppeln, sondern mit Speeren, Schilden und scharfen Klingen.

»Sie werden uns noch verbissener jagen, sobald Caracalla erfährt, dass wir getürmt sind«, erklärte Drust, doch sie brauchten keinen Ansporn. Sie bewegten sich so schnell voran, wie es in einem Tunnel möglich war, der nicht breiter war als Ugo und nur ein klein wenig höher. Sie blieben erst stehen, als Colms Fackel heruntergebrannt und nur noch eine Glut von der Größe eines Rattenauges übrig war.

Daran entzündeten sie eine neue Fackel. Im Moment des Aufflammens glaubte Sib, weiter vorne ein Licht zu erkennen.

»Direkt vor uns«, behauptete er. »Da war etwas – ich habe es genau gesehen.«

Hinter ihnen war nichts als Finsternis, doch Kag blickte sich suchend um, während Manius das Gesicht hob und einen Moment lang schnupperte.

»Sie folgen uns. Sind schon im Tunnel.«

Sie hasteten weiter, stolperten durch die stinkende Brühe. Der Gedanke traf Drust wie ein Blitzschlag: In diesen alten Tunneln sollte eigentlich kein Wasser sein, wenn man sie wirklich vor langer Zeit geschlossen hatte. Er sprach es laut aus und sah Colm fragend an.

»Nein, sie haben nur den Zufluss zum Amphitheater dichtgemacht. Dieser Kanal hier ist immer noch mit dem Aquädukt verbunden. Damit werden am Ende des Tages die Abwasserkanäle durchgespült.«

Drust erinnerte sich an Plancus' letzte Bemerkung, bevor er gegangen war: *Vergesst nicht, ihr müsst rechtzeitig draußen sein.*

Colm zuckte mit den Schultern. »Sie öffnen dieselben Schleusen, mit denen sie früher das Amphitheater geflutet haben. Der alte Plancus hat mir erzählt, dass der

Wasserdruck in den neuen engen Rohren zu groß wird, deshalb weichen sie auf andere Kanäle aus.«

»Heißt das, das Wasser fließt hier durch?«, rief Sib panisch. Seine schrille Stimme ließ die anderen zusammenzucken.

»Hin und wieder, ja«, räumte Colm ein. Die Reaktionen der anderen wurden von Quintus' Schrei übertönt; er war vorausgeeilt und in einen weiten steinernen Bogen gelangt, der sich in breite Kanäle auffächerte. Als die anderen zu ihm kamen, deutete er auf den Gegenstand seiner Verblüffung.

Es war das Gerüst eines Schiffes, teilweise im Schlamm versunken, wie ein Tierkadaver, dessen Rippen freilagen. Ringsum waren Holzspiere und Taue verstreut, dazwischen ein umgekippter Mast.

»Das ist ein Zweidecker«, murmelte Kag ungläubig. »Ein Zweidecker – hier unten?«

»Kein echter, schau dir den Boden an«, entgegnete Ugo. »Der ist flach. Für einen richtigen Kiel wäre das Wasser in der Arena nicht tief genug gewesen.«

Ugo hatte recht. Es war ein Modell, wie es in den Naumachien eingesetzt worden war, ein flacher Nachbau eines Kriegsschiffes. Die Besatzung war hier unten an Bord gegangen und ausgelaufen. Sie starrten auf die morschen Überreste der Stege, die halb zerfallenen Balken, über die die Matrosen heruntergekommen waren, und auf die vergitterten Zugänge, durch die das schwache Licht hereindrang, das Sib erspäht hatte.

Die breiten Bogengänge, durch die die Schiffe einst in die geflutete Arena eingelaufen waren, waren ebenfalls durch Steinblöcke abgeriegelt. Oberhalb des Bereichs, in den später das Wasser geströmt war, hatte man alles so gelassen, wie es war. Das bedeutete ...

»Sie kommen von da oben durch«, meinte Quintus – und tatsächlich war bereits das erste Knirschen und Scharren zu hören. Jemand machte sich an den alten Gittern zu schaffen. Von dahinter hörten sie Stimmen durch den Tunnel hallen.

»Bei allen Göttern«, stöhnte Sib. »Wir sitzen in der Falle.«

»Klappe«, schnauzte Colm. »Spar dir den Atem fürs Laufen.«

»Wir müssen zum nächsten Tunnel. Der ist eng, das kommt uns im Kampf entgegen.«

Drust lief voraus, über morsche Balken und durch seichtes Wasser. Hinter sich hörten sie das durchdringende Schmettern eines Horns. Ugo blieb abrupt stehen und drehte sich besorgt um.

Drust schlug ihm im Vorbeilaufen auf den Arm. »Beweg dich, Mann. Das ist nicht dein Riesenstier, Ugo. Diesmal sind es viele kleine.«

Von oben hörten sie, wie das Gitter mit einem Knirschen nachgab und im nächsten Moment mit einem dumpfen Knall im Schlamm landete.

Die ersten Männer der städtischen Kohorte stiegen durch die Luke, doch dann zeigte sich, wie lange niemand mehr hier unten gewesen war: Schon nach wenigen Schritten gab die morsche Laufplanke nach. Ein Mann geriet in Panik, wollte kehrtmachen und brachte dadurch einen anderen aus dem Gleichgewicht, der mit einem langgezogenen Schrei in die Tiefe stürzte und mit einem scheppernden Geräusch im Schlamm landete.

»Bei Jupiters Eiern«, flüsterte Kag, »jetzt schleudern die Götter schon Feinde auf uns.«

Fast hätten sie es ohne Kampf geschafft. Ihre Lungen brannten wie Feuer, als sie zu der Tunnelmündung hochliefen, die sich wie ein riesiger Schlund über ihnen öffnete, wie um sie aufzunehmen.

Doch dann sprangen die ersten Bewaffneten der Kohorte von der Laufplanke, jagten hinter ihnen her und zwangen sie, sich umzudrehen und zu kämpfen.

Drust und Kag wandten sich nach links, Quintus und Colm übernahmen die rechte Seite. Sib rannte zum Tunnel weiter, Ugo und Manius folgten ihm ein Stück und gingen dann ebenfalls in Position. Die Männer der Kohorte sahen, dass die Fliehenden über keine richtigen Waffen verfügten, und stürmten ohne Zögern vorwärts. Von der Laufplanke aus rief ein Optio ihnen zu, sich zu formieren.

Der Mann weiß, was er tut, dachte Drust mit Schaudern. *In geschlossener Formation mit Schild an Schild können sie uns überwältigen, aber eins gegen eins sind wir vielleicht im Vorteil ...*

Die Kohorte griff an, mit lauten Kriegsrufen, um sich Mut zu machen, die Schilde und Schwerter kampfbereit erhoben. Sie waren mit dem Gladius bewaffnet, wie Drust nun sah; das Kurzschwert war für den Kampf in einem engen Tunnel am besten geeignet.

Ein junger Kerl kam auf Drust zu, mit aufgerissenen Augen und tief hinter seinen Schild geduckt, als wolle er sich möglichst klein machen, nachdem er jetzt erkannte, mit wem er es zu tun hatte. Er war wie ein Hund, der ein galoppierendes Pferd jagt, seine Fessel schnappt und augenblicklich weiß, dass er einen Fehler gemacht hat.

Schlitternd kam der junge Kämpfer zum Stehen, obwohl er nur einem Mann mit einer hakenbewehrten Stange in der einen Hand und einer Fackel in der anderen gegenüberstand. Kein Schild, keine Rüstung – doch angeblich sollte der Anführer des Aufstands, dieser neue Spartacus, hier unten sein. Was, wenn es dieser Mann war? Oder der andere neben ihm, der mit der Spitzhacke ...

Colm hämmerte den Hackenstiel gegen den Schild des Angreifers, dann schwang er die Spitzhacke, und Holz splitterte. Im nächsten Augenblick musste er einem anderen Angreifer entgegentreten, und Drust übernahm seinen Platz.

Er schwang seine zurechtgestutzte Klinge und traf das verängstigte Gesicht des jungen Kerls, obwohl es von einem Helm umrahmt und zur Hälfte vom Schild verdeckt war. Eine Wunde klaffte, Blut spritzte auf Drusts Wangen. Der Junge heulte auf vor Schmerz, und Drust riss die Klinge heraus, deren Haken sich wie im Maul eines Fisches festgebissen hatte.

Der Verwundete stieß schaurige Laute aus, als seine Wange buchstäblich zerrissen wurde. Er sackte zu Boden, ein anderer übernahm und stach ungestüm auf Drust ein. Der wich seitwärts aus und stieß gegen einen zweiten Angreifer. Die Wucht des Zusammenpralls riss den Mann von den Beinen und ließ Drust nach hinten taumeln.

Er warf einen kurzen Blick zu Colm, der, aus seinem Totenschädel knurrend, mit der Spitzhacke auf einen Gegner einhieb – einmal, zweimal. Dann ließ er seine Waffe fallen, bückte sich blitzschnell nach dem Kurzschwert, das vor ihm im Schlamm lag, und erhob sich unter Geheul, als stiege er aus den Tiefen der Unterwelt empor.

Drust hatte seine eigenen Sorgen, denn er sah sich Angreifern nicht nur von vorne, sondern auch zu seiner Rechten gegenüber. Er wich aus, als er hinter seiner rechten Schulter etwas aufblitzen sah, und wurde beinahe von einem Schwert von vorne getroffen, das ihn aber nur seitlich am Kopf streifte und sein Ohr ritzte.

Es war Kag, was er hatte aufblitzen sehen. Dieser drängte die Angreifer zurück, und sie stoben von ihm weg wie kreisförmige Wellen von einem Stein, der in einen Teich geworfen wurde. Im nächsten Augenblick hörte Drust eine donnernde Kommandostimme hinter sich. »Zurückfallen lassen!« Es war Ugo.

Drust riskierte einen kurzen Blick und sah Ugo und Manius bereitstehen. Der Hüne hielt einen Teil eines Schiffsmasts, Manius in einer Hand seine lange Hakenstange und in der anderen eine Fackel.

»Zurück!«, rief Drust, duckte sich zur Seite, um einem Schwerthieb auszuweichen, und schwang erneut den blutverschmierten Haken. Als sein Gegner sich mit einem Sprung in Sicherheit brachte, ergriff er die Gelegenheit, ließ die Stange fallen und schnappte sich die Spitzhacke, die Colm weggeworfen hatte. Das Gefühl des Stiels in der Hand verlieh ihm neuen Mut und ließ ihn die Zähne so fest zusammenbeißen, dass sie zu splittern drohten.

Er wich ein paar Schritte zurück und vergewisserte sich, dass Kag und Colm ihm folgten. Sie zogen sich noch etwas weiter zurück, und der Optio, der sich inzwischen ebenfalls unten bei ihnen befand, brüllte seine Männer an, sich endlich zu formieren. Er fluchte und beschimpfte sie als Hurensöhne, Stupidus und was immer ihm sonst noch einfiel.

Seine Männer erkannten ihren Fehler und schickten sich an, seinen Befehl zu befolgen, während Drust einem letzten Einzelkämpfer seine Fackel ins Gesicht stieß. Dann rannte er los und sah deshalb nicht mehr, wie die Haare des Mannes Feuer fingen, und hörte auch nicht mehr dessen Schreie, als sich ihm die heiße Glut in Nase, Mund und Augen brannte.

Drust rannte an Ugo und Quintus vorbei in die Mündung des Tunnels. Dort drehte er sich keuchend um und rief den beiden zu, ihm zu folgen.

Mit einem irren Grinsen im Gesicht kam Quintus daraufhin gemächlich zum Tunnel gestapft. Ugo brüllte seinen Gegnern Kampfansagen zu, hob den dicken Balken über den Kopf und schleuderte ihn nach unten. Der Schildwall, der sich eben erst formiert hatte, brach unter Schmerzensschreien auseinander.

Dann kam auch der Riese zu Drust heraufgetrottet, und auch die anderen tauchten bereits in die dunklen Tiefen des Tunnels ein.

»Da ist eine Palastratte unter ihnen«, knurrte Ugo, als er Drust zur Seite rempelte, um in den Tunnel zu gelangen. »Ich habe ihn gesehen, den Bastard, der uns in Eboracum in die Scheiße geritten hat.«

Drust blieb stehen und blickte nach unten auf die Lichter, die wilde Schatten an die Wände warfen, von denen panische Schreie widerhallten.

Ein Prätorianer. Derjenige, der sich Macrinus nannte. Caracallas Mann fürs Grobe.

KAPITEL 18

Sie rannten, ohne sich noch einmal umzublicken, bis der Tunnel in ein weiteres bogenförmiges Gewölbe mündete. Vorsichtig schauten sie sich im blutroten Licht der Fackeln um. Nirgends waren Gitter oder Öffnungen zu sehen, durch die Tageslicht hereinfiel. Nichts als Schatten und versperrte Zugänge. *Gut so*, dachte Drust.

Sie ließen sich auf den Boden sinken und untersuchten sich gegenseitig auf Verletzungen. Drust blutete stark, und Kag sah sich die Wunde an, befeuchtete ein Halstuch im schmutzigen Wasser einer Pfütze und wischte etwas Blut ab. Drust zuckte zusammen.

»Nur ein Ritzer am Ohr, nicht mehr«, beruhigte ihn Kag, der seinerseits eine Wunde am Arm abbekommen hatte.

»Wir werden es überleben«, erklärte Quintus gut gelaunt. »Das sollten wir mit Wein begießen.«

Das war ironisch gemeint, denn hier unten gab es nur Wasser, das allerdings kein Mensch trinken würde, der einigermaßen bei Trost war. Sib meinte sogar, dass unsichtbare Bestien darin lebten.

»Was für Bestien?«, wollte Ugo wissen.

Sib blickte sich argwöhnisch um. »Ich habe etwas plätschern gehört. Außerdem erzählt man sich von Ungeheuern, die hier unten hausen.«

»Bestimmt Riesenratten«, warf Drust ein. Einige lachten, als sie sich an Plancus' Geschichten erinnerten.

»Nein, nein«, warf Ugo ernst ein. »Ich habe auch davon gehört. Bei den Naumachien haben sie manchmal solche Bestien freigelassen – Krokodile aus Ägypten und diese riesigen Seekühe. Einige von denen entkamen, als das Wasser abgelassen wurde. Manche meinen, dass die sich immer noch hier unten herumtreiben.«

»Wovon sollten die denn leben?«, spottete Colm. »Von Riesenratten?«

Er legte den Kopf zur Seite und horchte einen Moment lang. Dann schüttelte er den Kopf. »Wir müssen weiter.«

»Warum?«, fragte Kag. »Was erwartest du denn zu hören?«

»Es geht eher darum, was wir lieber nicht hören wollen, nämlich dass Männer hinter uns her sind«, erklärte Manius leise.

Colm schüttelte den Kopf.

»Vor allem nicht die Hörner der Abschlusszeremonie. Wenn das Amphitheater leer ist, öffnen sie nämlich die Schleusen, um den Dreck des Tages wegzuspülen. Dann stehen wir hier unter Wasser.«

»Da soll mich doch Neptuns heiliger Dreizack ...«, stieß Kag müde hervor. »Warum erzählst du uns das jetzt erst?«

»Wärst du nicht mitgekommen, wenn du es von Anfang an gewusst hättest?«

Kag schwieg, und Drust beendete die Auseinandersetzung. »Los«, entschied er. »Wir müssen nach der Markierung des göttlichen Trajan Ausschau halten.«

Sie drängten weiter durch den Tunnel und folgten dem flackernden Auge der Fackel, die Drust hochhielt, während Kag sich am Ende der Gruppe immer wieder umsah, lauschte und weitereilte, um das tanzende Licht nicht aus den Augen zu verlieren, das wilde Schatten an die Wände warf.

Der Tunnel mündete in einen ovalen Raum mit einem Steinblock in der Mitte, dessen Zweck nicht ersichtlich war, obwohl jeder seine Vermutungen hatte. Sie einigten sich darauf, dass sich hier die Aquarii aufgehalten hatten, die für die Instandhaltung und Reinigung der Wasserleitungen zuständig waren. Drust hielt es für unwahrscheinlich, diesen Leuten hier zu begegnen, schließlich waren diese Abflüsse des Amphitheaters schon vor langer Zeit stillgelegt worden.

Nach einer kurzen Rast übernahm Sib die Führung und ging ein Stück voraus. Es dauerte nicht lange, bis er zurückgeeilt kam und ebenso aufgeregt wie besorgniserregend die Fackel schwenkte. Immer wieder schaute er ängstlich über die Schulter zurück, während er berichtete, was er gesehen hatte.

»Da vorne ist jemand«, zischte er. »Eine Frau.«

Quintus lachte leise, doch die anderen griffen zu den Waffen, und Kag knurrte: »Ich glaube nicht, dass die Dame nach deinem Geschmack ist. Fragst du dich nicht, was das für eine Frau sein muss, die in diesem dunklen Loch haust?«

Die anderen hatten sich diese Frage offenbar schon gestellt, und Quintus' Grinsen erlosch. Sie schlichen weiter, und Drust übernahm die Fackel von Sib, der dermaßen zitterte, dass er damit möglicherweise jemandes Haare in Brand gesteckt hätte.

»Der Kleine hat recht«, flüsterte Manius staunend, als sie die Stelle erreichten.

Sib funkelte ihn zornig an. »Hast du etwa daran gezweifelt? Geh hin und sprich mit ihr – sie ist wahrscheinlich am ehesten eine von deiner Sorte. Ein Dschinn ...«

»Irgendwann nennst du mich einmal zu viel einen Dämon«, erwiderte Manius tonlos. »Und dann wirst du die Wahrheit zu spüren bekommen.«

»Hört auf«, ging Drust dazwischen und hielt die Fackel hoch. Die anderen duckten sich und hielten den Atem an, während sie die kleine, in eine Stola gehüllte Frauengestalt nicht aus den Augen ließen. Die Unbekannte musterte sie unbewegt, die Hand hoch erhoben, wie um einen Fluch auszusprechen.

Drust ging zu ihr, stieg auf den Steinsockel und lehnte sich lässig an sie.

»Kommt und erweist ihr die Ehre ... Venus Cloacina«, verkündete er so laut, dass seine Stimme von den Wänden widerhallte und die anderen zusammenzucken ließ. Beschämt stapften sie zu ihm.

»Ich hab's gewusst«, log Ugo. Die anderen begutachteten staunend die Statue, die von einem rostigen Geländer umgeben war. Aus der Nähe war zu erkennen, dass die Figur ziemlich ramponiert war. Die Nase fehlte, und die erhobene Hand hatte einmal etwas gehalten, vielleicht einen Blumenstrauß. Auf einer dünnen Steinsäule neben ihr war ein genauso verwitterter Vogel im Flug dargestellt.

»Blumen und Vögel«, erklärte Quintus, »die Symbole der Venus. Ich habe noch nie einen solchen Schrein der Venus Cloacina gesehen.«

»Sie wird heute auch nicht mehr so verehrt wie früher«, räumte Kag ein. »Für eine Göttin der Reinheit und Sauberkeit gibt es eigentlich keinen besseren Ehrenplatz als hier unten.«

»Sie wurde beim Bau der Anlage hier aufgestellt.« Colm bedeutete Drust, mit der Fackel herüberzukommen. Er zeigte auf eine Tafel neben einem Gitter in der Wand, und sie kniffen die Augen zusammen, um die Inschrift zu lesen. Zwischen all den grünen Flecken waren nur noch die Worte *Aqua Trajana* zu erkennen. Allen war klar, was das bedeutete.

»Das ist es«, verkündete Colm und begutachtete das Gitter. Dahinter sah Drust nur einen weiteren bogenförmigen Tunnel. Das Gitter war tief im Schlamm versenkt, doch Colm deutete auf einen schmalen Spalt am Ende der Gitterstäbe.

»Wahrscheinlich war das ein Zugangstunnel für die Bauarbeitertrupps. Ugo ...«

Der Germane versuchte es. Sie halfen ihm, doch das Gitter ließ sich nicht bewegen. Sie schlugen ein paarmal dagegen und stellten fest, dass das Eisen unter der Rostschicht solide war. Das metallische Dröhnen ihrer Schläge hallte weithin, und sie beschlossen einmütig, es lieber zu lassen.

»Wir machen sie nur auf uns aufmerksam«, warnte Sib, als hätten die anderen das nicht ebenfalls erkannt.

»Wir müssen es ausgraben«, schlug Ugo vor, und sie sahen einander an. Drust reichte Colm die Fackel und griff nach der Spitzhacke.

»Gut, dass ich die mitgenommen habe.« Er gab das Werkzeug an Ugo weiter. »Du zuerst, Riese aus Germanien.«

Ugo spuckte in die Hände und machte sich an die Arbeit. Das dumpfe Pochen der Spitzhacke und das gelegentliche Klirren von Metall gegen Metall ließ sie zusammenzucken, bis sie sich daran gewöhnten.

»Da können wir uns beim alten Trajan bedanken«, murrte Kag. Er saß auf dem Sockel und wischte sich mit einem Tuch den Schweiß vom Gesicht. Quintus kratzte sich den Bart, fand den kleinen Quälgeist und zerdrückte ihn zwischen den abgebrochenen Nägeln von Zeigefinger und Daumen.

»Du solltest den göttlichen Domitian nicht vergessen«, erwiderte er und lehnte sich gegen die Göttin. »Immerhin hat der mit dem Bau begonnen. Trajan hat dann bloß die Einweihung vorgenommen.«

»Tja, immer wieder versucht einer, Jupiters Donner zu stehlen«, stimmte Kag zu. »Und nimm gefälligst die Hand von Cloacinas Arsch. Ich verstehe schon, dass dir die Göttin gefällt, aber ich will nicht von den Göttern bestraft werden, nur weil du dich wie ein Hurensohn benimmst. Falls wir hier lebend rauskommen, halt dich bitte von mir fern, damit mich nicht der Blitz trifft, der für dich bestimmt war.«

»*Wenn* wir hier rauskommen, nicht *falls*«, entgegnete Quintus. »Dann werde ich jedenfalls einen Ort in dieser Stadt aufsuchen, wo die Frauen nicht aus Stein sind und nichts dagegen haben, angefasst zu werden.«

»Dann wirst du nicht lange überleben«, wandte Manius ein. »Wenn du in Rom bleibst, werden sie dich mit Sicherheit finden. Die sind wie ein Fluch, den du nicht loswirst.«

Quintus kratzte sich den Bart. Dieser Gedanke gefiel ihm zwar gar nicht, doch er fand sich damit ab, seine Pläne vorläufig zu begraben.

»Wohin sollen wir gehen?«, fragte Sib. »Wir haben kein Geld.« Er wandte sich an Colm. »Was ist eigentlich mit unseren Bürgerrechtsurkunden?«

»Die habe ich einem Schmied verkauft, damit er das Kupfer einschmilzt.«

»Volltrottel«, murrte Kag. »Das war das einzig Gute, das wir von der ganzen Sache hatten, und du hast es für eine lumpige Sesterze verschleudert.«

»Mehr als eine«, erwiderte Colm lächelnd. »Damit habe ich meine Reise durch ganz Gallien und bis nach Rom bezahlt, um euch zu befreien. Bedanken kannst du dich später.«

»Außerdem waren das nur diese Kupferplättchen, die man sich einrahmen und an die Wand hängen kann«, warf Drust ein. »Das Entscheidende ist in den Amtsstuben auf dem Palatin registriert. Wir sind römische Bürger und freie Männer.«

Er wiegte den Beutel in der Hand, den Plancus ihm mitgegeben hatte. »Und unser alter Herr hat uns auch nicht ganz vergessen.«

Als er den Beutel öffnete, staunte er nicht schlecht über den goldschimmernden Inhalt. Alle drängten sich um ihn, vom Glanz der Münzen fasziniert.

»Drei für jeden«, stellte Drust fest. »Die sind noch aus der Zeit des göttlichen Vespasian, nicht dieser Ramsch aus der des alten Severus.«

»Und nicht einmal beschnitten«, stellte Ugo mit geschultem Auge fest. »Wirklich großzügig von unserem alten Herrn. Für drei Goldmünzen kriegt man jede Menge ordentlichen Wein.«

»Gut, dann gib mir schon mal meinen Anteil.« Quintus sprang mit ausgestreckter Hand vom Sockel der Venus Cloacina.

»Nicht so eilig.« Drust zog einen kleinen Gegenstand zwischen den Goldmünzen hervor. Etwas verwirrt betrachteten die anderen das ovale Stück Zinn, das mit einer Prägung versehen war.

»Das ist eine Wertmarke«, erklärte Drust. »Für die Getreidelager unseres alten Herrn.«

»Er hat nur eins«, gab Sib zu bedenken. »In Leptis Magna ...«

Er verstummte, und alle stöhnten auf. Kag spuckte verächtlich aus. Drust füllte die schimmernden Münzen und die Wertmarke wieder in den Beutel, wodurch die Finsternis eine Spur dunkler zu werden schien.

»Servilius Structus will, dass wir nach Leptis Magna gehen?«, wunderte sich Ugo. »Warum?«

Das wusste Drust auch nicht, was ihn aber nicht weiter störte. Es war immerhin ein Ziel, und sie hatten die Mittel, um es zu erreichen. So hatte es Servilius Structus immer gehalten, wenn er ihnen einen Auftrag erteilt hatte, und das sagte er den anderen auch.

»Wir sind schließlich seine Prokuratoren«, fügte er hinzu und blickte von einem zum anderen. »Habt ihr eine bessere Idee?«

»Nur weg von hier«, murmelte Quintus. »Ich werde irgendwo in der Subura untertauchen. Dort findet mich keiner.«

»Glaubst du?«, erwiderte Drust skeptisch. »Falls ja, dann möge Fortuna mit dir sein.«

»Fortuna wird dir die Eier abschneiden«, ätzte Colm. »Du willst in Rom bleiben? Dann kannst du dich gleich im Tiber ertränken. Ich gehe nach Emesa, aber Leptis Magna liegt auf dem Weg – also, wenn mich jemand begleiten will, wäre ich dankbar.«

»Ich bin dabei.« Ugo klopfte sich auf die Brust.

Drust sah ihn vorwurfsvoll an. »Warum hast du dann aufgehört zu graben?«

Ugo machte sich wieder ans Werk und arbeitete verbissener denn je. Drust stand bei ihm und hielt die Fackel. Er war so erleichtert wie schon lange nicht mehr, vor allem, weil sie noch eine Weile zusammenbleiben würden.

Colm sah es ihm an und lachte. »Das ist die einzige Familie, die du hast. Nach all den Jahren in der Arena ist dir nichts anderes geblieben.«

»Du selbst hast natürlich viel mehr«, versetzte Drust gereizt. »Mutter, Bruder und, nicht zu vergessen, eine Frau, die auf dich wartet, mit etwas Gutem in der Küche und etwas noch Besserem im Schlafzimmer. Und Freunde, die nicht tot sind.«

Drust schämte sich für die boshafte Bemerkung, kaum dass er sie ausgesprochen hatte, doch Colm zuckte nur mit den Schultern.

»Ich habe eine Mutter und einen Sohn.«

Drust brauchte nicht zu fragen, von wem er sprach.

Er nickte. *Wir sitzen im selben Boot, Colm und ich. Wir alle sind in derselben Situation, aber er wird unaufhaltsam als Erster seiner Wege gehen ...*

»So kommen wir hier raus.« Colm hockte sich in den flackernden Lichtschein der Fackel und malte mit der Schwertspitze etwas in den Schlamm. »Durch dieses Gitter, dann ein Stück nach links bis zu einer Treppe. Der Zugang wurde früher für Wartungsarbeiten am Aquädukt genutzt, aber dieser Bereich wurde schon vor Jahren geschlossen. Plancus sagt, der Aquädukt führt über den Janiculum in die Stadt.«

»Bei Jupiters Schwanz, das ist verdammt hoch«, meinte Kag. »Müssen wir da raufklettern? Und wie kommen wir über den Tiber?«

»Der Aquädukt führt auf vier Steinsäulen über den Fluss, sagt Plancus. In großer Höhe. Arbeitstrupps klettern ständig da oben rum und suchen nach Lecks«, erklärte Colm. »Sobald wir die Stadtmauer hinter uns haben, klettern wir hinunter und geben uns als Arbeiter aus. Dann müssen wir auf der Via Portuensis zum Hafen, den der alte Claudius angelegt hat. Dort sind wir ja früher ein und aus gesegelt.«

»Ich kenne da ein paar Leute, die uns helfen können.« Drusts Zuversicht wuchs. »Von dort kommen wir sicher weg.«

»Es ist nicht allzu weit«, stimmte Kag zu. »Vielleicht schaffen wir's ja wirklich ...«

»Nur sollten wir uns ein bisschen beeilen«, keuchte Manius, der von seinem Beobachtungsposten zurückgelaufen kam. »Sie sind uns auf den Fersen.«

Alle erstarrten – und tatsächlich hörten sie in der Stille die Rufe und das Geklapper von Männern in Rüstung. Drust sah zu Ugo, der mit offenem Mund und der Spitzhacke in der Hand dastand.

»Mach weiter«, drängte er.

Colm rannte zur Tunnelmündung, Kag schloss sich ihm an, gefolgt von Quintus, Sib und Manius. Hier würden sie eine Verteidigungslinie bilden, sodass die städtische Kohorte im Tunnel festsaß. *Wenn sie hier reinkommen, ist es aus*, dachte Drust. *Dann können sie ihre Übermacht ausspielen.*

Er ging zu Ugo, der noch einige Male mit der Spitzhacke zuschlug, bevor er sich hinunterbeugte und das freiliegende untere Ende des Gitters packte. Drust verfolgte, wie er seine ganze Kraft einsetzte, die Schultermuskeln zum Zerreißen gespannt.

Drust packte ebenfalls mit an und zog mit aller Kraft, wenngleich seine Möglichkeiten im Vergleich zu Ugo eher bescheiden waren. Das Gitter knirschte und knarrte, Rost rieselte von den Stäben. Drust nahm sein Schwert zur Hand und stocherte mit der Spitze in der verstopften Öffnung am oberen Rand des Gitters. Noch mehr Rost regnete auf sie herab.

Ugo riss mit aller Kraft, und das Gitter bewegte sich knirschend ein Stück nach oben. Drust riskierte einen kurzen Blick zu den anderen.

Es sah aus, als würden sie tanzen, bis ihm klar wurde, dass sie feindlichen Speeren auswichen. Als er die ersten Speerspitzen aus dem Tunnel fliegen sah, hämmerte sein Herz, als wollte es den Brustkorb sprengen.

Denn diese Speere waren keine Waffen der städtischen Kohorte, sondern der Prätorianer – Männer mit reicher Kampferfahrung, Veteranen der Donaulegionen. Der alte Severus hatte die ursprüngliche Garde durch diese Männer aus den Provinzen Pannonien und Illyrien ersetzt, die ihm treu ergeben waren – und seinen Söhnen.

Vor allem waren sie Meister ihres Fachs.

Mit aller Kraft riss Drust nun am Gitter, und Ugo tat das Gleiche, bis ihnen das Blut in den Ohren rauschte. Als er nicht mehr konnte und einen Moment lang keuchend und mit Tränen in den Augen dastand, sah er, dass Kags Gesicht blutüberströmt war. Colm schlug eine Speerspitze zur Seite und versuchte den Angreifer mit schnellen Schwertstößen zu erledigen. Quintus schlug mit einem erbeuteten Schild auf irgendeinen ein, den Drust nicht sehen konnte.

Er hörte das Krachen und Klirren, die gepressten Flüche, das wütende »Stirb, du Scheißkerl«. Manius taumelte nach hinten und fasste sich an eine blutende Wunde am Kopf.

Ugo beugte sich erneut hinunter, knurrte und zog. Knirschend hob sich das Gitter, und Drust wirbelte herum, um ihm zu helfen. Der Zugang war schon mehr als zur Hälfte offen, da ertönte ein scharfes Knacken, und Ugo stöhnte auf, als das Gitter sich wieder senkte.

Etwas war gebrochen. Wahrscheinlich ein Gegengewicht, durch das sich das massive Eisengitter leichter anheben ließ, dachte Drust. Nun hielt Ugo es in seinen Pranken – die Öffnung gerade groß genug, dass sich ein Mann durchzwängen konnte.

»Rückzug!«, rief Drust den anderen zu. Als er sah, wie Quintus den Schild fallen ließ und einen Speer aufhob, rannte Drust hinüber, schnappte sich den Schild und lief damit zum Gitter zurück.

Er zwängte den Schild darunter, und Ugo ließ das Gitter dankbar auf den Metallrand sinken. Der Schild verbog sich zwar etwas, hielt dem Gewicht aber stand. Ugo zwängte sich hindurch in das seichte Wasser auf der anderen Seite.

»Rückzug!«, rief Drust erneut.

Quintus und Kag rannten los, schoben sich durch die Öffnung und landeten mit einem Aufschrei im Wasser, das sie nicht gesehen hatten.

»Sib!«, rief Drust.

Sib drehte sich um, doch im nächsten Moment traf ihn der Schaft eines feindlichen Speers im Gesicht. Er sackte zu Boden, lag einen Moment lang hilflos wie ein Käfer auf dem Rücken und kroch dann benommen auf allen vieren weiter.

Manius machte ebenfalls kehrt, zog Sib hoch und warf ihn zum Gitter. Dann ging er an Colms Seite in Position. Schritt für Schritt zogen sich die beiden zurück, während die Angreifer mit ihren großen Schilden und Speeren aus dem Tunnel strömten.

Drust kroch unter dem Gitter hindurch und versuchte Sib an der Tunika zu packen. Hinter sich hörte er, wie Ugo und die anderen sich unter lauten Spritzgeräuschen durch das Wasser entfernten.

»Geh«, zischte Manius Colm zu, während Sib, immer noch benommen, unter dem Gitter hindurchkroch. Drust packte ihn, zog ihn zu sich und warf ihn ins Wasser. Mit einem Aufschrei klatschte Sib ins kalte Nass.

Colm stieß ein letztes wütendes Knurren aus, dann sprintete er los und quetschte sich in einem Tempo unter dem Gitter durch, dass er Drust mit einem Schwall feuchtem Sand überzog. Auf der anderen Seite tänzelte Manius hin und her und schien dabei zu schweben wie eine Rauchwolke. Dann hörte Drust, wie ein Angreifer den anderen zurief, ihn niederzumachen.

»Er wird nicht durchkommen«, stellte Colm fest.

Als hätte Manius ihn gehört, drehte er sich noch einmal um, und Drust hielt den Atem an. Er hätte schwören können, dass die Augen, die zu ihnen zurückblickten, pechschwarz waren. Manius nickte ihnen zu, dann machte er einen blitzschnellen Schritt zur Seite, um einem Hieb auszuweichen, den er gar nicht hatte sehen können.

Colm trat gegen den Schild – einmal, zweimal, dann kippte er weg, und das Gitter donnerte nach unten, dass es von den Wänden widerhallte wie eine Totenglocke.

»Los!«, rief Colm und klopfte Drust auf die Schulter.

Drust watete im knöcheltiefen Wasser hinter Colm her, hörte hinter sich laute Rufe und Stahl auf Stahl klirren. Niedergeschlagen kämpfte er sich durch den langen, dunklen Tunnel. Fackeln hatten sie keine mehr.

Plötzlich tauchten vor ihnen schattenhafte Gestalten und Gesichter auf. »Hierher. Hat jemand eine Fackel?«

Und dann: »Wo ist Manius?«

»Tot«, erwiderte Colm knapp, blickte die Treppe hoch und testete die Stabilität des rostigen Geländers. Es schwang knirschend hin und her.

»Manius? Tot?«, fragte Kag.

»Sicher?«, warf Ugo schockiert ein.

»Wer weiß das schon so genau«, sinnierte Sib finster. »Einen Dämon bringt man nicht so leicht um.«

Seine Worte trafen Drust wie heiße Glut.

»Du verfluchte Sandlaus«, spie er zurück. »Er hat dich gerettet – und trotzdem hältst du ihn immer noch für einen Dämon aus der Unterwelt ...«

Beschwichtigend legte ihm Kag die Hand auf den Arm, während die anderen ungeduldig an der Treppe warteten. »Beruhige dich. Du hast doch gewusst, dass du uns nicht alle durchbringen kannst.«

Genau das war es, was an Drust nagte, doch er wollte keinen Trost. Es war Quintus, der ihn aus seinen trüben Gedanken riss, indem er verkündete, dass er das Gitter knirschen höre. Als sie verstummten, um zu lauschen, hörten sie es alle: Die Prätorianer waren dabei, es zu öffnen.

»Bei Junos Titten«, schnaubte Kag. »Lasst uns endlich in Ruhe ...«

»Da ist eine Tür.«

Colms Stimme klang wie aus weiter Ferne. »Sie ist verschlossen. Ugo, ich brauche dich hier ...«

»Im Namen aller Götter«, fauchte Kag. »Kommen wir nie mehr aus diesem Loch hier raus?«

»Ich höre ein Ungeheuer vor uns«, schrie Sib in jäher Panik auf. »Ich kann es plätschern hören ...«

»Palastratten hinter uns, Riesenratten vor uns ... na schön, ich entscheide mich für die Riesenratten«, meinte Quintus mit irrem Grinsen.

»Da geht es nicht weiter«, erwiderte Drust tonlos. »Das ist der Abfluss. Der wird zu eng, sagt Colm. Da kommt auch keine Riesenratte durch.«

»Wenn eine Seekuh es schafft, dann schaffe ich es auch«, beharrte Quintus.

»Es gibt hier nirgends eine Seekuh«, versetzte Drust gereizt.

»Hört mal, Leute«, warf Kag ungeduldig ein, »können wir uns jetzt vielleicht mit den Bastarden beschäftigen, die da den Tunnel raufkommen? Die werden nämlich schneller hier sein als jede Seekuh.«

»Das Plätschern wird lauter«, rief Sib. »Es kommt immer näher ...«

Plötzlich spürten sie einen kalten Lufthauch, der den Schweiß auf der Haut trocknete und den Nebel in Drusts Kopf sofort wegblies. Sein Magen krampfte sich heftig zusammen.

»Schnell – die Treppe hoch. Das ist keine Seekuh. Das Spektakel in der Arena ist für heute vorbei ...«

Sie eilten zur Treppe, sprangen die Stufen hoch, als hinter ihnen bereits Soldaten mit Schilden und Speeren durchs Wasser gestapft kamen. Als letzter Mann drehte sich Drust um und sah den Anführer, einen stattlichen Mann in schimmernder Rüstung, dessen Fackel sein Gesicht in ein blutrotes Licht tauchte. Er richtete sein Schwert nach vorne und rief seinen Männern zu, ihm zu folgen.

Dann sah Macrinus die Flut in den Tunnel schwappen. Wie eine Herde Pferde mit wehenden weißen Mähnen fegte das Wasser heran.

Der Centurio stieß einen Schrei aus, verlor seinen Schild, sprang zur Treppe und umklammerte das rostige Geländer. Der Wasserschwall traf ihn und seine Männer mit voller Wucht. Sie verschwanden in der weißen Gischt, schrien auf, doch Drust riss sich von der Szene los und sprang nach oben, wo die anderen bereits mit der Tür kämpften.

Eisern hielt sich Macrinus mit einer Hand fest, das Schwert in der anderen würde er nicht loslassen.

Ugo und Colm warfen sich abwechselnd gegen die Tür.

Kag drehte sich zu Drust um. »Was war das? Sib meint, da kämen Seeungeheuer durch den Tunnel.«

»Da wird nur Scheiße weggespült«, erwiderte Drust so aufheiternd, wie er es vermochte. »Wir sollten uns beeilen.«

Die Tür schwang krachend auf, und Ugo stolperte hindurch. Ein feuchter Luftschwall schlug ihnen entgegen, kalt und wunderbar frisch. Sie betraten einen Steg im Freien und sahen Rattenaugen in der Dunkelheit leuchten.

»Wo sind wir hier?«, fragte Kag. In diesem Augenblick tauchte der Mond hinter den Wolken auf, und sie erkannten, dass sie sich auf dem Aquädukt über dem Tiber befanden und die Rattenaugen nichts anderes waren als die Fackeln und Feuer in der Stadt.

»Verdammt«, murmelte Ugo ungläubig. »Wir haben es tatsächlich geschafft.«

»Hier lang.« Colm deutete auf das schwarze Wasserband und die Laufstege zu beiden Seiten davon. »Hier geht es zum Janiculum. Zur Freiheit ...«

»Halt!«

Die Stimme zerschnitt die nächtliche Stille und ihre süßen Träume und ließ sie allesamt herumwirbeln.

Durchnässt und keuchend schwang sich Macrinus durch die Tür, sein Schwert in der Hand.

»Im Namen der Götter, kommt freiwillig mit oder ihr kriegt es mit meinen Männern zu tun.«

»Geht weiter«, sagte Drust über die Schulter. Colm lachte anerkennend und stapfte los. Sib folgte ihm, Ugo zögerte kurz und trottete dann hinterher. Quintus blieb stehen, doch Kag klopfte ihm auf den Arm, worauf er sich den anderen anschloss.

»Du auch, Kag«, sagte Drust. Grummelnd stapfte Kag davon.

Macrinus trat vor. »Du lausiger kleiner Scheißkerl«, knurrte er und schüttelte sich wie ein Hund, der aus dem Wasser kommt. »Glaubst du wirklich, du kannst es mit den Prätorianern aufnehmen?«

»Nein. Aber hier oben bist du allein. Deine Männer sind ertrunken oder auf der Flucht. Keiner wird kommen und dir helfen. Ich habe die anderen weggeschickt, weil du sterben wirst, wenn du versuchst, gegen uns alle zu kämpfen.«

»Und du glaubst, du schaffst das allein?«

»Ich gebe dir die Möglichkeit zu überleben.« Drust spürte, wie sein Magen sich zusammenkrampfte. Er hoffte, dass seine Stimme für Macrinus nicht so zittrig klang, wie er selbst sie wahrnahm. »Du kannst umkehren, abwarten, bis das Wasser abgeflossen ist, und durch den Tunnel zurückgehen.«

»Ich habe den Auftrag, euch zurückzuholen. Vor allem dich, wenn ich auch sonst keinen erwische. Einen von euch habe ich schon, und ihr anderen werdet auch nicht weit kommen. Es ist Caracallas Wille –und dem könnt ihr nicht entkommen.«

Drust schüttelte den Kopf.

»Schlag dir das aus dem Kopf. Nimm, was ich dir anbiete. Geh einfach.«

»Du aufgeblasener Wicht«, spie Macrinus hervor. »Du hast schon in der Arena nie etwas getaugt – glaubst du wirklich, du kannst gegen mich bestehen? Ich habe schon gegen ganz andere Männer gekämpft. Was ich als Säugling geschissen habe, war härter als du.«

Drust schüttelte den Kopf. Jede Sekunde verschaffte den anderen wertvolle Zeit. Sein Herz hämmerte aufgeregt, zumal der Prätorianer angedeutet hatte, dass Manius noch am Leben war. Die unerwartete Wendung ließ Drust lächeln. Macrinus fasste es als Spott auf und stürmte los wie ein Stier.

Drust hätte sich überlegen sollen, wie er in diesem Fall reagieren würde. Sich eine Strategie zurechtlegen sollen, wie er auf diesem schmalen Steg hoch über dem Fluss dem ersten Angriff ausweichen und seinerseits zuschlagen konnte. Stattdessen dachte er an das Gesicht seiner Mutter. Kag hatte immer schon gemeint, dass er ein sentimentales Weichei wäre und in der Arena nichts verloren hätte. Wie es schien, hatte er recht.

Macrinus schwang seinen Gladius von unten in Richtung von Drusts Kehle. Drust war so überrascht, dass er gerade noch einen Schritt zurückweichen konnte. Er strauchelte und stürzte in den Aquädukt.

Taumelnd wich Drust im hüfthohen Wasser zurück, während Macrinus sich vorbeugte, ihn jedoch nicht mehr erreichen konnte. Ohnmächtig musste der Prätorianer zusehen, wie Drust sich auf der anderen Seite festhielt, zitternd und durchnässt.

Macrinus deutete mit dem Schwert auf ihn. »Kommst du dir jetzt schlau vor? Glaubst du wirklich, du bist mir entwischt?«

Eigentlich schon, dachte Drust. Fast hätte er es auch gesagt, doch dann sah er, wie Macrinus ein paar kurze Schritte Anlauf nahm und sprang. Mit ungläubigem Staunen beobachtete Drust, wie der Prätorianer durch die Luft segelte und auf der anderen Seite des Aquädukts landete – federleicht, trotz seiner blank polierten Rüstung, in der wahrscheinlich ein ebenso gestählter Körper steckte.

Erneut schwang Macrinus sein Schwert, Drust blockte den Hieb ab, wich zurück und hoffte inständig auf eine Lücke, durch die er zurückschlagen konnte. Das Klirren der Klingen wurde vom Nachtwind über dem Aquädukt fortgetragen. Es war, als würde ganz Rom auf den unvermeidlichen Ausgang des Kampfes warten.

Und wieder ließ Macrinus das Schwert durch die Luft sausen und gab mit arroganter Siegesgewissheit für einen winzigen Moment seine Deckung preis. Drust versuchte die Gelegenheit zu nutzen, setzte zum Stoß an und erkannte zu spät, dass es eine Finte war.

Er spürte, wie ihm das Schwert aus der Hand gerissen wurde, hörte es ins Wasser klatschen und versuchte zurückzuspringen, als Macrinus ihm bereits nachsetzte. Er sah die bärtige Fratze, die dunklen, zornfunkelnden Augen, aber zu spät den Schwertgriff, der ihn am Brustbein traf und ihm den Atem nahm.

Keuchend stürzte er ins Wasser, während Macrinus zwei Schritte zurücktrat und sein Schwert mit leichter Hand kreisen ließ.

»Ich hoffe, du würfelst besser, als du kämpfst«, spottete der Prätorianer. »Dieses Spiel hast du jedenfalls verloren. Steh auf.«

Warum?, hätte Drust gefragt, hätte er den Atem dazu gehabt. Den hatte er noch weniger, als Macrinus ihm einen wuchtigen Tritt mit dem Stiefel versetzte, mit dem er sich beinahe selbst vom Laufsteg katapultierte. Einen Moment lang ruderte er wild mit den Armen, um nicht rücklings gegen die niedrige Brüstung zu krachen und womöglich darüber hinweg in den Tiber zu stürzen.

»Ich habe den Auftrag, dich lebend zurückzubringen«, fuhr Macrinus grimmig fort. »Nicht ganz unversehrt, aber lebend. Man hat mich angewiesen, dich ein bisschen leiden zu lassen, und den Befehl werde ich jetzt gerne befolgen. Danach schleife ich dich die Treppe hinunter.«

Er trat einen Schritt vor, und Drust versuchte sich aufzurichten, doch sein Körper fühlte sich viel zu schwer an.

»Ich werde dir die Eier abschneiden«, knurrte Macrinus, »dann bringe ich dich hinunter und suche mir eine Fackel, um die Wunde auszubrennen. Ich will nicht, dass du stirbst, bevor Caracalla dich in seine Finger bekommt.«

Er trat Drusts gefühllose Beine auseinander und wiegte sein Schwert in der Hand. *Selbst in der Finsternis kann mich der Bastard nicht verfehlen ...*

»Du hast um einen hohen Einsatz gespielt.« Macrinus hob die Klinge. »Jetzt hast du alles verloren.«

»Bist du dir da so sicher?«, erwiderte eine Stimme von irgendwoher. Macrinus wirbelte herum – zu spät, denn der Gladius kam bereits aus dem Dunkeln geflogen.

Das Kurzschwert war keine Wurfwaffe – die flache Klinge traf Macrinus gegen die Brust, der Griff mitten ins Gesicht. Der Prätorianer taumelte nach hinten und stieß einen Fluch aus. Benommen blickte Drust auf, sah Colm auf dem Steg näher kommen, doch seine Hände waren leer. Macrinus schüttelte etwas Blut von seiner Nase und knurrte drohend.

»Umso besser – jetzt kriege ich zwei ...«

»Drei«, erwiderte Kag.

»Vier«, brummte Ugo.

»Fünf.« Quintus' Grinsen war so breit wie der Tiber. »Das ist angemessen, findest du nicht?«

Macrinus wich zwei Schritte zurück, da jedoch keiner der Männer bewaffnet zu sein schien, verzogen sich seine Lippen zu einem Grinsen. »Kommt zur Vernunft, Leute.«

»Sechs«, blubberte eine Stimme aus dem Wasser. Als Macrinus nach unten sah, tauchte direkt vor seinen Füßen Sibs schwarz glänzendes Gesicht aus dem Aquädukt auf.

Er packte Macrinus an den Knöcheln und zog.

Der Prätorianer stieß einen heiseren Schrei aus und landete polternd auf dem Steg. Ein kurzer Tumult,

Drust hörte ein Klirren und Stöhnen, dann wurde Macrinus gepackt und auf die Füße gestellt. Der Centurio wehrte sich und versuchte sich loszureißen, doch Ugo hielt ihn wie ein Bär in seinen Klauen. Kag hob das Schwert des Prätorianers und kitzelte ihn damit an der Kehle.

Drust wollte ihnen zurufen, nicht zu weit zu gehen. Immerhin war der Mann ein hochrangiger Centurio der Prätorianergarde, ein Mann des Kaisers ...

Doch das würde Kag kaum davon abhalten, ihm die Kehle durchzuschneiden. Umso überraschter war Drust, als Colm sich vorbeugte und den Mann mit seinem Maskengesicht fixierte.

»Kannst du schwimmen?«

Falls eine Antwort kam, verlor sie sich in dem langgezogenen Schrei, den Macrinus ausstieß, als Ugo ihn über die Brüstung des Aquädukts hob und losließ. Mit den Armen rudernd, segelte der Centurio in die Tiefe.

»Vater Tiber, nimm ihn zu dir«, sagte Ugo feierlich.

»Ich wette, der Bastard kann schwimmen«, bemerkte Kag bitter. Sie hörten ein dumpfes, fernes Klatschen, dann wurde Drust gepackt und hochgezogen. Kag lächelte. Colm ebenfalls, falls man es bei seiner Fratze so nennen konnte.

»Sollten wir dich etwa kämpfen lassen wie einen Gladiator?«, fragte Colm verschmitzt. »Du hast doch wohl nicht wirklich geglaubt, dass wir das zulassen.« Er streckte die Hand aus, die Finger ausgebreitet. Einer nach dem anderen tat es ihm gleich, bis ihre Hände einen Kreis bildeten, in dem eine Handbreit frei blieb.

Drust schloss den Kreis mit seiner Hand und sprach mit heiserer Stimme, während der Wind ihnen um die Ohren wehte, als wolle er ihnen den Weg in die Freiheit weisen.
»*Uri, vinciri, verberari, ferroque necari.*«

SPÄTER ...

Matemas
Irgendwo in Afrika, südlich des Imperiums

Gorlades hatte sich verspätet, aber das war in den Jahren davor nicht anders gewesen. Da die Männer, die er aufsuchte, nicht davonlaufen würden, machte er sich keine Sorgen. Er wusste, wie sehr sie die Dinge schätzten, die er ihnen brachte – ob Fischsoße, anständigen Wein, den Geruch Roms ... oder interessante Neuigkeiten.

Er kam, um die Tiere abzuholen, die diese Männer für ihn beschafften und die er im Auftrag von Servilius Structus nach Rom bringen würde, wo sie im Colosseum oder irgendeinem anderen Amphitheater zu sehen sein würden. Letztes Jahr waren es Giraffen gewesen, dieses Jahr waren es Krokodile. Es war nicht so wichtig, um welche Tiere es sich handelte, da sie ohnehin nicht lange leben würden.

Gorlades wurde begrüßt und gemustert; er selbst machte es ebenso. Sie sahen schlanker, finsterer und wilder aus als beim letzten Mal, und irgendwie hatten sie erreicht, dass die Stammesleute der Gegend für sie arbeiteten. Gorlades wusste nicht viel über diese Einheimischen, außer dass sie halbnackt und schwarz waren und sich mitunter gegenseitig verspeisten ...

Er setzte sich hin, während die Männer die Ware abluden und bezahlten. Dann machten sie sich genüsslich über die Oliven her, die er mitgebracht hatte. Schließlich teilte er ihnen mit, dass dies höchstwahrscheinlich sein letzter Besuch sein würde.

Erstaunt hoben sie die Köpfe, die Oliven hatten plötzlich ihren Reiz verloren.

»Servilius Structus ist zu seinen Göttern heimgegangen. Friedlich.«

»Er war alt«, räumte Kag ein. »Trotzdem ...«

»Heißt das, wir müssen hier weg?«, erkundigte sich Drust schroffer als beabsichtigt. Es war irgendwie unvorstellbar, dass Servilius Structus gestorben war wie irgendein gewöhnlicher Mensch. Drust fühlte sich betrogen und beraubt zugleich, schließlich hatte er noch so viele Fragen, die er dem Mann nun nicht mehr stellen konnte.

Gorlades wedelte bestätigend mit seiner schmalen Hand. Seine langen Spinnenfinger pickten eine Olive aus der Schüssel. »Seine Unternehmen wurden abgewickelt. Ich weiß nicht, wem jetzt was gehört, aber wilde Tiere für die Arena sind einfach kein einträgliches Geschäft mehr.«

Eine ganze Weile saßen sie schweigend da, um die Nachricht zu verdauen. Sie waren sich nicht sicher, was sie empfanden, allem voran jedoch ungläubiges Staunen. Er war ihr Herr und Gönner gewesen, für so lange Zeit ein

Teil ihres Lebens. Zuletzt hatten sie einigermaßen sicher und behaglich hier leben können, weil er es ihnen ermöglicht hatte.

Dennoch konnte keiner von ihnen um ihn trauern wie um einen verlorenen Vater, auch wenn sie seinen Namen trugen.

»Natürlich habe ich mir das Beste für zuletzt aufgehoben«, sagte Gorlades schließlich. »Es gibt einen neuen Kaiser.«

»Schon wieder? Sie hatten doch gerade erst einen neuen, als du das letzte Mal hier warst«, wunderte sich Quintus, und Gorlades nickte bestätigend. Drust erinnerte sich noch gut, wie überrascht sie gewesen waren, als Gorlades ihnen beim letzten Mal den Namen des neuen Herrschers mitgeteilt hatte: Macrinus. Kag hatte in die Runde geblickt und mit einem säuerlichen Grinsen gemeint: »Ich habe meine Wette gewonnen – er konnte wirklich schwimmen.«

»Leider, ja«, erklärte Gorlades. »Macrinus ist der Krankheit erlegen, die die meisten römischen Kaiser früher oder später heimsucht – mögen die Götter ihm vergeben.«

»Tot?«

»Er hat eine Schlacht gegen die Streitkräfte des neuen Herrschers verloren und ist geflohen. Angeblich haben sie ihn in Chalkedon eingeholt und getötet. Seinen Sohn ebenfalls.«

»Zum Hades mit ihm«, schnaubte Ugo. »Fortuna hat wenigstens Sinn für Gerechtigkeit. Caracalla war zwar ein verdammter Dreckskerl, aber einen solchen Tod hatte nicht mal er verdient – von diesem heimtückischen

Bastard niedergemetzelt zu werden, während er irgendwo in der Wüste pinkelt. Kein schöner Tod.«

»Der Tod ist selten schön«, brummte Kag.

»Ein neuer Kaiser, sagst du?«, warf Drust ein.

»Ja«, bestätigte Gorlades. »Marcus Aurelius Antoninus. Viele behaupten, er sei das Ebenbild des früheren Kaisers. Sein Sohn.«

»Der Sohn von Marcus Aurelius?«, fragte Drust verdutzt.

Gorlades lachte. »Nein, nein. Der Sohn des verstorbenen Antoninus, besser bekannt als Marcus Aurelius Severus Antoninus. Besser bekannt als …«

»Caracalla«, führte Kag den Satz für ihn zu Ende. »Was für ein Sohn? Drust hat ihn doch mit seinem Tritt …«

Quintus begriff als Erster, worauf es hinauslief, und lachte schallend. Kag verstummte und runzelte die Stirn.

»Der Junge«, erläuterte Quintus. »Der Goldjunge, den Colm so verehrt hat, wisst ihr noch? Der kleine Sonnengott ist der neue Kaiser. Bei allen Göttern, er war also wirklich Caracallas Sohn.«

»Was meint ihr – ob Colm jetzt Senator ist?«, fragte Sib, und alle lachten. Colm war schon vor längerer Zeit nach Emesa aufgebrochen – niemand wusste, ob er noch dort war, ob er überhaupt noch lebte oder womöglich tatsächlich schon Senator in Rom war. Doch die Vorstellung, dass Colm mit seinem Totenkopfgesicht vor seinen Senatskollegen große Reden schwang, bescherte Quintus jetzt einen regelrechten Lachkrampf, mit dem er die anderen ansteckte.

»Ich habe jedenfalls nichts von einem Senator mit einem Gesicht gehört, wie ihr es beschrieben habt.« Gorlades deutete mit seinem Fliegenwedel auf Sib. »Genauso wenig von diesem Mavro mit den rauchigen Augen, nach dem du mich gefragt hast, Sib. Ich muss schon sagen, ihr seid wirklich ein bunter Haufen ...«

»Also«, sagte Quintus, der sich wieder erholt hatte, mit einem Grinsen so breit wie der Tiber. »Ihr wisst, was das bedeutet, Jungs?«

Sie hörten auf zu lachen und sahen ihn verständnislos an.

Quintus breitete die Hände aus. »Das bedeutet, wir können nach Rom zurückkehren. Uns droht keine Gefahr mehr.«

»Ich glaube, dort schuldet uns sogar jemand einen Gefallen«, meinte Sib. »Dieser Junge hat uns geliebt, wisst ihr noch?«

Drust beobachtete, wie mehrere Männer sich gerade abmühten, die Giraffe auf einen Wagen zu manövrieren. Andere hievten einen Löwen im Käfig auf einen zweiten Wagen. *Wir können mit dieser letzten Lieferung nach Hause zurückkehren*, dachte Drust. Er zögerte einen Moment, dann sprach er es laut aus.

Es war Kag, der es wieder einmal auf den Punkt brachte, auch wenn sein Lächeln eine bittere Note hatte.

»Rom ist für alle offen – für wilde Tiere aus dem Dschungel genauso wie für Bestien von jenseits der Mauer.«

ANMERKUNGEN

Diese Geschichte beruht auf historischen Tatsachen. Im Jahr 208 n. Chr. hatte Kaiser Septimius Severus das Römische Reich schon fünfzehn Jahre regiert. Er war bereits in fortgeschrittenem Alter, hatte aber zwei Söhne, Antoninus und Geta. Antoninus, der Ältere, wurde in jungen Jahren zum Mitkaiser erhoben, was seine Rüpelhaftigkeit nur noch verstärkte. Als Jugendlicher machte Antoninus mit seiner Bande die Straßen Roms unsicher; sie prügelten auf jeden ein, der ihnen in die Quere kam, und trugen dabei Masken oder lange Umhänge mit Kapuzen – so kam er zu seinem Spitznamen Caracalla, dem lateinischen Wort für den keltischen Kapuzenmantel.

In einem letzten Versuch, seinen eigenen Ruhm zu mehren und seinen Söhnen Disziplin und Verantwortungsgefühl beizubringen, beschloss Severus, ganz Britannien in das Römische Reich einzugliedern. Im Jahr 208 verlegte er eine große Streitmacht und den kaiserlichen Hof nach Eboracum (York), wo dieser für die nächsten drei Jahre seinen Sitz hatte. Um seine Söhne zur Zusammenarbeit zu zwingen, ernannte er Geta zum Mitkaiser, womit er letztlich nur erreichte, dass sich zwei rivalisierende Lager bildeten, die einander mit ständigen Intrigen bekämpften.

Zum kaiserlichen Hof gehörten auch die »Julias« – Kaiserin Julia Domna, ihre Schwester Julia Maesa, deren Tochter Julia Soaemias sowie deren Sohn Varius. Septimius Severus war afrikanischer Herkunft und galt als »der erste dunkelhäutige Kaiser Roms«. Schwerer als seine Hautfarbe wog jedoch die Tatsache, dass er von außerhalb des europäischen Kernlandes des Reichs stammte. Dass man seiner Dynastie in Rom eher reserviert gegenüberstand, hing auch damit zusammen, dass seine Gemahlin und ihre Angehörigen aus Syrien stammten und Priesterinnen eines fremdartigen orientalischen Sonnenkults waren.

Im Jahr 211 verschlechterte sich der Gesundheitszustand des Kaisers, und Caracalla wartete nur noch ungeduldig darauf, an die Macht zu gelangen. In dieser Situation war der kaiserliche Hof in Eboracum voller Intrigen, in deren Zentrum die beiden feindlichen Brüder und deren Anhänger standen.

Im gleichen Jahr wollte Severus noch einmal seine Armee anführen, was seine Kräfte jedoch bei Weitem überstieg. Einigen Erzählungen zufolge soll er auf dem Rückweg nach Eboracum einen so aufwühlenden Zusammenstoß gehabt haben, dass er noch am selben Abend an einem Herzinfarkt oder Schlaganfall starb.

Danach regierten seine Söhne gemeinsam das Imperium, bis Caracalla seinen Bruder vor den Augen der Mutter mit dem Schwert ermordete und im Jahr 212 die alleinige Herrschaft übernahm. 216 unternahm Caracalla einen Feldzug gegen die Parther, in dessen Verlauf er ein Jahr später in Edessa ermordet wurde, als er kurz vom Pferd stieg, um seine Notdurft zu verrichten. Der Auftrag zum Mord kam von Macrinus, der damals bereits Präfekt der Prätorianergarde war; er nutzte die Gunst der Stunde und schwang sich selbst zum Kaiser auf.

Wenig später gelang es Julia Maesa und ihren Angehörigen, die Armee davon zu überzeugen, dass der junge Varius der Sohn von Caracalla und somit befugt sei, die Kaiserwürde zu übernehmen, zumal Macrinus recht erfolglos blieb und im Zuge einer verloren gegebenen Schlacht auf der Flucht verfolgt und getötet wurde.

Sein junger Nachfolger, später unter dem Namen Elagabal bekannt, ging als einer der unfähigsten Kaiser in die römische Geschichte ein. So vertrat etwa der britische Historiker Edward Gibbon die Ansicht, dass Elagabals Lasterhaftigkeit beispiellos in der Geschichte sei. Sein schlechter Ruf rührte auch daher, dass er sich bedenkenlos über Traditionen und sexuelle Tabus hinwegsetzte.

Fünf Jahre, nachdem seine einflussreiche Großmutter Julia Maesa ihn auf den Thron gebracht hatte, leitete sie auch seinen Untergang in die Wege; sie ließ ihn schließlich ermorden und verhalf ihrem zweiten Enkelsohn, Elagabals Vetter Severus Alexander, zum Kaiserthron.

Dies ist, in kurzen Worten, der Hintergrund dieser Erzählung. Ihren Schauplatz bilden vor allem die beiden Grenzmauern in Britannien – der Hadrianswall und der Antoninuswall. Es ist nicht historisch verbürgt, dass sich Julia Soaemias in der fraglichen Zeit nördlich des

Antoninuswalls oder überhaupt in Britannien aufhielt. Da das Reich jedoch für fast drei Jahre von York aus regiert wurde, kann man davon ausgehen, dass alles, was Rang und Namen hatte, den kaiserlichen Hof in Eboracum irgendwann einmal besuchte.

Die »Helden« dieser Erzählung sind eine Bande ehemaliger Gladiatoren, die das Publikum im Amphitheater mit ihren Kampfkünsten unterhielten. Sie gehören jedoch nicht zu den »Stars« ihres Geschäfts, sind weit entfernt vom Ruhm eines Maximus oder Spartacus. Auch als Freigelassene leiden sie noch unter der Geringschätzung, mit der man ehemaligen Sklaven und Gladiatoren begegnet. Hinzu kommt, dass sie bettelarm sind. Sie haben nichts gemeinsam mit den heroischen Legionären, die in modernen Romanen über das Römische Reich eine herausragende Rolle spielen. Sie sind keine Persönlichkeiten, mit denen sich je irgendein Historiker beschäftigt hat, um ihre Beweggründe und Taten auszuleuchten. Das Interesse galt immer schon hauptsächlich den Herrschern, einem Nero, Trajan oder Marc Aurel, über die immerhin doch einiges an historischen Fakten überliefert ist, während unsere Helden im Schatten der Geschichte bleiben.

Sie sind wie Sternschnuppen, die für einen kurzen Moment am römischen Himmel erstrahlten – dafür sollte man sie in Erinnerung behalten.